外国剧作新选

丛书主编◎宫宝荣

狩猎聚会

Die Jagdgesellschaft

奥地利戏剧家伯恩哈德剧作选·上册·

主编◎谢芳

[奥地利] 托马斯·伯恩哈德 著

谢芳 译

上海戏剧学院外国戏剧研究中心/策划

中国戏剧出版社
CHINA THEATRE PRESS

图书在版编目（CIP）数据

狩猎聚会：奥地利戏剧家伯恩哈德剧作选：上、下册 / 谢芳主编、译. -- 北京 : 中国戏剧出版社，2021.12
（外国剧作新选 / 宫宝荣主编）
ISBN 978-7-104-05150-3

Ⅰ. ①狩… Ⅱ. ①谢… Ⅲ. ①剧本—作品集—奥地利—现代 Ⅳ. ①I521.35

中国版本图书馆CIP数据核字(2021)第208300号

狩猎聚会——奥地利戏剧家伯恩哈德剧作选

责任编辑：肖　楠　齐　钰
责任印制：冯志强

出版发行：中国戏剧出版社
出 版 人：樊国宾
社　　址：北京市西城区天宁寺前街2号国家音乐产业基地L座
邮　　编：100055
网　　址：www.theatrebook.cn
电　　话：010-63385980（总编室）010-63381560（发行部）
传　　真：010-63381560

读者服务：010-63381560
邮购地址：北京市西城区天宁寺前街2号国家音乐产业基地L座

印　　刷：三河市兴国印务有限公司
开　　本：787mm×1092mm　1 / 16
印　　张：54.75
字　　数：837千字
版　　次：2021年12月　北京第1版第1次印刷
书　　号：ISBN 978-7-104-05150-3
定　　价：160.00 元（上下册）

为世界戏剧之林培育坚实的根本

宫宝荣

日月如梭，此说不假。一晃，我们的外国戏剧研究中心已经成立将近10年，我们的“外国剧作新选”丛书亦已诞生5年有余。外国戏剧研究中心成立的宗旨之一，是系统翻译和出版当代外国优秀戏剧代表作，以“孕育一片世界戏剧之林”。迄今为止，丛书已经先后出版了《渴求》《迷失》《一种地狱》《戏剧的毒药》和《幽灵的困境》等英国、美国、瑞典、西班牙及拉丁美洲、非洲等国家和地区的当代戏剧代表作。虽然其中有的国内已经有过出版，但更多的是首次问世，例如后三本，分别填补了我国戏剧研究在这方面的空白，为国内戏剧界和学术界打开了一扇了解和研究当代世界各国戏剧的窗口。这个窗口虽然不是太大，但却是国内外同行交流不可或缺的所在。可以说，外国戏剧研究中心在“孕育一片世界戏剧之林”的道路上已经迈出了十分坚实的步伐。

也许有人会说，现在国际演出舞台已经进入了“后戏剧”时代，“剧场”已经取代了“戏剧”，剧本不仅不再是“一剧之本”，在一些人的创作中成为可有可无的鸡肋，在个别人那里甚至消失得无影踪。如此情形之下，我们岂不是在逆潮流而动、背时代而行？此说看似不错，其实不然。殊不知，“后戏剧”（post-drama）也好，“剧场”（theatre）也好，本来既不与文本相互抵触，更不相互抵消。但如今在一些人的眼里，两者似乎成了水火不容的对立面，实在是一大误会。事实上，theatre本来就是一个大概念，翻译成“戏剧”才是最好，而drama是个小概念，它只是指西方戏剧历史进程中某个阶段的戏剧样式而已。把 theatre 译成“剧场”的人士振振有词：因为 theatre 指的是“看的地方”，而 drama 则是指戏剧文学或剧本的概念。此话不假，但这是西文的问题。而在中文里，“戏剧”并不具有这种将“剧场”与“剧本”对立起来的涵义，相反地，是将所有相关元素都包含在其中。如果一定要强调“剧场”更突出演剧空间的话，那么试想一下，在这个词出现之前，当我们在说“戏剧”的时候，难道它不包括剧场吗？早在 20 世纪 80 年代，一些前辈已经提出了“大戏剧观”的概念，此时的“戏剧”不仅突破了文学，更突破了不同演出艺术的界限。再说，任何一部戏剧演出，任何一部剧本被搬上舞台的时候，不都是在剧场里进行，都要涉及时间、空间与舞美等“剧场”问题吗？不同的只是程度问题，而不是本质问题。

回到西方戏剧，广义而言，drama 只是指文艺复兴以来一种遵照传统定义创作的、以文学剧本为旨归的戏剧样式。狭义而言，它是指 18 世纪法国启蒙思想家和戏剧家狄德罗、博马舍等人鼓吹的资产阶级“正剧”。因此，一般而言，以 drama 作为“戏剧”代名词的国家往往是罗曼语系的国家，而像法国这样的拉丁语系国家则历来都是以 theatre 来指称的。其实，从文艺复兴直到 19 世纪，各国在称呼剧本和演出时也不是笼而统之地叫 theatre，更多是以“悲剧”或“喜剧”命名，去看戏是具体地去“看一部悲剧”或“看一部喜剧”，甚至演员也是有“悲剧演员”或“喜剧演员”的行当之分的。在莫里哀死后，他的剧团便被命名为“法兰西喜剧院”而不是“法兰西剧院”，其中的道理是一样的。如今的法兰西喜剧院早不专演喜剧，但谁也不会去将这块金字招牌改成“法兰西剧院”。只不过，法国人去看戏时也不再说去看悲剧还是看喜剧，而只是说去看戏（Je vais au théâtre）。而就这一句，德国人的意思完全不同，这也从一个侧面表明：即使是在西方，不同国家、不同语种和文化中的 theatre 的含义也并非完全一致。

确实，西方戏剧在进入 20 世纪以来，尤其是 20 世纪下半叶之后，无论是观念上还是形式上都发生了根本性的转折。对当代西方戏剧的大致形式而言，国人通过观摩最近 10 年大量引进的国外原版演出，已经有了比较明确的认识。但就观念而言，情形远非如此，毕竟需要一定的积累。毋庸讳言的是，在目前阶段，不少人的认知还是比较混乱的，在 theatre 和 drama 的区别上尤其如此。就笔者在担任《戏剧艺术》主编时，通过工作中的观察，发现在一些港台学者或实践家以及大陆个别译作的影响下，将“剧场”与“戏剧”对立起来、“文学剧本”与“剧场演出”对立起来的大有人在。为此，学术界还经常会产生一些争论。之所以会产生这些矛盾，除了上述客观原因之外，在一定程度上还有学术界自身的因素。我们或受限于自身的经验，或满足于人云亦云，因而难免会得出不太科学的结论。事实上，早在 20 世纪 40 年代，我们的前辈已将 theatre 和 drama 两个概念理解得十分透彻。也许有人会说，在当代“剧场”还没有出现的时候，前人自然无法预料这门艺术的未来。然而，如果我们认真思考的话，就会发现无论如何，“剧场”都是不应该也不能够取代“戏剧”而成为当代这门演出艺术的新名词。

主张西方当代戏剧应该由“剧场”所取代的最为主要的理由，无非是认为“剧场”艺术已经不再以文本为中心，而是以表演、空间、舞美甚至导演艺术为中心，其中的主人不再是剧作家，而是导演。其实，这也是一种似是而非的论点，传统戏剧虽然是以文本为中心，但是如果文本没有被搬上舞台，这些剧本也只能算作是“案头剧”，而不能称之为真正意义上的“戏剧作品”。所谓“戏剧作品”，必定是被搬上舞台、由演员当着观众之面在剧场空间里演绎呈现。当代“剧场”演出作品无论如何变化，无论剧本在其中所起作用的多寡，导演无论多么霸道，都没有改变也不可能改变它是一门由演员在有限的时间与空间里与观众一起完成的演出艺术的本质。而这些本质特点，难道不正是“戏剧”艺术与生俱来的特点吗？“剧场”艺术所具有的特点、所运用的元素，可以说是任何时代、任何国家或地区的“戏剧”艺术都具有的特点和元素。也正因如此，将“剧场”看作是“后戏剧”时代或取而代之的一门艺术显然难以站得住脚。更为客观的是，“戏剧”作为一门演出艺术，永远都处在变化状态之中，它在各个国家或地区、各个时期的内涵与外延从来不是整齐划一的。当代欧美戏剧的变化，其实只是其历史长河中的一个阶段而已，正如音乐、美术、电影等也始终处于不断变化与发展之中，但却少有人提出什么“后音乐”“后美术”或“后电影”等过于吸人眼球的概念一样。

写了上述这么一大段，似乎有点离题。其实不然，因为厘清这些概念与我们的丛书编纂工作息息相关。如果真的以为在“后戏剧”时代剧作家及其剧本可以退出的话，那么我们又何必如此劳心费力呢？然而，我们认为的“后戏剧”也好，“剧场”也好，其实当它们只是“戏剧”的变异的时候，情形便完全不同。当“剧场”艺术仍然是“戏剧”艺术的时候，包括文学在内的某些元素的比重、地位会有变化，甚至一度消失，但是它们都依然存在，隐性的或显性的。而在当代欧美导演中，即使在同一国度，不同人对待剧本的态度也是大相径庭的。安•维泰兹表示自己并不囿于现成的剧本，小说、随笔、历史文献等任何形式的文本都可以成为其导演工作的起点；而帕•谢侯在贝-玛•科尔代斯眼里则是一个真心实意为剧作服务的罕见优秀导演。笔者注意到，凡是戏剧文学传统深厚的国家或地区，其导演艺术就显得相对保守；而文学剧本传统不那么源远流长的国家或地区，其导演就显得随意洒脱，在创作中对别人的文本就敢于大刀阔斧地解构重构，这种解构重构使得剧本面目全非。这些导演在重创了传统文本的同时，也大大打击了当代剧作家们的创作热情，进而伤害到了戏剧本身。也因此，在戏剧历史悠久的法国，即使是“导演戏剧”之风甚嚣尘上的时候，剧作家们也勇于纷纷反抗。米•维纳威尔坚持认为“剧本不可溶化”，而科尔代斯则相信导演这门职业在半个世纪之后必然消失。

面对如此纷争的世界，作为戏剧学的学者，我们并不认同导演将要消失的极端观点，但却十分赞成“剧本不可溶化”的中肯主张。半个多世纪的西欧戏剧实践表明，戏剧的形式已经今非昔比，戏剧的概念已经脱胎换骨，但戏剧的基本元素依然稳定如初。虽然“后现代戏剧”的鼻祖阿尔托认为言辞阻碍沟通、经典可以休矣，但其实他在自己的实践中并没有抛弃剧本与言辞，只是一些后人片面理解之后才将剧本弃如敝履，或成为任意解构的对象。然而，几千年的西方戏剧历史告诉我们，真正能够经受住时间考验的其实依然只是剧本。没有剧本，我们就不可能了解古希腊戏剧是何等的辉煌；没有剧本，我们就不可能发现莎士比亚戏剧是何等的恢宏；没有剧本，我们就欣赏不到拉辛“戴着脚镣跳舞”的姿态是何等的优美；没有剧本，我们就品味不到易卜生的社会问题剧是何等的深刻；没有剧本，我们甚至无法把握现当代戏剧的蜕变；没有剧本，甚至所谓的“剧场”艺术也会成为无源之水、无根之木，有一半以上的作品完全不可能出现；没有剧本，戏剧将只是转瞬即逝的一次性“行为表演”而已……

正是基于以上信念，我们才如此孜孜不倦地翻译、编辑和出版这套丛书，以期让国人能够有机会了解、认识和欣赏当代外国优秀戏剧，让大家能够发现当代世界戏剧并非像这些年见到的或以肢体表演为主、或以舞台画面为主、或以言辞音响为主的种种景象。相反，作为戏剧艺术中不可溶化的元素，优秀剧本依然存在。不仅各国文学家、戏剧家依然坚持创作剧本，而且无数导演也依然坚定地为剧作服务。我们也正是秉持同样的信念，始终不渝地坚持孕育着这一片世界戏剧之林。终有一天，一株株幼苗将长成一棵棵参天大树，一片片森林将形成一道道美丽无比的风景线……

（作者为法国巴黎第三大学戏剧学博士、上海戏剧学院教授、外国戏剧研究中心主任）

目　录

导 读

在对“真”的否定中追求“真”

谢 芳

托马斯·伯恩哈德（Thomas Bernhard，1931—1989）是奥地利著名小说家、剧作家，被视为最为杰出的当代德语作家之一。伯恩哈德自 20 世纪 70 年代起以平均每年一部的速度撰写了 18 部篇幅较长的剧作，并且以此斩获了多种德语文学奖。这些剧作在奥地利、德国、法国等欧洲国家的各大剧院频频上演，自 2001 年起甚至被搬上了中国舞台。伯恩哈德戏剧之所以能够产生如此广泛的影响，无疑与其对社会的犀利批判、对人性的深刻揭示及其艺术上的大胆创新密切相关。为了使中国读者更好地理解本书所选译的伯恩哈德的剧作，我们有必要首先对其生平和创作、戏剧思想及其剧作内容和形式上的总体特征作一简要介绍。

一

1931 年 2 月 9 日，伯恩哈德出生于荷兰海尔伦，父母均为奥地利人。他的父亲是一名木匠，母亲赫尔塔是作家约翰内斯·弗罗伊姆毕希勒（1881—1949）的女儿。1930 年，赫尔塔从奥地利来到荷兰做女佣，她在伯恩哈德出生后继续留在荷兰工作。而伯恩哈德的父亲则始终对儿子不予承认，并且拒绝与赫尔塔结婚。1931 年秋天，赫尔塔将儿子送到维也纳父母处，此后童年时代的伯恩哈德与外祖父母共同生活了大约 6 年的时间。在此期间，终其一生并未在文学创作上真正获得成功的外祖父教他学会了观察事物的方法和各方面的知识，而这些均对伯恩哈德日后的发展产生了重要影响。在伯恩哈德自 20 世纪 70 年代起所写的一系列有关失败的老年艺术家的剧作的主人公身上，也可看到其外祖父的影子，这些人物亦同弗罗伊姆毕希勒一样在家庭生活中扮演着权威角色。1937—1947 年，伯恩哈德先后在德国南部小城特劳恩施泰因和奥地利的萨尔茨堡上小学和中学，接受了纳粹主义和天主教的强制教育；1941 年和 1942 年之交，他还作为“问题儿童”被送往德国中部的一个按照纳粹方式管理的儿童特教所，身心两方面均受到极大摧残。1947 年 4 月，伯恩哈德中断了高中学业，在萨尔茨堡贫民区的一家食品店做了将近两年学徒，与此同时，他还在外祖父的支持下拜师学习声乐和音乐美学。1949 年初，由于感冒引发了极为严重的胸膜炎和肺炎，伯恩哈德被送进医院，强烈的求生欲使他活了下来，而他的外祖父却在他住院期间因肾病发作撒手人寰。翌年，伯恩哈德的母亲因患子宫癌病逝。1949 年 7 月至 1951 年 1 月，患有肺结核的伯恩哈德辗转于不同的疗养院接受治疗，这期间他阅读了外祖父遗留下来的大量书籍，并且开始了最初的小说和诗歌创作。1952—1955 年，伯恩哈德任萨尔茨堡《民主人民报》的自由撰稿人，主要负责法庭审讯方面的报道，此外还撰写了一些有关文学、戏剧等的评论文章。1955—1957 年，伯恩哈德在萨尔茨堡音乐学院学习声乐、表演和导演。他在这一时期参加过一些戏剧和歌剧演出，同时还与年长他 36 岁的海德维希·斯塔维阿尼切克（1894—1984）女士有密切交往。斯塔维阿尼切克出身于维也纳的一个大资产者家庭，是一位政府高官的遗孀。她在伯恩哈德成名前曾为他提供经济上的帮助达 15 年之久，并且给予了他心理上的安全感，被伯恩哈德称为“生命中至关重要的人”。1957—1960 年，作曲家格哈德·兰佩斯贝克成为伯恩哈德最为重要的艺术伙伴，伯恩哈德经常在兰佩斯贝克位于玛丽亚·萨尔城的被称为通霍夫的住所逗留，创作了一些短歌剧和独幕剧，它们也在通霍夫的干草仓库上演。这一时期伯恩哈德还出版了三部诗集。1961 年，伯恩哈德的另一部诗集被出版社拒绝，此后他彻底放弃了诗歌创作，将主要精力集中于写小说。他的长篇小说《严寒》（1963）获得了1963年的尤利乌斯·卡姆佩奖和1965年的不来梅文学奖，这也意味着他的文学才华最终得到了社会承认。继《严寒》之后，伯恩哈德在20世纪60年代又陆续发表了一系列小说，它们也受到了评论界的普遍赞誉。在小说创作方面大获成功的同时，伯恩哈德1965—1966年还为1966年的萨尔茨堡艺术节写了一部名为《午后点心》的剧作，但由于艺术节理事会认为该剧内容过于阴暗，致使其未能上演。1970年6月29日，伯恩哈德的剧作《鲍里斯的节日》——其前身便是《午后点心》——在汉堡德国剧院首演并且获得了巨大成功，这使他跻身于当代最为重要的德语剧作家之列。以《鲍里斯的节日》为开端，伯恩哈德的戏剧创作在20世纪70年代至80年代进入了一个繁盛期，他在这一时期还发表了下述剧作：《无知的人和疯狂的人》（1972）、《狩猎聚会》（1974）、《习惯的力量》（1974）、《总统》（1975）、《名流》（1976）、《米奈蒂》（1977）、《伊马努埃尔·康德》（1978）、《退休之前》（1979）、《世界改造者》（1979）、《群峰之上是宁静》（1981）、《抵达目的地》（1981）、《表象欺骗人》（1983）、《戏剧人》（1984）、《里特尔、德纳、福斯》（1984）、《就是复杂》（1986）、《伊丽莎白二世》（1987）、《英雄广场》（1988）。上述剧作的首演大多由德国著名导演克劳斯·派曼执导，其中共有五部剧作在萨尔茨堡艺术节首演，而伯恩哈德极为赞赏的德国演员伯恩哈德·米奈蒂（1905—1998）亦担任了上述多部剧作的主演。在以惊人的速度推出一系列剧作的同时，伯恩哈德在小说和自传写作方面也取得了丰硕成果，并且被授予了多项文学奖。在20世纪70年代至80年代，伯恩哈德的生活中还发生了一些与其作品相关的重要事件。1976年，伯恩哈德的第一部自传《原因》（1975）由于抨击故乡萨尔茨堡的天主教和纳粹主义而在萨尔茨堡引起公愤，当地的一名牧师也将他告上了法庭。1984年，伯恩哈德的长篇小说《伐木》（1984）出版后引起了一场极大的风波。他以前的朋友作曲家兰佩斯贝克认为该书含有对自己的影射和诋毁并对作者提起诉讼，此后这部小说在奥地利各地的书店被警方收缴，而伯恩哈德也宣布禁止在奥地利发行其所有书籍；这一事件因兰佩斯贝克的最终撤诉而画上了句号。1985 年 8 月 17 日,《戏剧人》在萨尔茨堡艺术节首演并且获得了成功，但这部剧作仍因其对奥地利人和奥地利的批判而引发了众怒，时任奥地利财政部部长也在公开场合对作者予以谴责。不久之后，伯恩哈德在刚出版的长篇小说《历代大师》(1985)中对奥地利人和奥地利更为猛烈的抨击，又使时任奥地利教育部部长发表了一番暗示作者患有精神疾病的言论，其结果是在公众中引起了一场有关伯恩哈德问题的激烈讨论。而伯恩哈德为纪念奥地利被纳粹德国吞并 50 周年及庆祝维也纳城堡剧院成立 100 周年所写的剧作《英雄广场》，则在 1988 年的奥地利掀起了一场前所未有的巨大风暴。该剧既表现了纳粹思想在战后奥地利的继续存在和奥地利的纳粹历史，同时亦借剧中人物之口对奥地利人和奥地利的现状进行了淋漓尽致的批判。由于剧本的部分台词在演出之前被各大报刊登载，媒体、政治家以及普通民众对伯恩哈德与导演派曼的指责、谩骂和威胁纷至沓来，但二人也得到了奥地利文化部部长和作家协会的声援。1988 年 11 月 4 日,《英雄广场》终于在推迟三周之后在维也纳城堡剧院与观众见面。帷幕拉开之后，反对者和支持者的呼叫声不时出现，演出结束后支持者的掌声和欢呼声以及反对者的呼哨声和谩骂声仍长时间此起彼伏。显而易见，伯恩哈德以《英雄广场》这部剧作在整个奥地利引发了一场参演人数众多、冲突和对峙已达到白热化程度的现实生活大戏，然而这一切也使原本就身体衰弱的伯恩哈德筋疲力尽。1989 年 2 月 12 日，伯恩哈德因心脏衰竭和呼吸困难在家中去世，他在遗嘱中规定：禁止在法定的出版期限内在奥地利境内以任何形式上演、出版或朗读其已发表或未发表的任何文字。可以说临终前的伯恩哈德仍以此种方式对自己的祖国（如同所有国家）所存在的愚蠢、麻木、冷酷和虚伪发出了自己最后的抗议。从以上所述不难看出，伯恩哈德生前曾频频以自己的作品“惊扰”社会。那么《戏剧人》和《英雄广场》这两部剧作所引发的公众的激烈反应是否恰恰正是作者本人所期待的？而要回答这一问题，则必须谈及伯恩哈德的戏剧思想。

在戏剧与现实的关系问题上，伯恩哈德虽不否认戏剧是现实生活的反映，但却认为戏剧写作和戏剧表演均不能按照现实生活的本来面目对其进行忠实的、如其所是的反映，亦即不能不加扭曲地反映客观存在的真相，并因而成为一种“虚假”和“欺骗”。伯恩哈德之所以持有上述观点，主要基于以下三个原因：1. 在伯恩哈德看来，由于人所必然具有的主观性，即每个人每时每刻都有不同的观察视角，人不可能认识客观存在的真相；人们所说或所写的所谓“真相”实际上均与真相不符，因而也只能是错误的。伯恩哈德的这一思想显然是在其所推崇的叔本华哲学的影响下产生的。2. 按照伯恩哈德的论述，即便人想说出或写下真相，语言的运用也只能使真相受到歪曲并变为谎言。西方传统的语言观认为语言通过言说“模仿”或“再现”客观事物，但20世纪的西方哲学家几乎不约而同地对此作出批判，而这一点无疑也在伯恩哈德的上述观点中打下了烙印。3. 依伯恩哈德之见，因为演员不可能与其所扮演的角色真正同一并真正了解角色的生活，所以演员表演出来的东西始终是错误的。可以说伯恩哈德在此抓住了戏剧表演艺术“以人演人”这一关键问题，大胆否定了传统的西方戏剧表演理论，这也体现了盛行于20世纪七八十年代的西方后现代主义文化思潮的反叛精神。

尽管伯恩哈德认为戏剧写作和戏剧表演不能如其所是、不加扭曲地反映客观存在的真相，但他在自己的戏剧创作中仍以“真相的传达”为追求目标——从中亦不难看出伯恩哈德思想上的明显矛盾。他认为即便真相的传达不可能真正实现，人还是应有说出或写下真相的意愿，唯其如此“谎言里真相的含量”才能得以增加。显而易见，伯恩哈德在其戏剧创作中所试图传达的真相在其眼中并非“绝对的”真相，而仅仅是一种“相对的”真相。那么戏剧如何才能传达出上述真相？根据伯恩哈德的论述，戏剧应直接取材于现实生活，剧作家不必过多地虚构，他只需对源自现实生活的素材进行艺术加工；无论是面对现实社会、生活于其中的人还是作者的“自我”，剧作家均应透过现象看本质并洞察其本质中令人震惊之处、可怕之处或容易被忽视、被隐瞒之处，而且应以不加粉饰、毫无顾忌的方式对此进行表现。可以说伯恩哈德在其剧作中对第二次世界大战之后奥地利政治、经济、文化领域所谓“精英人物”丑恶嘴脸的无情揭露，对时至今日依然隐藏在奥地利人头脑深处的纳粹思想的深刻揭示，对人们所不愿正视的奥地利社会的种种阴暗面所作的直接而猛烈的抨击，实际上均反映了其所置身其中的奥地利社会的可怕真相。如果说伯恩哈德笔下人物通常所具有的身体上和精神上的疾患体现了现代西方资本主义社会所导致的人的普遍异化，亦即人对人的正常本质的严重偏离，那么其剧作对人的权力意志和权力关系以及仇恨心理、杀戮欲望等的呈现则触及隐藏于人性深处的诸多本能冲动、欲望。伯恩哈德对生活于现实社会中的人的上述可怕真相的描绘，也使其剧作超越了某一国家和民族的界限而获得了普遍意义。（伯恩哈德剧作所揭露的当代奥地利社会的可怕真相，实际上也以不同的表现形式普遍地存在于其他国家）此外伯恩哈德还试图在其剧作中通过“自我描绘”揭示有关自我（即作者本人）的真相，以使他人和自己对自己的真实面目有所认识。按照他的说法，作者在此种“自我描绘”中不仅应展现自我的内在本质，而且还应将自身的缺点和毛病公之于众——这也是人们在通常情况下所欲隐瞒的。上述“自我描绘”在伯恩哈德的《狩猎聚会》《米奈蒂》《抵达目的地》《戏剧人》等剧作中有着尤为突出的体现，只不过他在其中有时又明显融入了有关外祖父的真相的描写。这里还需指出的是，尽管伯恩哈德在戏剧创作中以“真相的传达”为追求目标，但其剧作所采用的借以传达真相的艺术手法却并非按照生活原貌对表现对象进行逼真的刻画，而是对其本质特征予以高度夸张——这也是讽刺喜剧中常见的一种艺术手法，从而使表现对象的本质特征得到突出强调并借此变得更加鲜明。

我们接下来所要探讨的第一个问题是：伯恩哈德期望其力图传达真相（尤其是现实社会和人自身的可怕真相）的剧作对剧院里的观众产生何种作用？在伯恩哈德看来，观众在解决了自身的温饱问题之后来剧院看戏，仅仅是为了获取廉价、轻松的娱乐，这实际上正是那些美化生活、浅薄煽情的精神垃圾不断向观众提供的，同时也是伯恩哈德所深恶痛绝的。他主张戏剧应通过写观众拒绝接受的东西——这也意味着在内容方面写现实生活和人自身的可怕真相——与观众进行对抗。上述内容经由演员的表演直接作用于观众的接受活动，从中观众自然不会得到廉价、轻松的娱乐，但却可以借此加深对现实社会和人的真实状况的认识并对其进行批判性的思考。此外伯恩哈德还主张采用一种“与观众对抗”的表演方法，即演员在表演时不试图唤起观众对自身的好感和对角色的感情共鸣，而是通过展现“可怕”引发观众的厌恶感和恐惧感，并且以其“内在的力量”征服观众。上述表演方法所力求实现的对观众与角色感情共鸣的破除，也使观众在观剧时更多地运用理智进行思考和判断成为可能。

我们在此所要探讨的第二个问题是：伯恩哈德期待其力图传达真相的剧作产生什么样的社会作用？按照伯恩哈德的主张，戏剧不应以虚假和煽情来娱乐观众或满足观众的此类需求，而应通过对现实社会和生活于其中的人的令人震惊的可怕真相不加粉饰、毫无顾忌的描绘（经由戏剧表演和戏剧接受）产生下述社会作用：既与占领文化市场的精神垃圾进行对抗，同时更向充斥着麻木、迟钝、虚伪、欺骗、卑鄙、低劣的社会发出挑战，并使整个社会受到搅扰和激怒，从而引发在现实生活中上演的比虚构的戏剧更为真实的戏剧，而这无疑又能促使社会对自身存在的问题予以反思。从伯恩哈德戏剧的接受效果来看，可以说最为彻底地实现了作者上述主张的便是《英雄广场》。在这部剧作所引发的上演于整个奥地利舞台的现实生活大戏结束之后，奥地利社会也不得不对自身的历史和现状作出深刻反省。

就题材而言，我们可以将伯恩哈德自1970年起所发表的18部篇幅较长的剧作粗略地分为艺术家戏剧、作家戏剧、哲学家戏剧、政治剧、富人戏剧这几大类。上述各类题材剧作的主题基本上涉及自我描绘、社会批判以及人的异化状况和本能冲动、欲望的揭示这三大方面。对此上文已有所论及，这里就不再赘述。值得注意的是，伯恩哈德各类题材剧作的主题通常呈现出多层次的特点，上述三大方面的主题往往被融为一体加以表现。此外在对人的本能冲动、欲望的描绘中，人的权力意志和权力关系的呈现构成了作者着笔的重点。在伯恩哈德的大多数剧作中，我们均能看到在物质、精神、社会地位等方面占据绝对优势的强者对在这些方面完全处于劣势的弱者的指挥、控制、侮辱乃至折磨，此种现象既发生在夫妻、父母与儿女、兄弟姐妹等家庭成员之间，同时也见之于主仆关系、工作团体或国家、社会等领域。就体裁而言，伯恩哈德的剧作多为既包含着悲剧因素也包含着喜剧因素的现代悲喜剧，而这一戏剧体裁本身实际上也是作者借以传达人生和世界真相的一种手段，因为人生和世界舞台上所演出的戏剧在他看来恰恰是一出悲喜剧。为了制造喜剧效果，伯恩哈德在其剧作中也刻意运用了夸张、幽默、讽刺等喜剧表现手法。整体来看，伯恩哈德戏剧在艺术表现方面既体现出后现代西方戏剧的普遍倾向（如对传统戏剧情节结构模式的彻底颠覆、滑稽讽刺模仿和引文手法的运用、舞台语汇较为丰富等），同时又具有极为鲜明的个性特征，我们可将其最为突出之处概括为以下三个方面：1. 独白式对话。此种对话指人物看似与其他人物对话，但实际上却很少得到或完全得不到其他人物的回应，而是像独自一人时那样长时间地自说自话。在伯恩哈德的大多数剧作中，占据主导地位的人物语言是独白式对话，它有时亦与人物独处时的独白融为一体，而传统意义上的人物对话则退居次要地位。上述独白式对话一方面可以展示人与人之间的交流受阻和人的孤独，另一方面也被用于呈现人与人之间的不平等关系，即强者与弱者之间支配与被支配的权力关系。2. 餐饮场面的频频出现。伯恩哈德的许多剧作中均出现了餐饮场面。此种场面不仅能够制造滑稽、讽刺效果（如人物在吃东西时谈论严肃、高雅的事物），而且也可刻画人物的身心状况（如通过人物不间断的喝酒表现其酒瘾及其身心的病态）或展示人物的物质生活状况（主要通过对人物餐饮环境、所用器物以及所吃食物等的描写）。此外人物的一些重复性的喝水、喝茶、喝酒等动作也可使其长篇独白式对话产生停顿，并且使舞台表演获得律动。3. 音乐性。伯恩哈德戏剧的音乐性主要体现在以下几个方面：（1）与舞台事件相关的古典音乐的演奏（演唱）或播放。此类音乐时常出现在伯恩哈德戏剧的某些场面中，这不仅有助于描绘环境、刻画人物、深化主题，而且也可使观众获得音乐美感的享受。（2）内在结构和人物语言的音乐表现形式。伯恩哈德剧作的主题一般具有多层次的特点，而不同层次的主题则仿佛不同的音乐旋律一样在剧中共时性、交替性地出现，与此同时上述主题又在各幕的不同场面被予以连贯性、层层深入且具有旋律线起伏特征的表现，从而使其在相互交织、循环往复、层层推进中得到深入揭示。伯恩哈德剧作的人物语言也采用了最为接近音乐的分行排列的诗体形式，此种诗体是一种现代自由诗体，它虽不像传统西方戏剧的诗体语言一样遵循着音步、诗格和韵脚等方面的严格规定，但却仍因对语句精心的分行排列而具有鲜明的音乐节奏感。此外作者还通过对已出现的单词、词组和句子多次有变化的重复，使其在听觉上产生一种类似音乐旋律的循环往复的效果，而这无疑亦能使观众获得一种全新的审美体验。（3）富于音乐节奏感的人物形体动作。伯恩哈德戏剧中人物的长篇独白式对话往往还伴随着其自身和其他人物所做的各种重复性的日常生活动作（如一人熨衣服、折叠衣服、看窗外，另一人擦鞋、看窗外等）。上述人物动作的相互交替及其有规律的周期性变化也能使其产生音乐所特有的节奏感，在视觉上给予观众一定的审美愉悦。

二

本书选译了伯恩哈德各类题材的较具代表性的剧作共七部，其中有两部政治剧（《狩猎聚会》《退休之前》）、两部艺术家戏剧（《米奈蒂》《戏剧人》）、两部哲学家戏剧（《伊马努埃尔·康德》《世界改造者》）和一部作家戏剧（《抵达目的地》）。

《狩猎聚会》1974年5月4日在维也纳城堡剧院首演。尽管伯恩哈德对此次首演极为不满，但《狩猎聚会》仍为作者的剧作中最受其本人喜爱的一部。该剧的主要情节框架大致如下：一位作家来到将军家的猎屋参加狩猎聚会，但厌恶狩猎的他并未像其他客人——两位部长以及王子和公主——那样与将军一同在森林中狩猎，而是和同样不喜欢狩猎的将军夫人一起在猎屋中打牌，并且谈及有关将军和森林的一些情况。原来在战争中失去了左臂的将军不仅得了白内障，而且还患有无法医治的肾病，因此他将在最短的时间内死去；而将军所拥有的森林也受到了极为严重的虫害的侵袭，按照国家规定必须全部砍伐；但将军却对自身和森林的真实状况并不了解。在狩猎结束后主人与宾客的谈话中，作家向将军透露了有关其本人和森林的真相，最后将军出于绝望开枪自杀，此时猎屋外也传来了砍伐森林的斧锯之声。在剧中，作者一方面勾勒了将军这一人物的强权者特征，另一方面还通过对其与伐木工、林业工人、两位部长和王子的关系及其内心世界的描述，揭示了将军身上虚弱的一面；而将军所患的不治之症和最终的自杀、其所拥有的森林遭受的严重虫害及其必将被砍伐则进一步表明，这一貌似强大的政治铁腕人物已不可避免地走向自己的终局。剧中所穿插的大量出自作家之口的有关死亡、不治之症和人生的抽象议论，又使剧本对将军的表现不仅仅停留于社会政治层面的揭露和批判，而是深入有关所有人的生存真相的哲理层面的呈示。而通过展现富于象征意义的森林所遭受的严重虫害及其必将被全部砍伐，作者也意欲表明：人们所置身其中的病态腐朽的国家、社会应予以彻底消除，因为唯其如此才能产生一个全新的开端。剧中的作家实际上可以视为作者本人的舞台呈现。伯恩哈德不仅展示了参加狩猎聚会的作家与作为政治家的将军的对立关系，而且也使其在狩猎聚会中所扮演的观察者角色得以凸显。此外剧中的作家所论及的观察和描写与真实的并不同一，显然也反映了伯恩哈德有关人的主观性、语言的欺骗性以及文学艺术不能如实地反映客观真相的看法。

《米奈蒂》1976年9月1日在德国斯图加特州立剧院首演。该剧以作者喜爱的演员米奈蒂的名字命名并由其担任主演，是作者为当时已年逾古稀的米奈蒂量身打造的剧作。但作为演员的米奈蒂本人的生活经历和艺术追求在剧中只是部分地得到了反映，如曾在故乡德国北部港口城市基尔任剧院经理，获得过多种表演奖，其表演方法的主要特点为“以与观众对抗的方式表演”等。从整体上看，该剧与作者其他的以失败的老年艺术家为主人公的剧作一样，人物原型仍主要为伯恩哈德的外祖父弗罗伊姆毕希勒。在经历了四十年彻底的不成功之后，弗罗伊姆毕希勒依然在贫穷、绝望和疾病的折磨中全身心地投入文学创作，多年来一直坚持每日凌晨三点起床开始写作，他最终怀着未能完成自己的毕生之作的遗憾离开了人世。《米奈蒂》的同名主人公是一位年事已高的演员，他在一个风雪交加的除夕夜从德国南部小城来到位于比利时境内大西洋沿岸的一家旅馆，以便按照约定与德国北部城市一所剧院的经理见面。据米奈蒂说，这位经理邀请他扮演《李尔王》的同名主人公。这一角色他以前曾经演过，在告别舞台后的三十年里，他仍坚持每天排练李尔王，而最后再演一次李尔王也是他今生最大的心愿。然而在焦急不安地等待了两小时之后，米奈蒂还是看不到剧院经理的身影。最后他离开旅馆来到海岸边坐到长椅上，迅速吞下早已准备好的毒药，剧终时米奈蒂的身体已完全被白雪覆盖。《米奈蒂》描绘了一位在社会上受到打击、排斥、嘲笑、讥讽，但仍矢志不渝地追求自己的艺术理想并且濒临疯狂的老年艺术家的悲剧命运。在作者同类题材的五部剧作中，该剧是悲剧色彩最为强烈而且最打动人心的一部。在《米奈蒂》中，作者还借主人公之口论述了戏剧的社会作用、演员与观众的关系、演员的表演方法等问题。

《伊马努埃尔·康德》（以下简称《康德》）1978年4月15日在斯图加特州立剧院首演，导演派曼将该剧称为“一部伟大的德语喜剧”。在剧中，一位名为康德的著名哲学教授携夫人、仆人和一只鹦鹉乘坐豪华轮船从欧洲前往美国，因为美国的哥伦比亚大学将授予他名誉博士学位并邀请他讲学，此外他还希望在美国治疗自己的眼疾。同船的乘客中有女百万富翁、红衣主教、海军上将等社会名流。康德将那只会说话的鹦鹉放在身边，为船上的乘客们讲了一次课并对他们发表了一次演说，不过他在讲课时因受到干扰什么也未讲，其演说也令人不知所云。轮船抵达美国后康德被纽约精神病院的医生和护士接走。尽管《康德》的主人公与启蒙时期的德国哲学家伊马努埃尔·康德（1724—1804）并非同一人，但作者在刻画主人公的形象时仍对这位以探讨理性著称的大哲学家的生活和哲学思想进行了一定程度的滑稽讽刺模仿。在剧中，一生几乎从未离开故乡且晚年有一只眼睛失明的康德被刻意安排远渡重洋治疗眼疾，终身未娶的他竟然有了一个时刻照料他的妻子，即便不下雨也每日下午三点半手持雨伞跟随康德外出散步的老仆人，将手中的雨伞换成了一个装有鹦鹉的鸟笼。此外作者还让康德以胡言乱语的方式对其所推崇的人类理性以及自身的理性作出了否定，而伯恩哈德对西方理性信仰传统的怀疑和批判也借此得以表达。在作者笔下，《康德》的主人公同时也是一位生活在现代西方社会的专事哲学研究的著名教授，他整日沉溺于哲学思辨并且谈论哲学，但实际上却腹中空空，只会重复前人的思想。伯恩哈德一方面以须臾不离康德左右的会说话的鹦鹉作为舞台意象直喻其哲学鹦鹉本质，另一方面亦借助其貌似高深、实则空洞和荒诞不经的语言表现其装腔作势和自以为是，并且使其显得极为滑稽可笑，从而对现实生活中像主人公一样的所谓

“著名哲学家”予以了辛辣嘲讽。这里还需指出的是，作者还以夸张手法描绘了主人公身体上和精神上的疾患，并且以此揭示了现代西方人普遍的异化的生存状况。

《退休之前》1979 年 6 月 29 日在斯图加特州立剧院首演，被评论家本亚明·海因里希斯称为“伯恩哈德最复杂、最可怕、最好的剧作”。该剧的主人公鲁道夫·赫勒尔纳粹时期曾任集中营代理指挥官，他在隐藏十年之后平步青云，成为法院院长和州议会议员，并且因年龄问题而即将退休。鲁道夫和姐姐薇拉以及瘫痪的妹妹克拉拉共同居住在一座老宅里，多年来他一直暗中与姐妹二人一起为原希特勒手下的党卫军和秘密警察头目庆祝生日；剧本所展示的便是赫勒尔家今年为庆祝这个生日所做的准备工作以及生日晚餐的情况。全剧将近结束时，鲁道夫因喝酒过多而欲枪杀自己的姐妹，最后突然心脏病发作，昏倒在杯盘狼藉的餐桌上。该剧不仅触及前纳粹分子在战后联邦德国担任要职这一现实问题，而且也通过鲁道夫和薇拉这两个纳粹分子的语言揭示了纳粹思想在战后联邦德国的继续存在这一隐藏在现实中的真相，并且对此予以喜剧式的夸张和嘲讽。与此同时作者也表现了鲁道夫的权力意志及其与姐妹二人的权力关系，描绘了鲁道夫和薇拉这两个志同道合者与克拉拉这个异己者相互间的仇恨心理和杀戮欲望，从而使隐藏在人性深处的黑暗真相得以显现。此外剧本还以家庭关系影射社会关系，暗示了第二次世界大战期间纳粹分子的屠杀和侵略行径与潜藏于人性中的嗜杀欲望和权力意志的内在联系。

《世界改造者》1980 年 9 月 6 日在德国波鸿剧院首演。该剧的主人公世界改造者是一位年迈多病的哲学家，他毕生从事如何改造世界问题的研究，主张采用“清空”和“消除”的方式改造世界。尽管世界上无人能够真正理解这位哲学家的思想，但其论文发表后却在全世界范围内引起了巨大反响；德国的法兰克福市已因这篇论文授予了他一条“荣誉项链”，而他所在城市的大学也准备为他颁发名誉博士学位证书。由于行动不便无法亲临大学所在地，主人公便在某日早晨在家中让其女性生活伴侣对其进行装扮并做好一切准备，等待大学校长、系主任等人前来为其举行名誉博士学位授予仪式。在宾客来到主人公家对他进行了一番赞誉之后，体力不支的主人公将学位证书抓过来自己阅读并很快与来宾告别。同《康德》的主人公相似，《世界改造者》中的哲学家也患有身心疾病。此外作者还突出刻画了该剧主人公对世界上所存在的一切的憎恨及其以“清空”和“消除”的方式改造世界的主张、其沽名钓誉和达到目的后的心理，从而勾勒出一幅病入膏肓、悲观厌世、思想荒谬可笑、追名逐利、自我满足且自我膨胀的哲学小丑的讽刺漫画。而通过对世界改造者的论文在全世界所受到的普遍青睐的夸张描写，伯恩哈德又进一步展示了整个世界的愚蠢、迟钝、反常和荒谬。值得注意的是，有关世界改造者与其女性生活伴侣权力关系的表现也自始至终贯穿于全剧。

《抵达目的地》1981 年 8 月 18 日在萨尔茨堡艺术节首演。剧中事件发生的地点为伯恩哈德的出生地荷兰，主要人物为年迈的母亲——一位铸造厂老板的遗孀、她的女儿和一位年轻剧作家。母亲和女儿多年来一直习惯于在每年的同一天离开她们居住的城市，到其位于荷兰南部小镇的海滨别墅度过夏天——这也是母女二人一年中唯一期盼的事情。但母亲此次却邀请了一位年轻剧作家一同前往海边，因为她和女儿临行前观看了其剧作的一次极为成功的演出，而剧作家也立刻接受了邀请，与母女二人一起乘火车来到了海滨小镇。不过母亲却在抵达目的地之后坐在海滨别墅里冷得发抖，并且对此处的一切均感到失望；年轻剧作家也在其剧作的演出获得他期待的成功之后，受到了观众热烈反应的惊吓，他还意识到此次成功不会持续太久。根据作者的解释，该剧的标题含有一丝讽刺意味，他在剧中想表达的最主要的思想为：人永远不会抵达目的地，因为所期盼的东西的获得不但不会使人满足，反而恰恰令人感到失望，所以并不存在一个真正的目的地。如果说《狩猎聚会》中的作家可以视为伯恩哈德本人的舞台呈现，那么《抵达目的地》中的剧作家则与作者有着明显的相似之处。他与母亲所谈及的戏剧文学创作、戏剧接受、戏剧的社会作用等问题，无疑也使伯恩哈德的戏剧诗学思想得以集中呈现。此外该剧还通过母亲的大量独白式对话描述了她由于对物质的迷恋而造成的自身婚姻生活的不幸，并且表现了她对女儿的爱、占有和控制。

《戏剧人》是伯恩哈德在萨尔茨堡艺术节（1985）首演的第四部剧作，也是作者上演次数最多的剧作之一。该剧的主要内容如下：剧作家、导演和演员布鲁斯康率领由妻子、儿子和女儿组成的家庭剧团在巡回演出中来到奥地利的一个偏远小镇，下榻在一家名为黑鹿的旅店，准备在此处的舞厅里演出布鲁斯康所写的喜剧《历史的车轮》，并且为其能够完美上演付出了种种努力。但演出开始之前雷声隆隆，大雨如注。就在帷幕即将拉开的那一刻，观众席中传来"牧师的院子着火了"的喊声，观众们顿时全部跑光，只有布鲁斯康一家人留在天花板已经漏雨的舞台上。在剧中，作者对奥地利偏远小镇敌视精神和艺术的氛围、小镇居民们对物质财富和感官享受的过度追求及其思想意识的迟钝卑劣予以漫画式的夸张，并且以此使主人公所处的对艺术创作和艺术接受极为不利的外部环境得以呈现。与此同时剧本也充分展示了主人公对戏剧艺术的热爱、对艺术完美的追求及其为实现自己的艺术理想而与源自外部环境和自身的各种障碍所做的斗争，并且着重刻画了他在此种斗争中所显示出的超乎寻常的顽强意志和牺牲精神，从而赋予了主人公某种崇高伟大的悲剧色彩。不过伯恩哈德也对布鲁斯康在为实现艺术理想而不懈努力的过程中所流露出的妄自尊大及其追求艺术完美的过度和徒劳进行了滑稽表现，这一带有悲剧色彩的人物也因此具有了喜剧性。此外作者还借主人公之口表达了自己有关戏剧本质等问题的看法，并且对奥地利民众和奥地利进行了猛烈抨击。剧中所写的主人公为了能在演出结束时关闭演出大厅的应急灯所费的周折，实际上取材于一桩发生在伯恩哈德生活中的真实事件：其剧作《无知的人和疯狂的人》1972 年 7 月 29 日在萨尔茨堡艺术节首演，导演派曼根据舞台提示要求剧终时关掉剧场的应急灯并与官方发生了冲突，这致使该剧仅仅在上演一次之后即被停演。

本书所选的上述七部剧作主要根据德国苏尔坎普出版社 1988 年版的四卷本《伯恩哈德戏剧集》翻译成中文，其中部分剧作的副题和题词以及引文标点和剧中事件发生地点的写法根据该出版社 2004—2011 年版的《伯恩哈德作品集》（戏剧卷）作了增添和改动。译文中的错误和不当之处敬请读者批评指正。

2021 年 6 月

狩猎聚会

献给布鲁诺·甘茨[1]

---

① 布鲁诺·甘茨（1941—2019），瑞士男演员。伯恩哈德原本期望由他扮演《狩猎聚会》中的作家，但未能如愿。

我打听这些角色的机械装置
以及这如何可能
即手指上并没有无数根线
而是如此操纵这些角色的
各个肢体和他们的节点
仿佛是运动的节奏
或者舞蹈要求这样

克莱斯特[①]

① 海因利希·封·克莱斯特（1777—1811），德国剧作家、小说家。上述引文出自其文学论文《论木偶戏》（1810）。

人　物

将　军

将军夫人

第一位部长

第二位部长

王　子

公　主

安　娜——女　厨

阿萨默——伐木工

作 家

将军的猎屋

狩猎之前

一个瓷砖砌的大炉子
圈椅，椅子
猎获物
一台电唱机
桌上放着一副纸牌

作　家　（在窗边）
您得知道
我当时不停地走来走去
双手按着我的太阳穴
但却想不出警句中
关键性的词

将军夫人　(坐在桌旁，朝外看)
下雪了

作　家　由于不断地把窗户
打开又关上
我不可能
让自己暖和
因此我不得不穿上
我的皮背心
您见过这件背心
(敞开他的皮背心，又合上)
这是我的波兰背心
当然我马上想起了波兰

我在克拉科夫[1]待了三天
没有交谈
什么也没有
（将军夫人拿起牌，仿佛想打牌
作家拿走她手中的牌，
边把牌扔到桌子上边说）
我可是给您寄了哥白林双面挂毯的草图
是欧洲盘羊
是野羊
（走向窗户）
您记得
我是如何抵达华沙的
的确在我前面六七步
掉落的冰冻球果
突然砸死了
相当突然您得知道
那个年轻女人
她是一名年轻农业工程师的妻子
这已得到证实
在波兰狩猎目前非常受欢迎
将军去过波兰几次

将军夫人　三次

作　家　（从窗边走开）
我热爱这个国家
确实超过了其他国家

将军夫人　下雪了

---

① 波兰南部城市。

雪不停地下
起初没有雪
后来雪不停地下

作　家　起初我以为
是暖冬
但却是严冬
清晰
而又寒冷
我当时不断地想
我穿的是我的波兰背心
我在克拉科夫给自己买了这件背心

将军夫人　而且背心里是莱蒙托夫[①]的书

作　家　（回到窗边）
后来我当然在床上
也不再能让自己暖和
（从背心里拿出
《当代英雄》朗读）
就我个人来讲
我只相信一件事医生说
那是什么事我问想知道
那一直沉默到现在的人的意见
我相信他回答道
迟早我要在一个美好的早晨
死去[②]
（又啪的一声合上书，把它塞进背心）

① 莱蒙托夫（1814—1841），俄国诗人，写有大量诗歌及长篇小说《当代英雄》（1840）。
② 以上引文的汉语译文见［俄］莱蒙托夫《当代英雄》，翟松年译，人民文学出版社 1994 年版，第 82 页。

您知道我不断地
读莱蒙托夫的书

将军夫人　我想喝雪利酒

作　家　(给自己斟一杯雪利酒，也给将军夫人斟酒，再次回到窗边)
我读两小时莱蒙托夫
然后又读两小时莱蒙托夫

将军夫人　或者您读两小时马雅可夫斯基
然后又读两小时马雅可夫斯基

作　家　或者是普希金
我突然想出了警句
安静能使事情重新变好
但我毫无进展
一直只有安静能使事情重新变好这句话
(停顿一下)
不安静并不能使事情重新变好
但我又无法继续无法继续
警句我不断地想警句
我在想安静能使事情重新变好
及其后续
不安静并不能使事情重新变好
而是而是而是
我整段时间
都在想您明白吗
后来我十分清晰地大声说
而是而是而是
一边走来走去
我一再打开

所有的窗户
因为我抑制不住关闭的窗户
导致的荒谬想法您明白吗
天这么冷夫人
而我产生了一个念头
我肯定会被闷死
而且有什么地方搞错了
于是我下楼来到这儿
洗牌
我不停地洗牌

将军夫人 洗您讨厌的牌

作　家 我大约有一小时
一直在洗牌
然后我又回到我楼上的房间
安静能使事情重新变好安静
但我想不出关键性的词
我真想用双手
压碎脑袋
后来我又再次想起
自己动手生火
但我没有力气做这件事
我确实把自己关在了自己的房间里
并且拔出了钥匙
这是严重的畸变您得知道
我拔出了钥匙
并且打开窗户
并且又关上窗户
而钥匙却不见了

后来我有一个多小时
找钥匙
与此同时我不停地
想警句
一方面是钥匙
另一方面是警句
这是一种什么样的状态
您明白吗夫人
如果人甚至无法
再完整地说出一个警句
甚至说不出一个警句会是什么心情
因此我整夜都在想
我无法再把警句说完整
要通过阅读转移对警句的注意力
我想
要不断地通过阅读转移注意力
清晨我起床
片刻也没有睡
但在我穿衣服
洗漱
穿衣服的时候
在我刮胡子和梳头的时候
系鞋带真是一种折磨
整段时间
我脑子里都是不完整的警句
后来我去邮局
我在考虑完全不同的事情
我就这样向邮局走去

就这样在乡村广场上混杂在人群里
我在这寒冷的空气中
在想象中干着淫乱勾当
淫乱勾当
我对说了点什么的市长
说了点什么
这时我刹那间
突然想出了警句
警句的确切内容是这样的
安静能使事情重新变好
不安静根本不能使事情重新变好
而是
较为有益的运动
而是
较为有益的运动
眼下我筋疲力尽
夫人

将军夫人 您请坐
(作家坐下)
您激动一回
然后您又平静下来
您很长一个时期激动
然后您又平静了

作　家 可怕的是
要从语言中
从头脑中

将军夫人 然后您就坐在那儿
麻木

不出声
垂着头
然后是濒临疯狂的
沉默
空虚

作　家　空虚
空虚一再出现

将军夫人　然后您就想起这个主意
玩十七和四[①]
您持续不断地
玩好几天
您什么也不说
并且赢牌
您以惊人的自信
不停地赢牌
而我
却以同样的
持续不断的
惊人的自信输牌
（拿起牌）

作　家　这是所有的纸牌游戏中最无聊的
（从将军夫人手中拿走牌，
把它们放到桌子上）
不过
这种游戏却对我具有最大的吸引力

将军夫人　如果您拒绝工作

---

① 纸牌在奥地利的一种玩法。

我就在一些下午
和一些傍晚
和一些通宵洗牌
差点没把自己洗死
（笑，重复）
洗死

作　家　（一边笑）
洗死
洗死

将军夫人　然后
当我筋疲力尽

作　家　无精打采

将军夫人　无精打采
筋疲力尽而且无精打采

作　家　当您无比痛恨这种游戏

将军夫人　当我筋疲力尽
您就说
再玩一回再玩一回
您威胁着说
威胁着说您明白吗
您身上的一切
内在的一切
都带有威胁性
您根本不想因为我筋疲力尽
而停下来
停下来
这时我内在的一切
还有您内在的一切

确实都已消耗殆尽
再打一圈您说再
再再再
我们打牌
我们继续打牌
我们打牌好像我们
想要精神错乱

作　家　没有哪种游戏
对我具有更大的吸引力
只有在这种游戏中
我才有更大的把握
使自己在不断地激动时夫人
平静下来

将军夫人　我们现在
不打牌
您就这样折磨我
现在我们不打牌
您想折磨我
折磨我
折磨我
我有兴致
打牌的时候
您就不打牌
但如果您有兴致打牌
我们就打牌
然后便是不停地打牌
无尽无休
如果我说

我们打一圈吧
您就马上拒绝
您立刻拒绝
我想打牌
您就拒绝

作　家　（起身走到窗边）
仿佛一种状态
一种内心状态
一种精神状态
可以通过打牌
得到改善

将军夫人　外面下雪的时候
这是在消磨时间
（朝外看）
这仅仅是在消磨时间
直到我丈夫回来

作　家　打完牌后我的头
总是同样地疼
总是同样地疼

将军夫人　您把话题转移到您的头疼上
如果我说我们打牌吧
我们打牌吧
您就突然讲话
拒绝

作　家　这已成为我们的习惯

将军夫人　您自己也说
其他任何事情
都不像打牌那样

适宜于使人忍受他的头

(拿起牌，又把它们放到桌子上)

因为我希望打牌

您就不打牌

您立刻把话题从打牌

转移到您的头疼上

您把话题从我的头疼

转移到您的头疼上

作　家　人无法不停地打牌

而又确实不精神错乱

夫人

(朝外看)

天变黑了

将军夫人　因为有森林

天突然

变黑了

如果森林被砍伐

那时

这种情形

将会彻底结束

作　家　对不治之症的隐瞒

是一件令人难以置信的事

(阿萨默抱着一大捆硬木柴从左边

进来，往瓷砖砌的炉子里添柴)

将军夫人　这种突如其来的黑暗

您知道吗

天突然就变黑了

作　家　我现在知道

有关甲虫的一切
一切夫人
而且我知道有关眼疾的一切
它被称作
白内障

将军夫人　因为有背景处的
这片广袤的森林
天突然就变黑了

作　家　白内障
和甲虫您得知道
这是可怕的事
和令人难以置信的事

将军夫人　如果一切都被砍光
那时
黑暗不会再
突然
降临
那时它会缓慢地出现

作　家　可惜将军
和两位部长
坐到了一张桌子旁边
而且还是他自己的桌子

将军夫人　我丈夫
做的是正确的事
（对阿萨默）
一刻钟后
关炉子
把柴添满

一刻钟后关
阿萨默
将军随时都可能回来
两位部长的床铺好了吗
那些房间里生火了吗
把火生旺阿萨默把火生旺
（对自己）
已经有两个月
没再生火了
一切都是冰冷的
（对作家）
在我们
来之前
生一天火
这不够
必须在我们
来之前
生一星期火
墙壁是冰冷的
冰冷来自墙壁

作　家　我知道
有关甲虫的一切
夫人
而且我对白内障
比眼科医生
了解得更多

将军夫人　（对阿萨默）
直到墙壁暖和起来

需要整整一星期的时间
但我丈夫说
在我们来这儿
一星期前就生火
这代价太高

作　家　甲虫
还有白内障
以使他看不见甲虫
（对将军夫人直言）
他还会因为肾病
突然地
不那么难堪地
结束生命夫人

将军夫人　尽管我们有这么多木柴
（笑）
有极其多的木柴
森林被砍伐后
我们才会有这么多木柴
它们会压得我们喘不过气来
奇怪的是
并非我想到了甲虫
而是我丈夫
并非我
而是我丈夫
我丈夫以前经常谈起甲虫
（对阿萨默）
要尽量多地往里添柴
然后

一刻钟后
关炉子

作　家　（对阿萨默）
然后炉子才会真正散热
阿萨默

将军夫人　我知道这种情况
有二十年了
但还从没有一次
足够早地生过火
我从没有一次
能让我丈夫相信这个事实
一星期前就

作　家　至少一星期前

将军夫人　在我们来这儿
至少一星期前
就得生火
（阿萨默下）
我丈夫害怕
这些人会毫无必要地
烧掉更多的木柴
害怕他们会做
某些我们不知道的事

作　家　阿萨默
这是什么名字

将军夫人　他害怕我们看不到
他们做的所有事
而现在整片森林都得砍光
因为整片森林里都是甲虫

作　家　那是长蠹[①]
食木虫
将军夫人　他长着眼睛
可以想去哪儿就去哪儿
他看不见甲虫
全部的虫害他都看不见
如果没人告诉他这件事
他就毫不知情
作　家　两位部长来
是为了推翻他
但他们却搀扶着他
(笑)
一位部长搀扶着
他根本没有的
左臂
另一位部长搀扶着
他的右臂
而两人都在推翻他
将军夫人　七十乘九十公里
您算算
这是多少
作　家　这是一片巨大的面积夫人
这是一处真正的大地产
将军夫人　他长年累月地
说这句话
要严密监视伐木工

---

① 一种幼虫蛀木的甲虫。

要严密监视
伐木工
和其他林业工人
他经常在睡梦中说这些
然后他就惊醒
而且汗流浃背
汗流浃背您知道吗汗流浃背
与此同时他说
要严密监视伐木工

作　家　人只需想象一下
七十乘九十公里
而且甲虫
无处不在
因为这样一片受到甲虫侵害的森林
必须砍伐
到时我们便会有
一片广阔无垠的不毛之地
法律条文的内容是这样的夫人
一棵
受到甲虫侵害的树
必须砍伐
若甲虫遍及整片森林
整片森林便必须砍伐
若受到甲虫侵害的森林的拥有者
不具备砍伐森林的
一些手段
国家便会使森林倒下
但只要一个人具备一些手段

将军夫人　他在夜里惊醒
并且突然说
要严密监视伐木工
某些不允许做的事
被做了
这种想法总是在折磨他
因为他总是谈起两个世界
他说
一个世界是在背后
必须出其不意地
突然看它的内部
他完全信任王子
如果发生了违背我丈夫意愿的事
王子必须报告
王子负有责任
我丈夫百分之百地信任他
他喜爱公主
是因为她的眼疾
他说
谁这么美但却什么也看不见
或者几乎什么也看不见真是可惜
王子是我丈夫的心腹
王子保护我丈夫以免他受到
伐木工一再表现出的厚颜无耻的损害
正如他保护伐木工以免他们受到
我丈夫的肆无忌惮的损害

作　家　森林倒伏之后
猎屋里

将不再有人

将军夫人　他说我们生活在一个
普通人的要求
被满足的时代
这史无前例

作　家　(拿起牌来洗)
把自己洗死
把自己洗死
(将牌扔到桌子上)
中断我的工作
不会造成损失
如果长着脑袋的人
没有预见地
毫无预见地夫人
突然进入别处的风景
这就如同人使脑袋
获得了新鲜空气
如果可能
要中断
工作
忘记
所写的东西

将军夫人　不断地害怕
被发现

作　家　因为战后
这儿的森林里
只有饥饿
和告密

随处可见
而且那是前所未有的严冬

将军夫人　（对正在添柴的阿萨默）
一刻钟后关炉子

作　家　生炉子的技巧
是添柴时
一丝不苟的技巧
是关炉子时
分秒不差的技巧
大多数人并未掌握这种技巧
还应按时
清扫
（阿萨默起身，想离开）

将军夫人　（对阿萨默）
但愿所有的房间都暖和
在将军先生的床上放一块热砖
在两位部长的床上也放热砖
我们等女士们和先生们
回来以后吃饭
安娜应该让糖煮水果凉一下
（突然）
雪都铲净了吗
阿萨默您要好好把雪铲净
（阿萨默下）

作　家　白雪覆盖了一切
白雪刹那间完全覆盖了一切

将军夫人　这不是拂晓
是黄昏

早晨一切都缓慢地来临
是缓慢地您明白吗
而傍晚黑暗
却突如其来地出现
突然就是一片漆黑
好长时间不开灯
说话的人能听见声音
但看不见东西
能听见炉火的声音
但什么也看不见
能听见炉火的声音
但什么也看不见
或者至少
感觉不到痛苦

作　家　如果森林被砍光
黑暗再也不会这样
令人痛苦地突然出现
好像白天的光线
一下子被抹掉了

将军夫人　得追加录用
两百名伐木工

作　家　王子曾谈到贿赂

将军夫人　您想象一下
有二十八台拖拉机
有不计其数的电锯

作　家　但愿人的脑袋
能忍受这样的噪音

将军夫人　他不会在这儿

他将什么也看不见
他将什么也看不见
什么也听不见
起初我以为
我不会在这儿
但现在我想
我必须在场
因为整片森林都被砍光
以前一想到这些我就觉得无法承受
看着森林如何倒下
(阿萨默手持一张纸条走向将军夫人
将军夫人读纸条，然后)
好的阿萨默
(阿萨默下)
安娜
不敢进来
她想明天
回家半天
如果您在这儿
她就不敢进来
到时她就送一张纸条来
(笑)

作　家　那是在什么时候
您什么时候发现了
甲虫

将军夫人　是在一年半前
但那时已经太晚了

作　家　他患病是什么时候发现的

将军夫人　一年前

作　家　患有这种疾病的人
不再能保持身体里的水分
这是一个漫长
而又痛苦的过程
白内障出现得
恰逢其时

将军夫人　这就像我们无法对自己解释
森林里的所有地方

作　家　一片如此广袤的森林里的所有地方

将军夫人　同时
都出现了甲虫
这不可解释
农垦大学的教授们
搞不明白
起初他们说这不可能
这绝对不可能
这毫无理由
这也完全违反自然规律
这种状况他们无法想象
专家们被弄糊涂了

作　家　科学
始终是张口结舌的夫人

将军夫人　因为没人相信
森林里的所有地方
同时发生虫害的
可能性
因为这种事情根本上

　　　　　与自然规律相矛盾
作　家　自然规律
将军夫人　几乎同时
　　　　　所有树的皮
作　家　都逐渐枯萎
　　　　　它们同时
　　　　　死了
　　　　　干了夫人
将军夫人　他不再能看见这些
　　　　　但其他所有人
　　　　　却看得更清楚
　　　　　阿萨默
　　　　　是第一个发现的
　　　　　幸亏
　　　　　我丈夫以为
　　　　　只涉及几个树干
　　　　　我还记得我丈夫
　　　　　就在您现在站的位置
　　　　　在那儿在窗边
　　　　　我坐在
　　　　　我现在坐的地方
　　　　　当时阿萨默
　　　　　进来添柴
　　　　　他说
　　　　　几棵树上有甲虫
　　　　　然后我丈夫笑了
　　　　　他笑成了什么样子
　　　　　然后我丈夫问阿萨默在哪儿

阿萨默说
就在猎屋后面
我丈夫很快把这件事完全忘了
那时我已知道灾害涉及的范围
知道每棵树上
都有甲虫
教授们是在严格保密的情况下来的
我丈夫对此一无所知
他们说
如果他得了白内障
而他得的是白内障
他们说
他就什么也看不见
他们站在您现在站的地方
在那儿在窗边
林业人员检查了
整整一星期
到处
每个地方
都有甲虫
留着不动我想
把所有这些枯树
都留着不动
甲虫应该吃光一切

作　家　如此看来
从恰当的角度看
他患有疾病是一件幸事
再加上白内障

将军夫人 我让所有的人都保持沉默

作　家 这样一片受到甲虫侵害的森林
必须全部砍光

将军夫人 我一直害怕
事情会传开
被我丈夫听到

作　家 他正在撰写他的著作
撰写他的毕生之作夫人
并且对他的这部毕生之作全神贯注
并且一直在他城市的房间里闭门不出
这对他有好处

将军夫人 年轻的军官们
在部里做他的工作
另一方面他只考虑
森林
没有什么比森林对他更重要
您知道吗
他始终一心一意
关注森林

作　家 到时我们在这儿
要对付一大片空旷的平地

将军夫人 我丈夫总是在这儿
产生最好的想法

作　家 人受到激发
会产生想法

将军夫人 他不是在城市
而是在乡村
在森林里

产生最好的想法
他可以好几天一个人待着
即便是那些伐木工
也对他构成了干扰
他穿着他的靴子
拿着铅笔和纸
避开他们

作　家　而且他头上戴着
他的绿帽子

将军夫人　如果他听见伐木工的声音
他就绕道
好几年他经常
不和他们说一句话
不和他们说一句话
阿萨默是例外
他总是说
但愿我能在森林里
我在森林里思考
所有那些改变
归根结底
都源于我丈夫的
散步
我丈夫总是说
那是改变了巩固了
这个国家的一切措施
为了有这样的思想
必须有这样一片森林

作　家　像您丈夫性格的

这样一种性格
他也能在幕后
扮演角色
对吗
这样一片森林
里面除了宁静
应有尽有
（引用将军的话）
这样一片里面除了宁静
应有尽有的森林
正是我梦寐以求的

将军夫人　战争临近结束时
我们曾在这儿躲藏
如果他们找到我们
他们就会把我们杀死
我们在森林里
您明白吗
但不在猎屋里
谁敢走进猎屋
他们就杀死谁
他们杀死了猎屋里的每一个人
时常害怕
被发现您知道吗

作　家　如果人像您一样
得到了这样一笔巨额财产
并且后来
比如说必须
在自己广袤的森林里躲藏

那么人就会害怕
在这样一片广袤的森林里被杀死

将军夫人　被突然
发现

作　家　在这样一片森林里
此处除了宁静
应有尽有
两笔巨额财产
被合并成了唯一一笔巨额财产
夫人
而且人必须
在里面躲藏

将军夫人　（朝外看）
现在
天完全黑了
（阿萨默进来关炉子）
人只能听见脚步声
但什么也看不见
人只能听见声音
什么也看不见
（阿萨默想开灯）
不
别开灯阿萨默
炉子关好了吗
（对作家）
您知道吗
我害怕
我丈夫

我恨两位部长
我一开始就恨这两个人
他们欺骗我丈夫
他们好多年
都在利用他
他们好几十年都在利用他
他帮助他们得到了他们的职位
他把其中的一个二十四岁
就弄到了部里您得知道
两位部长拥有的一切都要感谢我丈夫
而现在他们却欺骗他
他们想摆脱他
摆脱他您明白吗
他们现在来
是为了逼迫我丈夫辞职
对小人真是防不胜防
最好
是独自
待在黑暗中
起初人得强迫自己这样做
然后人就会喜欢这种状态
起初是强迫
没人能忍受黑暗
忍受什么事也不发生您明白吗
要强迫
强迫自己这样做
然后人就会喜欢这种状态

作　家　有一天您把您的财产

与您丈夫的财产合二为一
以便迫不得已时在这笔
如此产生的巨额财产里躲藏

将军夫人　现在平静了
没有战争
什么事也没有

作　家　而甲虫却出现了

将军夫人　是甲虫
（对阿萨默）
炉子关了吗阿萨默

阿萨默　关了夫人

将军夫人　这是持续不断的专注
和劳作
乃至恐惧您知道吗
直到人确实暖和起来
（阿萨默下
将军夫人在他身后喊）
您把花园里的灯打开阿萨默
把所有的雪都好好铲净
好好铲净所有的雪
（对作家）
两位部长从教会方面
得到了令人难以置信的支持
我丈夫憎恨教会

作　家　他是天生的无神论者

将军夫人　（起身开灯，又坐下）
我劝他
在他去医院前

再打一次猎

作　家　大概在他没有意识到的

不治之症的影响下

他渐渐地

听您的意见了夫人

将军夫人　我劝了他

作　家　现在

您突然

不想再伤害他

将军夫人　(激烈地)

我在他周围

筑起了沉默的墙

他不该

知道

有关甲虫的事

作　家　我在问自己

将军是否真的一无所知

他的一无所知是否是事实

或者他仅仅假装一无所知

毫无疑问这是终局夫人

请您理解我夫人

可以告知一位将军

必须告知的事情

可以坦率地告知他您明白吗夫人

他处于什么状态

将军夫人　不能告诉他

不能告诉他

作　家　我们面对的

是一个其突出特征
为毫无顾忌的坦率的男人
因为这样一个开明的人
完全以不同的判断力生存
夫人

将军夫人　他不知道这件事
他不该知道这件事
无论何时何地
他都只是
不停地谈论他的森林

作　家　遗憾的是
您成功地对他
隐瞒了甲虫
您使护林员
和伐木工
所有与森林相关的人
都保持沉默
因为使天生
要说话的人夫人
保持沉默
是困难的
而且在最远的距离之外
还有整个
不断地关注好奇心
和闲话的传播的
社交界
通过持续不断的
而且在我看来是聪明的贿赂

您决心做的事
成功了

将军夫人　没有人
没有一个人
说了什么

作　家　事实上
甲虫正在
毁坏
啃噬
这里的一切
与猎屋有关的一切
一切

将军夫人　医生像您一样
十分坦率地
谈到
不治之症
这只是一个
最短时间的问题

作　家　基于这一原因
还由于这只是一个
最短时间的问题
您对他隐瞒了甲虫
他得的
白内障
是您的同盟
坦率令人吃惊
医生们可能
借助它

　　　　采取措施

将军夫人　我丈夫以为

　　　　是一个小手术

作　家　但您在医生们

　　　　想到这一点之前

　　　　已经怀疑

　　　　您丈夫患有

　　　　不治之症

　　　　您说过

　　　　很久以前

　　　　他就不一样了

将军夫人　他突然

　　　　就不一样了

　　　　那是在

　　　　宴会上

作　家　我记得

　　　　是在宴会上

　　　　（走向电唱机，放入亨德尔[①]的《羽管键琴第五组曲》唱片）

　　　　您以为疾病晚些时候

　　　　很久以后才会发作

　　　　但这期间

　　　　电锯发生了事故

　　　　一次受伤

　　　　一次电锯导致的受伤

　　　　使一种不治之症发作了

---

① 格奥尔格·弗里德里希·亨德尔（1685—1759），德国音乐家，以曲风宏大且富于戏剧性著称。

您丈夫后天
在医院里
做手术
这可不是一个小手术
因为正如您知道的那样
事关一台极其复杂的
甚至是非常危险的外科手术
您对此做了最坏的思想准备
恰恰在这个时候
夫人
第一批树将会倒下
然后是康复的时间
在海边的时间
是他所希望的
在罗马的时间

将军夫人 罗马将会是终点

作　家 然后您将会返回
而那些树已经倒伏
也许整片森林
已经无迹可寻

将军夫人 他当然知道点什么
但他不知道真实情况
我和两位部长谈过话
我说他就要死了
我丈夫将军会在最短的时间内死去
请等一等
一个会在最短的时间内死去的人
不必逼迫他辞职

二位现在就得做出决定
现在
我丈夫不辞职
他就要死了
但他不辞职
二位明白吗
他也根本没想到辞职
我对两位部长说
森林里有甲虫
整片森林都必须砍光
而这无济于事

作　家　在有才智的人当中
会出现下述情况夫人
一个男人会拿起一把电锯
或者一件他完全与之无关的
其他工具
一名知识分子会突然
十分突然地
想砍伐一棵树
这样的人会忽然产生
把一些钉子敲到一面墙里的需求
一个长年累月一直坐在书桌旁的人
会忽然走进一个碎石坑
或者干脆走进森林
这样的人会突然认为
必须打碎或者重新切割某种东西
就像您丈夫将军也十分突然地
拿着一把电锯走进了森林

这样的人会突然没头没脑地
走进森林
砍伐一棵树
或者他会走进碎石坑
或者他会杀死一个人您明白吗
或者他会突然穿上
伐木工才穿的衬裤
这样的人一直只穿最精致的内衣
这样的人会忽然脚蹬粗糙的长筒靴跑过来
或者他会戴上一顶毡帽
而他确实只习惯戴最考究的帽子
然后便会出现可怕的
时常是致命的身体损伤夫人
将军用电锯割伤了自己的腿
而这次受伤使他原本的
不治之症发作了
每个人的身体里都隐藏着一种不治之症
一次轻微的时常是无关紧要的
时常是完全觉察不到的受伤
会使不治之症发作

将军夫人　幸亏他带着阿萨默
他把他从森林里
背进了猎屋
他遇到了一名好外科医生
（外面传来脚步声、说话声、笑声）

作　家　将军来了
（关掉音乐）
那么这就是不幸中的万幸

（缺少左臂的将军、两位部长、王子和公主进来，
女厨和阿萨默帮助他们脱掉大衣，又出去
将军拥抱他的夫人
作家停留在背景处
王子和公主在门口）

将　军　这场突如其来的降雪
白雪覆盖了一切
白雪覆盖了一切
最后一段路是走回来的

作　家　这是一个干燥的
寒冷的冬天将军先生

将　军　（喊道）
是作家先生
（将军和作家走向彼此，相互握手）
这样我夫人就不会感到无聊了
您的哲学
或者更确切地说您那些哲学
分散了您的注意力
您想象一下
我的女秘书
观看了您的喜剧
我认为它更像一出轻歌剧
那是一次精彩的演出
她非常喜欢
您的更像一出轻歌剧的
剧作中的历史创造者
或者所谓的历史创造者
为了排练这样一个角色

人得有戏子的头脑不是吗
人得有机器般的头脑
和中等以上的天赋
人必须有天赋
演员必须有天赋
天赋天赋
演员必须有天赋
而且必须是一部机器
演员必须带着戏剧头脑
而不是带着装腔作势的头脑
来到世界上
（笑
对所有的人）
各位请坐
坐
各位请坐
（所有的人都坐下）

将军夫人　（问）
各位要雪利酒还是烧酒

所有的人　（杂乱地）
烧酒雪利酒
雪利酒烧酒

将军夫人　（对将军）
我害怕
你无法回来
害怕出事

将　军　如果没有两位部长的帮助

将军夫人　从来没有下过

这么多雪

将　军　作家在他的精神错乱中
写了一部喜剧
它更像一出轻歌剧
而演员们
则上了这部喜剧
轻歌剧
的当
后来圈内人士知识界便以为
这涉及某种哲学的东西
作家抨击哲学
或者说抨击一大堆哲学流派
并且干脆把他的思想强加于演员
如果涉及悲剧
他便声称
这是喜剧
如果那是喜剧
他便声称
这是悲剧
其实那仅仅是轻歌剧
作家们强迫演员们
进入一个戏剧事件
进入一个与演员们对立的
戏剧事件
他们为达目的不择手段
而这一切只不过是自相矛盾
（对两位部长）
二位请注意所说的话

这位先生
将把他所看到的东西
搬到舞台上
二位请考虑要讲述什么
和隐瞒什么我的先生们
因为这将作为某种纯属卑鄙的
哲学的东西
出现在舞台上
这位先生也会把二位写成一出轻歌剧
（两位部长笑）
王子是最沉默的人
公主是最有魅力的人
王子写诗
他有时朗读它们
他的夫人
忙于照料
他们的两个可爱的孩子
我们的作家在观察
各位务必知道
但他在观察
某种与真实不一样的东西
（对两位部长）
他对弹道学我的先生们
一窍不通
但他会说我的先生们
国家阴谋这个词
（女厨进来，想说什么）

将军夫人 请吃晚餐

(示意女厨离开
女厨下
将军夫人起身
所有的人都起身)

将　军　我的胃口好极了
(所有的人都往外走
将军谈论作家)
真是一个无法看透的人
一个完全无法看透的人
(所有的人都出去)

幕落

狩猎期间

从猎屋里可以十分清晰地看见森林
幕启时将军夫人和作家在打牌、
喝烧酒并且大笑

将军夫人 （把她的牌扔到桌子上，至该场结束
一直在一张纸条上记录着输赢）
赢了
赢了
（拿起牌来洗，发牌）
作　家 这种高声大笑
您的高声大笑
（看牌，再揭两张牌）
对不治之症的强烈兴趣
对一些舞台事件的强烈兴趣
确实
（把牌扔到桌子上）
普遍存在
赢了
（将军夫人洗牌，发牌
作家喝酒）
如果我们观察
并且置身事外
（看牌，再揭两张牌）
人们缺乏理解力

而且没有目的
那些根本不合适的人
采取一些手段

将军夫人 (用双手拍桌子)
赢了
赢了
赢了
(喝酒)

作　家 我们不必参与
我们可以在场
但不必参与
如果我们将我们的观察天赋
(把他的牌扔到桌子上)
您赢了
您洗牌
您洗牌
(将军夫人迅速洗牌)
这是一大笔钱
一大笔钱
确实是一大笔钱
(揭牌)
也许
也许

将军夫人 (给自己揭特别多的牌)
也许什么

作　家 也许
那完全不是不治之症
(笑)

也许那根本不是
不治之症
他最好的故事是
他描述了
他的左臂是如何在斯大林格勒[①]
被拽掉的那一个
（笑）

将军夫人 他差点因为流血过多死去

作　家 每当他讲起这件事
您就在结束时说
他差点因为流血过多死去
他接下来的回答是
我不希望我最凶恶的敌人
遭遇极寒天气
（二人笑）

将军夫人 他最大的愿望是
我们去慕尼黑过十月啤酒节
但一到时候
我们又不去

作　家 因为人无法用一只胳膊
荡秋千

将军夫人 无法荡秋千

作　家 无法荡秋千
无法荡秋千
无法荡秋千

---

① 俄国城市，1925—1961 年名为斯大林格勒，后称伏尔加格勒。第二次世界大战中著名的斯大林格勒战役（1942.8—1943.2）即在此进行，在此役中苏联军队反败为胜，全歼法西斯德国军队。

将军夫人　（*把牌扔到桌子上*）
赢了
赢了
您瞧
我现在赢
以后又会输

作　家　您洗牌
您得迅速洗牌
这个游戏的全部意义
在于迅速洗牌
和非常迅速地出牌
一小时后
您洗牌突然就这么慢了
要迅速洗牌
要迅速您明白吗
（*从将军夫人手里把牌拿过来，迅速洗牌*）
要这么快您瞧
得这样洗牌
十七和四应该这样玩
这样玩这样玩
（*发牌*）
人无法用一只胳膊
荡秋千
许多事情
人无法用一只胳膊做
但最争强好胜的
是残疾人
伤残者

（给自己揭五张牌）
我们可以觉察到这一点
当我们
探究历史
当我们追溯历史
当我们参与
这种荒唐事
伤残者曾经统治世界
而不是其他人

将军夫人 我婆婆
他母亲
使他成为
他这样的人

作　家 （把牌扔下来）
赢了
（在将军夫人洗牌、发牌时，
突然非常快地）
这是强加于人
这仅仅是强加于人
（给自己揭六张牌）
我们一再发现自己
与讨厌的东西打成一片
那或者是一件事
或者涉及人
我们一再同一件
讨厌的事打交道
我们也一再同讨厌的人打交道
讨厌的东西吸引我们

（喝酒）
比如说狩猎
是讨厌的
我讨厌狩猎
狩猎是讨厌的

将军夫人 他恨您
但不像您恨他
那么强烈
（把自己的牌扔下来）
赢了

作 家 比如说我们在狩猎期间
看到一个所谓有名望的人

将军夫人 他给我朗读
他的手稿
但他的声音
和他朗读的一切
使我感到恶心

作 家 尽管如此他所写的一切
都无懈可击
一切都无懈可击
而且他的权限
是最大的
他是一个不可贿赂的人
（把牌扔到桌子上）

将军夫人 现在您又赢了
我赢一两次
然后您就赢
然后您总是赢

（拿起牌来洗，发牌）
他在阁楼上
您得知道
还保存着他的军大衣
军大衣下面
是他的胳膊被拽掉时
他穿的
军装

作　家　他差点因为流血过多死去

将军夫人　他把
放着这些军装的
衣柜的钥匙
拔下来了
他希望
穿着这套军装
下葬

作　家　躺在一口不刨光的软木棺材里

将军夫人　躺在一口不刨光的软木棺材里

作　家　（把牌扔到桌子上，喝酒）
赢了
（将军夫人突然大声笑）
您为什么笑
您为什么笑
您的高声大笑
（将军夫人发牌）
今年可以射杀野鸡
我读到过
今年可以射杀野鸡

将军夫人 他憎恨打牌
总是这样
如果他去打猎
我就在这儿等
我总是
一个人
在这儿等

作 家 起初白内障
不会引起丝毫痛苦
痛苦会突然出现

将军夫人 他瞄准时说
好像隔着一层纱
他透过一层纱
透过一层纱
射击

作 家 (把牌扔下来)
赢了
(将军夫人拿起牌来洗，发牌
作家喝酒，揭六张牌)
您曾让护林员
和伐木工
发誓
您全部的注意力
只集中在一件事上
那就是对您丈夫
隐瞒甲虫
(阿萨默进来检查炉子)

将军夫人 没问题阿萨默

聚会的人回来以后
再添柴
到时再添

阿萨默　是夫人
（又出去）

将军夫人　其实这些
头脑简单的人的
忠诚
一直让我讨厌
它就是让我讨厌
（喝酒
外面传来枪声）

作　家　今年可以射杀野鸡
夫人

将军夫人　二十一分
我有二十一分

作　家　我也有二十一分

将军夫人　每当我有二十一分
您也有二十一分
（拿起牌来洗，发牌）

作　家　如果我们翻倍
您就有机会了

将军夫人　（揭八张牌）
超了

作　家　（把牌放到桌子上）
二十一分

将军夫人　您瞧
（把自己的牌扔下来）

和您打牌意味着
无论如何都输
输
您明白吗
输
（拿起牌来洗，发牌）

作　家　您得
付给我
一大笔钱
（喝酒）

将军夫人　其实
我经常说
不该说的事
您是我所认识的
最无所顾忌的人
没有哪个人
比您更加无所顾忌

作　家　（把牌放到桌子上）
赢了
我有两张大牌

将军夫人　（拿起牌来洗，发牌）
真的
如果别人
胆敢有一点点冒犯
但另一方面

作　家　但另一方面

将军夫人　但另一方面
这又是一种乐趣

和您打牌
是一种最大的乐趣
当您突然高声大笑
您的头脑里
是一个哲学对象
或者是某些不正经的东西

作　家　（把牌扔下来）
赢了

将军夫人　您听见了吗
是某些不正经的东西
（洗牌，发牌，喝酒）
这种娱乐的优点在于
您是一个可怕的人

作　家　（把牌扔下来）
赢了

将军夫人　（拿起牌来洗，发牌）
到时我打电话
写信
打电话
（枪声）
打电话
始终不能确定
您到底来不来
这令人感到羞耻
因为您经常说
您来
然后您又根本不来
我写了多少次信

而且根本收不到回信
在头一天您的葡萄酒
您的专有品牌
就放到了房间里
甜食也凉好了

作　家　（把牌扔到桌子上）
赢了
（喝酒）

将军夫人　（拿起牌来洗，发牌）
如果一切都为您预备好了
整栋房子
都为您做好了准备
那时您根本就不来
如果我运气好
也许八天后
您会
突然出现
没有道歉
什么话也没有
好像什么事也没发生
您又吃又喝
而且笑
您是怎么笑的
您是怎么笑的
您怎么笑得出来

作　家　（放下牌，笑）
赢了

将军夫人　（拿起牌来洗，发牌）

然后我们就玩
十七和四
并且默不作声
您突然就走了

作 家 如果我们注视一个人
不论是什么人
我们便看到一个垂死的人
那是一个垂死的人
恰恰从我们醒来的那一刻起
我们便一直在观看
我们注定要静止不动
您明白吗
我们已经死去
一切都已死去
我们内在的一切都已死去
一切都已死去
（把牌扔下来）
赢了
（笑）
赢了
赢了

作家和将军夫人 （笑）
赢了

作 家 如果存在着某种东西
那便是死亡
我们听到一个声音
（外面响起枪声）
我们询问

那是死亡
我们说这个漂亮的人
那是死亡
我们说这部精确的作品
那是死亡
(将军夫人洗牌，发牌
作家揭九张牌)
我们所发表的东西
那是死亡
我们孤独
我们已经枯萎
那是死亡
所有那些您得知道
突然死去的脸
我们看见它们
并且看见它们突然死去
突然死去
每一张脸
都是一张死去的脸
那种无耻
人们以此将他们死去的脸
(枪声)
那些手段我们将它们
(喝酒)
如果我们具有判断力夫人
一切都会变得黯淡无光
我们迟疑
我们拖延

我们痛恨
我们这样的人
我们所记载的东西
是死亡

将军夫人 （把牌放到桌子上）
您赢了
您赢了

作　家 我们所看到的东西
是瞬间
是终点
是死亡
一个朋友正在死去
一切都已死去
您瞧
（把自己的牌放到桌子上
将军夫人拿起牌来洗，发牌）
如果我们走进我们的房间
当我们在我们的房间里
我们便问自己
为什么
我们在哪里
（枪声）
我们孤独
或者不孤独
我们听音乐
或者我们不听音乐
每一个话题夫人
都是死亡

我们所抓住的东西
已经枯萎
它已经枯萎
我们所抓住的东西
已经枯萎
已经枯萎夫人

将军夫人和作家 （一边笑，杂乱地）
已经枯萎
已经枯萎
（枪声）

作　家 我们蔑视
我们所听到的事
我们蔑视
我们所看到的事
我们说拥有这份情感的
这个人
拥有这种经历的
这个人
拥有这张脸的
这个人
（把牌放到桌子上）
赢了
（将军夫人拿起牌来洗，发牌）
我们不断地
急切地
等待着什么夫人
等待着一个人
等待着一种不治之症

我们因此患有疾病
我们
我们中的每个人
都因此患有不治之症
我们等待的始终是另一种东西
另一个人
我们因此感到沮丧
（揭五张牌）
我们问自己
我们以此为出发点的
这种思想是什么
我们探询原因
我们问
是这个原因
还是那个原因
当我们杀死一个思想
另一个又出现了
我们会到哪里去如果我们
我们可以这样说
而且我们不断地
以我们的性格为依据
我们指责个体
性格懦弱夫人
我们同时以不公正
和公正
为依据
但生活
或者更确切地说生存夫人

（喊道）

赢了

（把牌扔到桌子上）

是一场噩梦

（将军夫人拿起牌来洗，发牌）

如果我们看到一个人

我们必然问自己

与这个人相关的一切是什么

我们看到一种性格必然问

与这种性格相关的东西是什么

以及与每个对象相关的东西是什么

我们以这种方式

持续不断地

濒临疯狂

因为一再拒绝一切

拒绝思考夫人

是不可能的事

事实始终是

令人惊恐的事实

而思想则会

瓦解材料

使一切始终都处于解体中

您知道吗

因此我们必然绝望

人

是绝望的人

其余的一切都是谎言

因为我们是如此坚持不懈

我们此后却经常
一再看不到
内在的相互联系您得知道
而一切都是粗劣的伪造
我们突然
停留在表面思考
（枪声）
并且一头雾水
这仅仅是一种
充分利用

将军夫人　（把牌放到桌子上
枪声）
您赢了

作　家　赢了
（枪声
作家把牌扔到桌子上
将军夫人拿起牌来洗，喝酒
作家喝酒，揭五张牌）
于是我问自己
我为什么要来这儿
我在这儿
要寻找什么
（再揭两张牌）
我在这儿要干什么
将军先生这是什么人
总统先生这是什么人
（枪声）
他是一个理想主义者

两位部长会逼迫他
他必定会屈从
大概他们已得到了他的承诺
我了解这些人
这些人不会退让
一位部长先生这是什么人
您观察一下这些人
但仅仅采取鄙视态度
意味着什么事也没做
也没做

将军夫人　他是一个理想主义者

作　家　(喝酒)
但一个理想主义者是一个傻瓜
(把牌扔到桌子上，喊道)
赢了

将军夫人　(拿起牌来洗，发牌)
您有您的
共产主义思想财富

作　家　(笑，揭四张牌)
二十一分

将军夫人　二十一分

作　家　翻倍
(将军夫人洗牌，发牌)
当我和您一起
如此漫无目的地
穿越森林
这非常美
(喝酒)

将军夫人　我丈夫说
这些人
只想
毁灭一切
他们败坏一切
他们贬低一切
（把牌扔下来）

作　家　（把牌放到桌子上）
赢了
我赢了

将军夫人　您的天性是一种
始终想改变一切的天性
（枪声）

作　家　您听
您听
（枪声）
如果我们感到高兴
比如说在这儿的猎屋里感到高兴
我们是在用某种东西欺骗自己
但即便我们感到沮丧
而且除了沮丧没有其他感觉
我们也仅仅生活在错觉的状态中
我们所看到的
是不同的东西夫人
我们说这个人
而他是另一个人
我吸入的这种空气是另一种空气
这些牌

（将牌举到空中）
是另一些牌您明白吗
一切都如此庄严崇高
以致我们几乎无法忍受它们
事情的经过始终只是貌似相像的事情经过
我们的理智是另一种理智
但无所不至的是死亡
世界是畸形的世界
人类的天性是畸形的天性
如果我们谈论美
那的确只是在微观的意义上
向我们迎面而来的最美的东西
是残缺不全夫人
虽然有一些人来
但那是另一些人
您明白吗
这次狩猎聚会自始至终
是另一次狩猎聚会
我要十分突然地说一句套话夫人
这富于哲理性
但全部的哲学都是胡说八道
（把牌放到桌子上）
赢了
（将军夫人拿起牌来洗，发牌
作家喝酒，揭五张牌）
环境有一只夫人
与大脑对立的
耳朵

它为了毁灭精神
不择手段
(把牌扔到桌子上，喊道)
赢了

将军夫人　(用双手拍桌子)
您赢了
您赢了
(枪声)

幕 落

狩猎之后

将军、将军夫人、两位部长、王子、
公主及作家坐在桌旁喝酒、抽烟
将近早晨五点

将　军 我亲爱的作家先生
穿将军军服的生活
任何时候
都不适合一个敏感的人
或者根本不适合一种特别敏感的性格
不过这里涉及的是一个
像您这样自由不羁的人
（作家大声笑）
这种人可以用自己的自由做自己想做的事
（作家大声笑）
但这又另当别论
无论如何您是一个
睁大眼睛竖起耳朵
并且不隐瞒任何事的人
这是这种人的天性

第一位部长 有二十六只兔子
将军先生
四只野鸡
两头獾
这绝对破纪录了

将　军　我的先生们
在这么短的时间内
这当然破纪录了
另外您还得考虑到
我的近视
和这种情况
我在斯大林格勒
失去了我的左臂

将军夫人　它被从他身上拽掉了

将　军　拽掉了我的先生们
拽掉了

将军夫人　我丈夫差点因为
流血过多死去

作　家　（对将军夫人）
他差点因为流血过多死去

将　军　我可以告诉各位
我的先生们
是被包围了
而且坚持到了
最后

将军夫人　（对两位部长）
那是有史以来的
最大的一次战役

将　军　最大的一次战役
（对作家）
您无疑生活在另一个世界
您是一位评论家
（把一杯烧酒全部喝完）

将军夫人　我丈夫
被严禁喝酒

将　军　那是绝对的禁令我的先生们
绝对的禁令

作　家　我们已经知道
灾祸源于
人类的所有天性
而全部的历史
仅仅是一场灾祸
当我们展望未来
我们看不到别的东西

将军夫人　我丈夫后天
要去住院
可以说就住几天

将　军　（对两位部长）
可以说就住几天
二位知道吗
我正好需要
这次住院
在我为使我著作的撰写取得进展
费尽心力的时候
我能喘口气二位得知道

将军夫人　这之前我丈夫
还想打一次猎

第二位部长　将军先生
是一个名满天下的猎手
（对他的同事）
将军先生获得过

狩猎领域的最高嘉奖

将　军　（对两位部长）
二位知道吗
我在狩猎期间可以恢复精神
这时我呼吸空气
这时我变成了另一个人
变成了一个崭新的人
不过我夫人却讨厌狩猎
她受到一种造作的情感的影响
二位得知道
它使她对狩猎毫无兴趣
她受到
（指着作家）
这个男人的影响
（对作家）
您用您的
诸如此类的念头
毒化了纯洁的头脑
您以此使绝对有用的头脑
变成了完全无用的
一个精神失常的社会
才会容忍这种事情
（笑，然后对两位部长）
应该消除我的先生们
消除那些麻烦事

将军夫人　过几个星期我丈夫将恢复职务
出院后
他将

精力充沛地
重新开始工作
（对两位部长）
但愿二位能看见那些有关国家政治的
数不胜数的大量读物
他让人把它们给他送来
我得为他把它们搬进医院
我丈夫非常关注
涉及局势的事情

将　军　那是世界政治局势
它现在越来越危机四伏我的先生们

将军夫人　另外我还受到了委托
我要每天把最新的报纸
和最重要的杂志
给他带到医院
（对两位部长）
我丈夫打算做许多事
（对王子）
当然森林会因此遭受损失
如果他关心政治
森林便退居次要地位
（对两位部长）
但王子负责
使森林不被忽视

将　军　（喊道）
各位可以寻找一名
像王子这样的森林巡视员

作　家　我读到过

今年可以破例射杀野鸡

将　军　今年可以射杀野鸡

今年可以射杀野鸡

各位请听

（喊道）

有四只完整的野鸡

第一位部长　野鸡非常漂亮

第二位部长　野鸡非常漂亮

将　军　要通过消遣

比如说通过狩猎

我的先生们

来集中思想

分心

是为了集中思想

各位明白吗

（对作家）

集中思想就是一切

对吗

将军夫人　（谈论作家）

他根本不让人打扰他

他无法忍受最轻微的刺激

他完全闭门不出

他不让任何人接近自己

而我丈夫也时常说这句话

那些持续的外来干扰

必须结束

将　军　王子保护我

他使我不被麻烦事缠身

远比这重要的是
他使我不为此伤脑筋
而且我还可以和他
谈论大自然
我和其他人在一起无法这样做

将军夫人　别让人糊弄
我丈夫总是说
别让人糊弄

将　军　（对两位部长）
是时候了
一切都必须加强
必须开始加重惩罚
正如我们看到的那样
这是一个乌七八糟的社会
这是一个乱象丛生的世界

王　子　过几个星期将军先生
我们又会在最美的季节
在这儿的猎屋里见到您
这期间这儿的工作
将会完成

将军夫人　（对两位部长）
一处面积如此巨大的地产
始终需要几百个人
高度集中注意力
尤其得持续不断地注意
这样一处地产的所有细微之处
如果我们不拥有这片森林
我丈夫就不会是

他现在的样子
军队
和森林
城市的喧嚣
和乡村的宁静
交替出现二位知道吗
（两位部长点头）

作　家　这一件事
就像另一件事

将　军　（对两位部长）
王子是最出色的森林守护者
他是维也纳农垦大学的毕业生
他完全具备科学家的特质
但却与脚下的土地
保持着联系
他发表的论文
经常出现在专业期刊上
并且引起专业人士的关注
这样一个有充分经济保障的人
可以允许自己业余时间写诗

将军夫人　如果缺少王子
任何事也干不成
根本干不成任何事
（直接对王子）
您享有我丈夫
最大的信任
（对两位部长）
行走和思考

思考和行走
二位明白吗
因为有森林

将　军　事实上在狩猎时
思想变得敏锐
吸入空气
等待
向前摸索
试探各位明白吗
进入寂静
然后是一声枪响

第二位部长　将军先生
曾经向我解释
应该如何手持弹射武器

将　军　(此后突然)
是这样
(示范)
不是这样
(示范，笑)

第二位部长　(对将军夫人)
我最后一次
狩猎
迄今已有十年时间
那是在白云石上夫人

将　军　行走和站立
和思考
交替进行
(对王子)

那是欧洲兔子
野羊
梅花鹿
今天有二十二个猎人
有许多新面孔
(对两位部长)
有农村小伙子
伐木工
和伐木工的儿子
酒店都快挤爆了
(对王子)
明天应该给猎人们
支付更高的薪水
(王子记下一切)
给伐木工们
更高的薪水
但愿能留住
这些人
(对两位部长)
他们干脆离开这儿进工厂
或者我们就得支付双倍的薪水
我已经根本不再可能
认识所有的人
我以前和其中的大多数
在同一所学校读过书
(阿萨默抱着一大捆硬木柴进来添柴)
阿萨默
你好吗

你妻子康复了吗
（对两位部长）
甲状腺肿块切除
二位得知道
那是一次完全失败的手术
（对阿萨默）
你妻子好吗
她的肺怎么样
时好
时坏
（笑）
突然就完了
说正经的阿萨默
她还咳嗽吗

阿萨默　她不咳嗽了将军先生

将　军　她不咳嗽了将军先生
孩子们好吗
（对两位部长）
得问孩子们的情况
这不仅仅对简单的人适用
要首先问妻子的情况
然后问孩子们的情况
（对阿萨默）
他们的成绩都好
那是这所乡村学校的孩子们
曾经得到过的最好成绩
（阿萨默往炉子里添柴时，对两位部长）
我夫人圣诞节教所有这些孩子

背诵一出所谓的圣诞剧
他们全都是天使全都身穿白衣二位知道吗
可以听见主的声音
从上面传到下面
（对阿萨默）
你那些孩子总是能够
非常出色地背诵诗句
没有一个卡过壳
（对两位部长）
然后总是有
一次丰盛的晚餐
当然还有我夫人
为孩子们挑选的礼物
她圣诞节前
开车去城里
为孩子们购买东西
（对阿萨默）
你的腿怎么样阿萨默
你找医生看了吗
（对两位部长）
拿一条因吸烟而血管变窄的腿
可不能开玩笑
（对阿萨默）
人得经常用
经常用
因吸烟而血管变窄的腿
走到医生那儿
（对阿萨默）

你还做圣器看管人吗

阿萨默　我还做圣器看管人将军先生

将　军　你也做掘墓人吗

阿萨默　我也做掘墓人将军先生

（阿萨默起身走出去）

将　军　（对两位部长）

这样的人

是不会再有了我的先生们

将军夫人　（对两位部长及王子和公主）

各位请用餐

各位请用餐呀

（给作家一片香肠）

作　家　（手持香肠片）

我们把我们的时间

浪费在一个思想上

它无论如何不会有结果

人的一生夫人

最终仅仅是

人的一场灾难

将　军　屠夫的儿子

教师的儿子

医生的儿子们

伐木工的儿子们

护林员的儿子们

王子那些孩子

他们全都学习

我夫人

写的诗句

那是一出圣诞剧我的先生们
那是一部真正的剧作
那儿
（指着自己对面的角落）
在那个角落
摆放着各种礼物
每个孩子都有
一件独特的东西
一件完全独特的东西
一件奇特的东西我的先生们
二十年前就有
这样的圣诞剧我的先生们
王子在剧中
扮演
一个王子
公主扮演
一个公主

将军夫人 我丈夫那时发出了
主的声音

将　军 王子在国王面前的
鞠躬
还作为最优美的鞠躬
留在所有人的记忆里
（对王子）
您那时十四岁
（对两位部长）
他母亲那时以此为生
她为各种各样的狩猎聚会

或者婚庆聚会
或者为各种各样的葬礼烹饪
她在农庄和城堡里
缝补衣物
（对王子）
您的祖先在波希米亚失去的
是一笔巨额财产
公主的父亲
曾经是少尉
并且在芬兰阵亡
我在他还是孩子的时候就认识他
我还记得他的声音
那种孩子的
那种孩子的声音
（对公主）
举行圣体节行列仪式时
您的父亲先生可以手持圣母像
这是一份特殊的荣誉
有一次您的父亲先生拿着圣母像摔倒了
而且把他的头撞破了
那是严重的头部损伤您得知道
（对作家）
时间
超越了
超越了
超越了
一切
王子的一个叔叔

曾经是法国驻维也纳大使
王子的另一个叔叔
曾经是法国使馆随员
（对两位部长）
王子
在他的业余时间
写诗
有时他给我夫人
朗读它们
这儿所有的人
所有的人都写作
最奇怪的是
这儿所有的人都写作
（对作家）
我说得对吗
您所写的
完全是某种哲学的东西
尽管您把它称作喜剧
或者我在这种情况下对不对
如果我说
您写的是喜剧
在您自己声称
它涉及哲学的时候
（笑）
谁在这儿生活
谁就写作
谁不是伐木工
谁就写作

甚至这儿的护林员也写作
您得知道
(对两位部长)
人们一方面走许多路
另一方面写作
他们行走并且写作
他们如此调剂生活
(对作家)
您上次在这儿的时候
恰好写了一部喜剧
或者我们可以更确切地说
您写了您自己称之为喜剧的东西
我本人并不觉得
您称之为喜剧的东西是喜剧
喜剧毕竟是一个完全固定不变的概念
您写的东西与它毫无关系
您写的东西
与喜剧毫无关系
我对喜剧有不同的理解
不过对正剧也有不同的理解
您说那是一部喜剧
而它从头到尾与喜剧毫无关系
(对两位部长)
但人不该和作家
谈论概念
您在这儿的猎屋里观察到的许多东西
都在这部您所写的
而且也上演了的

应当强调的是也上演了的
喜剧里
我不去看戏
基本上不去
戏剧是某种令人作呕的东西
如果我在剧院里
我就会不断地想起这种令人作呕的东西
即便我无法对自己解释
这种令人作呕的东西是什么
但它就是令人作呕
但您也许之所以从事戏剧写作
恰恰是因为它让您作呕
我讨厌演员
只要有一个演员说话
我就头疼
我父亲也曾憎恶演员
在舞台上扮演角色
使我感到恶心
事实上我只能忍受剧院里的业余演出
比如郊区剧院里的演出
还有内部聚会中的爱好者演出二位明白吗
但我不能忍受作为高雅艺术的
戏剧
（对作家）
我亲爱的作家先生
您搞的是一门令人厌恶的艺术
我夫人钦佩您
（对两位部长）

我夫人需要这样一个人
她对狩猎不感兴趣
而且寂寞是难耐的
（对作家）
您把您在这儿看到的东西
搬到舞台上
（对两位部长）
作为喜剧我的先生们
因为作家先生是一位喜剧作者
（女厨拿着几瓶葡萄酒进来）

将军夫人　您把酒瓶放到那儿
挨着炉子
（女厨在炉边放下酒瓶，又出去
将军夫人对将军）
安娜需要一个丈夫
一个丈夫你明白吗

将　军　（对两位部长）
请耐心等待我的先生们
请耐心等待
二位想要我做出决定
我已经做出了决定
（对其他人）
先生们说
我病了
但他们当然是指
我政治上的不可信赖
他们说
我要住院

得有康复的时间
我身体虚弱各位明白吗
我因为这种身体虚弱产生了精神虚弱
但他们是指我政治上的不可信赖
他们说我将作为一个功勋卓著的男人下台
在正式下台那天
我将被授予最高勋章
在总理家将举办一次宴会等等
那是最高勋章
（对两位部长）
请耐心等待
二位得耐心等待
人得耐心等待
（喝酒）
所有的人都写作
这儿所有的人都写作
人们打牌
或者无所事事
或者写作
我们的作家
正在写一部喜剧
我们在座的所有人
都会在他的喜剧里出现
帷幕拉开
我们坐在那儿
而且是一出喜剧
（对作家）
您不停地做笔记

尽管看上去
您并没有做笔记
您倾听
您专心地倾听
即便在您看别处的时候
（对两位部长）
二位请看他把他大脑里的
那些内壁写满了
写满了
那是一个写满了的大脑
那是一个完全写满了的
并因此非常阴暗的大脑
它是用极快的速度写满的
以致一切都已写得叠加在一起
就像一个神经病
他自己已无法再读懂
他大脑的全部内壁上的东西
（对作家）
然后您便断定
您自己根本无法再读懂
您在您的大脑里
写下的东西
（对两位部长）
就像一个神经病
我的先生们
我夫人要求我
以个人名义
邀请作家先生

后来我在给作家先生的信中写道
您来吧作家先生
语气正确我的先生们二位得知道
我写道您来吧我们将组织一次狩猎
二位得知道
（对作家）
您用您大脑里的那样一种速度
而且您以那样一种毫无顾忌
在您的精神错乱中写下东西
谁若如此行事
谁便会因此成为一个
对自己的行为不能负责的人我的先生们
（对两位部长）
那是一部喜剧二位请听
那是一部喜剧
如果我们把它全部撕下
就像干脆扯下
撕下一张纸
喜剧便会十分突然地
（喝酒）
脱落
（对作家）
不是吗
它终止了
脱落了

作　家　（在将军停止说话之后）
有些人横冲直撞
因为他们的脑袋是一个队列

而世界的表面
是一种畸变
我们突然放弃
我们必须孤独
我们逐渐枯萎
我们已经死去
当我们细致入微地
观察一个人
我们便会看出
他已经死去
人一个接一个地死去
我们所听见的
是某种死去的东西
同样的是别人告知我们的东西
我们自我培训
必须不断练习和自我培训的东西
如此看来当我们看见一个
走在我们前面的人
我们便不得不说
那儿走着一个死人
如果我们知道什么事情
我们知道的便是
我们已经死去
（对将军夫人）
不过我们当然热爱
我们逐渐枯萎的各种可能性
我们热爱它们
并且记录它们

并且发表它们
我们
信赖死亡
这个人我想
而一切都已死去
因此我们时常害怕
碰见这个人或者另一个人
因为我们此后便觉察到
我们已经死去
我们醒来的时候觉察到
我们感兴趣的东西
什么也不是
什么也不是我们对自己说什么也不是
没有人的灵魂
没有科学
而且没有一丁点自然
我们进入纯属致人死亡的工作状态
（王子起身从炉边取来两瓶酒，
拔去瓶塞，给所有的人斟酒）
我们起床
并且觉察不到兴趣
我们毫无兴趣地
发现了这一点
我们说
因为我们无法产生兴趣
我们吃早餐穿衣服夫人
并且与外界建立联系
我们逃避到一项工作中夫人

把一把斧头拿到手里
或者坐到书桌旁
我们或者急忙赶往火车站
或者撰写某些东西
或者仅仅服用药物
不停地服用药物夫人
我们醒来后基本上对一切都毫无兴趣
无论我们在人群中
还是不在
（王子坐下）
无论我们在这种始终如一的毫无兴趣的状态中
在城市里醒来还是不在
我们发现了这一点
因为我们无法重新入睡
因为我们不自杀
一直还没有夫人
这就是事实
因为我们没有力量做这件事
那是同样的人
同样的需求夫人
同样的情况和过程
因此我们十分清楚地夫人
看到了天性
全部的天性它便是毫无兴趣夫人
我们还看到了疾病
确切地说它便是不治之症
我们每天醒来后便面对我们的不治之症
我们入睡并且在这种始终如一的

天性的不治之症中醒来
并且始终处于毫无兴趣的状态夫人
其余的一切都是谎言
这种在绝对的精神和肉体的无意识状态中
持续不断的行走夫人
便是一个事实
我们害怕
我们所做的事
正如我们害怕
我们所不做的事
此外所有的人都仅仅在下述幻觉中生存
即我们的生存是一种可以忍受的生存夫人
我们因此而生存
但我们不谈论这些
如果我们谈论这些
便如此谈论
仿佛我们
所谈论的东西
并不真实
根本不真实夫人
我们不停地谈论某些不真实的东西
以便我们能够承受它们
忍受它们
因为我们把我们的生存变成了一种用以维持的
机械装置
我们仅仅把它变成了一种破旧的用以维持的
机械装置夫人
我们把它变成了一场人为的自然灾难夫人

将　军　（伸腿，一动不动地望着地面，
重复）
一场人为的自然灾难
作　家　当我们醒来
我们发觉
我们患有
意志薄弱症
因为我们归根结底
仅仅由死亡构成
我们便感到生活可以忍受
我们感觉到夫人
一些感觉
但只有死者才说出真相
如果我和将军在一起
我喜欢听有关武器学的事
尤其是有关弹道学的事夫人
但他却死抓住一个哲学话题不放
在这种情况下
谈话无法进行
他想谈论文学
比如说谈论海因利希·封·克莱斯特
但我
不喜欢说这些
我对战争学感兴趣夫人
而他却问我
有关我的喜剧的事
您丈夫和我以这种方式
立刻陷入了困境

我们很快便不作声了
然后将军说
我在观察
这类观察夫人
它渐渐激怒了所有的人
(将军起身走向电唱机，放入《“哈夫纳”交响曲》[①]
唱片，又回到他的座位，然后保持与此前
相同的姿势。极其轻微的音乐声)
过失的概念毫无意义夫人
如果我们
害怕描写
这毫无意义
那是一部喜剧您想象一下
一位将军在里面扮演一个主角
这位将军患有不治之症
在斯大林格勒他们拽掉了他的左臂
有一天他走进森林
并且用电锯弄伤了他的腿
与此同时也已确诊
他得了白内障
此外还有两位部长夫人
他们逼迫将军辞职
我想象这是一场狩猎
这是一次狩猎聚会
在一栋我们这儿最美的猎屋里
在一片完全与外界隔绝的区域

① 又称《第35交响曲》，是莫扎特1782年为即将被册封为贵族的哈夫纳家族的一名成员的庆祝仪式谱写的乐曲，由小夜曲改编而成。

那是一片私人区域您得想象
两位衣着考究的先生
受到将军的邀请参加狩猎
此外还有一个
站在将军一边的王子
公主既有魅力
而又沉默寡言
也许夫人
我可以让甲虫出现
（对两位部长）
描写出来的东西我的先生们
是另一种东西
正如观察到的东西已是另一种东西
一切都是另外的样子
（对将军夫人）
也许这是一种哲学
将军会这样说
如果我的剧作里出现一位独臂将军
这是另一个人
也许夫人有人会说
我本人在我的戏剧里
但这是另一个人

将军夫人 （谈论将军）
如果人像我丈夫一样
这么操劳过度会是什么情形
他在一个如此肆无忌惮的时代
身居高位
担任要职您得知道

（给自己斟葡萄酒，然后也给其他人斟酒）
我曾尝试学习外语
学习外语
研究自然科学
（泼洒出葡萄酒，撞翻一个酒杯，
又将它扶起，笑）
即便是学习外语

作　家　人被关闭在
他的不幸里
如痴如醉
我现在知道有关甲虫
和白内障的一切夫人

将军夫人　（看窗外）
清晰
寒冷而又清晰

作　家　这是一个明净的夜晚
（所有的人都朝外看，只有将军不改变姿势）

公　主　（停顿一下，比其他所有人更久地看窗外）
真美

作　家　擦掉一切
一切
不让任何事物持续出现
科学
友谊
亲缘关系
擦掉
擦掉
二十多年来我就这样致力于

擦掉一切
立刻重新擦掉已经出现的一切

将军夫人　（仍朝外看）
寒冷而又清晰

作　家　（从背心里抽出莱蒙托夫的小说，
翻开书朗读）
这天晚上的事情
在我心里产生了很深的印象
并且激动了我的神经
我不能确知
我现在是否相信定数
但是在这天晚上我坚决地相信它了
证据是显明的
尽管我过去嘲笑我们的祖先
和他们的乐于为人服务的占星术
如今我也不由得堕入了他们的故辙
然而我及时地停在这条危险的路途上
而且遵守着
不完全否认什么
也不盲目信仰什么的规则
把玄想丢开
并向脚下望去
幸亏有这防备
我险些儿没绊倒在
一个又厚又软
但是显然不是什么活的东西上面
我躬下身去
月亮正映在道路上

是什么呢
在我面前躺着一只
被军刀砍成两段的猪[①]
(啪的一声合上书，给自己斟葡萄酒，
在此期间将军除外的所有人突然大笑，
作家在持续的笑声中说)
这是莱蒙托夫的书
(对两位部长)
这是莱蒙托夫的书我的先生们
(将军起身走向隔壁房间，将军几乎还没到
隔壁房间，所有的人又高声大笑)
出身
开端
起源
擦掉一切
各位明白吗
擦掉一切
(用右手动作辅助自己现在说的话)
消失
消失
消失
人必须休息
此后这种力量
必然会突然减弱
因为年龄各位明白吗
人们买下房子安家

① 以上引文的汉语译文见[俄]莱蒙托夫《当代英雄》，翟松年译，人民文学出版社1994年版，第166页。

使自己获得保障
所有的人都突然寻求安慰
在一门科学中
在一个政党中
在一门艺术中
他们突然信奉天主教
或者重新信奉天主教
以免精神错乱
他们保持着这种不确定的
深不见底的
毫无节制的状态夫人
这就是事实
他们说着这不可理解的语言
这唯一通用的不可理解的语言
抵抗被人理解
(将军夫人用一个手部动作撞翻一个酒杯，她没有扶起它，重新给自己斟一杯酒)
因为我们已经放弃
我们才通情达理
(谈论将军)
最近一段时间
他时常回忆起
保卢斯[①]
他在被捕前的那天晚上
被任命为最高陆军元帅

① 弗里德里希·威廉·恩斯特·保卢斯(1890—1957)，第二次世界大战期间任德国陆军将领，1943年初被提升为陆军元帅。指挥过斯大林格勒战役，因战败最终率残余德军投降。

因为希特勒认为
保卢斯会自杀
但比起永垂不朽
保卢斯也更喜欢活着

将军夫人 每当他走进森林
并且发现一只冻死的野兽
他就想起那些冻死的士兵

作　家 想起成千上万个人
全都是冻死的夫人
他说
听到我那时听到过的事
有一种吸引力
他说
冻死的野兽
而且立刻说
所有那些脸
他说如果我看见地上有一截树枝
我就以为这是一个死人的
胳膊
脚
头
（对两位部长）
如果留心观察将军
（天渐渐亮了）
便可以发觉
他丝毫没有
听天由命
二位听着

这是一位六十岁的将军
（对将军夫人）
给我印象最深的
（对两位部长）
他敏锐的理解力异常清晰地
显现出来的我的先生们
是将军描写
他与最高陆军元帅保卢斯
最后一次会面的那一章
他了解死去的人
死亡在他的著作中
完全占据最重要的地位
奇怪的是他对死亡
思考得最为深入
他对那些冻死的人的描写
在我看来是最非同寻常和最具说服力的
死亡体验
（从隔壁房间传来一声枪响
将军夫人跳起来，所有的人都起身
望着隔壁房间的门。王子走向门打开它
可以看见躺在隔壁房间里的死去的将军
阿萨默和女厨进来
作家关掉音乐）

将军夫人　（对女厨）
您把洗手盆拿来
快点
拿洗手盆
（静场

砍伐森林的斧锯之声开始响起，
越来越急促，越来越响亮）

作　家　您听夫人
您听

将军夫人　那是伐木工

作　家　他们在多么出色地干活

剧 终

作者后记

除了穿将军军服的将军和作家，
作为扮演者的演员穿猎装。
剧本被写成三个乐章，
最后一个乐章
是“缓慢的乐章”。

米 奈 蒂

一幅老年艺术家的画像

一个怨恨的傻瓜

《李尔王》

人　物

米奈蒂——一位表演艺术家
一位女士
一个姑娘
姑娘的恋人
守门人
临时工
一个跛腿的老年男人
一对老年夫妇
一个侏儒
一个醉汉
一个残疾人
一名侍者
一些戴面具的人

第一、二、三场：奥斯坦德[①]的一家老旅馆
尾声：奥斯坦德附近的大西洋海岸

---

① 比利时大西洋沿岸城市。

第一场

大厅

左边是一部旧英式电梯

右边是门房，守门人在翻看一些旧旅馆登记簿

背景处一位（身穿红衣的）女士坐在一张旧沙发上

抽弗吉尼娅牌香烟并喝酒

一名临时工提着一只特别大的旧箱子从左边

进来，在门房前放下它

守门人 （抬头看）

这是什么

临时工 （对他轻声地）

来了一位奇怪的先生

（守门人和临时工

朝临时工刚把特别大的

箱子提进来的方向看）

女　士 （喝酒，然后对守门人）

要挺住

要一个人待着

您别忘了我的香槟酒

如果有必要我就喝两瓶

我想一个人喝酒

一个人喝

（突然大笑，和其他人

看同一方向）

这的确无所谓
您知道吗我得保护自己
（强调）
保护自己
世界上确实
挤满了疯子
这令人难以置信
堕落是典型的
（转向守门人）
真是一场暴风雪
确实是一场暴风雪
（朝着其他二人看的方向）
然后我会给自己戴上面具
我对付得了除夕
我有我的办法
（喝酒）
我将戴着我的猴子面具
上床等
面具在脸上在头上
我将一口气喝完整瓶香槟酒
这已经是我用这种方式
度过除夕的第三年了
（仿佛在观察一个奇怪的人）
也许
喝两瓶
这当然是一个诡计
这是与窒息而死的调情
这是一种变态

我变胖了
我已经把猴子面具缝补了三次
（喝酒）
缝补了三次
在猴子面具下双手合十
但不是在家里
是在旅馆里您知道吗
是在这儿在旅馆里
（仿佛在命令自己）
坚持到十一点
然后上楼
到房间里
戴上面具
喝完香槟酒
上床睡觉
头上是面具
腿上是长袜
（突然大声笑）
如果这不起作用
那就再喝一瓶
（喝酒，看箱子，然后
又看相反的方向）
这位先生无疑是
箱子的主人

米奈蒂 （上，穿一件长及脚踝的旧冬大衣和带护腿的黑色漆皮鞋，头戴一顶宽檐帽，左臂上挂着一把雨伞，他的一条松开的衬裤带子拖到了地板上；他一边四处张望，一边慢慢走到

大厅中央，对守门人)
我是米奈蒂
(从他的一个上衣口袋里取出钱包，寻找
一枚合适的硬币，找到后想把它交给临时工；
他把拿着硬币的手飞快地伸向临时工，
但临时工不动)
拿去吧
(临时工接过硬币
米奈蒂看天花板、所有的墙壁
和大厅的四个角落)
一切都变了
一切都慢慢变了
(对女士)
我上一次来这儿
是在三十年前
确切地说是在三十二年前
(对守门人)
是七十四号房间
七十四号
(又看天花板)
完全变了
变化不断发生
一切都只是一个时间问题
(女士喝酒)
一个时间问题
(电梯上升
米奈蒂向女士介绍自己)
我是拒绝了

古典文学的
米奈蒂
（又看天花板）
憎恨进步
憎恨进步
（对女士）
您不认为
人必须从某一刻起
憎恨进步吗
（用双手拍打自己的大衣）
一场暴风雪正在奥斯坦德肆虐
这前所未有
（对女士）
我在这儿
和弗伦斯堡[①]的
剧院经理
有一个约会
我是演员
（看天花板）
一切都变了
我热爱奥斯坦德
热爱灰色
海岸
大西洋海岸
（电梯载着较大一群戴面具的人下降，他们
一边大笑和叫喊，一边冲进大厅并跑出去，

① 德国北部城市。

他们从米奈蒂身旁经过时几乎将他撞倒
米奈蒂在他们身后说)
岂有此理
岂有此理
(女士喝酒时看见了米奈蒂的衬裤带子
米奈蒂对守门人)
我等弗伦斯堡的剧院经理
为了庆祝弗伦斯堡剧院建院两百周年
我将演《李尔王》
这是莎士比亚的剧作
我有三十年没演过戏了
我有三十年没登上舞台了
(对女士)
李尔您知道吗
《李尔王》
这是全部的世界文学中
最优秀的戏剧文学作品
(回头看他来时的方向,
引用)
Thou think'st 'tis much that this contentious storm
Invades us to the skin
so 'tis to thee
but where the greater malady is fix'd
the lesser is scarce felt
你以为让这样的狂风暴雨
侵袭我们的肌肤
是一件了不得的苦事
在你看来是这样的

可是一个人要是身染重病
他就不会感觉到小小的痛楚[①]
（看天花板）
李尔
（用雨伞指身后右侧的角落）
在那儿在那个角落
我和恩索[②]谈过话
和恩索本人谈过话
（指他的箱子）
这只箱子里
装着恩索本人制作的
李尔面具
这副
李尔面具
是我拥有的
最珍贵的东西
（对女士）
面具是李尔
（又用雨伞指角落）
就在那个角落
那无疑是一次哲学上的清算
（更强烈地）
詹姆斯·恩索
我想要恩索的

① 汉语译文见［英］莎士比亚《莎士比亚全集》第五卷，朱生豪等译，人民文学出版社 1995 年版，第 491 页。
② 詹姆斯·恩索（1860—1949），比利时画家。在奥斯坦德出生和逝世，其画作中经常出现戴面具的人物。

李尔面具
而恩索为我
制作了面具
（大声）
把全部的世界文学
顶在头上
戴在脸上
是一种惊人的变态
（又指角落）
在我确实和恩索谈话的时候
我突然以为
他就是莎士比亚
我对恩索说
戏剧是一门非同寻常的艺术
我说
请您为我登台演李尔
制作面具
（女士喝酒）
但这个男人不知道莎士比亚
他想
研究李尔
但我对他说
请您不要研究李尔
请您忘记全部的古典文学
全部的古典文学您明白吗
这个男人不知道莎士比亚
而且对《李尔王》一无所知
而且对世界文学一无所知

但恩索却为我
制作了面具
这是曾经制作过的
最非同凡响的面具
为了庆祝弗伦斯堡剧院建院两百周年
我将戴着这副面具演出
我答应了剧院经理
一个像我这样的艺术家
不能背弃
一名剧院经理
（看天花板）
李尔
戴着恩索制作的面具
（女士喝酒
一个跛腿的老年男人从右边上，
他让守门人给他一把房间钥匙，
跛行着从左边下
米奈蒂对守门人）
剧院经理
没留下什么话吗
现在是几点钟

守门人　九点半我的先生

米奈蒂　（看怀表）
九点半
我在暴风雪中
来迟了
（再次拍打他的大衣，然后）
根本没人

问起过我吗

守门人 没人问起过您我的先生

(女士喝酒)

米奈蒂 没有电话打来吗

守门人 没有我的先生

没有电话打来我的先生

米奈蒂 这以后会搞清楚

搞清楚

(对女士)

搞清楚

(对守门人)

我打算等

在这儿等

在这儿在大厅里等

(对女士)

也许您认识

弗伦斯堡的剧院经理

他每年都在

这个时候来

我们在电报上约定

在这儿在旅馆里

九点见面

(看天花板,然后)

演李尔

我经过了思想斗争

我想再演一次

登上巅峰

只演唯一一次我的女士

以后不再演
我对自己发过誓
永远不再演
只演唯一一次
我有三十年没登上舞台了
我有三十年无所事事
我拒绝了古典文学
《李尔王》是例外
现在我想戴着恩索制作的面具
再演一次李尔
是因为神经系统
是因为可怕的天气您知道吗
(女士喝酒
米奈蒂轻声对女士)
他不懂
莎士比亚的剧作
他不懂
他似乎
从未听说过
莎士比亚
后来
(转身用雨伞
指箱子)
就有了这副面具
我总是随身携带
这副面具
它装在这只箱子里我的女士
我没有一次旅行不带着这只箱子

而箱子里是恩索制作的面具
我不会背叛
我想再演一次李尔
为了庆祝弗伦斯堡剧院建院两百周年
剧院经理
希望我演李尔
(看角落，然后
用雨伞指角落)
他是一个害羞的人我的女士
同时也很可怕
我那时产生了恐惧
所有的艺术家都会产生恐惧
恐惧
恐惧
艺术和恐惧
这些人决定了历史进程
那是彼此伤害您知道吗
(高声慷慨陈词)
我直截了当地
问恩索
所谓的造型艺术
是什么
他不回答
他问
所谓的表演艺术是什么呢
什么也不是
(电梯上升)
那是一个偶然事件

那是一次有关特约演出的商谈
我和一位来自鹿特丹的
得了重感冒的女士
商谈
我在鹿特丹
登台演李尔的事
这期间我碰见了恩索
并且和恩索约定
在这家旅馆见面
就像我现在
和剧院经理约定见面
而恩索为我制作了面具
我曾经戴着恩索制作的面具演李尔
（十分轻地）
有时我们
可以支配一切
（一对老年夫妇从右边来到大厅里，让守门人
给他们一把房间钥匙并向电梯走去
电梯下降，里面挤满了发出欢笑声的戴面具的
年轻人。他们拿着酒杯和酒瓶又笑又喊地
穿过大厅出去，老年夫妇进入电梯并随之上升
米奈蒂观察了老年夫妇后）
李尔
戴着恩索制作的面具
（看天花板）
那些偶然事件
令人吃惊

女　士　（突然）

您的衬裤带子我的先生
您的衬裤带子松开了
（喝酒
米奈蒂俯身，看见了松开的衬裤带子，
他试图系紧它，但没有成功）
衬裤带子先是松了
它先是松了
（喝酒，笑）
松了
衬裤带子
衬裤带子

米奈蒂 那当然是衬裤带子
当然那是衬裤带子
（不再费力系松开的衬裤带子
临时工试图系紧它，他终于
完成了这件事）
时代在改变
（拽衬衣领子）
衬裤带子
（女士喝酒）
与日俱增的筋疲力尽
筋疲力尽与日俱增
（临时工回到门房旁）
因为我
拒绝了
古典文学

守门人 （问）
您要一个带浴室的房间吗

米奈蒂先生

米奈蒂 （拒绝地）

不要房间

不要房间

我在这儿等

（看表）

也许我会留宿

谁知道呢

我是剧院经理的客人

（用雨伞指箱子）

如果它在这儿碍事

您就把它挪开

（临时工拿起箱子，想提走它

米奈蒂用雨伞挡住临时工）

放在这儿

放着别动

放在这儿别动

（临时工又放下箱子，距离它

此前所在的地方一米远）

放到那儿

那儿

（临时工又提起箱子

米奈蒂用雨伞指

他想要临时工

放下箱子的位置）

那儿

那儿

放到这边来

（临时工把箱子放在指定的地方）
恩索制作的面具
（临时工回到门房旁）
无阶级的社会
什么也不懂
什么也不懂
我们不断地展示
一出悲剧
或者一出喜剧
如果我们展示悲剧
它其实只不过是一出喜剧
反之亦然
要采取具有责任能力的手段
您得知道
要一再仅仅关注表演艺术
（女士喝酒）
生存
表演艺术
您得知道
结构形式是戏剧性的剧场性的
手段一再是剧场性的
思想
表演艺术
戏剧
生存
其方式是我们为表演艺术服务
这是一种非同寻常的结构形式
在其中我们便是一切

我兄弟是数学家
三十三年前
我和他在这栋房子里
谈论过积分
他走了这一条路
我走了另一条路
他走的是科学道路
我走的是艺术道路
艺术道路我的女士
我沉迷于表演艺术
我沉迷于一个疯狂的思想
我不可救药地迷失在
表演艺术的内容里
您明白吗
即便我有可能论证我兄弟的生活
论证数学是荒谬的
将表演艺术当作生存目的我的女士
是一件多么可怕的事
心情
变得沉郁
变得阴郁
不怕
讥讽和嘲笑
我已经与人们决裂
已经与每一个人决裂
(对守门人)
已经与物质决裂我的先生
要为了表演艺术

与观众对抗
对抗
对抗
对抗
一再只是对抗
我兄弟去了这边
（用雨伞指一个方向）
我自己
（指相反的方向）
去了那边
如果我们想达到我们的目标
我们必须始终走相反的方向
（对女士）
走相反的方向我的女士
（对守门人）
越来越孤独
越来越不被理解
越来越深的误解
越来越无情的拒绝
如果我们达到了我们的目标
我们已经走了出去
跨越我们的思想走了出去
从全部的人类社会中走了出去
从大自然中走了出去
（看表）
我们离开了物质
那是一个瞬间
一个短暂的瞬间

一个最短的瞬间
我们已经死去
所做的一个鬼脸留了下来
此外别无他物
一个手部动作留了下来
受到惊吓的头脑留了下来
此外别无他物
我们终生
都在示范
无人理解的东西
但我们走的是这条路
不是别的路
我们只走这条路
直到我们死去
而我们终生都不知道
这是数学
还是表演艺术
(对女士)
这是精神错乱我的女士
(以为剧院经理进来了，想朝他走去，
但进来的却是一个穿水兵服的侏儒，
他在门房旁让人给他房间钥匙，穿过大厅
走向电梯，随电梯一同上升
米奈蒂后退一步，然后对女士)
我以为
是剧院经理
进来了
(临时工想提起米奈蒂的箱子

米奈蒂冲过去，用雨伞敲打
临时工的手指）
箱子就放在这儿
放在这儿
放在这儿
（临时工回到门房旁）
也许
可能
我不会待在这儿
唉我会继续旅行
返回
丁克尔斯比尔[①]
（停顿一下）
我在一个可怕的瞬间
终生
都戴上了面具
社会受到了惊吓
我自己终生都受到了惊吓
我们害怕
我们看不见的东西
（女士喝酒
米奈蒂挥动着雨伞，
对女士）
演员
艺术家
疯子您明白吗

① 德国南部小城。

破产者
舞台过敏者
暴徒
艺术暴徒
（女士喝酒）
演员走近作家
而作家则毁掉了演员
正如演员毁掉了作家
消灭了作家您明白吗
要算账
要算账
如果我们算账
我们不当着作家的面算账
作家不当着演员的面算账
无论如何
我们都会陷入疯狂
如果演员同作家算账
如果作家同演员算账
人就会精神失常
然后才会产生艺术我的女士
产生艺术家的风格
成千上万次那些艰苦的努力
都付诸东流
我们经历了
一切可能的挑拨和伤害
我们被击垮
被毁灭
我们可以想做什么就做什么

（用雨伞指观众）
那儿
这样一个疯子神经病必须对自己说
你会被那儿被下面
杀死
（对女士）
您明白吗我的女士
世界上具有毁灭性的人造人比比皆是
（仿佛对自己）
讥讽
嘲笑
毁灭
（看表）
这个疯子是多么有胆量
一再开口说话
您想象一下
（俯身看衬裤带子
是否又松开了）
衬裤带子
没有又松开我的女士
在他应当沉默的时候
他是多么有胆量一再开口说话
他始终几乎
造成了致命伤害我的女士
坠入了深渊我的女士
（侏儒从左边上，穿过大厅下
米奈蒂目送侏儒）
在所有人都沉默的时候

他是那个
开口说话的人
因此他全部的生存
始终是不同的生存
他的头脑是不同的
甚至他隐瞒的东西
也是不同的东西
他行事与众不同
（轻拍自己的头）
死得与众不同
（轻拍自己的头，对守门人）
这个脑袋里的一切我的先生
都与众不同
一切都与众不同我的先生
我读了不同的书
研究了不同的哲学流派
一生中遇见了完全不同的人
我与自然的关系截然不同
甚至截然相反
（观察他的鞋）
而一切都无非是谬误
（对正在喝酒的女士）
不是吗我的女士
因此一个像我这样的人
也破坏了与周围人的指责
不同的东西
这期间他正陷入灾难
（看天花板）

这家旅馆
充斥着各种误解
它们必定使一个像我这样的人
精神错乱
正如全世界必定使这样一个人精神错乱
（女士喝酒）
然后我感到
那似乎仅仅涉及精神垃圾
（仿佛对自己）
感觉
破坏
精神垃圾
（想坐下，筋疲力尽地
坐到沙发上女士身旁）
那仅仅是符合目的我的女士
若这样我们所有的人都会丧命
丧命我的女士
（看表）
精神艺术家
他作为头脑艺术家对自己造成了致命伤害
他陷入了灾难

第二场

同前

米奈蒂 （衬裤带子再次松开）

突然
坠入安逸
这很可怕
这不负责任
世界想获得娱乐
但应该使它受到惊扰
受到惊扰受到惊扰
如今无论我们朝哪里看
我们只能看到娱乐的机制
一切都被推到了我的女士
这场艺术灾难里
这场所有的艺术灾难中
最令人难以置信的艺术灾难里
一切都被推了进去您听听
推了进去
（停顿一下）
在我
年轻的时候
我投身于致命的表演艺术
并且对自己造成了致命伤害
如今没人会对自己
造成致命伤害
我们在一个令人厌恶的社会里生存
它不再对自己造成致命伤害
（独自出神）
李尔
探寻
艺术品

不断探寻精神之物
为艺术品
苦思冥想劳神费力
（女士喝酒）
完全沉浸于艺术品
我的女士
完全沉浸
用精神之物
对抗精神垃圾
用艺术品
对抗社会
对抗迟钝
（用雨伞在空气中击打，突然）
驱赶
（低头）
给迟钝戴上
精神的帽子
（大声，愤怒地）
用精神的帽子
压死迟钝
在精神的帽子下
压死社会
压死一切
策划一出戏剧
并且给迟钝戴上精神的帽子
您听着我的女士
演员撕下了
作家的面具

并且把它给自己戴上
他以给观众戴上精神帽子的方式
驱赶观众
我们不能投降
不能投降
如果我们屈服
如果我们只有片刻屈服
一切都完了
（喊道）
片刻也不屈服
（轻声，平静地）
暗中守候
给迟钝戴上
精神的帽子
一再
每天
毫无顾忌
终生
终生您明白吗
对抗每一个人
对抗一切
（女士喝酒
米奈蒂对守门人）
不能被动摇
我的先生
不能被动摇
（用雨伞划出天幕，轻声）
然后在说出来的话前面

突然
是一片寂静
（缓慢、轻声地自言自语）
您听
大海
数学
艰辛
惊恐
抱负
孤寂
风
海岸
海岸这个词
（几乎在歌唱）
海岸
海岸
然后是
雾
感觉
嫉妒
（突然大声喊）
救命
（十分轻地）
谋杀
（直接对女士）
如果现在到处都是 O 了
或者到处都是 U 了
或者到处都是 I 了会是什么情形

（仿佛在啼叫）
喔喔喔
喔喔喔
喔喔喔
（停顿一下）
渎神
（直接对女士）
一些思考
一些运动我的女士
沉思
无言
无声我的女士
那是一个嘲笑的过程
那是一个讥讽的过程
终生都在经历一个嘲笑的过程
（独自出神）
头脑的
和双腿的科学
（觉察到衬裤带子松开了，示意
临时工到身旁，用雨伞指衬裤带子）
这儿
这儿
（临时工俯身系衬裤带子
女士喝酒，笑
米奈蒂对守门人）
和谐
不和谐
人造躯体我的先生

人造躯体
一切都是人造躯体我的先生
（对临时工，同时用雨伞做辅助动作）
够了
够了
（临时工跳起来，返回门房处）
耳朵
眼睛
疯狂
控制身体
控制精神
（对女士）
催眠术我的女士
要在一个唯一的瞬间
在一个唯一的瞬间
同时
展示
觉察
而且摧毁
消灭
全部的古典文学
要把全部的历史头朝下放
或者把头放在全部的历史上我的女士
（看表）
是在弗伦斯堡我的女士
为了庆祝建院两百周年
（低头）
这些人

一直体弱多病
一直在伤风感冒
而他们是可以想象出的
最有抵抗力的人
（直接对女士）
剧院经理
是我青年时代的朋友
是我在弗伦斯堡的
远亲
非常远的远亲
不能让筋疲力尽
产生
要用理智
遏制它
（女士喝酒
米奈蒂对守门人）
仅仅是年轻人
才与疯狂
有关系
有天然的关系
仅仅是年轻人
才有理智的动机
（电梯下降，较大一群又笑又喊的戴面具的
年轻人从里面出来，匆匆穿过大厅出去
米奈蒂目送他们）
狂热
聪明
和狂热

（对女士）
除夕时的狂热
除夕
（同一群人又进入大厅，走进电梯
并随之上升）
除夕时的狂热
年轻人什么事都敢做
（看表）
那些剧院经理
完全不可信赖
而且从不守时
一名演员从不能指望
剧院经理准时出现
（对女士）
四十年前您得知道
我在卢卑克[①]
在汉萨同盟[②]城市卢卑克
任剧院经理
在我最终
拒绝古典文学之前
我那时厌恶
不断地演出古典剧作
我厌恶古典文学
我厌恶古典艺术
厌恶一切古典的东西
《李尔王》是例外

① 德国北部波罗的海沿岸港口城市。
② 13—17 世纪北欧城市结成的商业、政治同盟，以德国北部七座城市为主。

我被撤职了您得知道
被那些市政府委员驱赶到了
丁克尔斯比尔
所有的剧院经理
迟早都会被从卢卑克那座可怕的城市
赶走
所有那些海滨城市都散发着臭气
但卢卑克是最臭气熏天的
(直接对女士)
我厌恶波罗的海
我喜爱北海①
喜爱奥斯坦德您明白吗
喜爱敦刻尔克②
这是命中注定
真是命中注定
(突然)
但我特别喜欢英国
英国
在所有的国家中我最喜爱英国
莎士比亚和苏格兰场③
或者颠倒过来
(仿佛要使雨伞在他的右鞋尖上
保持平衡)
苏格兰场和英国

① 位于大不列颠岛和欧洲大陆之间。
② 法国北部海滨城市。
③ 伦敦警察厅总部所在地。

但一名大陆[①]演员
不可能留在英国
一个像我这样的人
绝对注定
要在大陆
生存一辈子我的女士
在这儿在奥斯坦德
我相信自己吸进了英国空气
英国空气
绝对要在大陆生存我的女士
是不幸的
(直接对女士)
我有一次
在福克斯通[②]附近
被一个旅店老板
扔进了英吉利海峡
是在除夕
紧紧抓住一份周末版的《泰晤士报》
我让人把我从水里拉了出来
就此而言我能继续生存
要感谢《泰晤士报》
不过我时常
问自己我的女士
如果我那时无视《泰晤士报》
是否会更好
这样我就可以避免许多事情

① 指欧洲大陆。
② 英国东南部海港城市和度假胜地。

（对守门人）
一点消息也没有
约定在九点
但一点消息也没有

守门人 一点消息也没有
米奈蒂先生

米奈蒂 （用雨伞指角落，对女士）
詹姆斯·恩索和莎士比亚
您当时应该看看这两个人
是在那个角落
（看箱子）
我随身携带这只箱子
有三十年了
箱子里是恩索制作的
李尔面具
和一些涉及我的
剪报
它们是评论
有关我的文章
尤其是涉及我的诉讼案
涉及卢卑克城
对我提起的诉讼的
所有文章
因为我拒绝了古典文学
我确实
败诉了
一个像我这样的人
每次都会败诉

堕落的社会
每次都会胜诉
必然如此
我有理
但卢卑克城胜诉了
我败诉了
因为我拒绝了古典文学
单个的人
即便他再有理
也每次都会败诉
（一个醉汉进来，从守门人处取自己的房间钥匙，他走向电梯并随之上升）
这场诉讼
使我倾家荡产
（十分轻地）
因为我拒绝了
古典文学
于是我自己判处自己
在丁克尔斯比尔隔离囚禁三十年
我知道我在说什么我的女士
生活是一出滑稽剧
聪明人称之为生存
我被从卢卑克赶走了
从那时起我恨卢卑克
我的故乡
我有三十年
拒绝在古典戏剧中登场
我可能会演李尔

李尔是例外
因此我必然穷困潦倒
我在丁克尔斯比尔待了三十年
这是自我执法我的女士
除了这只箱子我一无所有
剧院经理
青年时代的朋友
他是弗里斯兰人[①]
弗里斯兰人我的女士
弗里斯兰人
(突然激烈地)
那时全德国都反对我
并且毁了我
如果一个人胆敢与社会
或者与公众的意见对抗
固执己见
他就会倒霉
我在丁克尔斯比尔待了三十年
一切即便只是看起来
像古典的东西
我都讨厌
我避开古典的东西我的女士
一位优秀的艺术家必须避开古典
我在德国在丁克尔斯比尔
失业了三十年
因为我拒绝了古典文学

① 居住在北海沿岸的德国少数民族。

（跳起来，因为他以为剧院经理进来了，
但进来的只是一个脸上戴着狗面具的残疾人，
他拄着拐杖要他的房间钥匙，穿过大厅
走向电梯并随电梯一同上升
米奈蒂目送残疾人）
李尔
和其他人
（停顿一下）
谁坚定不移
谁就会被社会毁灭
（重新坐下
女士喝酒）
我有过各种机会
但我不能利用
这些机会中的任何一个
对真相的狂热
被迫害妄想
过度敏感我的女士
（女士喝酒）
那是一个誓言
那是一个誓言
（从上衣口袋里掏出一张照片，
把它交给女士）
在这张照片上
您可以看到
我演的李尔
那是我在卢卑克的告别演出
（女士看照片，

将它与米奈蒂对比)

李尔

戴着恩索制作的面具

(直视)

这是一幅

青年艺术家的画像

(女士归还照片)

我曾经在整个德国北部

演出《李尔王》

但无人

理解《李尔王》

他们不理解莎士比亚

不理解李尔

什么也不理解

(直接对女士)

这令人沮丧我的女士

(又把照片放入衣袋)

如果您四处巡演《李尔王》

但却无人理解李尔

无人理解莎士比亚

无人理解扮演李尔的

演员

(用双手抓自己的头)

那才是荒唐可笑

(停顿一下)

然后我被提起了诉讼

然后我被撤职了

然后我去了丁克尔斯比尔我妹妹那儿

去了丁克尔斯比尔
您不会知道
这个地方在哪儿我的女士
我把自己藏起来了
我种蔬菜
防止卷心菜受冻
编洋葱辫
(大声咆哮)
李尔把自己藏起来了
(用雨伞支撑着自己，直视)
而现在我将演李尔
三十年后
在弗伦斯堡
(起身走向箱子，用雨伞
指箱子，对女士)
因为我曾经坚定不移
坚定不移我的女士坚定不移
(电梯载着一些又笑又喊的人下降，
他们从电梯里冲了出来)

第三场

酒吧里。米奈蒂和姑娘坐在沙发上
箱子在舞台前部的地板上
姑娘身旁是一台小晶体管收音机，
里面传出轻微的爵士乐声

米奈蒂 你不会相信
我声名远扬
我曾经声名远扬
我是拒绝了古典文学的
米奈蒂
我曾经在卢卑克演出《李尔王》
这是莎士比亚的剧作
表演艺术
是一门阴险的艺术我的孩子
(指箱子)
我的证明
在这只箱子里
我最开始
表演的是十分简单的绝招
是最简单的绝招
比如
如何让人消失
我那时是魔术师
仅仅是一名魔术师你明白吗
我和我父亲
穿越了整个德国北部一直向下
到达比亚里茨[1]走遍了整个海岸
但手关节里
这儿你瞧
(露出他的右手关节，晃动它)
突然出现了炎症

① 法国小城，靠近北大西洋海岸。

我的美好前程结束了
我父亲陷入绝望
全家人面临着破产
我曾经在舞台上
让人消失我的孩子
让三个人同时消失
或者四个人
或者五个人
我突然得了关节炎
你明白吗
(晃动他的手关节)
那时我想起了
我原本的天赋
我成为了演员
戏剧文学的绝对仆人
我为戏剧艺术我的孩子
为戏剧文学
为莎士比亚斯特林堡你明白吗
放弃了魔术
(突然)
你已经等多长时间了

姑　娘　时间不长

米奈蒂　我们俩都在等
(姑娘将音乐声调得大一些)
你等你的恋人
我等剧院经理
我和弗伦斯堡的剧院经理
在这儿有一个约会

他邀请我
在弗伦斯堡演李尔
你不知道这意味着什么
李尔莎士比亚我的孩子
（环顾四周）
在刮着这种狂风的时候
你大概要和你的恋人
去参加舞会
你会戴什么样的面具呢
你会戴一个面具对吗
（姑娘摇头）
你不戴面具
不戴面具我的孩子
我三十年
没再演过李尔了
没再在舞台上
在一个正式的舞台上演过
我拒绝了古典文学
但只要我戴上面具就能演
面具是恩索亲手制作的
我曾经看见恩索
和莎士比亚在一起
是在那儿
（指大厅）
真是一次令人难以置信的会面
请等等
（从上衣口袋里掏出照片
给姑娘看）

这是我
李尔
戴着恩索制作的面具
(指照片)
我那时十分年轻
(姑娘拿照片)
演出轰动一时我的孩子
(起身并引用)
O reason not the need
our basest beggars are in the poorest thing superfluous
allow not nature more than nature needs
man's life is cheap as beast's
啊不要跟我说什么需要不需要
最卑贱的乞丐
也有他的不值钱的身外之物
人生除了天然的需要以外
要是没有其他的享受
那和畜类的生活有什么分别[①]
(突然)
我们不该让人侮辱
不该让人侮辱我的孩子
但不存在生活的药方
现在我给你看那些证明
(打开箱子，从里面拿出
不同的旧报纸)
这儿

---

① 汉语译文见[英]莎士比亚《莎士比亚全集》第五卷，朱生豪等译，人民文学出版社1995年版，第482页。

（朗读一张报纸上的话）
这位经历了如此多的
戏剧巅峰时刻的知名艺术家
也在这个夜晚戴着恩索制作的面具
以李尔的角色
使全部的戏剧文学中其余的一切
都黯然失色
黯然失色
黯然失色我的孩子
（读另一张报纸）
这位演员的演技
正处于巅峰状态
处于巅峰状态
处于巅峰状态我的孩子
（读另一张报纸）
我们最伟大的演员之一
他在这个夜晚
再次为自己竖立了一座纪念碑
（突然）
够了
令人恶心令人恶心令人恶心
这令人恶心我的孩子
（拿起那些报纸，又将它们塞进箱子，
从箱子里取出一沓别的报纸）
不久后我被提起了诉讼
被从卢卑克赶走了你明白吗
我
被从德国北部赶走了

因为我拒绝了古典文学
我作为剧院经理和演员
被赶走了
在丁克尔斯比尔我又焕发了活力
在丁克尔斯比尔
（拿着那沓报纸走向沙发，
在沙发前跪下并翻看报纸）
这里所写的
有关诉讼的一切
都是诽谤
歪曲和诽谤
都是恶意的评论
他们说我毁了戏剧
说我侮辱人
说我
拒绝了古典文学
对戏剧犯下了滔天大罪
他们说我使戏剧成为笑柄
并最终毁了它
说我欺骗观众
欺瞒和欺骗观众
（拿起一张报纸来读）
这里写着
米奈蒂先生是卢卑克城的耻辱
你父亲是干什么的

姑　娘　他是铁路机械师

米奈蒂　他在哪儿
当铁路机械师

姑　娘 在列日[1]

米奈蒂 在列日

在列日这座丑陋的城市

我可怜的孩子

(坐到沙发上姑娘身旁)

你有一天离开了那儿

(姑娘点头)

你做得对

人得尽快离开

他出生的地方

因为不然人就会死去

(看外面大厅里剧院经理是否来了，

然后看表)

我自己不曾及时地

离开卢卑克

这造成了恶果

谁担任剧院经理的职务我的孩子

谁就是在自杀

如果我们没有学会某些东西

如果我们不拥有我们的艺术

我们必定日复一日陷入更深的绝望

(朝大厅里看，想知道剧院经理

是否来了，然后)

起初他们都很准时

但后来

他们从未准时过

---

① 比利时城市。

我几乎相信
他不会来了
不过毕竟是他想做某件事
而不是我不是我
让一个
约定见面的人
白等一场
真是岂有此理
米奈蒂不能白等一场
但剧院经理们是妄自尊大的
有段时间
人们曾说
他独一无二
后来他们便对我提起了诉讼
因为我拒绝了古典文学
卢卑克城毁约了
卢卑克城对我的不幸负有责任
作为故乡的城市对它的儿子们的不幸负有责任
出生地就是杀人凶手
(突然)
你想看它吗
(姑娘不知道他指什么)
面具
恩索制作的面具
恩索为我制作的
李尔面具
我让你看一下面具
(试图打开箱子，但没有成功，

于是放弃）
不该这么做
我的孩子
也许应该
晚些时候
以后
最后再看
我将在弗伦斯堡重新戴上面具
演李尔
我有三十年
没再演李尔了
最后一次是在那些市政府委员面前
没有其他人在场
那是一次所谓的封闭演出
没有喝彩
什么也没有
我的孩子
舞台下面是一片死寂
帷幕落下后
什么也没有
他们不鼓掌
这令人难以置信
后来他们便对我提起了诉讼
演员一方面是他的固定观念的牺牲品
另一方面完全是他的观众的牺牲品
他吸引观众
并且使他们感到厌恶
就我来说我始终

使观众感到厌恶
演员越是伟大
演员的演技越是高超
观众就越是强烈地感到厌恶
观众涌向伟大的演员
而实际上却对他的演技感到厌恶
演员的演技越是不可思议
观众就越是强烈地感到厌恶
人们鼓掌
但他们感到厌恶
或者人们感到如此厌恶
就像对我的演技感到如此厌恶的
那些卢卑克的市政府委员
以致他们根本不再鼓掌
人们走进剧院
为的是观看一位伟大的演员
而他们立刻对他的演技感到厌恶
如果演员展现可怕
他必须展现它
观众就会感到厌恶
演员应当展现可怕
（异常清晰地）
仅仅展现可怕
此外别无他物
观众从四面八方涌来
从四面八方蜂拥而至
为的是观看演员
而演员则仅仅以可怕

来应对观众
观众经受着考验
观众必须受到演员的惊吓
演员起初应当欺骗观众
然后应当使他们受到惊吓
那些伟大的演员总是使他们的观众
受到了惊吓
他们起初欺骗了观众
然后使观众受到了惊吓
他们诱使观众进入历史的圈套
进入精神的圈套
进入感情的圈套
他们诱使观众进入圈套
并且使观众受到了惊吓
演员最大的敌人
是他的观众
如果他知道这一点
他的演技便会提高
演员必须时刻对自己说
观众会冲到舞台上
在这种情况下他应当
以与观众对抗的方式
以与人权对抗的方式表演你明白吗
我一生之久
都以与观众对抗的方式表演
为的是能够忍受紧张
为的是不被削弱
我父亲这位魔术师

是我的老师
是我唯一的老师你明白吗
他是最无所顾忌的老师
他是一个理智的人
我从他那儿学会了
听
和看
和理解我的孩子
人们的耳朵
没有用来听
他们的眼睛
没有用来看
他们缺乏判断力
我们生活在一个毫无判断力的社会里
谁若不明白这一点我的孩子
(看表
对自己)
为了两百周年院庆
只演唯一一次
(十分轻地)
我用完了我所有的钱
购买从丁克尔斯比尔
到奥斯坦德的车票
如果他不来
(起身，一直走向大厅，
又失望地返回
对姑娘)
你不了解人

他们只是为了
相互欺骗而存在
（对自己）
也许
这件事从头到尾
都是故弄玄虚
故弄玄虚
我以为
是剧院经理来了
但进来的却是一个侏儒
或者是一个残疾人
每当门打开我都以为
来的是剧院经理
（对姑娘）
我把证据弄丢了
那封剧院经理
邀请我来奥斯坦德的
电报
（坐到姑娘身旁）
我三十年来
每天早晨
都在镜子前面
戴上李尔面具我的孩子
我三十年来每天早晨
都在丁克尔斯比尔演一会儿李尔
我曾经在柏林
在莫斯科

在明斯克[1]
在君士坦丁堡[2]演出过
一位独一无二的表演艺术家
那是假话
那仅仅是假话
在一个唯一的时刻
我突然拒绝了古典文学
我憎恶古典文艺
憎恶所有古典的东西
在这一刻全世界都开始反对我
艺术家们终其一生
都依赖所谓的文化界
无论他们愿不愿意承认这一点
如果一位艺术家拒绝古典艺术
所谓的文化界就会对他置之不理
他就必死无疑我的孩子
(看表)
起初我以为
我只是在极短的时间内
失望地当然是失望地
在丁克尔斯比尔隐退
在这座人烟稀少的
僻静的小城隐退
但我在丁克尔斯比尔
待了整整三十年
三十年我的孩子

① 白俄罗斯首都。
② 土耳其城市伊斯坦布尔的旧称。

这期间我研究了全部的古典文学
以便最终知道
我为什么拒绝它
我肯定《李尔王》
但否定其余的全部古典文学
在丁克尔斯比尔我妹妹家的阁楼里
我每个月的十三号
都在镜子前面演李尔
一直是晚上八点准时开始
戴着恩索制作的面具我的孩子
为的是不荒废我的演技
平常每天
我都要朗读我的孩子
一段李尔的台词
始终是同一段李尔的台词
而每个月的十三号是完整的《李尔王》
用英语演一遍
用德语演一遍
当然是我自己翻译的
当艺术家彻底地疯狂
当他义无反顾地陷入疯狂
当他无条件地
使自身成为方法
他才能成为真正的艺术家
真正的艺术家我的孩子
使他的艺术疯狂成为他的方法
就让世界随意去想随意去写
他只是不能当胆小鬼

艺术家自然不能当胆小鬼
社会不再给我舞台
它不再给我立足之地
那些市政府委员对我提起了诉讼
并且毁掉了我的生活
但我的艺术家特质
并未受到这种卑劣行径的损害
恰恰相反
但却付出了怎样的努力我的孩子
（激烈地）
我在丁克尔斯比尔我妹妹家的阁楼里
做艺术家
从不过问
某些事是被允许还是不被从不被允许
每天都能得到证明的
仅仅是自称为人类社会的
人们的卑鄙和无耻
及其对自身行为的不能负责我的孩子
人们日复一日
逃避到古典文学中
因为他们在古典文学中不受搅扰
他们逃避到古典绘画中
逃避到古典音乐中
这真是令人作呕
在古典文艺中社会在其内部
不受搅扰
但一位艺术家应当拒绝
这种毫无廉耻的事情

（直接对姑娘）
不过这样一个疯子的思想
与你这么漂亮的孩子有什么关系
（突然愤怒地）
和别人不一样
我是愤怒的艺术家
和别人不一样
我是受到惊吓的艺术家
（直接对姑娘）
等待吧我的孩子
你等待的时间越长
你就越美
（对自己）
这是一个童话
这是一个童话
（朝外面的大厅看，然后对姑娘）
剧院经理
是我的一个老朋友
我们一起
上过学
他在弗伦斯堡当剧院经理
已经有二十年了
弗里斯兰人你明白吗
弗里斯兰人
他是弗里斯兰人
你知道丁克尔斯比尔有多小吗
看得出来我在丁克尔斯比尔
生活了三十年

（从上到下看自己）
一个在丁克尔斯比尔生活了
生存了三十年的人
看上去是这个样子
这条旧裤子
这件旧上衣
这双旧鞋
（直接对姑娘）
别去丁克尔斯比尔
别去丁克尔斯比尔
（轻声）
你爱他对吗
他多大年纪

姑　娘　十七岁

米奈蒂　十七岁
我十七岁时
开始研究
莎士比亚
没有研究《李尔王》
但我十八岁
就演李尔了
十八岁就演了
如果你的恋人十七岁
他会有许多打算
许多许多打算
他是奥斯坦德人吗
（姑娘点头
米奈蒂明确地）

别离开奥斯坦德
我为旅行
花光了我的全部积蓄
我无法支付
返程的路费
（一群又笑又喊的人
穿过看不见的大厅）
人们借助喝醉
戴上面具
来逃避
这一天
我很长时间
盯着门看
但他不来
（引用李尔的台词）
Thou wert better in a grave
than to answer with thy uncover'd body
唉你这样赤身裸体受风雨的吹淋
还是死了的好[①]
（对姑娘）
你有兄弟姐妹吗

姑　娘　有

米奈蒂　是兄弟吗

姑　娘　是两个兄弟

米奈蒂　他们住在哪儿

姑　娘　住在列日

---

① 汉语译文见［英］莎士比亚《莎士比亚全集》第五卷，朱生豪等译，人民文学出版社1995年版，第494页。

米奈蒂 住在列日这座可怕的城市
有兄弟姐妹
是美好的
我有一个兄弟
他被埋葬在卢卑克
我曾经每年
到坟墓去
去他被埋葬的
地方
现在有三十年没去了
（突然愤怒地）
人们最终
永远
把我从卢卑克赶走了
（引用李尔的台词）
Thou wert better in a grave
than to answer with thy uncover'd body
（姑娘将晶体管收音机的音量调得大一些）
不幸的是
我乘车来到了奥斯坦德
我什么也没说
就离开了
他们会寻找我
德国南方是可怕的
但更加可怕的
是北方
我告诉你了吗
恩索曾经答应

为我制作普洛斯彼罗[①]面具
我那时对他说
但愿我能演普洛斯彼罗
我本该演普洛斯彼罗
普洛斯彼罗
(指外面的大厅
一阵狂风掠起)
就在那个角落
恩索答应为我制作普洛斯彼罗面具
我说
我会有时间的
我说
也许是二十年后
现在是李尔
二十年后是普洛斯彼罗
演完李尔二十年后是普洛斯彼罗
但恩索死了
我从未演过普洛斯彼罗
我只不过一直梦想
演他
我在丁克尔斯比尔一直梦想
演普洛斯彼罗
我在丁克尔斯比尔
在阁楼里梦想
我的孩子
我三十年之久

① 莎士比亚剧作《暴风雨》中的人物。原为米兰公爵，被弟弟安东尼奥篡夺了王位后多年在荒岛上生活。

起床
走到镜子前面
演李尔
人们说
我发疯了
（姑娘将晶体管收音机的音量调得小一些）
但我想
是人们发疯了
在我早已被宣布为疯子的时候
我走来走去
脑子里全是李尔
一再是李尔李尔李尔
（狂风愈发猛烈）
直到有人提议
让我在一所真正的剧院里
演李尔
我应邀在一所剧院里演李尔
艺术容易沉沦我的孩子
如果艺术家懈怠
动摇
即便只有片刻懈怠
（激烈地）
不能懈怠我的孩子
不能懈怠
要忍受讥讽
嘲笑
我在丁克尔斯比尔
被讥讽和嘲笑了三十年

（起身，先翻转右侧的大衣口袋，
后反转左侧的）
我把它弄丢了
电报
证据
为了两百周年院庆
在弗伦斯堡
演李尔
（看门）
我们突然
沉迷于一个思想
我们追随这个思想
除了追随这个思想
我们从此别无选择
（倾听
对姑娘）
你听见狂风了吗
整片海岸都在怒吼
海岸是怎样在怒吼
海岸它在怒吼
暴风雪正在奥斯坦德肆虐我的孩子
（较大一群又笑又喊的戴面具的人
从大厅里进来
其中有几个在米奈蒂面前停住）

第一个人 （用酒瓶指米奈蒂）
这个男人等剧院经理
已经有两小时了

第二个人 守门人这样说

第三个人 穿红衣的女士也这样说

第一个人 这样说

第二个人 这样说

第三个人 这样说

（所有的人都突然大笑并且离开）

米奈蒂 （气得浑身发抖，在他们身后喊）

岂有此理

岂有此理

（十分轻地）

岂有此理

（姑娘将晶体管收音机的音量调得小一些）

这些人简直

无耻到了极点

无阶级的社会

发疯了

（他筋疲力尽地坐到沙发上

姑娘又将晶体管收音机的音量调得大一些

米奈蒂对姑娘）

别离开奥斯坦德

（姑娘摇头）

别离开奥斯坦德

不要离开奥斯坦德

（停顿一下）

我那时不该

去丁克尔斯比尔

（轻声）

我不再敢离开了

我三十年

都在害怕
一直害怕
忘记我的台词
害怕我无法再演
李尔
（坐到姑娘身旁，看箱子）
箱子和我
我们三十年
形影不离
这是一个密谋
（起身走向箱子打开它，从里面取出一份报纸，又坐到姑娘身旁，给她朗读报纸）
今天被撤职的剧院经理米奈蒂
离开了卢卑克城
市民们如释重负
（折叠起报纸，起身将它塞进箱子，用右膝辅助关上箱子，又坐到姑娘身旁并看表）
十一点整

姑　娘　（将晶体管收音机的音量调得大一些，问）
你喜欢音乐吗
（米奈蒂完全伸直双腿，过了一会儿点头）

女　士　（几乎大踏步地从大厅里出来，但并未完全喝醉，从米奈蒂和姑娘身旁昂首走过，她此时说）
晚安我的先生
愿您睡个好觉
（一名手持放着两瓶香槟酒的托盘的侍者紧随其后）

米奈蒂 （目送二人，然后细听）
我非常
喜欢音乐
（恋人在酒吧里出现，姑娘跳起来跑向他，
二人接吻；姑娘发现她把晶体管收音机
忘在了沙发上，想带走它，但仅将其音量
稍微调大；她回到她的恋人身旁并再次看
米奈蒂。此后二人下
米奈蒂双腿伸得很直，双目紧闭，
若有所思地倾听）

尾　声

奥斯坦德附近的大西洋海岸。米奈蒂坐在长椅上。
他面前放着他的箱子。雪花愈来愈密集地飘洒。
戴着狗面具的残疾人从右边上，愈来愈快地跛行，
他从米奈蒂身旁经过，在左边消失

米奈蒂 （目送残疾人
然后停顿一下，对自己）
离开
（起身察看自己是否未被人看到，打开箱子拿出李尔面具，
又关上箱子，同时不得不用右膝辅助；再次察看自己是否
未被人看到，又坐到长椅上，将李尔面具放到自己身旁；
从他左侧的大衣口袋里掏出一个银色小盒子，从里面取出
几片药迅速吞下。然后他同样迅速地戴上恩索制作的李尔
面具，将大衣领子高高竖起，将双手插入大衣口袋，呆滞

地直视着坐了较长一段时间，然后说）
快点离开
（此前在酒吧里从他身旁经过的那群戴面具的人
从左边上，愈来愈近，他们醉得越发厉害，
又笑又喊地从米奈蒂身旁经过）

最后一个戴面具者 （停留片刻，认出了米奈蒂，
用食指指着他喊）
艺术家
表演艺术家
（跑开
米奈蒂一动不动，
直到他完全被白雪覆盖）

剧 终

伊马努埃尔·康德

喜　剧

……这并不意味着
在剧院里应该表现生活……

安托南·阿尔托

人　物

康德
康德夫人
恩斯特·路德维希
弗里德里希——一只鹦鹉
女百万富翁
船长
红衣主教
海军上将
艺术品收藏家
乘务员
副乘务员
厨师
若干船上的军官
若干水手
若干乘客
若干医生
若干男护士
若干乐队成员

在大海上

甲板前部

两把折椅，六把椅子

乘务员在右边的折椅后面敬礼

康德、他的夫人及其身后的恩斯特·路德维希上

(后者右手持装着弗里德里希的被遮住的鸟笼，

左手持一个谷粒袋)

汽笛声鸣响

乘务员 (立正)

早上好康德教授先生

(康德站到前面，查看折椅)

风向朝西

朝西北

康德教授先生

康德夫人 今天天凉

(对乘务员)

您今天一定要

好好给我丈夫盖被子

乘务员 风向朝西朝西北

天气条件好极了

好极了教授先生

(汽笛声鸣响)

教授夫人

我询问了首席气象专家

(转向康德)

受您的委托康德教授先生

康　德　一切可能的
离心率的等级
从行星
直至彗星

康德夫人　我丈夫昨晚
想要第二床被子
但没人给他拿来
第二床被子
他从六岁起
（汽笛声鸣响）
就容易感冒

康　德　自然在此处
同在别处一样
通过不易觉察的
不易觉察的废料产生作用
（乘务员和康德夫人调整康德的折椅
汽笛声鸣响
康德观察二人）
我谈论的是
元素粒子的
精确的圆周运动
以及自然的
无目的性
女士们先生们
（在康德夫人和乘务员调整康德的折椅时，
突然对恩斯特·路德维希）
别突然

突然取下罩布
弗里德里希的视力
是最珍贵的东西
所谓的犹太教经师
和鹦鹉的视力
是最敏感的
真正的
内在的哲学家
你要慢慢地
十分慢地
逐渐地
给它取下罩布
（命令）
把它放到那儿
（恩斯特·路德维希想把鸟笼放到一把椅子上）
别放到那儿
别放到这把椅子上
放到我的折椅旁边的椅子上
弗里德里希得紧挨着我
（用手杖指他的折椅旁边的椅子）
放到那儿

弗里德里希 那儿那儿

康　德 当然是那儿
（恩斯特·路德维希把鸟笼
放到康德的折椅旁边的椅子上）

康德夫人 这是一只多么聪明
多么具有哲学头脑的动物

康　德　非洲灰鹦鹉[①]
是原本的
内在的
原本的哲学家
弗里德里希　非洲灰鹦鹉
康德夫人　清晨它看起来
毫无生气
但我丈夫后来就叫它的名字
我丈夫说弗里德里希弗里德里希弗里德里希
康　德　弗里德里希
弗里德里希　绝对命令[②]绝对命令绝对命令
（恩斯特·路德维希想拉扯鸟笼罩布）
康　德　（用手杖敲打他的手指）
不是这样
不是这样
要犹豫不决地
逐渐地拉扯罩布
弗里德里希　逐渐地
犹豫不决地
康　德　他们全都
这么笨手笨脚
并且使它受到
惊扰和惊吓
康德夫人　（对康德）
你不想坐下吗

---

① 又名刚果灰鹦鹉。
② 历史上的德国哲学家康德的唯心主义哲学的伦理原则。康德认为道德法则并非来自经验，而是一种先验的理性原则，所以它是普遍的、无条件的，是一种人人均应服从的“绝对命令”。

康　德　（似乎没听见）
要特别
轻地
灵巧地
（轻轻拉扯鸟笼罩布
对恩斯特·路德维希）
你得
这么小心地
极其小心地
拉扯罩布
要非常小心
光线只能
逐渐地
进入鸟笼
非洲灰鹦鹉
是最敏感的鹦鹉

康德夫人　（指责恩斯特·路德维希）
恩斯特·路德维希
如今您在我们家已经有二十五年了
但还是不会
取下鸟笼罩布
（恩斯特·路德维希和康德一起拉扯鸟笼罩布）

康　德　要这样
要逐渐地
（恩斯特·路德维希拉扯得稍快
康德敲打他的手指）
你给我慢点
（二人拉扯鸟笼罩布

康德突然）
先别拉扯
先别拉扯

康德夫人　（对康德）
你坐下呀

康　德　（走向他的折椅）
原始物质
扩散开来的各个部分
离太阳越远
使太阳降落的动力
便越弱
（坐到折椅上）
啊不
（又想起身，但一个人站不起来
康德夫人和乘务员帮助他）
有时我觉得
我的听力也变差了
但另一方面
我越看不清
就越听得清
这是为了赢得视力的
唯一一场赛跑
美国
是我唯一的希望
（对乘务员）
大海上
（汽笛声鸣响）
一切正常

乘务员 （立正）
大海上
一切正常

康　德 （他的折椅被调整后，又坐下，
然后）
我必须拥有
理想[①]航线
（用唾液沾湿他的右手食指，将其伸向空中）
是西风西北风
是理想航线

乘务员 （立正）
西风西北风
理想航线

弗里德里希 理想航线理想航线

康德夫人 （对恩斯特·路德维希）
您挪动一下弗里德里希
让它更靠近我丈夫
（恩斯特·路德维希将弗里德里希
更近地挪到康德身旁）
弗里德里希被挪到他身旁
紧挨着他的时候
我丈夫才能找到理想航线

康　德 （张开双臂，仿佛在寻找理想航线）
理想航线
我现在拥有理想航线

弗里德里希 绝对命令绝对命令绝对命令

---

① 德语唯心主义（Idealismus）一词亦有理想主义的含义，此处显然暗讽康德哲学的唯心主义倾向。

康　德　（往后靠）

返回

天体的开端

进入原始物质

他曾说我的名字是莱布尼茨[①]

向下

进入历史底部

或许

瞳孔变窄

要归因于过度劳累

（乘务员将康德的上身和下身

分别用两床被子裹住）

洞察

各种起因

（突然）

哥伦比亚大学

将授予我名誉博士学位

授予

（对乘务员）

没有比

哥伦比亚大学的

眼科教授

更好的眼科教授

我恰恰受到了拥有世界上最好的

眼科教授的哥伦比亚大学的邀请

这并非偶然

---

① 戈特弗里德·威廉·封·莱布尼茨（1646—1716），德国自然科学家、数学家、哲学家。其学说与康德的学说相对立，康德出生时莱布尼茨已去世八年。

康德不会丧失他的视力
我夫人凌晨一点到两点
给我朗读我的论文
重新估价有效动力
在大海上
这是一种荒唐行为
但我因此更能忍受涡轮机了
这段朗读时间变得必不可少
法则不能通过
一切运动起作用
若不考虑它们的速度
(大声喊)
喜剧丑角
狂热信仰奢华的人
(突然)
这太深了
深不见底
(乘务员和康德夫人调整康德的折椅)
离心率
是彗星的
至关重要的区分标志
(慢慢取下鸟笼罩布，这使
恩斯特·路德维希感到惊讶)
非洲灰鹦鹉
(检查弗里德里希)
一切正常

弗里德里希　绝对命令绝对命令绝对命令

康　德　(对弗里德里希)

审理程序开始

弗里德里希 审理程序开始

康 德 (对恩斯特·路德维希)

坐下

你这个笨拙的人

(对康德夫人)

坐下吧我亲爱的

(在恩斯特·路德维希的协助下,

又遮住弗里德里希

用唾液沾湿右手食指,将其伸向空中,突然)

西风西北风

全速前进[①]

乘务员 (立正)

西风西北风

全速前进

(康德夫人和恩斯特·路德维希坐下)

康 德 木星

火星

水星

向心力

(恩斯特·路德维希起身整理鸟笼罩布,

又坐下)

离心率

因为太阳在它的轴线转动中

仍很长时间赶不上

水星的速度

---

① 德语原文属于海员用语,为船上驾驶室对轮机舱发出的命令。

（细听弗里德里希的动静）

弗里德里希　仍很长时间

赶不上

康　德　近似的

旋转速度

炽热

（对康德夫人）

你昨晚

不该喝浓汤

（对恩斯特·路德维希）

世界的良心

在你胸中死了

无可挽回地死了

康德夫人　恩斯特·路德维希的妹妹

死了

她丈夫来信说

康　德　（对恩斯特·路德维希）

你就高兴吧

在大海上

不可能

参加葬礼

你妹妹多大年纪

恩斯特·路德维希　三十七岁

康　德　三十七岁

这寿命像猫舌头一样长

像猫舌头一样长

（细听弗里德里希的动静）

弗里德里希　像猫舌头一样长

像猫舌头一样长
(康德夫人示意乘务员过来，
对他耳语)

康　德　(此时对弗里德里希)
与自然相适应的
各种不可抗拒的力量
所有部分的阻力
原始物质的粒子
西风西北风

弗里德里希　西风西北风

康德夫人　(对乘务员)
您把菜单给我们拿来
(乘务员想离开
康德夫人将他唤回)
您听着乘务员
(乘务员转向康德夫人
康德夫人在康德对弗里德里希轻声低语时说)
我丈夫想吃牛下水
牛下水
您明白吗
(对乘务员耳语)

康　德　(又转身背对弗里德里希，眺望大海，
同时说)
失明者的听力
总是好极了

弗里德里希　好极了好极了

康　德　莱布尼茨
莱布尼茨曾说

我的名字是莱布尼茨

(乘务员下)

康德夫人 今天晚上

船上将举行一次订婚仪式

康　德 一次订婚仪式

康德夫人 女百万富翁会赠送

一个直径三米的

杏仁夹心大蛋糕

康　德 我拥有理想航线

康德夫人 直径三米

高一米七六

恰好和未婚夫一样高

你知道未婚夫是谁吗

康　德 十九颗彗星的光学外观

是一种假象

弗里德里希 是一种假象

康德夫人 未婚夫是来自格尔森基尔欣[①]的

矿物标本采集家

你知道

她是谁吗

弗里德里希 她是一位来自克莱尔沃[②]的

来自克莱尔沃的男爵公主[③]

康　德 物质的特定密度

始终如一

康德夫人 女百万富翁

---

① 德国西部城市。
② 法国城镇。
③ 指男爵的女儿。

是第三次去美国
她已有二十年
致力于打捞泰坦尼克号
她祖母
和泰坦尼克号一起沉没了
家里的全部首饰
和祖母一起沉没了
女百万富翁来自路德维希堡[①]

弗里德里希 路德维希堡路德维希堡路德维希堡

康　德 （问）
她来自路德维希堡吗

康德夫人 她拥有煤焦炭金属公司

康　德 （对弗里德里希）
非洲灰鹦鹉

弗里德里希 非洲灰鹦鹉

康德夫人 她创作亚麻油毡版画
她已在美国举办过
一次亚麻油毡版画展

康　德 十九颗彗星的光学外观
是一种假象

康德夫人 她说
她认识你
另外船长读过你写的论文
行星圈的离心率
我们将在抵达美国前的
最后一晚

---

① 德国南部城市。

在灯笼节那天
受邀
同他共进晚餐
和红衣主教一起
和海军上将一起
当然还有弗里德里希
当然还有恩斯特·路德维希

康　德　当然还有恩斯特·路德维希
（乘务员走来，把菜单交给康德夫人
康德直起身子，突然）
这太深了
深不见底
（汽笛声鸣响）
我必须拥有理想航线
（乘务员调整康德的折椅
康德训斥恩斯特·路德维希，
用手杖敲打他的膝盖）
你为什么坐在那儿
呆看
帮一下乘务员

弗里德里希　帮一下乘务员帮一下乘务员
（恩斯特·路德维希跳起来，帮助乘务员）

康　德　你以为
我是白付给你钱的吗
（恩斯特·路德维希在康德面前跪下，
用被子裹住康德的双脚
康德用手杖触碰恩斯特·路德维希）
那些像你一样的奴才

全都因为懒惰而得到了报酬
我和弗里德里希
我们俩
我们聘用你当仆人
但我们却把钱付给了一个笨蛋
你就连那些栗暴[①]都不值
这是你在我们家的二十五年里
我让你得到的
（对康德夫人）
恩斯特·路德维希服侍我
服侍弗里德里希服侍我们
有多长时间了多长时间

康德夫人　二十五年

康　德　（喊道）
二十五年
（对恩斯特·路德维希）
你完全像第一天那样迟钝
你仍然不会
裹住我的脚
如果我说
你早晨应该搅搅我的粥
你做不了这件事
更别提其他所有的日常工作了
弗里德里希理应换一个仆人
（对其他人）
我不得不一直害怕

---

①　德语原文为 Kopfstücke，指勾曲手指敲人头部。

这个笨蛋
会让我的弗里德里希摔下来
而我的弗里德里希会死掉
他现在已有二十五年跟在我后面
提着我珍贵的弗里德里希了
他总有一天
会让它摔下来
（打恩斯特·路德维希的脊背，斥责他）
到时再算账
再和你这种人算账
你现在还有时间
但针对你总之针对迟钝
采取所有措施的那一刻
指日可待
（用唾液沾湿右手食指，将其伸向空中）
是西风西北风
确实是西风西北风

乘务员　是西风西北风康德教授先生

康　德　康德
在大海上
人们说
康德
从未离开过
柯尼斯堡[①]
康德所在的地方就是柯尼斯堡

乘务员　（拿来一个圆柱形颈枕）

① 原为德国东普鲁士首府，第二次世界大战后归属苏联，改名加里宁格勒。历史上的康德在柯尼斯堡出生，他除了去但泽做过一次旅行，一生从未离开故乡。

还有颈枕
教授先生

康德夫人 您把颈枕给他

弗里德里希 颈枕颈枕颈枕

康　德 您把颈枕给我
（乘务员将颈枕垫在康德的后颈下面）
地球本身具有某种东西
可以将它与宇宙臭气的扩散
及其诸多扫帚状的长尾巴做一比较
（转向弗里德里希，对它轻声低语）

康德夫人 （同时）
我丈夫偶尔会十分突然地
因为空气稀薄而生病

康　德 （扬起头）
规定的日子
将是一个星期二

弗里德里希 是星期二

康德夫人 （埋头看菜单）
我们星期二抵达目的地

乘务员 （立正）
如果一切顺利
我们星期二抵达目的地

康　德 （用唾液沾湿右手食指，将其伸向空中）
是西风西北风对吗

乘务员 是西风西北风康德教授先生
（下）

康　德 （对他夫人）
你不该

喝浓汤
任何一个有理性的人
在大海上
都吃大海食物
你吃的是大陆食物
（对恩斯特·路德维希）
油腻的饮食
会让你倒霉
（在鸟笼旁细听）
非洲灰鹦鹉
是最聪明的鹦鹉
比如
十七年前
我对它说了这句话
不存在一个唯一的首要的
对所有真理
都普遍适用的原则
昨天它对我
准确无误地
准确无误地说了这句话
（乘务员拿着一沓旧报纸走来）
这些报纸有多旧

乘务员　是六周前的康德教授先生

康　德　那就好
我基本上只读
至少是四周前的报纸
六周前的
更好

（乘务员把报纸交给康德夫人）
这些旧报纸
会产生一种有益的作用
它们绝不会使人陷入激动状态
当然
至于外部世界的事情
我会根据报纸的年龄
回溯四周或者五周或者六周
最新的东西
早已被遗忘
（对乘务员）
起初
三十年前
我夫人只给我
朗读法国报纸
二十年前突然只朗读英国报纸
现在我只读德国报纸
我从未有过
比如说
读葡萄牙报纸的雄心
（对恩斯特·路德维希）
你掺和好谷粒了吗
拿过来让我看
（恩斯特·路德维希跳起来，走向康德
康德指着袋子）
打开
我想看看
你是否掺和好谷粒了

非洲灰鹦鹉

弗里德里希 非洲灰鹦鹉

康　德 如果它在没说完的情况下

应该强调的是在没说完的情况下

概括了若干句子

它只是用一个

简单法则的假象

来迷惑他人

（恩斯特·路德维希打开袋子，让康德朝里看

康德问）

是各一半吗

恩斯特·路德维希 是各一半

康　德 德拉特古特教授

曾经断言

谷粒应该压碎

他搞错了

非洲灰鹦鹉

得吃未受损伤的完整谷粒

那些所谓的动物学家

已使整个动物界都退化了

（对乘务员）

我的弗里德里希

星期天会得到一个

烤过的早餐小面包

它吃它时特别高兴

有一次我对德拉特古特教授说了这件事

我说我的非洲灰鹦鹉

早餐时吃了一个

烤过的小面包
德拉特古特不相信我
于是我邀请这位德拉特古特教授
来吃早餐
他可以在亲眼看见后确信
弗里德里希能够
吃一个烤过的小面包

弗里德里希　德拉特古特德拉特古特德拉特古特

康　德　这是我第一次
让弗里德里希
屈尊见一位教授
这个男人当然对弗里德里希
产生了毁灭性影响
（对恩斯特·路德维希）
你必须检查
给弗里德里希吃的谷粒
最仔细地逐个检查每颗谷粒
（大声喊）
别让它给我吞下石头
你还记得
在赫希斯特[1]
你给它把一块石头

恩斯特·路德维希　是一粒小石子

康　德　真的吗把一块石头
放到了袋子里
是出于疏忽大意

---

① 德国奥登瓦尔德山区的一个乡镇。

这意味着是完全无意地
还是蓄意地
我就不知道了
（对乘务员）
弗里德里希
差点因此
窒息而死

弗里德里希 窒息而死窒息而死窒息而死

康　德 （对乘务员）
您那时应该看看那苍白的脸色
弗里德里希的苍白脸色
（恩斯特·路德维希想扎紧袋子
康德阻止他这样做，并且从袋子里
取出谷粒检查
对乘务员）
自从恩斯特·路德维希
给弗里德里希把一块石头放到了袋子里
我总是从袋子里
取出谷粒检查一下
（将谷粒塞进嘴里嚼碎
对恩斯特·路德维希）
这是巴西谷粒吗
或者它们来自危地马拉[①]

恩斯特·路德维希 它们来自危地马拉

康　德 所以这是危地马拉谷粒
（恩斯特·路德维希点头）

---

① 拉丁美洲国家。

来自危地马拉的
谷粒
确实比巴西谷粒
更易消化
更易消化更便宜
（直接对乘务员）
某种东西更易消化
同时也更便宜
这种事情经常出现
最贵的东西
未必总是最好的
（又非常明显地咀嚼）
这是给弗里德里希吃的
来自危地马拉的谷粒
（突然吐出谷粒，大声）
在一艘豪华轮船上
我们毕竟
在一艘豪华轮船上
（对乘务员）
我起初
无法做出决定
我或者决定
要瓦萨鹦鹉[①]

弗里德里希　瓦萨鹦鹉

康　德　或者决定要非洲灰鹦鹉

弗里德里希　非洲灰鹦鹉

---

① 马达加斯加和印度洋西部岛屿特有的鹦鹉。

康　德 瓦萨鹦鹉
活得时间更长
其中有一些
活到了七十多岁
（对弗里德里希）
两年后
我们将庆祝你的五十岁生日
也许
在大海上
谁知道呢
（环顾四周）
到时我会租一艘
还要大得多的船
只是为了这个生日
（对乘务员谈论弗里德里希）
它最喜欢
我夫人给我
就是说也给它
朗读纽伦堡[①]消息报
这让它开心
这期间它差点没笑死
内容越严肃
它笑死的风险
就越高
（用唾液沾湿右手食指，将其伸向空中）
西风西北风

---

① 德国东南部城市。

全速前进

乘务员 （立正）

西风西北风

全速前进

康　德 （对康德夫人）

我们可以开始了

（在鸟笼旁细听

谈论弗里德里希）

它的注意力

是最集中的

谁都没有

这种注意力

（汽笛声鸣响）

我最出色最重要的课

是当着弗里德里希的面讲的

我知道为什么我讲课时

弗里德里希

总是在第一个座位

比全体教授还靠前

（汽笛声鸣响

对乘务员）

所以弗里德里希

也最遭人恨

大学教授们最恨它

因为它总是

坐在最前面

教授们嫉妒

它的注意力

它什么也不忽略
而学者们
则几乎忽略了一切
我从一开始
就只带着弗里德里希旅行
当然
是秘密地
足迹遍及整个德国
人们说
康德没有离开过
柯尼斯堡
但康德所在的地方
就是柯尼斯堡
柯尼斯堡就在
康德所在的地方
（对弗里德里希）
柯尼斯堡在哪儿

弗里德里希　在康德所在的地方

康　德　康德在哪儿

弗里德里希　康德在柯尼斯堡所在的地方

康　德　（大声喊）
非洲灰鹦鹉
人类就是
寡言
本身
如果某种事物的反面
得到肯定
它自身便得到否定

如果某种事物的反面
是真实的
这种事物自身便是虚假的
他曾说莱布尼茨
莱布尼茨教授

弗里德里希 莱布尼茨莱布尼茨

康　德 莱布尼茨曾经害怕
弗里德里希
莱布尼茨曾经拒绝
在柯尼斯堡讲课
因为他无法忍受
弗里德里希在场
莱布尼茨
由于弗里德里希
而回绝了
（一名乘务员领着一个晕船的人
从康德及其同伴身旁走过）
晕船
证明了
一切
（对恩斯特·路德维希）
你今后
还继续
买危地马拉谷粒
别再买巴西谷粒

恩斯特·路德维希 不买巴西谷粒

康　德 （扬起头）
风向

似乎改变了
(用唾液沾湿右手食指,
将其伸向空中)
风向朝西朝西北

乘务员 风向朝西朝西北
全速前进
教授先生

康　德 据说
星期二在美国上岸
预示着不幸

康德夫人 (突然大笑)
对你来说
这预示着幸运
伊马努埃尔
对别人来说是不幸的事
对你来说仅仅是幸运

康　德 (沉思地)
教授们无疑会
穿着黑色衣服等候我
但我却穿着白色衣服
下船
(对所有在场的人)
我们所有的人
都穿着白色衣服下船
穿着白色衣服
穿着白色衣服
除了恩斯特·路德维希
他必须穿着黑色衣服下船

康德夫人 恩斯特·路德维希穿着黑色衣服
为什么偏偏是
恩斯特·路德维希呢

康　德 因为他妹妹死了

康德夫人 哎呀伊马努埃尔
他确实不必因此
穿着黑色衣服下船

康　德 在这种情况下
在右臂上
戴一个黑色袖标
也许就够了

康德夫人 我们从哪儿给恩斯特·路德维希
弄来一套黑色西服呢

康　德 在这样一艘豪华远洋轮船上
也可以搞到
任何一种型号的
一套黑色西服
在这样一艘豪华轮船上
没有不可能的事
（直接对康德夫人）
不过你说得对
戴黑色袖标也可以
你会给他缝一个黑色袖标吗

康德夫人 当然可以伊马努埃尔

康　德 人有义务
在妹妹死后
至少戴上黑色袖标
至少

（对恩斯特·路德维希）
至少
至少

恩斯特·路德维希 至少

康　德 （对恩斯特·路德维希）
她死于什么病呢

恩斯特·路德维希 死于园艺铲子

康　德 死于园艺铲子

恩斯特·路德维希 园艺铲子
把她的头打破了

康　德 真是一种荒唐的死亡
死于园艺铲子
头被打破了
做一个笨拙的动作
而园艺铲子
就把头打破了
（对乘务员）
您已经知道
我们是第一次
前往
美国
我从未有过
去美国的渴望
前往美国是一种变态
我其实只是为了
让我夫人高兴而旅行
她一直就有
这个夙愿

她对我说
现在哥伦比亚大学
确定你为名誉博士人选
这时你必须去美国
而我毫不犹豫地同意了
您想象一下
我毫不犹豫地同意了
旅行时我什么也不想带
只想带上我的脑袋带上弗里德里希
当然还带上恩斯特·路德维希
但现在我们却有这么一大堆行李
女人们旅行时总是带一些大箱子
这当然俗不可耐
至于我本人
我每两天
能换一下
我的衣服
就够了
一切不存在的事物
都不存在
一切存在的事物
都存在
这是同一性定律
您得知道
（在鸟笼旁细听）
有时我以为
它已经死了
但我后来发现

它这时的内在强度是最大的

（对乘务员）

如果我听不见动静

根本听不见动静

它的内在强度就最大

它不信任我夫人

它讨厌

女性

实际上以前只有我夫人才有资格

发表否定弗里德里希的意见

从未有人敢这么做

我夫人以前

敢贬低弗里德里希

我夫人曾在索波特[1]

贬低弗里德里希

但我当着弗里德里希的面

追究我夫人的责任

她必须向弗里德里希道歉

此后她不再被允许

给弗里德里希梳头

这是我夫人享有了三十年的

一项特权

现在只有恩斯特·路德维希

才可以给弗里德里希梳头

每天早晨五点到五点半

弗里德里希让人给它梳头

① 波兰城市。

有一次我夫人想给它染指甲
这差点没把我气疯
只有女人才可能
产生这种变态的想法
现在我夜里
把弗里德里希的房门锁上
夜里我亲自锁上
弗里德里希的房门
恩斯特·路德维希守卫着它的房间
在这儿在船上
我们当然很难遵守
我们总的规章制度
我不会踏上这整个的旅程
如果我没有得到
一间弗里德里希的专用客舱
一间几乎没有一点声响的专用客舱
因为弗里德里希夜里绝对无法忍受噪音
非洲灰鹦鹉
需要绝对的夜间安静
这在一艘远洋轮船上很难做到
我夫人三十年前
曾爱上了弗里德里希
我那时对她发出最后通牒
让她二选一
她不得不放弃弗里德里希
在柯尼斯堡这种恋爱关系
曾让人们议论纷纷
我把我夫人送到索波特待了一年

这期间我单独和弗里德里希在一起
那是我最美好的时光
（突然对乘务员）
全速前进

乘务员 （立正）
全速前进教授先生

康　德 一次外科手术
一次能让我看到弗里德里希
脑袋内部的外科手术
当然会证明一切
到时我就会有充分的证明
（直接对乘务员）
这个脑袋贮存了
人曾经对它说过的一切
一个如此井然有序的脑袋绝无仅有
如果我能看到并且握住
这个脑袋的内部
我就会有充分的证明

弗里德里希 （突然激动地）
绝对命令绝对命令绝对命令

康　德 我对带着弗里德里希的这次美国之行
做了长时间的非常仔细的考虑
实际上把弗里德里希
单独送到
世界各地的大学
并无风险
它能够
把我曾经思考过的一切

以最出色的方式
在报告中讲述出来
（*在鸟笼旁细听*）
学术界不参与
这样的冒险
纯属狂妄自大
我仿佛听见弗里德里希
这样说比如
我受康德的委托
做有关矛盾律的
报告
（*对弗里德里希*）
讲课结束的时候
你说什么话

弗里德里希 感谢各位专心听讲

康　德 一切存在的事物
都存在
一切不存在的事物
都不存在
世界是
世界的反面
真理是
真理的反面
（*对乘务员谈论弗里德里希*）
它完全生活在
我的观念世界里
它讨厌
我讨厌的东西

它对我追究责任的事情
追究责任
（突然）
报纸究竟是什么时候的

乘务员　是二十五号的

康　德　也就是说八月二十五号

乘务员　当然康德教授先生

康　德　因为今天
是九月二十五号
（对康德夫人）
我的眼睛多么盼望
下一个雨天的到来
这持续不断的阳光
几乎要把我完全灼瞎了
如果为我的眼睛着想
我得在整个海上旅行期间
待在甲板下面
待在客舱里
但在客舱里
我觉得自己肯定会被闷死
弗里德里希在客舱里
也受到肯定会被闷死的
恐惧的折磨
（对恩斯特·路德维希）
你没看见
我的脚冷吗
（对坐在周围的人和乘务员）
他看不见这些

他的眼睛好得很
但却什么也看不见
（恩斯特·路德维希跳起来，
用被子裹紧康德的双脚）
仆人们
绝对患有瞎眼病
而他们的眼睛
却好得很
这已得到证明
他们看得见一切
但却什么也看不见
（用腿掀开被子，恩斯特·路德维希
又得裹住康德的双脚）

弗里德里希 （大声）
绝对命令绝对命令绝对命令

康　德 我没想到
我会在我的一生中
做这样一次海上旅行
事关我的视力
（康德夫人对乘务员耳语）
在虹膜上
切一小刀
是一次微创手术

康德夫人 你把理性带到美国
美国给你视力

康　德 康德
去美国
以便挽救他的视力

康德夫人 整个美国
都在等候你
报纸上全都是
有关你的报道
康　德 哥伦布发现了美洲
美洲发现了康德
（康德夫人对乘务员耳语）
事实上
恩斯特·路德维希的右臂
比他的左臂
更粗
因为他提弗里德里希的鸟笼
已经有三十年了
（康德夫人突然高声大笑
康德用唾液沾湿右手食指，
将其伸向空中）
西风西北风
全速前进
乘务员 （立正，敬礼）
风向朝西朝西北
全速前进
弗里德里希 全速前进
康　德 美利坚合众国总统
将听我首次讲课
我相信
他精通音乐
他是美国为数不多的
懂音乐的要员之一

（对乘务员）
我当然总是采用
间接的结束方式

康德夫人 （对乘务员）
我们在我们的房子后面
为弗里德里希
盖了一栋特别的房子
里面的一切都是热带的

康　德 是热带的
亚热带的

康德夫人 每个星期六
弗里德里希都在热带

康　德 （对乘务员）
那是非洲灰鹦鹉的
起源地
几内亚安哥拉
维多利亚湖[1]您知道吗
（对弗里德里希）
那是你的起源地

弗里德里希 起源地起源地

康　德 其对立面
是虚假的一切事物
是真实的

弗里德里希 感谢各位专心听讲

康　德 （突然对乘务员）
这儿有冰山吗

---

① 位于东非裂谷带乌干达、肯尼亚、坦桑尼亚交界处。

乘务员 没有冰山

康德教授先生

（康德夫人对乘务员耳语）

康　德 谁说

在据说

没有冰山的

地方

就没有冰山

您想想泰坦尼克号吧

弗里德里希 泰坦尼克号泰坦尼克号

康　德 （在鸟笼旁细听）

所有那些人

都和他们的奢华一起

沉没了

当一切都在沉没

音乐会乐队演奏着乐曲

（对乘务员）

您从未害怕过

沉没吗

您会游泳吗

乘务员 我不会游泳

康德教授先生

康　德 （喊道）

不会游泳

他不会游泳

在这种情况下

我会日夜不宁

我会游泳

我一直很会游泳
我夫人不会游泳
恩斯特·路德维希也会游泳
（对弗里德里希）
弗里德里希会飞
如果有必要
它将超过我们所有的人
（康德夫人对乘务员耳语）
在这儿沉没的
第一个人
可能是恩斯特·路德维希
（对康德夫人）
我仿佛看见你紧紧抓住
恩斯特·路德维希
而恩斯特·路德维希在把你往下拖
这是多么悲惨的结局
（对乘务员）
您说说
这儿有多少艘救生艇
随时可供使用

乘务员　有二十二艘救生艇
教授先生

康　德　（喊道）
儿童和妇女优先
哎哟
（捂住自己的眼睛）
我的眼睛疼
确实

我不该
得青光眼
视力
至关重要
如果丧失了视力
我的脑袋也完了
它会变得昏昏沉沉

康德夫人 （用较长时间研究了菜单
对乘务员）
您给我丈夫剁碎小牛肉
不要调味汁
不要生菜

康　德 （将双手从眼睛上移开，
眺望大海）
一切都是昏暗的
昏暗的
昏暗的
昏暗的

康德夫人 您把煎牛排照原样给我
加胡椒粉

弗里德里希 加胡椒粉
（恩斯特·路德维希起身，
想取下鸟笼罩布）

康　德 （愤怒地）
你敢取下
鸟笼罩布
连我都受不了
耀眼的光线

何况是弗里德里希
（恩斯特·路德维希又坐下，
将谷粒袋放在双膝间）
在大海上产生的思想
和在陆地上产生的
完全不一样
（康德夫人对乘务员耳语）
头脑在肯定
它曾经否定的东西
（在鸟笼旁长时间地细听，然后）
星期二是我的命运日
它也是你的命运日
（康德夫人对乘务员耳语
乘务员手持菜单下
康德对弗里德里希）
我们属于一个整体
世界怎么想
无关紧要
世界想的无非是
厚颜无耻的事情

康德夫人 （对恩斯特·路德维希）
您调整一下
我丈夫头部的位置
（恩斯特·路德维希跳起来，
调整康德头部的位置）

康　德 （对康德夫人）
我认为
我是在

恰当的时候
前往美国
其实我是
美国主义的敌人
我一直憎恨美国
我曾几十年之久拒绝前往美国
现在我去美国
每个人都会掉进这个陷阱
美国主义
对世界末日负有责任
（对恩斯特·路德维希，暴躁地）
你让我受伤了
难道我没教过你
所有这些握住脑袋的动作吗
教了三十年
竟然是这种灾难性的结果
我有一次
见过你妹妹
她是一个漂亮的孩子
简直无法想象
她是你妹妹
她无比优雅
而你呢
你从头笨到了脚
你妹妹
极其敏感
而你恰恰相反
（推开他

对弗里德里希)
我们找不到
比这个笨蛋更好的人
他给你喂谷粒
不是太早
就是太晚
这种人
(恩斯特·路德维希坐下)
对时间毫无感觉
他们完全是敏感的反面
敏感的反面

康德夫人 (埋头读报纸)
又有新的谋杀案
你听听
柬埔寨首相
被谋杀了

康　德 我终生都反对报纸
我终生都如饥似渴地读它们
(康德夫人突然高声大笑)
你为什么笑

康德夫人 这幅漫画

康　德 一切都是漫画

康德夫人 (突然高声大笑)
一次完全错误的天气预测
预报说八月
是坏天气

康　德 (突然高声大笑，然后)
追随真理的链条

直至最后一环
所有政府的垮台
近在眼前
莱布尼茨曾说莱布尼茨
我的名字是莱布尼茨
(对恩斯特·路德维希)
你这种人的特征
是不听话
给你和你这种人
付钱的那些人
应该能够对付它
(突然大声)
我可以和厨师谈话吗
我必须和厨师谈话
(对康德夫人)
厨师必须到这儿来
厨师得到这儿来

乘务员　(上，敬礼)
您有什么愿望康德教授先生

康　德　我必须和厨师
首席厨师谈话
我受不了和兰芹[1]汤里的
和兰芹
您立刻把厨师找来
(康德夫人对乘务员耳语
乘务员下

① 一种植物，其灰褐色的呈长形的籽多用于调味。

康德对恩斯特·路德维希）
船上的这些厨师诡计多端
没有人比船上的厨师们
更加诡计多端
在大海上得小心提防
船上的厨师们
烹饪的食物

康德夫人 但你昨天
就和船上的厨师
和首席厨师谈过话了

康 德 我必须每天和他谈话
我想每天看到他
在所有这些人的内心里
不断发生着危险的变化
他们会突然想做什么就做什么
（乘务员和船上的厨师上
康德对船上的厨师）
您是首席吗
是船上的首席厨师吗

厨 师 为您效劳康德教授先生
（康德夫人示意乘务员过来，
悄悄塞给他一张钞票）

康 德 （看他的怀表
对船上的厨师）
那些汤
简直就是厄运
您不也这样认为吗
那是厄运般的汤

确实是厄运般的汤

厨　师　（四下张望，然后重复）

厄运般的汤

康　德　我认识一些国王

他们死于

汤里过多的和兰芹

您知道

我的用意

（在鸟笼旁细听

对弗里德里希）

好在你的供给

来自恩斯特·路德维希的袋子

（对船上的厨师）

我喝一勺之前

我夫人得喝一勺

我五十年都保持着

这种习惯

（用右手食指威胁）

厨师们是最危险的人

别在我的汤里放和兰芹

（停顿一下，此时所有的人都面面相觑）

还有头发

您可以走了

（船上的厨师下

康德在他身后喊）

船上的厨师

船上的厨师

（船上的厨师转身站住）

您通常在一份汤里
放多少颗和兰芹籽

厨　师（问）
在一份汤里吗

康　德（拒绝地）
您不用说
放多少颗
您尽管继续烹饪吧
很快大西洋里的鱼
将根本无法再食用了
（对乘务员）
您知道吗
捕捞得越多
它们的毒性就越大
鳗鱼已经不能再食用了
我夫人对此毫无怨言
鲱鱼绝对缩短了人的生存时间
（康德夫人对乘务员耳语
康德对乘务员）
任何时候
问题都在于
渔网上的窟窿
我的一个堂兄
曾把海鱼
输入阿尔卑斯山
他是冷藏车的发明者

他的纪念碑竖立在因斯布鲁克[1]
（突然）
但它还没被揭幕
（环顾四周）
我时刻都在想
船会开裂
完全解体
而我们所有的人
都会沉到海底

弗里德里希　绝对命令绝对命令绝对命令

康　德　每个生命
都有最远的有效距离
（环顾四周）

康德夫人　（对乘务员）
也许
他吃糊状物更好
（汽笛声鸣响）
吃搅拌成碎末的糊状物

康　德　逻辑证明
没有什么比糊状物
或者牛下水
更易消化
（副乘务员上，对乘务员耳语
康德夫人突然高声大笑，
啪的一声合上一份报纸
汽笛声鸣响）

---

① 奥地利蒂罗尔州首府。

乘务员 （对康德）
饭菜已经摆好了康德教授先生
（所有的人都起身去用餐
恩斯特·路德维希抓起鸟笼跟在后面）

康　德 （在半路上停住，用唾液沾湿
右手食指，将其伸向空中
汽笛声鸣响）
是西风西北风

弗里德里希 西风西北风

乘务员 （敬礼）
风向朝西朝西北
全速前进

甲板中部

一些折椅和椅子

康德夫人和女百万富翁在散步

女百万富翁 船上有许多
知名人士
人们的假名
对他们毫无用处
已经有传言说
康德在船上
（笑）
如果说这次航行没有遵守时限
那么它也是最近的
我祖母
娘家姓利特法斯
您知道煤焦炭金属公司吗
她的志向是成为女钢琴家
她曾携带家里的全部首饰
乘坐泰坦尼克号旅行
（汽笛声鸣响三次）
她以前常说
她会死在大海上
冰山确实把泰坦尼克号
完全撞裂了
劳埃德公司就得打捞泰坦尼克号

我将全力以赴
使泰坦尼克号被打捞出来
我已故的丈夫临终前
相信了我的誓言
我将极尽所能
使泰坦尼克号被打捞出来
劳埃德公司毕竟负有重大责任
康德在船上
这简直令人难以置信
人们说他从未离开过柯尼斯堡
全都是非常风趣的人
（汽笛声鸣响三次）
我和乘务员谈过话
我们将在灯笼节那天
与船长同桌
和红衣主教和海军上将一起
真是可怕
我一直在想冰山
听完了红衣主教的讲述
我整夜都没睡觉
我一边听
一边不停地喝威士忌
船上的医生认为
晚上喝几杯对我没坏处
在这样一次旅行中
人就得沉醉于
所提供的享受
（仔细看康德夫人的连衣裙，突然）

这是一件多么漂亮的连衣裙
这是一件真正的船上穿的连衣裙
我每天早晨
考虑又要穿什么的时候
都伤透了脑筋
（汽笛声鸣响三次）
一方面甲板上风的确很大
另一方面客舱里又相当热
但我在大海上还从来没有
把同一件连衣裙穿过两次
和一个像康德教授这样的
如此著名的男人结婚
肯定非常有趣
乘务员说
教授有十个名誉博士学位
您是在特雷斯塔赫湖[①]认识您丈夫的
这是一门湖泊婚姻
（突然高声大笑）
一门湖泊婚姻

康德夫人 对我们是在水上认识的

女百万富翁 这是二位的第一次远洋旅行
而且理由是多么崇高
纽约的名誉博士
真是一个巅峰时刻呀

康德夫人 我丈夫是哥伦比亚大学的名誉博士

女百万富翁 这倒无关紧要

① 位于奥地利蒂罗尔州东部，亦为天然湖滨浴场。

和一位名誉博士
和康德本人
同桌
我现在才知道这意味着什么
红衣主教非常高兴
能和康德乘坐同一艘船旅行
康德和红衣主教
我无比热爱美国
您不热爱它吗

康德夫人 我们是第一次前往美国

女百万富翁 第一次去美国
现在竟然还有这种事
（眺望大海）
如此辽阔
如此无边无际
那就这么做
我坚信
劳埃德公司会打捞出珍宝
到时我就完成了
我想做的事情
我在这方面毕竟要对我丈夫负责
他一直想成为造船工程师
一名真正的造船工程师
啊您知道吗他出身于
一个真正的无产者家庭
竟然是康德本人
和一个举世闻名的人
和康德结婚

肯定非常美妙
你也每天去按摩师那儿吗
我每天让船上的按摩师给我按摩
他身材健美
仪表高雅
他曾告诉我
他其实是医生
由于他母亲得了久治不愈的胸膜炎
他那时无法攻读博士学位
啊的确疾病能够毁掉一切
在人前程似锦
可以显示出才能
变成一个天才的时候
因为一种疾病的出现
一切都突然化为了泡影
船上的医生每天早晨
都来给我量血压
我随身携带我自己的血压计
不论我到哪儿
我总是随身携带我的血压计
医生们使用的是完全不准确的仪器
您也做这类荒唐的梦吗
我梦见我穿过第五大道[①]
并且同一个男人打招呼
我问他几点钟了
结果表明那是波斯[②]国王

① 纽约街道名称。
② 今称伊朗。

（突然高声大笑）
他说
我亲爱的
您的袜带松开了
我问是我的袜带吗是我的袜带吗
他说当然我亲爱的是您的袜带
然后我弯下身子
我的袜带
确实松开了
我说啊您究竟是如何来到
这儿的第五大道的
但当我又直起身子
我却在大格罗克纳山[①]上
真的
人们在大海上会做最荒唐的梦
或者他们会患失眠症
红衣主教已经呕吐了两次
晕船很可怕
您至少有一间好客舱吗
我以前害怕单独旅行
单独在海上旅行就是让人害怕
我和我丈夫周游了全世界
而且总是乘船
基本上只乘船
（对康德夫人耳语）
他是癫痫病患者

① 奥地利最高山脉，位于蒂罗尔州。

（又大声）

我讨厌坐飞机

啊我喜欢在这儿在船上

在这儿在船上我心情舒畅

如果我做噩梦

我就到甲板上

回忆巴拿马[①]

啊回忆水手爱情您明白吗

如果我的衣服变得太窄了

我们在船上毕竟还有一个裁缝

一个真正的波希米亚裁缝

他是他这行的天才

过几天我就可以让劳埃德公司

打捞泰坦尼克号

您想想有一条玛丽亚・特蕾西亚[②]

在脖子上戴过的珍珠项链

和大量大公爵[③]的戒指

还有所有皇室的宝石金刚钻

您不认为

红衣主教很英俊吗

他可能成为一位仪表堂堂的教皇

我敢肯定他有一天会成为教皇

那时我就可以说

我曾和教皇一起乘船去美国

当然还有更大的船

① 拉丁美洲国家及其首都名称。

② 玛丽亚・特蕾西亚（1717—1780），奥地利女王（1740—1780年在位）。

③ 奥地利皇太子的称呼。

但没有一艘比这艘更令人感到惬意
奢华令人感到惬意
公海上的奢华令人感到惬意
我对哲学一窍不通
但请您告诉我您丈夫在探讨哪些哲学问题呀
这真的无法理解吗
我多么乐意拜读您丈夫写的东西
您喜欢我吗
我可不想认识康德
不想知道有关康德的事
(眺望大海)
我母亲总是说
别讲太多的话我的孩子
这会损伤你的机体
(突然)
据说泰坦尼克号
给代表死者家属的律师带来的收入
比船上全部东西的价值都要高
您也在劳埃德公司办理保险了吗
啊的确
这是一个多么美好的下午
(突然好奇地)
您丈夫的哲学建立在什么基础上呢
啊对了
您想象一下我昨晚进入客舱时
碰上了糟糕透顶的事
我让水龙头一直开着
真是可怕

凌晨两点我竟然站在水里
直到凌晨四点
我才能上床睡觉
人们的神经质很明显
天气马上就会突变
您已经有自己的灯笼了吗

康德夫人 什么灯笼

女百万富翁 哎呀灯笼节用的

康德夫人 这件事我还根本没考虑过

女百万富翁 我以前一直只有黄灯笼
您得知道从我小时候起
黄色就是我最喜欢的颜色
我热爱这些船上的节日
有一次我和我丈夫
在驶向牙买加[①]途中
遇到了一场事故
船上的节日已经开始
这时发生了爆炸
我想船爆炸了
这引起了恐慌真正的恐慌您想象一下
但只是一个寻开心的小玩意爆炸了
您丈夫会喜欢船上的节日的
到时您至少需要六个灯笼
每人提两个
您丈夫您和您丈夫的陪同

康德夫人 那是恩斯特·路德维希

---

① 拉丁美洲国家。

女百万富翁　没错是恩斯特·路德维希
三乘二是六

康德夫人　您忘了弗里德里希

女百万富翁　（问）
弗里德里希

康德夫人　我丈夫的鹦鹉

女百万富翁　（突然大笑）
啊对了鹦鹉
如果鹦鹉提着两只灯笼进来
那可真是令人难以置信
令人难以置信
（眺望大海）
我热爱这些
我站在这儿
眺望的时刻
您会在纽约多待一些时间吗
您得在那儿多待一些时间
您得去中央公园
啊第三十八街那儿有许多漂亮的
女式衬衣
百老汇[①]不再是
以前的模样了
曾经的一切都已消逝都已死去
那些伟大的演员全都躺在墓地里
而那些活着的什么也不是
不过您肯定对戏剧不感兴趣

---

① 纽约曼哈顿区的一条大街，此处自19世纪中叶起剧院云集，以商业性、娱乐性的戏剧演出闻名。

我不再到剧院去
那儿的演出不再有价值
戏剧是一个时代错误
我的一个熟人
是作家
他也像您丈夫一样是哲学家
他出版了一本书
他在书中证明
戏剧是一个时代错误
您知道斯特林堡吗
这是一个男子汉
其余的一切什么也不是
所以我与其到剧院去
不如用热水泡泡脚
(突然撩起她的裙子)
您瞧
(康德夫人朝女百万富翁的右膝看)
我的膝盖骨是仿造的
那是一个很长的故事
它发生得十分突然
四十二年前
我在我们举行婚礼三天后
上街
以便从珠宝商那儿取一个餐巾圈
我把餐巾圈送给了我丈夫
上面刻着您知道吗
举行婚礼那天的日期
我打算走进珠宝店时

一个男人来到我面前说当心
当心您听听当心
我想这是个疯子并且笑了起来
此刻这个男人用一根金属棍
击打我的膝盖
他只击打了一下就击碎了我的膝盖骨
这一切发生得如此之快
以致这个男人能够在未被辨认时逃脱
这桩案件从未被侦破
起初医生们把我毁了
在欧洲开业行医的确实只是一些半瓶子醋
在维也纳和瑞士的医院
做了几次失败的手术后
我去了美国
我已经接受了
我的腿的行动不便
但在哥伦比亚大学
他们给我安装了这块仿造膝盖骨
您瞧
（抬起她的腿来回活动）
完全正常
尽管膝盖骨是仿造的
但完全正常好像没出过什么问题
我告诉您那些美国医生真是天才
（放下裙摆，又用双腿站立）
我当然不怕花钱
顶尖人才总是昂贵的
如果我待在欧洲

我还会用一条僵直的腿到处跑
（二人坐下）
不过我很可能早就自杀了
因为我不是那种
终生作为残废到处跑的人

康德夫人 我们非常希望
我丈夫能在美国
得到帮助

女百万富翁 美国已经帮助了许多人
起初人们持怀疑态度
谁不了解美国谁就恨它
我到美国以前
也恨过它

康德夫人 我丈夫的视力
一天比一天更差
他什么也看不见的
那一刻
即将到来
他得了青光眼您得知道

女百万富翁 恰恰就青光眼而言
您丈夫将找到最可靠的人
我在那儿认识一位芝加哥的教授
他在虹膜上割一个小口子
您丈夫的视力就会完全恢复
青光眼现在不成问题了
青光眼不再让人害怕

康德夫人 我丈夫把所有希望
都寄托在美国身上

寄托在美国医生身上

女百万富翁 我钦佩您丈夫

他是一个用如此差的眼睛

看到了如此多的东西的人

红衣主教说您丈夫迄今为止

已经产生的思考

远比其他所有人的思考更多更深刻

我从未料到

我会认识康德本人

也没人相信我会遇到这种事

康德夫人 您的客舱里也有穿堂风吗

女百万富翁 当然有

每间客舱里都有穿堂风

我夜里戴一顶针织帽子

康德夫人 这是一个好主意

女百万富翁 我祖母在远洋轮船上

就受到了

穿堂风的折磨

她是一名狂热的女航海家

她每年至少航海一次

而且尽可能环绕全世界

这在她生活的时代令人难以置信

我祖母在船上

没有一次不戴针织帽子

她常说我的孩子

如果我没有那顶针织帽子就完了

谁在大海上不戴针织帽子

谁就会得各种可能得的病

它们刚开始出现时是毫无危险的感冒
但这些感冒最后全都发展成了慢性病
我只要有一夜不戴我的针织帽子
就可能因为感冒而死去
我相信我祖母和泰坦尼克号一起沉没时
头上戴着她的针织帽子
我想象不出她是别的样子
（笑）
啊的确人无法充分地保护自己
您就给自己织一顶这样的针织帽子吧

康德夫人　这样一顶针织帽子
肯定对我丈夫有好处

女百万富翁　这样一顶针织帽子
是最好的预防措施
我当然得投入
更多的款项
参与泰坦尼克号的打捞
迄今为止劳埃德公司一直在欺骗我
如果人想得到应有的重视
便会有一场持续不断的较量
这是我因为劳埃德公司的事情
第三次前往美国
但我不放弃
我在我丈夫临终前
握着他的手
对他做出了承诺
您记住
每位两个灯笼

一只鹦鹉带两个灯笼

康德夫人 恩斯特·路德维希得提弗里德里希的灯笼

女百万富翁 他是一个极其滑稽的人
您是从哪儿把他弄来的

康德夫人 如果没有恩斯特·路德维希
我丈夫就没救了
他自己提不动
弗里德里希

女百万富翁 那是一个极其滑稽的人
那是一个精神上的三重唱小组
（突然高声大笑）
一个精神上的三重唱小组

康德夫人 您说得对

女百万富翁 人们会为一个
像康德的脑袋那样的脑袋
投入一大笔钱不是吗
这时人至少知道是为什么
精神世界
是一个完全不同的世界
我在资本主义世界里长大
我是资本主义的亲生孩子
我丈夫和我说话时
一直只用我的资本主义孩子称呼我
他在海上的第一天夜里
总是拉肚子
好几天我都在观察您丈夫
这令人着迷
引起我注意的是

您丈夫的
鞋码
肯定很大

康德夫人 是四十六码

女百万富翁 这与众不同

康德夫人 这在清仓甩卖时
有好处

女百万富翁 对与众不同的尺寸
在清仓甩卖时绝对有好处
(康德和其他人走来)

康德夫人 我丈夫来了

女百万富翁 这些脚步声预示着康德的光临
(二人转身
手持论著的康德以及分别拿着弗里德里希
和被子的恩斯特·路德维希和乘务员出现
康德夫人和女百万富翁站起来)

康　德 (立刻坐到一把折椅上,
对女百万富翁)
我夫人非常赏识
您的无所不包的谈话

女百万富翁 (笑)
我们能相互理解
康德教授先生
我们能很好地相互理解
(康德夫人和乘务员调整康德的折椅
恩斯特·路德维希将装着弗里德里希的
鸟笼和谷粒袋放下,并且裹住康德的双脚)

康德夫人 (对康德)

你要头靠吗

康　德　当然要头靠

中午我理所当然地

要头靠

（对女百万富翁）

天气状况正在恶化

（用唾液沾湿右手食指，将其伸向空中）

是西风西北风

乘务员　（立正）

是西风西北风康德教授先生

（康德扶正自己的眼镜，翻开论著）

女百万富翁　这是我最美好的海上旅行

康德教授先生

船上有一个地位如此崇高的精神伟人

我欣喜若狂

我已经劝说了您夫人

戴一顶针织帽子预防感冒

我的帽子是我自己织的

不过也可以在船舱里给自己买帽子

康德夫人　（对康德）

抬高头

康　德　把头抬高

（康德夫人和乘务员挪动康德的头靠）

停下来停下来

这就对了

（直视）

我现在拥有理想航线

（对女百万富翁）

您读过约瑟夫·康拉德[①]的书吗

女百万富翁　他是谁

康　德　我们最伟大的作家之一

他是波兰人

康德夫人　（对女百万富翁）

您不想坐下吗

康　德　（对女百万富翁）

您就坐下吧

（恩斯特·路德维希挪动装着弗里德里希的鸟笼，

使其紧靠康德的折椅，他用被子裹住康德的双腿

乘务员用被子裹住康德的上身）

狂妄自大

在海上也普遍存在

心境发生了改变

离心率

自然

是最伟大的仿造

女百万富翁　我让您夫人

看了我的膝盖

看了仿造膝盖骨

我丈夫一直说

那是美国的膝盖骨

（露出她的膝盖）

您瞧康德教授先生

我的仿造膝盖骨在这儿

康德夫人　美国的外科医生

---

① 约瑟夫·康拉德（1857—1924），英国小说家，原籍波兰。擅长写海洋生活，代表作有《黑暗的心》（1902）等。

给她安装了它
美国医生
是最好的

女百万富翁 是全世界最好的
毫无疑问

康　德 （朝女百万富翁的膝盖看）
我什么也看不见
您知道吗我得了青光眼
我什么也看不见
几乎什么都看不见了
也许能看见几个基本定律
然后眼前便是一片漆黑

康德夫人 （对又将其裙摆放下来的女百万富翁）
他能看见您的膝盖
但他看不出
膝盖骨是仿造的

女百万富翁 在一个精神伟人那里
对失明的恐惧
是最大的恐惧
我常想
与其少一只眼睛
不如少一条腿
（高声大笑）
眼睛仍然无法替换
不开玩笑了
在眼科医生方面
哥伦比亚大学
恰恰是最著名的

（对康德夫人）
我有一个侄女
她几天之内
便不可救药地失明了
这可怜的孩子
我有一次在黑林山[1]
和她一起去摘覆盆子
但这可怜的孩子一个浆果也没找到
（康德夫人示意乘务员过来，
对他耳语）
难以形容的极为可怕的状况
在欧洲的盲人院里普遍存在
您说说康德教授先生
这种或多或少持续不断的死亡恐惧
这种对尽头的恐惧有什么根据

康　德　（大发雷霆）
您别用尽头这个词

女百万富翁　（不知所措地）
啊的确每个人都有他的终点
（停顿一下）
您晕船吗教授先生

康　德　您能看出这一点我晕眼睛
您能从我的眼镜上看出这一点

女百万富翁　我是说晕船
不是晕眼睛

康德夫人　我丈夫不晕船

① 德国西南部山脉。

他从不晕船

女百万富翁 恰恰是这类精神伟人

有时会患极其严重的晕船病

（康德翻阅他的论著）

康德夫人 （对康德）

我打算给你织一顶帽子

女百万富翁 您就给您丈夫

织一顶红帽子

一顶红帽子和他的脸相配

蓝的不配

绿的不配

一顶织得厚厚的红帽子

才相配

（笑）

一顶仅仅露出

眼睛和鼻孔的帽子

（对康德夫人）

我完全不知道

为什么我现在

想起了《小红帽》[①] 的童话

（对乘务员）

啊您务必给我拿一杯

双倍的威士忌

这儿太美了

得利用一下这类机会

（对康德和康德夫人）

---

① 《小红帽》为《格林童话》中的名篇，主人公是一个小女孩。她整日头戴一顶红色的天鹅绒帽子，因此得名“小红帽”。

我可不可以请二位
喝一杯威士忌

康德夫人 我丈夫不喝酒

女百万富翁 这太遗憾了
(乘务员下)
马上又会下雨
到时一切都令人沮丧
(康德在他的论著里做笔记)
我以前常说
我丈夫必须是艺术家或科学家
必须是一位艺术家或一位哲学家
后来我突然和里夏德结婚了
可以说我把他从污泥里拉了出来
但在我身边生活
对他来说肯定太吃力
我把他毁了
我父亲以前常说
无产者会感到
奢华的空气太稀薄
啊的确我现在已经单身很长时间了
(乘务员手持一杯给女百万富翁的
双倍的威士忌返回
女百万富翁喝一大口酒)
生命太短暂
不能虚度它
您不也这样认为吗教授先生
其实
我始终是一个幸福的人

我说的话是陈词滥调
但我真的感到幸福
和康德本人一起
乘船
去美国
（再喝一口酒）
这对一些人来说通常是毁灭
而对另一些人来说却是巨大的幸福
（向周围的人举杯）
我为各位的健康干杯
康德教授先生愿您长命百岁

康　德　（在弗里德里希的鸟笼旁细听
对恩斯特·路德维希）
没有动静一点动静也没有

恩斯特·路德维希　也许它在睡觉

康　德　昨晚拖延得太晚了
一个是康德
另一个是非洲灰鹦鹉
很可能是医生的烦琐程序
使它筋疲力尽了
我叫来了医生
让他听诊它的头部
医生没有发表意见
（又在鸟笼旁细听
对女百万富翁）
请您务必允许我
为了简便起见
将您称为女百万富翁

您也是用教授这个词称呼我的

女百万富翁 您过奖了康德教授

您究竟是如何

变得如此著名的

您是如何把您所有的哲学体系

都记在您的脑子里的

康　德 我把我曾经思考过的

所有东西

都贮存在弗里德里希体内

如果我失去弗里德里希

我便失去了一切

女百万富翁 我一直

钦佩

写过书的人

当然最钦佩

写过哲学书的人

康　德 重要的是影响

谁在一个方面

如同在另一个方面

对全部历史产生影响

穿越全部历史

您明白吗

女百万富翁 啊这真是激动人心

(喝一大口酒

康德夫人示意乘务员到身边，

对他耳语)

康　德 每一个思想

都是全部历史

都是过去和未来
都是一切
您明白吗
这当然是一种父权制
（在弗里德里希的鸟笼旁细听）
医生们使一个人内在的一切
都癫狂了
他们扼杀一个人内在的一切
首先是弗里德里希内在的一切
（对恩斯特·路德维希）
它吃食了吗
（恩斯特·路德维希点头）
吃了多少
（恩斯特·路德维希
指谷粒袋旁的一堆谷粒）
如果一个物体的形态本身
产生了轴线运动
那么构造世界的所有球体
都必须合理地具有它
但为什么月球不具有它呢
（意味深长地看周围的人
突然对女百万富翁）
您说说
您也会弹钢琴吗

女百万富翁 您是怎么产生这种想法的

康　德 这只不过是一个问题
您身上的一切都表明
您会弹钢琴

女百万富翁 我喜欢听音乐
是这个原因吗
康　德 是这个原因
我立刻看出来了
是这个原因
女百万富翁 在哪儿可以买您的书呀
我想马上给自己买您所有的书先生
康德教授
康德夫人 到处
在全世界都可以买
女百万富翁 我简直无法相信
这真是一个重大事件
一个百年一遇的重大事件
康　德 莱布尼茨曾说莱布尼茨
我曾说康德康德
起因是各种天体
行星
彗星
女百万富翁 红衣主教说
已经思考过的
最重要的东西
是在您的头脑里思考的
啊如果他能成为教皇
那就太好了
世界上还不曾有过
一位如此仪表堂堂的教皇
（突然对康德）
您对教会有什么看法

康　德　（做笔记）
黄道[①]
是另一种
作为平面的方向
是另一种
女百万富翁　（喝一大口酒）
我想这是一个
全新的思想体系
（康德在鸟笼旁细听，示意恩斯特·路德维希过来
康德和恩斯特·路德维希一起在鸟笼旁细听）
这些动物
非常敏感
我养过一只山雀
它能听懂我说的一切
它突然在我眼前
从细棍上摔了下来
这的确让我很伤心
我现在还把这只死山雀
浸泡在酒精里
也许这是一种轻微的变态
（喝一大口酒）
康　德　（对康德夫人）
医生们只能
使健康状况恶化
（鸟笼里传出扑闪翅膀的声音）
女百万富翁　您听

① 天文学概念。地球一年围绕太阳转动一周，从地球上看太阳一年在天空中移动365或366圈。太阳的此种移动轨迹被称为黄道。

（康德推开恩斯特·路德维希并且细听）

它醒来了

康　德 也许它从一次昏厥中

醒来了

弗里德里希 昏厥昏厥

（康德拨开鸟笼罩布，朝里面看了一眼）

女百万富翁 这只鸟是您拥有的

最重要的东西

最最重要的东西康德教授先生

康　德 （松开鸟笼罩布

对女百万富翁）

体系是一个错误的体系

体系始终是一个错误的体系

（乘务员想离开）

康德夫人 您等等

您把讲桌搬来

我丈夫现在想讲课

（乘务员给女百万富翁斟完酒后下）

弗里德里希 现在现在现在

康　德 与黄道相对立

当然

是垂直的

弗里德里希 垂直的垂直的

康德夫人 我丈夫会在

某个无法预见的

时刻

十分突然地

讲课

（女百万富翁喝一大口酒）
在维尔茨堡[①]曾经只有一条狗
做他的听众

康　德　（对女百万富翁）
那是一次出色的讲课
总而言之
也许是我最出色的讲课
康德从未离开过柯尼斯堡
这个谎言流传甚广

康德夫人　（对女百万富翁）
我丈夫的鞋里
有石棉鞋垫
他害怕
他讲课时
会烧死
如果他的鞋里
没有这些石棉鞋垫

女百万富翁　我也一直
害怕电
人只要伸手摸一下
就烧焦了
（高声大笑）
烧焦了
（对康德夫人）
烧焦了

弗里德里希　烧焦了烧焦了烧焦了

① 德国中南部城市。

女百万富翁 （对康德）
您没有也在劳埃德公司参加保险吗
康德教授先生

弗里德里希 劳埃德公司劳埃德公司

女百万富翁 如果处在您的地位
我早就为鹦鹉
签订了一份大额保险合同
劳埃德公司可是为一切都办理保险
为已经发生的不寻常的事情
赔付两三百万康德教授先生
或者您就为您自己的头
投保吧
为您的脑子康德教授先生
投保一百万
怎么说呢
投保一千万
（喝一口酒
对康德夫人）
在杜伊斯堡[①] 他们给我安装过
一块不防锈的仿造膝盖骨
我一直梦想
在最狭窄的空间里
和一位权威人士在一起
（喊道）
为了理性之光的
视力

---

① 德国西北部城市。

康德夫人　您丈夫安葬在什么地方呢

女百万富翁　在纽约

抵达目的地以后

我会在当天晚上去看他

我在纽约走的第一条路

是通向他的墓地的路

（乘务员和副乘务员把一张讲桌搬到甲板上）

康德夫人　（跳起来，喊道）

讲桌

（女百万富翁喝一口酒

康德夫人指康德身后的方向）

请把它放到那儿

（乘务员和副乘务员把讲桌放到康德身后）

伊马努埃尔

讲桌搬来了

康　德　讲桌搬来了

（起身

恩斯特·路德维希帮助康德）

弗里德里希　女士们先生们

康　德　（想让人挪开那些折椅和椅子）

拿走

拿走所有东西

拿走拿走

（乘务员和副乘务员搬走

讲桌周围的折椅和椅子

在康德的注视下，乘务员、副乘务员

和恩斯特·路德维希把讲桌放到

康德想要放的地方）

好了
好了
(所有的人都后退
女百万富翁起身
康德站到讲桌后面，立刻埋头看他的论著
恩斯特·路德维希把装着弗里德里希的
鸟笼放到康德身旁)
大海上的音响效果很奇怪
(红衣主教在背景处出现，
一些乘客陆续上)
各位请坐
各位请坐吧
(康德夫人坐下
女百万富翁坐下
所有的人都陆续坐下)

弗里德里希 女士们先生们
女士们先生们
女士们先生们
(恩斯特·路德维希打开谷粒袋，
取下鸟笼罩布，喂弗里德里希)
女士们先生们
(女百万富翁喝一大口酒
两名乘客上
汽笛声鸣响三次)

康　德 (激动地)
各位请坐
各位还是坐下吧
(汽笛声鸣响三次

生气地喊道）

坐下

（乘客们坐下）

弗里德里希 坐下坐下

（汽笛声鸣响三次）

康　德 （停顿了较长时间）

在大海上

不可能谈论理性

（汽笛声鸣响三次）

甲板后部

小客厅
舞曲声从大厅里传来
康德、康德夫人、女百万富翁、船长、红衣主教
和海军上将同桌共进晚餐
恩斯特·路德维希和装在覆盖着罩布的鸟笼里的
弗里德里希在右侧一张较小的桌子旁边
乘务员和副乘务员将食物端上餐桌
舞曲声变大
乘务员手持一瓶香槟酒走向船长

船　长　（读酒瓶上的文字）
马其诺庄园
一九一七年
（所有的人都兴奋起来）

女百万富翁　（喊道）
不过索南沙因还没有到
索南沙因还没有到

船　长　索南沙因还没有到
这位艺术品收藏家一如既往
（乘务员打开酒瓶斟酒
船长对康德）
天气条件是最好的
康德教授先生

女百万富翁　这是一个多么美好的灯笼节

海军上将 我很享受这些灯笼节

船　长 （指着恩斯特·路德维希）

真是一个体贴的人

这类人

几乎已经绝迹了

女百万富翁 他是一个真正的护鸟人

他把他的一生

完全奉献给了动物

康德夫人 弗里德里希快五十岁了

海军上将 对一只鸟来说

这是一个惊人的岁数

康德夫人 非洲灰鹦鹉

可能活到

一百岁

红衣主教 如果我没搞错

非洲灰鹦鹉的起源地

是几内亚

女百万富翁 您那时可是教皇的使节呀

对吗

红衣主教 的确如此

康　德 我给弗里德里希喂了一片安眠药

清醒时参加

这个灯笼节的庆祝活动

有可能使它过于激动

海军上将 它有一个典型的存储器脑袋

康　德 或者说脑袋存储器

康德夫人 没有弗里德里希

我丈夫就无法生存

海军上将 毫无疑问人会习惯
和这样一只动物在一起

康德夫人 我丈夫并非动物爱好者
这是另一回事

女百万富翁 （大声）
我无比热爱
动物
我始终热爱
动物

红衣主教 对动物的喜爱
在美国最为强烈

船　长 （对康德）
天气状况是最好的
康德教授先生
（举杯扫视在座的客人）
索南沙因先生还没有到
他是这艘船的老朋友
索南沙因一九三七年
就乘坐过这艘船
他是前所未有的
最著名的艺术品收藏家
他是戈雅[1]专家
人智学家
善于识人者
世界主义者
（扫视完在座的客人）

---

① 弗朗西斯科·戈雅（1746—1828），西班牙画家，被视为近代欧洲绘画的先驱。

我亲爱的康德教授先生
今天晚上能够在此
在我的船上
在普莱托里阿号上
与您与我所有的客人
举杯共饮
这是一个庄严的时刻
（所有的人都举杯饮酒）
我必须说
这是我庆祝过的
最美好的灯笼节
（朝大厅里看，那儿的音乐声
现在更加响亮，然后）
这个灯笼节
将载入史册
不仅将载入航海史
而且也将载入哲学史
（康德夫人为船长鼓掌）

女百万富翁 （和康德夫人一起鼓掌，喊道）
但愿能有我一份
（大声喊）
载入哲学史

船　长 明天上午
美国时间
十一点二十分
我们将准点抵达纽约
（船上的军官上，交给船长
一张写有一则消息的纸条

船长读完消息后）
机械故障已经排除
我们有过机械故障
（所有的人都愣了片刻）

女百万富翁　我对此毫无觉察
（康德抬头朝上看）
我的确对此毫无觉察
（船上的军官下）

船　长　一切都正常了
一切都正常了

康德夫人　你的猜测
这种奇怪的声响
（对康德）
你瞧
确实出事了
（对其他人谈论康德）
我丈夫的听觉非常敏锐
他猜测发生了机械故障

船　长　各位请放心
一切都完全正常了
（举杯
所有的人都举杯饮酒
舞曲声愈发响亮）

女百万富翁　这是最让我激动的前往美国的旅行

康德夫人　我丈夫从不会搞错

红衣主教　想象沉没
令人感到不快

女百万富翁　船上有一个

守护天使
我们在船上有一个守护天使
(喝完她杯中的酒，乘务员立刻续酒)

海军上将 这样一艘船
绝对不可能沉没
它的构造
使它甚至撞上一座冰山
也不会沉没
现在不再是泰坦尼克号的时代了
(向在座的客人举杯)
久仰康德教授先生
(所有的人都举杯向康德表示敬意并且干杯
乘务员为所有的人斟酒)

船　长 客船是目前
最安全的
交通工具

女百万富翁 您记不记得
整个曼彻斯特[①]交响乐团
是如何在靠近阿根廷海岸时沉没的
此后在曼彻斯特
就不再有交响乐团了
我姐夫那时在船上
他逃了出来

船　长 这样的灾难在航海史上
已经几十年不再出现

康德夫人 我丈夫曾经害怕

---

① 英国西北部工业城市。

（乘务员打开第二瓶香槟酒）
这次海上旅行
但我可以安慰他

女百万富翁　星象是吉利的

海军上将　（对康德）
您是否意识到这一点教授先生
您的哲学是唯一使世界
不得不如此说的哲学
即它从根本上撼动了它
其余的一切全都毫无价值

康　德　与理性相违背
黄道证实了
一切法则

海军上将　令人惊异的
确实是这巨大的影响
不过这种影响
当然毫不令人惊异
（对红衣主教）
教会当然总是
采取它的教会立场

女百万富翁　（对红衣主教）
阁下我有一个问题向您请教
如果选出一位教皇
就会有白烟升起
这是真的吗
（所有的人都面面相觑）
在选出一位新教皇的
那一刻

红衣主教　对
是白烟
的确是白烟
女百万富翁　在下次教皇选举时
您认为是一个罗马人
还是一个非罗马人
会成为教皇
（突然兴奋地）
您会是完美的教皇
还从未有过一位
如此风度翩翩的教皇
（艺术品收藏家上）
船　长　（喊道）
索南沙因我们的索南沙因来了
（起身迎接艺术品收藏家，领他到餐桌旁
艺术品收藏家向在座的各位客人鞠躬后
坐下）
我们的艺术品收藏家
只收藏最有价值的艺术品
海军上将　这当然是涉及
阐释的事情
红衣主教　当然
船　长　他是戈雅专家
还研究委拉斯开兹[①]
伦勃朗[②]
女百万富翁　伦勃朗

---

① 狄埃戈·委拉斯开兹（1599—1660），西班牙画家。
② 哈门斯·凡·兰·伦勃朗（1606—1669），荷兰绘画大师。

我热爱伦勃朗

船　长　（对艺术品收藏家）

您可以买那些素描吗

（对其他人）

他迷恋库宾[1]

各位知道库宾是谁

艺术品收藏家　我把库宾

当作唯一一个例外

我一般只收藏古代艺术品

女百万富翁　（对艺术品收藏家）

您告诉我索南沙因先生

我没在布鲁塞尔认识您吗

您让我想想

（突然喊道）

毫无疑问

啊毫无疑问

您是我的一个远房表兄

您听说过蒙法尔科内[2]吗

艺术品收藏家　那是我母亲祖先的故乡

女百万富翁　您瞧

您是一个亲戚

（喝完她杯中的酒）

我可以想去哪儿就去哪儿

但我总能遇见亲戚

我每次去美国的时候

恰恰都在船上碰到了一个亲戚

---

① 阿尔弗雷德·库宾（1877—1959），奥地利表现主义画家。
② 意大利城市。

啊的确偶然就是生活的魅力

艺术品收藏家 亲戚们

在美的地方

在有趣的地方

船　长 索南沙因先生

是意大利人

但他有一本美国护照

（乘务员打开第三瓶香槟酒）

如果我没搞错

他还有一本葡萄牙护照

艺术品收藏家 和一本德国护照

海军上将 您对油画还是素描

专门研究得更多

艺术品收藏家 油画油画

我主要收藏油画

只有极少数例外

我刚才说了比如图鲁兹[①]库宾

（船长起身邀请康德夫人跳舞，

领她进入大厅）

女百万富翁 （对海军上将）

波斯的情况怎么样

请您讲述一下

（问）

您的第一次波斯之行

海军上将 我的第一次波斯之行

女百万富翁 波斯波利斯[②]没给您留下

---

① 亨利·德·图鲁兹-劳特累克（1864—1901），法国现代派画家。

② 古代波斯城市，建于公元前6世纪晚期。

非常深刻的印象吗
我对圆柱尤其痴迷
我在波斯
见过最美的圆柱
但遗憾的是
我读不懂
上面的文字
您也去过那些岩石墓穴吗
(海军上将以沉默的方式否认)
您应该看看它们
它们是在岩石内部开凿出来的
直接在内部开凿出来的
您会说波斯语吗
(海军上将否认
女百万富翁喝完她杯中的酒)
人确实不可能什么都会
(对康德)
是不是康德教授先生
人确实不可能什么都会
但愿生命不要如此短暂
生命太短暂了

海军上将 您说得对极了我亲爱的

女百万富翁 人得看见
千奇百怪的事情
设拉子[1]那些麻风病人的脸
的确给我留下了非常深刻的印象

---

① 伊朗城市。

那些几乎完全
被啃噬净尽的脸
我当时根本不知道
波斯境内正在流行麻风病
一方面
是如此穷奢极欲
另一方面
是如此可怕的贫困

海军上将　那是一个充满矛盾对立的国家

女百万富翁　在波斯人会一直害怕
染上致命疾病

海军上将　绝对混乱的局面
在德黑兰随处可见

女百万富翁　真是一座可怕的城市
（对红衣主教）
您从未去过波斯吗阁下

红衣主教　我去过阿富汗
没去过波斯

女百万富翁　当然
在波斯可没有基督教
自从我去了波斯
我无法再看波斯地毯
我一直就讨厌
波斯地毯
（对海军上将）
作为海军上将
您的确游遍了全世界
至少是沿海世界

海军上将　至少是沿海世界
海员们
确实
四处游历
他们了解一切

女百万富翁　您只是不了解阿尔卑斯山
您在埃门塔尔[①]肯定会完蛋

海军上将　您说得对我亲爱的
埃门塔尔会给我制造麻烦

女百万富翁　我胡说八道了这么多
而康德教授就坐在我对面
啊真的
我前往美国的时候
还从未觉得这么有趣过

康　德　(示意恩斯特·路德维希过来
喊他)
恩斯特·路德维希
(恩斯特·路德维希整理鸟笼罩布，
之后来到餐桌旁
康德对恩斯特·路德维希)
来
你的杯子
(恩斯特·路德维希从他的桌子上
取他的杯子)
你听见弗里德里希
有什么动静吗

---

① 阿尔卑斯山地区的一条山谷，位于瑞士境内。

（恩斯特·路德维希摇头
康德招手唤来乘务员，示意他应该
往恩斯特·路德维希的杯子里
斟香槟酒）
您给他
斟香槟酒

红衣主教 真是一名对他的主人
忠心耿耿的仆人

海军上将 他这样的人
绝迹了
他这样的人无可挽回地绝迹了

康　德 （对恩斯特·路德维希）
如果它醒来
你就取下罩布
女士们先生们应该看看它
（谈论船长）
各位应该听听弗里德里希
是如何不可超越地
说船长这个词的
（对红衣主教）
还有红衣主教这个词
（对海军上将）
还有海军上将这个词
（对女百万富翁）
还有女百万富翁这个词
（对恩斯特·路德维希）
坐下
多吃点

坐下
(举杯祝恩斯特·路德维希健康,
他也祝康德健康
恩斯特·路德维希回到他的座位继续吃喝,
并且观察餐桌那边的情况,他偶尔在鸟笼旁
细听,朝鸟笼罩布下面看)
非洲灰鹦鹉
需要大量睡眠

女百万富翁　(喊道)
您竟然还是动物学家
康德教授先生
我根本不知道这件事
您集哲学家和动物学家
于一身
(对海军上将)
您拿叉子的姿势真奇怪
海军上将
真奇怪

海军上将　这是因为我曾在阿登山[①]
在一次秘密会议上
中弹受伤

女百万富翁　(问)
是企图暗杀吗

海军上将　那是一场针对突尼斯大使的
暗杀
他遇刺身亡

---

① 欧洲山脉,绝大部分在比利时境内。

我自己
只是左手
受伤了
我获得荣誉军团的一等勋章
要归因于这次受伤

女百万富翁 （好奇地向前俯身，凑近海军上将）
啊的确
是荣誉军团勋章
您是如何进入阿登山的呢

海军上将 法国政府和英国政府
有一轮秘密磋商

女百万富翁 您那时在政府部门工作吗

海军上将 我是女王陛下的顾问

女百万富翁 是英国女王吗

海军上将 对当然
我有六年时间
担任这个职务

女百万富翁 这是多么令人兴奋呀
说实话
我是一名反战女性
我反对战争
我反对一切与战争有关的事情
（扫视在座的客人）
人必须反对战争
（对红衣主教）
您呢阁下
您去美国有何贵干

红衣主教 我将为一个新的平衡技巧教授职位

主持开讲仪式
（船长和康德夫人返回并坐下）
在芝加哥
是为朋友效劳
另外我对美国医生
非常敬重

女百万富翁　所有的病人
都想去美国
美国医生
享有最好的声誉
欧洲不再有
好医生了

海军上将　欧洲的医学
已经一钱不值
（乘务员打开第四瓶香槟酒）

康德夫人　（对她丈夫）
你瞧
所有的病人
都寄希望于美国

康　德　一个物体
考虑到它有许多斜面
可以比它
正对它在垂直方向
垂直推动的平面时
对准更广阔的范围

康德夫人　（谈论她丈夫）
我丈夫总是
把他的力量用到极限

这致使他得青光眼
如果各位知道
青光眼意味着什么
这是绿内障的概念

女百万富翁 人不可能不受惩罚地
像康德那样如此深刻地思考几十年
(喝完她杯中的酒)

红衣主教 令人恐惧的绿内障
目前不会再导致彻底失明
所谓的眼压
完全可以被当今的医学
控制在一定的限度内

康德夫人 船上的医生也对我这么说

红衣主教 顺便提一下这是一个出色的男人

女百万富翁 他是一名典型的船上的医生

海军上将 医生们是这个历史时期
真正的喜剧丑角

红衣主教 我不得不赞同您的看法海军上将

康德夫人 我丈夫始终蔑视医生

红衣主教 对医生的蔑视
在思想家当中
极为普遍

女百万富翁 (对康德)
您经常谈起的这个莱布尼茨
到底是什么人呀
您反复提到他的名字

康　德 封·莱布尼茨先生
是我的一个关系好的熟人

我曾和他一起长时间地散步
我们从不疲倦
我们从一开始
就相互理解
这举世无双
（康德夫人向乘务员招手，对他耳语，
然后悄悄塞给他一张钞票）
与莱布尼茨共同拥有
一颗心一个灵魂这是我的爱
这是两个持续不断地
走向彼此的伟人
我们是在索波特认识的
牛顿[①]
是我们的雇主
如果您知道牛顿是谁

女百万富翁 我想我不知道
康德教授先生
（对艺术品收藏家）
戈雅是一个天才对吗
您以前认识他吗

艺术品收藏家 不认识他本人

女百万富翁 我觉得伦勃朗的画散发出
一种令人难以置信的魅力
他多么会分配色彩
他总是知道
把色彩画在哪儿

---

① 艾萨克·牛顿（1642—1727），英国物理学家、天文学家、数学家。同莱布尼茨并称为微积分的创始人，其哲学观点对康德哲学的形成有一定影响。

（递给乘务员她的杯子，乘务员斟满它，
她喝完杯中的酒）
您知道吗
我计划去北角[①]旅行
如果各位都能和我一起去北角
那就太好了
（指着恩斯特·路德维希
对康德）
他看起来像您的弗里德里希
他其实有一模一样的
面部表情
康德教授

康德夫人 （谈论恩斯特·路德维希）
他小时候
从树上摔了下来
他那时就傻
（可以听见从大厅里传来的《蓝色多瑙河圆舞曲》的声音）

女百万富翁 （兴奋地喊道）
这是我最喜欢的圆舞曲
我热爱《蓝色多瑙河圆舞曲》
（海军上将起身邀请女百万富翁跳舞
女百万富翁挽着海军上将的胳膊准备出去）
这是我最喜欢的圆舞曲
（《蓝色多瑙河圆舞曲》的声音更加响亮）

康　德 （转向恩斯特·路德维希，轻声对他说）
你听见动静没有

---

① 挪威北部的一个海岬，曾被误认为位于欧洲的最北端。

它还在睡觉吗
(恩斯特·路德维希朝鸟笼罩布下面看，
摇头
康德对红衣主教)
弗里德里希丝毫没有
显示出对娱乐活动的兴趣
(乘务员打开第五瓶香槟酒，斟酒)
吃完那片药
它要睡两小时
我可不能让弗里德里希
完全陷入这种局面
我曾害怕这次旅行
在我所到的每个地方人们都说
这位康德教授
他不曾离开过柯尼斯堡
人类发疯了
危险与日俱增
(康德夫人对乘务员耳语)
没有什么比其自身
更令人类感到恐惧
安全始终只是
致命的安全
我现在才明白
我的目的是什么
青光眼使我
看清了一切
人类背叛了
(对红衣主教)

我终生都对
平衡技巧感兴趣
我的天赋曾经是截然不同的天赋
我曾经拥有成为平衡技巧家的最高天赋
您无疑很长时间
从事平衡技巧主义研究
真理便蕴含在平衡技巧主义中
您说在芝加哥
有一个平衡技巧教授职位
这令人难以置信
我终生都对
平衡技巧主义的方法感兴趣
我终生都饱受
平衡技巧主义嗜好的折磨您知道吗
走向衰亡的人
平衡技巧家
喜剧作者
在昏暗笼罩一切之前
给人们些许光亮作为惩罚
着魔
精神上的执法
我的方法是全面的方法您知道吗
对丧失视力的恐惧
使我看清了一切
这无非是与正在消失的视力的一场赛跑
我憎恨美国
一切与美国有关的东西都让我憎恶
事实上所有的美国大学都曾向我发出邀请

但这些邀请我一次也没有接受过
我夫人发现
美国有一些
专门从事青光眼研究的医生
他们是青光眼专家您知道吗
青光眼还完全未被研究
青光眼科学
依然完全在黑暗中摸索
人们对青光眼一无所知
但它无疑与灵魂的毁灭有关
其实仅仅是我夫人
把我带到了实际上是拽到了
拽到了拽到了拽到了这艘船上
我并非心甘情愿地上船
我始终对此怀有恐惧
在大海上
这是一个多么致命的概念我的先生们
这是一件多么闻所未闻的事情
(《蓝色多瑙河圆舞曲》的声音愈发响亮)
如果我讲课
我讲的始终是有关死亡的课
它有关从疾病到死亡各位知道吗
有关这个
永远无法得到研究的
过程
健康是一个非分要求我的先生们
健康是一种淫乱
积分是地狱

（船上的军官拿着一封电报进来
乘务员接过他手中的电报）

康德夫人　（示意乘务员到身边，接过他手中的电报来读
起初轻声，然后高声）
伊马努埃尔有一封电报

康　德　（问）
有一封电报吗

康德夫人　是一封哥伦比亚大学
发来的电报

康　德　果真如此

康德夫人　要我朗读吗

康　德　是哥伦比亚大学发来的
我几乎
什么也看不见了
我根本没看见
有人送来了一封电报

康德夫人　（将电报高高举起）
电报在这儿
它在这儿

康　德　是一封哥伦比亚大学发来的电报

康德夫人　（对其他所有的人）
我可以朗读它吗
（朗读电报）
我们欢迎康德
来到美国
这是20世纪的重大事件
（此后所有的人都鼓掌）

康　德　我把理性带到美国

美国给我我的视力

（所有的人再次鼓掌）

康德夫人 哥伦布发现了美洲

美洲发现了康德

船　长 我们得庆祝这件事

它使灯笼节变得伟大

（举杯）

为康德干杯

红衣主教 为美国干杯

所有的人 （全都起身，杂乱地喊道）

为康德为美国干杯

为美国为康德干杯

康　德 感谢各位专心听讲

如果强度

像线条

那么动力

便像正方形

（所有的人又坐下）

积分是地狱

我们全都会在里面丧命各位明白吗

（乘务员打开第六瓶香槟酒，斟酒）

无论是谁

无论我们同谁打交道

那都是一个致命的过程

但历史是赏心悦目的美景

赏心悦目的美景

（起身，一动不动地站立了片刻）

赏心悦目的美景我的先生们

（又坐下）
我夫人
是这门致命科学的牺牲品
而弗里德里希
（转身指着弗里德里希）
是执行者
我的论著里
有几百万个折角
几百万个折角我的先生们
有时我以为自己
发疯了
这当然是一种环境的惩罚
是一种过度
是一种彻底的冷酷无情
我讲课总是用这句话结束
感谢各位专心听讲
这句话弗里德里希掌握得最好
感谢各位专心听讲
（对红衣主教）
教会是我的诸多成就的受益者
教会是对自然的谋杀
教会所在之处
盛行的仅仅是矫揉造作
那是一个非同寻常的诽谤过程
我这次出行
是为了找回我的视力
因为我几乎已经失明了
在几乎只有阴影的地方

理性毫无根据
感谢各位专心听讲

弗里德里希 感谢各位专心听讲
感谢各位专心听讲

康　德 （转向弗里德里希）
各位请听
它是如何仿效我的
它记住了一切
非洲灰鹦鹉
是数字和符号天才
是我的诸多认识的装饰着羽毛的良心
是我曾经完全拥有的
唯一的人
（发出命令）
恩斯特·路德维希
带它过来
它应该来这儿
它醒了应该来这儿
弗里德里希应该来这儿
（康德夫人对乘务员耳语
红衣主教对康德夫人耳语
艺术品收藏家对康德夫人耳语
恩斯特·路德维希将装着弗里德里希的鸟笼
提到餐桌旁时，康德对艺术品收藏家）
艺术品收藏家
（乘务员打开第七瓶香槟酒）
您毕竟是艺术品收藏家
您听着

（接过恩斯特·路德维希手中的鸟笼，
将装着弗里德里希的鸟笼高高举起）
我的艺术品收藏家先生您瞧
世界上最伟大的艺术品在这儿
（让鸟笼下降）
它就是我的弗里德里希

弗里德里希 弗里德里希弗里德里希弗里德里希
（恩斯特·路德维希从康德手中
接过装着弗里德里希的鸟笼）

康　德 （筋疲力尽地）
世界上最伟大的艺术品
就是弗里德里希
我的弗里德里希
（康德夫人起身，和乘务员一起收拾餐桌，
以使鸟笼能够放在上面
恩斯特·路德维希将装着弗里德里希的
鸟笼放到餐桌上
康德对艺术品收藏家）
您瞧您终生寻找的东西
在这儿
它就是我的弗里德里希
（飞快地扯下鸟笼罩布）

弗里德里希 弗里德里希弗里德里希弗里德里希
（康德夫人对乘务员耳语，
悄悄塞给他一张大额钞票）

康　德 （对船长）
我的船长
我的弗里德里希

（用唾液沾湿右手食指，将其伸向空中）
风向朝西朝西北
全速前进

乘务员 （立正，敬礼）
风向朝西朝西北
全速前进教授先生
（海军上将和女百万富翁从响亮地
演奏着圆舞曲的大厅里返回
海军上将走到餐桌旁坐下）

女百万富翁 （几乎完全喝醉，走向康德，张开双臂）
女士邀请男伴康德教授女士邀请男伴

弗里德里希 女士邀请男伴女士邀请男伴女士邀请男伴

女百万富翁 女士邀请男伴康德教授先生
（康德在餐桌旁起身
女百万富翁拥抱康德）
女士邀请男伴康德教授
您来呀

康德夫人 那就去吧
去吧

红衣主教 康德要跳舞了
康德要跳舞了

海军上将 这真是不可思议

艺术品收藏家 不可思议

红衣主教 康德要跳舞了
（女百万富翁领康德进入大厅
所有的人都目送二人）

弗里德里希 （大声喊）
康德要跳舞了康德要跳舞了康德要跳舞了

登 陆

船长、乘务员、副乘务员、船上的军官们和水手们
为了送别乘客来到甲板上
汽笛声鸣响
一些人在岸边等候，其中有纽约一所
精神病院的若干医生和男护士
红衣主教第一个出现，船长为他送行
水手们提着红衣主教的行李紧随其后，
穿过码头栈桥往下走
汽笛声鸣响两次
红衣主教后面是艺术品收藏家索南沙因
一些其他的乘客
汽笛声鸣响三次
接下来出场的是带着随从的女百万富翁
康德和康德夫人上，其身后是手持装着
弗里德里希的鸟笼的恩斯特·路德维希，
此时汽笛声鸣响三次
乘务员和水手们提着康德的行李

康德夫人 （到达码头栈桥一半高度时
停住，伸出右臂指岸边）
那儿
是哥伦比亚大学代表团
（岸边的一支小型乐队开始奏乐
乘务员走向康德夫人搀扶她）

康　德 确实

是哥伦比亚大学的一个代表团

(康德和随从人员上岸)

两名医生中的一名 (走向康德，问)

您是康德教授吗

康　德 (挺直身子环顾四周，傲慢而又清晰地)

您把我辨认出来了

(汽笛声鸣响三次

医生抓住康德的胳膊，将他带走

男护士们紧随其后)

剧 终

退休之前

一部德国灵魂的喜剧

除了取决于事件、情节
人物还能是什么？

亨利·詹姆斯[1]

① 亨利·詹姆斯（1843—1916），美国小说家。

人　物

鲁道夫·赫勒尔 ——法院院长，前党卫军①军官

克拉拉和薇拉 ——赫勒尔的姐妹

在法院院长赫勒尔的房子里

① 德国纳粹党的法西斯特务组织和军事组织，又称党卫队、黑衫队。成立于1925年，起初为希特勒的卫队和对付政敌的工具，20世纪30年代中期发展为拥有25万人的军队，1934年参与清洗冲锋队后取代其地位。第二次世界大战期间增至100多万人，先是保证国家内部的“安全”，后直接参与法西斯侵略战争。1946年被纽伦堡国际军事法庭宣判为犯罪组织并被取缔。

第一幕

二楼的一个大房间
背景处有两扇高大的窗户，侧面有两扇门
不同的座椅，一个五斗橱，一个柜子，
一架三角大钢琴，窗边放着一块烫衣板
墙上悬挂着一个气压计和一面镜子
十月七日傍晚
这天是希姆莱[①]的生日

薇　拉　（关上左侧的门）
她走了

克拉拉　（坐在轮椅上织补她哥哥鲁道夫的袜子）
确实走了吗

薇　拉　她坐车去她祖母家
在那儿待到明天
这可怜的孩子
总是止不住地咳嗽
如果我们把她送进教育机构
她就会变坏
她在这儿过着好日子
她在这儿被照料得好

① 海因里希·希姆莱（1900—1945），纳粹德国的首要战犯之一。1923 年参加希特勒等人策划的啤酒店暴动，1929 年任党卫军首领；希特勒上台后，1934 年任秘密警察（盖世太保）头目，1936 年任德国警察总监，1943 年任德国内政部部长，一度成为纳粹德国仅次于希特勒的第二号人物。德国战败后被逮捕，1945 年 5 月 23 日服毒自杀。

（用右手食指
在一个窗台上抹）
到处都是灰尘
到处都脏
（看气压计）
气压下降了
（看窗外）
她有必要晒点太阳
不过如果她坐车去她祖母家
这也无所谓
和一个不识字的女孩在一起
对我来说也不容易
同一个聋哑女孩打交道
确实是一门艺术
她们在这个年纪很倔强
何况她们还来自乡村
什么也不懂
（拽窗帘）
我们对待她的态度
是小心翼翼的
（看窗外）
这个日子向来是阴天
但这却能赋予它某种庄严感
我已经冷藏了三瓶香槟酒
是鲁道夫特别喜欢的梅特涅侯爵牌
（开始熨一直悬挂在墙上的
鲁道夫的法官长袍）
他取得了最高成就

他害怕退休
他也认为我们的奥尔加好
他喜欢看到她
她毕竟长得很可爱
你不知道
我让她离开的是什么样的环境
竟然还有这种贫困的
可怜的生活状况
不过这些人自己
对他们的不幸负有责任
贫穷不再不可避免
谁贫穷
谁就自己对此负责
我们的父亲以前常说
千万别帮助那些穷人
人把他们从他们的泥潭里拽出来
而这无济于事
我让人给她量了两件漂亮的小连衣裙的尺寸
她想要一件浅蓝色的
我不可能同意
得是一件黑色的和一件深褐色的
它们会非常漂亮非常漂亮
我给她扎的辫子
和我以前的辫子一模一样
你记不记得
母亲是怎样给我们扎辫子的
她扎得很慢
而且总是提一些好建议

当我观察这个孩子
我有时仿佛看到了我自己
如果她是一个人并且以为自己没被观察
她就坐在地板上玩手
交替着玩手和辫子

克拉拉　我们仅仅在利用她
她在这儿
是她的不幸
我们仅仅在毁掉这个孩子
有一天她会在你面前崩溃
你知道你为什么
给自己挑选了
一个聋哑女孩
是为了达到你的目的

薇　拉　你向来把我
想得很坏
这是你的习惯
这是你对付我的武器
(看外面)
一个能听见能说话的女孩
一方面当然会更好
但另一方面她听不见
而且无法说话
也有好处
她听不见
而且无法说话
这是一切的基础
你想象一下如果她能听见

而且能说话

克拉拉　你一直说

是出于同情

但这也是一种变态

薇　拉　或许

或许你说得对

我不会再如此频繁地

熨这件长袍了

以后我们将

三个人一起

离开这儿去海边

克拉拉　你利用了所有女孩

直到她们崩溃

被赶出家门

对你冷酷的感情和思想来说

聋哑

是完美的工具

薇　拉　每当我看见你现在的状况

我就认为你有权力

这样和我说话

多年来我忍受了

你说的一切

克拉拉　她在这儿首先是为了你

你每天都需要她

她清楚地知道

如果她突然

能听见能说话

你就会立刻把她杀死

薇　拉　有时我真想
带你到城墙边
非常陡峭的地方
并且把你
连同你所有的不幸
都推下去推到水里

克拉拉　你几乎一直想这么做
你只是在克制自己
对你来说一切都是克制
就像父亲一样
你仅仅由于克制
而生存
你根本没有真正地活着
你仅仅用一切来欺骗自己

薇　拉　如果她在她祖母家
她会得到很好的照料
我不必为她担心
我知道
如果她在她祖母家
一切都没问题

克拉拉　你最想做的是
跟踪她监视她
看她是否确实
在她祖母家

薇　拉　不然她能去哪儿
这可怜的孩子

克拉拉　如果她有一次
不去她祖母家

而且可以突然开口说话

薇　拉　你的想象非常恶毒

克拉拉　你雇用你那些女孩时

运气总是很好

她们都来自乡村

是人们所说的穷人的孩子

薇　拉　没有她你怎么办

只要我愿意

只要她能做事

她就可供我们使用

这首先意味着

可供你使用

她的病没那么严重

偶而发作一次

是精神方面的原因

如果让她适当地忙碌

她在这儿内心就会越来越平静

谁干活谁就不生病

得不停地

给她一点活干

让她持续地忙碌

然后她才会康复

而且不生病

克拉拉　她完全受到了惊吓

薇　拉　（突然大笑）

受到了惊吓

你说的是什么话

她来这儿之前

根本就称不上是人
她什么也不是
毫无价值
你对她的同情
不如说是对付我的武器
站在佣人们一边
我们的父亲已经认清了
这件事的本质
它是一种卑劣行径
我是为你好
只要她在这儿
家务就有人料理
不然一切都会乱套
而你马上就得去疗养机构
因为我们有她
你才可能在这儿
别忘了这一点
自从她来到这儿
她才真正有了朝气
你就像你母亲一样
总是有一些古怪想法
她最终由于她那些古怪想法
由于她那些情结
窒息而死了
(举起长袍对着灯看,
又将它放到烫衣板上)
这种不断的苦思冥想
这种对自己的追根究底

会置人于死地
然后人就会自杀
因为人已找不到出路
你总是对自己
对别人
追根究底
有一天你会完全发疯
因为你总是探究你的不幸
周围没有人
可以取代她的位置
毕竟我已教会了她一些东西
这个乡下孩子
是我把她从最令人厌恶的生存状态中
解救了出来
因为我能够识别
那些应当摆脱困境的人
你不感谢我
反而来折磨我

克拉拉 你对我们
也对鲁道夫
玩弄心机

薇　拉 如果她不在我们这儿
这孩子会怎么样
要不是我心地善良
她根本就活不下去
我是她的老师
我给她的报酬也很可观
我给她的报酬比她应得的多

但这还不是最重要的
她在这儿有她需要的一切
在家她一无所有
到处都能听到那些空话
而实际上什么也没改变
她母亲又无知又粗俗
穿着破烂衣服到处跑
她父亲是酒鬼
八个兄弟姐妹肮脏不堪
因为他们太懒不愿把自己洗干净
在身体如此肮脏的地方
灵魂必定窒息
父亲曾这么说
我把这孩子从污泥里拉了出来
她已经在朝好的方向发展
如果我不出现
在无产者的肮脏环境中生长
她很早很早
就窒息而死了
你可以相信我的话
我把她带走了
她父母为此感到高兴
往外走时她母亲
吻了我的面颊
这令人厌恶
这孩子感到高兴
当她来到这儿
走进这栋房子

克拉拉　走进这栋可怕的房子

薇　拉　她不觉得它可怕
她心怀感激
她出生的地方
与人类不相称
你得和这样一个简单的人换位思考
对这样一个人来说这儿就是天堂

克拉拉　在这种令人毛骨悚然的氛围中

薇　拉　你不擅长
识别人
你的全部知识
仅仅来自书籍和报纸
其实你什么也没经历过
这孩子在这儿被照料得好
她的聋哑无法医治
是一件好事
因此她
当然还有我们
可以避免许多麻烦
她在这儿已经学到了许多东西

克拉拉　你是说看到了

薇　拉　你不切实际
具有破坏性
而且忘恩负义
聋哑
这真是万幸
她看到了什么
我觉得无所谓

只要她任何事都不说出去
她无法这样做
她将有两件连衣裙
是非常昂贵的料子
当然是耐穿的好料子
而我八年没给自己
买过一件新连衣裙
法院院长赫勒尔的姐姐
长年穿着同一件连衣裙到处跑
我知道人们在说什么
显而易见他们忌妒我
他们忌妒鲁道夫拥有的一切
他们忌妒我拥有的一切
而且他们希望你不幸
他们伪善地
像谈论一个女圣人那样谈论你
这令人作呕
另外我还把晨服交给了她
让她祖母穿
是那件有红色镶边的

克拉拉 我姐姐是一位女慈善家

薇 拉 随便你怎么说
你可以这样做
我爱你而且保护你
但和这样一个人相处是困难的
她毫无必要地蔑视别人
她自以为
比别人高明

我们的命运不是最悲惨的
如果鲁道夫那时留在战场上会发生什么事
如果他们对他提起了诉讼
如果他们把他
那时一切都很顺利真是太好了
我们现在毕竟是受到尊敬的人
而且我们的情况很好
如果我们有什么愿望
它们就会得到满足
在世界上发生这么多灾祸的时候
我们过着好日子
我们无需害怕
只有你不满意
并且不断地被一些情结折磨
你认为我有可能不照料你
不每天三次给你穿衣服脱衣服
你想到哪儿去了
鲁道夫常说
如果你在一家疗养院
是否会更好
别害怕
我们不敢这样做
我们的确是同谋
你在这儿过着最好的日子
你什么也不缺
你有你需要的一切
有优美的环境
有爱你的

乐于伸出援手的人
如果你说出一个愿望
它就会得到满足
我们大家都有责任
满足彼此的愿望
你和我和鲁道夫
这其实是一个完美的机制
不然一切都可能非常糟糕
（举起长袍对着灯看）
我们彼此非常喜欢
（看外面）
他退休后
我们的情况不会更差
但愿我们能去旅行
鲁道夫打算前往埃及
我们肯定会想出办法
让你可以一起去
我们四个人全部离开
奥尔加专门伺候你
谁都不容易
（直接对克拉拉）
不不这孩子在这儿被照料得好
你就不该使她内心分裂
你确实使她六神无主
别打扰她
有她在你应该高兴
她干她的活
这就够了

你总是为最无关紧要的事
伤脑筋
你总是这样
毫无改变
我们十月七号不需要一个女证人
（拿起长袍悬挂在墙上，
仔细看它）
他七号前
好几天都不一样
他把注意力全部集中在七号上
（又从墙上取下长袍，
将它放到烫衣板上继续熨）
他只和希姆莱谈过一次话
他是一个说一不二的男人
鲁道夫曾发誓只要他活着
就会为希姆莱庆祝生日
他一直独身
也与这件事有关
我们谁也无法逃脱
（突然直接对克拉拉）
十月七号临近时
你也做那些奇怪的梦
（问）
你总是在他
压死你以前醒来吗

克拉拉　我起初以为
那是一头动物
但后来却是一个男人

薇　拉　考虑一下你的处境吧我的孩子

克拉拉　那是一头巨兽你明白吗
它充满野性
浑身是毛
它越变越大
越来越压得人喘不过气
我无法反抗
我害怕他要压死我
在他压死我的那一刻
我醒来了

薇　拉　你总是梦见
一个男人要压死你
这就是你的处境我的孩子
十月七号前情况总是最糟糕
显而易见你害怕
这个男人会把你压死

克拉拉　我昏了过去然后我醒来了

薇　拉　你又没问他
叫什么名字
你得问他叫什么名字
这极其重要

克拉拉　我不想问

薇　拉　你必须问
你必须马上问他

克拉拉　好吧

薇　拉　你必须问
你必须马上和他
和你的怪物说话

在他压死你以前
在他变成男人以后
问他叫什么名字

克拉拉 对

薇　拉 你不问他叫什么名字
这最糟糕
你必须知道他叫什么名字
我们现在面临的就是这种情况
你必须坐在轮椅上
扮演你的角色你明白吗
十月七号前情况最糟糕
但这也很美妙
你不这样认为吗
（笑）
天性是你无法欺骗的
我们一再犯关键性的错误
我们挖空心思为自己想出一套方法
并且一再犯同样的错误
（突然）
鲁道夫回来以前
要我把你推出去吗
事后就太晚了你知道
十月七号
是一年的高潮
（看外面）
天色阴暗
什么也看不见
我连树也看不见

只要我们在这儿暖和
有饭吃
有奥尔加
我们就该满足
又过了一年
我八年没买过新连衣裙
我至少十月七号得穿一件新的
以使鲁道夫感到高兴
但我不敢买
（看外面）
这是一个危险的下午
父亲以前常说
要当心
他说得对
他会为鲁道夫感到骄傲
（将熨完的长袍悬挂在墙上，
仔细看它，然后）
我现在给我们煮咖啡
你和我一起喝杯咖啡吧

克拉拉 我当然喝

薇　拉 （往外走时说）
我们的父亲教会了我们怀疑
幸好我们
听了他的话

克拉拉 （对自己）
从不消除怀疑
听命于怀疑
对人始终采取怀疑态度

监听天性的所有动静

薇　拉　（在外面回答）

他说得多对呀

我们本该做任何事都听他的话

不然他现在可能还活着

如果父亲还活着现在多大年纪

克拉拉　他不可能想看到

后来发生的事

薇　拉　（对克拉拉喊道）

你指的是什么事

克拉拉　你和鲁道夫

薇　拉　你不明白这件事

它就这样发生了

它使很多问题变得简单

你没有权力

对此做出评判

全都是为了你的幸福

如果不是这样

如果鲁道夫结婚了怎么办

这样他就可以待在我们身边

一切都是我们之间的秘密

克拉拉　他一直称赞你

他恨我

他喜欢你

他恨我

薇　拉　你不能走路

真是太好了

你的想法古怪反常

你可能已经进了监狱
你会蹲在某个拘留所
坐在轮椅上
使你免受牢狱之灾
父亲以前就常说
你很危险
他把你称作谋杀家人的凶手
这在某种程度上符合事实
我们的女社会主义者
应该为她无法动弹感到庆幸
不然他们早就把你
逮捕了监禁了判决了
你可能已经消失了

克拉拉 父亲曾说
我生性
顽劣
他一直喜欢你

薇　拉 在外面你会很危险
我了解你
你可能已经扔了炸弹
把你恨的人
全都杀了
你恨他们每个人
因为你疯狂
偏激
(端着放在托盘上的咖啡
进来，坐到克拉拉身旁)
你的不幸挽救了你我的孩子

你拥有的一切要感谢那次轰炸
鲁道夫也说
你会成为一个女恐怖分子

克拉拉　你们根本不懂这些事

薇　拉　同样的父母生下了
完全不一样的孩子
你应该为你在这儿感到高兴
可以说你在我们身边
受到了保护性监禁
这是多么幸运
尽管你内心里始终在竭力反抗
必然如此
所以你只能偶尔
写一封恶毒的读者来信
世界实际上截然不同我的孩子
（给克拉拉和自己倒咖啡）
以前每当我们
穿着白色连衣裙去公园
父亲便感到满意
他让我们玩耍
并且观察我们
他有时大声说这是我的创造物
母亲一再想去巴黎
这是她的执念
他痛恨我们母亲的这个念头
他一再向她承诺
他们将去巴黎
但他不打算前往巴黎

你认为他爱她吗
她曾说你们的父亲始终在利用我
你们的父亲不是人
我为他感到害臊
(看左侧的门)
这些门真脏
所有的东西都脏
奥尔加明天回来后
首先得擦洗门
还有窗户
窗台上有这么多灰尘
你可以对这一切视而不见
但这会让我发疯
恰恰在今天
厨房里看起来简直不像话
其实这儿的一切都让我讨厌
但一想到
要改变一些东西
应该刷墙
(四处张望)
你看见天花板上的裂缝了吗
它们越来越大
这是一栋老房子
窗帘是灰暗的
一切都是灰暗肮脏的
我们好多年没有客人
因为鲁道夫希望这样
如果偶尔有人登门拜访

也没什么坏处
但另一方面
我们又看重过谁呢
鲁道夫完全与世隔绝了
由于他的职位
还因为他其实始终是一个孤独的人
他始终厌恶社交聚会
尽管他在社交聚会中可能魅力四射
人们会感到十分惊讶
当他们看到他轻松自如地
一个人为参加社交聚会的一大群人解闷
不然他们会无聊得要死
他在这方面像父亲
父亲在家沉默寡言
独断专行
但在社交聚会中却极具魅力
这使母亲感到痛苦
我们没有客人除了州副总理
或者瓦克纳格尔教授来
我对这个无聊的人不感兴趣
他只会说有关他的研究的事
这谁也不懂而且肯定毫无价值
没有什么人比这类科学家更无聊
遗憾的是
他同弗罗姆医生产生了争执
医生总能活跃气氛
每当医生来
家里的气氛马上就热烈了

但医生最后一次来这儿
是在两年前
他给自己买了一栋漂亮的房子
医生们一旦听到风声
便会一掷千金
医生们是如今唯一生活奢华的人
是真正的圣人我们的父亲时常这么说
也许我该同鲁道夫谈一下
让他与医生重新和好
你不认为医生不再来我们家
很遗憾吗
没错鲁道夫那时是忌妒了
但他现在已经毫无理由这样做
你也确实非常喜欢医生

克拉拉 或许

薇　拉 这样的人可以使一栋房子适宜于居住
人在此生活的世界

克拉拉 但这些人也会走自己的路
他们会恢复正常并且变得老朽

薇　拉 昨天下午你真该看到医生
他从珠宝店出来后
我在中心广场碰见了他
我觉得他比以前还要优雅

克拉拉 我知道你喜欢什么

薇　拉 你抹黑所有事情

克拉拉 事情本来就黑

薇　拉 你值得同情我的孩子
你的观点总是极其荒谬

但愿你能有一次正常的感觉
你的革命者把你毁了
我有时想他从你的生活中消失了
真是一件好事
人接近谁始终十分重要
你接近了魔鬼
我有时想
他死了是一件好事
他确实毁了你
他首先使你道德败坏然后毁了你
他让你阅读了太多恶心的文学作品
并且毁了你彻底毁了你
永远毁了你
他倒轻松了
在头上开一枪
也不为你着想
但你想象一下如果你

克拉拉 你想说没有瘫痪

薇 拉 当然
否则你遭遇的一切会多么可怕
不过事情已经无法改变
这期间你也变老了
你让我把你推到他的坟墓旁边
比你死了要好
父亲曾说
铁石心肠的人坑害别人
我昨天就预备了所有东西
真是太好了

我们可以尽管闲聊打发时间
法院顾问勒施
今年不来
他感冒了
只有鲁道夫一个人确实更好
我不喜欢这个人
同事始终是危险的
这也可能是一个借口
一年前有人在他来我们家的路上
找他搭话故意撞他
你想象一下
几个年轻男人差点把他
拽进一家酒馆
他们认出了他
幸亏他能够挣脱出来
如果他们扯下他身上的大衣
他就会穿着党卫军军装站在那儿
也许他认为今年这样做太危险
他打电话说他感冒了
说他感觉自己病得很重不能来
说他将在家里单独庆祝希姆莱的生日
他其实是一个讨厌的人对吗
但他却是鲁道夫的忠实朋友
不能透露一点风声你明白吗
我知道你恨我
如果我这样和你说话
但每当十月七号来临
我就非常激动

庆祝这个日子
是鲁道夫的荒唐想法
毕竟这是他的高潮时刻
鲁道夫说总会有一天
他不必再被迫在他家里
秘密庆祝希姆莱的生日
而是公开地完全公开地我的孩子公开地
在大庭广众之下做这件事
他坚持这样做
当然是疯狂的
但我为什么要破坏他的游戏
我们得站在他这一边
谁知道还会出现什么情况
我们是同谋
如果他非常在乎这件事
你不打扰我们
我会永远感激你
我知道这对你来说意味着什么
但另一方面
你只能这样
作为交换我明天把你所有的左翼书籍
和你想读的所有报纸
都重新给你放到桌子上

克拉拉 你让我感到恶心
但我仔细听你说话
我答应了这件事
你说得对
我只能这样

我任由你们摆布
显而易见
你们在希姆莱生日这天
也会一起上床
是在喝完第二瓶香槟酒之后
我甚至不感到羞耻
除了遵照法院院长
遵照她弟弟的荒唐想法行事
我可怜的姐姐根本别无选择
你确实比我可怜得多
只是因为你如此擅长欺骗
你才能够忍受
你比你弟弟还反常
比他还无耻
比他卑鄙得多
(薇拉起身，端着喝咖啡的器皿走出去)
你所做的一切
都值得钦佩
我钦佩你
我始终钦佩你
(在她身后喊)
你是我始终钦佩的
姐姐
(对自己)
我们注定卑鄙
(又将那双袜子拿到手中
继续织补，朝外喊)
我们全都是咎由自取

但你的反常远比鲁道夫的
更严重
（薇拉进来打开柜子）
我钦佩你
我确实钦佩你
但我也蔑视你

薇　拉　必然会这样
你没有改变
（从柜子里取出一张装在相框里的
希姆莱的照片，拿着它走到窗前擦拭）

克拉拉　你毫无过错
根本就不存在过错

薇　拉　你一直在瞎说些什么
别再说了
我知道你在想什么
（朝照片上呵气）
人本性难移
而人和人必须相处
这的确也是你的经验
（看外面）
一切都灰暗肮脏
我们小时候
就是这样
什么也不曾改变
父亲不允许有最微小的变化
我们是一个真正的法学家家庭
它包括与此相关的一切你明白吗
这并不简单

我们以前单独穿过城市时
人们说这是法学家的孩子
(朝照片上呵气)
这张照片是希姆莱
参观集中营时拍摄的
那是在他三十九岁生日过后的第二天
鲁道夫曾单独和他一起吃饭
没有什么事比当集中营指挥官
更加困难
当指挥官是可怕的
希姆莱说的话
给鲁道夫留下了很深的印象
(将照片放到窗台上看)
毕竟也是希姆莱
给了他一本假护照
鲁道夫携带它隐藏起来
鲁道夫还活着
要感谢他
而我们还活着
要感谢鲁道夫
如果他们那时逮住他
他们会立刻把他杀死
因此他安然无恙
后来
过了十年
不再有人关心这件事
情况就是这样
(拿起照片走出去，又空手进来，

走到长袍前仔细看它）
鲁道夫是一个正直的人
你知道这一点
如果他不正直
我们就不可能像现在这样生活
他谈到对祖国的爱时
人们便为他鼓掌
比如前天在法学家俱乐部
他每说一次对祖国的爱这个词
便有掌声响起
他们根本不想放他走
但退休无法延迟
（环顾四周）
父亲不允许有最微小的变化
母亲顺从他
顺从的恰恰是女人
她们不承认这一点
但她们顺从
她们乐于顺从
母亲起初反抗过确实如此
后来她突然
转瞬之间
就放弃了
她很早就放弃了
你不认为她三十岁就老了吗
那时她面色灰暗而且实际上相貌丑陋
后来事情发展得相当快
她反复提及巴黎

直到她不再提及它
起初父亲不理会这件事
后来她不再提及它
（拽窗帘）
她死后他曾说
我本该和她一起去巴黎
这又有什么用
我觉得巴黎令人恶心
人人都想去巴黎
对我来说巴黎始终是我见过的
最丑陋的城市
它是一片布满灰尘的荒漠
他们全都看到一个
根本不存在的巴黎
与其在巴黎生活不如死去
故乡是美丽的
但所有的人都想去巴黎
因为这是两百年来的时髦

克拉拉　她不丑

薇　拉　你是说母亲

克拉拉　对

薇　拉　她很丑
她过三十岁生日那天
模样吓人我的孩子
你运气好
因为你不再记得这件事
她相貌丑陋精神苦恼
又苍老又孤独

尽管她和我们一起生活
我们的父亲对待她的态度卑鄙无耻
我谈起他都害臊得很
但这就是事实
（*举起长袍*）
还有半年
然后法院院长先生
他就不会再穿这件长袍了
这将使他感到痛苦
男人们越老
越虚荣
他虽然说他盼望着最后一次
穿长袍的那一刻到来
但他将感到痛苦
法院院长先生
晋升到这个职位非常艰难
这是人们所说的
出色的审判人员
（*拿着长袍走出去*）

克拉拉　父亲曾说
我过上了上流社会的生活
尽管如此
我和别人不一样
我没有弄脏我的手
我们外出散步时
必须在父亲前面走
这期间我们总是感到害怕
（*朝外喊*）

母亲不再参与
是一件好事
鲁道夫为她的自杀
感到羞耻
母亲自杀
这是什么法学家家庭
你能给我把报纸拿来吗
(对自己)
遗传给我们的是不自信
它使我们苟延残喘
父亲恨我
因为他不想要我
母亲

薇　拉　(拿着一套党卫军军装和一些报纸
进来，将报纸交给她妹妹)
你每天都埋头读
这些印刷出来的垃圾
(拿着军装走向烫衣板，开始熨裤子，
将上衣悬挂在窗边)
我们每个人都杀死了母亲
父亲曾说
她没有顶住
她是用不适合这个卑鄙世界的
易碎材料做成的
她很容易
被压垮
(直接对克拉拉)
他不想要你

他也不喜欢你
他一心一意做法学家
如果他能看到鲁道夫的情况
他会感到骄傲
如果他知道他的孩子们
一直独身会怎么想
他对仪式
感兴趣
他喜欢当士兵当军官
母亲预料到了一切
所以她被压垮了
而我们每个人
是在怎样的情形下保持独身的
我们三个人变得年老无依
毫无疑问
这并非偶然
(克拉拉读报)
你对讨厌的事情
如饥似渴
你一埋头读这些垃圾报纸
就精神焕发
这是你唯一的癖好
你没有别的癖好
你靠报纸生活
不靠其他任何东西
你靠报纸思考
你靠报纸产生你全部的判断力
鲁道夫说没有什么事比做报纸生意

比把人类的污物卖给那些
贪婪地将其据为己有的人
更加卑鄙无耻
最下流的报纸的出版者
是犹太人
我知道你不爱听这些
但这是事实
就像我们百分之九十八的民众一样
你父亲曾经是犹太人的死敌
但只有极少数人承认
他们是反犹太主义者
德国人憎恨犹太人
即便在他们声称恰恰相反的那一刻
这就是德国人的天性
它无法伪装
因为人无法伪装具有某种天性
鲁道夫说
即便在几千年之后几百万年之后
犹太人也将在德国被憎恨
只要那时还有德国人和犹太人
(停顿一下)
起初一直是一头动物
后来是一个残暴的高个男人
他要压死你
你做的那些梦
恰恰符合你的状况
你不可能做别的梦
我的处境也没多好

（看外面）
白天已经非常短暂了
（又转向克拉拉）
或者你以为我的处境更好
以为我交了好运
你清楚地知道这是一个错误
我和鲁道夫上床
这的确是最简单的事
我觉得这是最自然的事
我们是同谋
时间到了我们便拉上窗帘
谁也不知道我们在做什么
谁也不知道我们在想什么
谁也不知道我们是什么人
我们彼此间没有秘密对吗
（突然果断地）
如果你愿意我就把你推出去
（看外面）
但这是愚蠢的
天冷而且天几乎已经黑了
这么多年我们都在扮演我们的角色
我们走不出来了
父母已经死去
我们无法让他们承担责任
如果他们还活着
我们也许会把他们砸死谁知道呢
我经常在梦中杀死了母亲
扼死了砸死了刺死了母亲

你把你的头藏在报纸里
但我知道你看起来是什么样子
我熟悉你的脸
你完全生活在你的报纸世界里
你不让自己被打扰
不让自己被最阴森可怕的事打扰
即便当我告诉你
如果我母亲还在
我会把她杀死
你以此惩罚我
这样我们当中的每个人
都可能去惩罚别人
我向来恨透了这些报纸
和我给你买来的所有著作
因为我已经看到
它们是如何逐渐毁了你
你确实已经完全被这种读物毒化了
可以看见你总是埋头读垃圾报纸
但问题在于
要使我们所扮演的角色
变得完美
有时我们自己不明白这件事
于是我们便觉得它令人毛骨悚然
但我们十分清楚地知道我们该做什么
你坐在轮椅上
这至少和我与鲁道夫关系暧昧
同样残酷
我们别无选择

我们在欺骗自己
但最终我们所做的事
在我们表演它时
是多么美好
而我们所表演的事
在我们做它时是多么美好
违反我们的规则
不再行得通
（离开烫衣板走向克拉拉，
用力打掉她面前的报纸）
你已经有一张
完全被报纸毁了的脸
你比我们的母亲
还丑陋得多
一切都决定了我的孩子
（克拉拉试图抚平并重新阅读
被从她面前打掉的报纸
薇拉回到烫衣板前）
技巧在于
不完全杀死
所恨的人
要反复折磨他
但不完全杀死
（熨裤子）
我根本不知道
我那时为什么
如此不能克制自己
你哥哥

他没有抗拒
这十分自然我的孩子
(克拉拉又把她的脸隐藏在报纸后面)
你曾发誓
不再提罗莎·卢森堡[①]
和克拉拉·蔡特金[②]的名字
你遵守了誓言
你已经是我们当中的一员
好像是我们的人
(看外面)
我们排练了我们的戏
三十年来角色已被分配
每个人都有自己的角色
讨厌而又危险
每个人都有自己的戏装
如果一个人穿上另一个人的戏装
就会倒霉
什么时候合拢帷幕
由我们三个人共同决定
我们谁也没有权力
在自己喜欢的时间拉上帷幕
这违反规则
某些时候我确实看见自己
在一个舞台上

---

① 罗莎·卢森堡（1871—1919），出生于波兰的犹太商人家庭，1897 年移居德国。德国社会民主党和第二国际左派领袖之一，被列宁誉为“革命之鹰”。
② 克拉拉·蔡特金（1857—1933），德国工人运动著名女活动家，德国社会民主党和第二国际左派领袖之一。在无产阶级革命运动中开辟了妇女工作领域。

我在观众面前并不感到羞耻
不像你你感到羞耻
你羞耻得几乎已经精神错乱了
我并不感到羞耻
仅仅是因为我们彼此发出提示语
我们才能
继续生存
你和我和鲁道夫
只要这对我们合适
我们会看到结果
有时好几天
都是这么不自然和冷漠
后来又没事了
(倾听)
我还以为是鲁道夫回来了
他会突然沉默地坐在那儿
这意味着
他要我给他
拿来相册
我必须翻它
我必须一起看它
就像往年那样
逐一看每张照片
这个做事井井有条的人
他把所有照片都整理得很好
每看一张照片他都要说一些事情
一些可怕的事情
仿佛他的记忆

仅仅由成堆的死人构成
我害怕这本相册
超过了其他任何东西
去年他要求我
剪掉你的头发
给你披上集中营囚服
我们必须做他要求的事情
我们必须做他要求的所有事情
他当然也是一个有病的人
或者你不相信这一点
你把头埋进报纸
因为你无法逃走
（*看表*）
你愿意吃点东西吗
我想我们再等等
不然我们就没胃口吃生日晚餐了
我以前根本不知道
希姆莱只活了四十岁
他是一个年轻偶像你不这样认为吗
我以前很想去剧院看《哈姆雷特》
我不理解你可以放弃莎士比亚
放弃《哈姆雷特》
我们的法院院长兄弟
给我们买了中间包厢座位的票
而你却说不去
那是一个全新的哈姆雷特

那是一位已经演过洪堡王子[①]的
著名演员
我会喜欢那次演出的
如果我当时一个人坐在包厢里
你不在
人们会说些什么
这种事我已经历过一次
他们到时会说
您让您可怜的妹妹待在哪儿呢
这可怜的孩子
她被一根顶梁砸伤了
一颗美国的空投炸弹
使她下身瘫痪了真可怕
人们总是说同样的话
我知道每个人说的话
如果我单独去每个人都要问你
那个可怜的妹妹
那个不能动弹的女人
那个倒霉的女人
那个最可怜的女人她在哪儿
其实我完全依赖你
如果你不去剧院看《哈姆雷特》
我也不能去那儿
如果你不去听音乐会
我也不能去
如果你不想欣赏艺术

---

① 德国作家克莱斯特的剧作《弗里德里希·封·洪堡王子》(1810)的主人公。

我也无法欣赏
而你知道我是多么重视艺术享受
如果不是每周
至少每个月
要有一次艺术享受
我像我们的父亲一样热爱戏剧
像母亲一样热爱音乐
你阻止我欣赏戏剧和音乐
以前我每场室内音乐会都去听
当然是在我们还拉大提琴的时候

克拉拉　（突然大笑）
大提琴
在我们还拉大提琴的时候
我们拉得有多么走调
多么外行多么糟糕

薇　拉　你这样认为吗
我不这样认为
（将裤子对着灯看）
我们还奏乐的那段时光
的确非常美好
（看三角大钢琴）
我想我有好多年
没再弹钢琴了
应该在这栋可怕的房子里
弹奏音乐
应该让这些冰冷的墙壁间回荡着音乐声
应该用音乐使它们获得生机

克拉拉　（嘲讽地）

回荡着音乐声
连你自己都不相信
你曾做到了这一点
使这栋令人毛骨悚然的房子
这栋死人的房子获得生机

薇　拉　我以前有这种感觉
我在我们小时候也有这种感觉
母亲曾弹奏音乐
那是一些漫长而美妙的冬夜
可惜鲁道夫
放弃了拉小提琴
我很怀念他的琴声
他拉出来的音色非常柔和
战争败坏了他拉小提琴的兴致
我们每个人都奏乐时
这儿完全不一样
（走向三角大钢琴打开它，想弹点什么）
啊不
已经没有时间弹奏音乐了
（转向克拉拉）
艺术是一种
自我拯救的手段
但你却拒绝一切美好的东西
（啪的一声合上三角大钢琴盖，
站起来，又走向烫衣板）
你拒绝每一条获救的途径
拒绝所有可能带来愉悦的东西
你已经变得十分阴郁

克拉拉　你多么会撒谎
你怎么能这样撒谎
你身上的一切都是欺骗和虚假
父母还活着的时候
家里的情形始终令人毛骨悚然
每当他们奏乐
情形便令人毛骨悚然到了极点
自从他们死后
什么也没有改变
只不过你们变得更加卑鄙无耻了
你们根本就不知道
什么是音乐
什么是艺术
音乐在你们的手指间
始终成为某种可怕的东西
如果父亲朗读诗歌
那是可以想象出的最可怕的事
你们如此频繁地玷污音乐
玷污文学作品玷污诗歌
你们始终在糟蹋艺术
你总是说
在父母活着的时候
但什么也没有改变
你多么会撒谎
你向来都多么会撒谎
你向来在所有事情上都对自己撒谎
对自己对鲁道夫对其他所有人撒谎
大提琴那简直不值一提

它在你们的手指间无非是一种卑鄙
鲁道夫拉小提琴
几乎没有比这更严重的反常
这无非是我们父亲的荒唐主意
和我们不幸母亲的荒唐主意
他们想让我们奏乐
因为他们这类人的孩子总是奏乐
并且阅读诗歌阅读诗篇
父亲实际上憎恨音乐
他对文学作品一窍不通
他厌恶诗歌
有一天他还恬不知耻地
买了伯森多尔弗牌三角大钢琴
如果他足够早地给我买一把手枪
以使我能够把他击毙把你们全都击毙
那才更好

薇　拉　你就像你父亲一样
发疯了
你一天比一天更像他
我听你说话时
感到不寒而栗
你多么像他
我现在才明白他为什么恨你
你为什么恨他

克拉拉　竟然要使这栋冰冷的房子里
这些恐怖的角落里响起音乐声

薇　拉　每当他为我们朗读
我们得一动不动

他总是给我们朗读
我们不理解的著作
他用叔本华[①]折磨我们

克拉拉　还有尼采[②]

薇　拉　（将裤子对着灯看，继续熨它）
不过如果上演斯特林堡的戏
那你就会去

克拉拉　不去

薇　拉　好几个月不看戏
不听音乐会
我觉得自己就像在坐班房
（突然探究地）
你为什么惩罚我
我做了什么事
但愿我们至少可以再去一次法院
以便能够得到消遣
当然不是在鲁道夫审案的时候
我们去刑事陪审法庭
去勒施那儿
我相信鲁道夫不会反对这件事
如果我说
我们必须外出
你的脸色十分苍白我的孩子你面带病容
我们始终仅仅相互关注
我关注你
你关注我

---

① 阿图尔·叔本华（1788—1860），德国哲学家，唯意志论创始人。
② 弗里德里希·尼采（1844—1900），德国哲学家，唯意志论和生命哲学的主要代表之一。

还有鲁道夫
你不该恨我我的孩子
我不该被这样对待
眼下有一些有趣的诉讼
你以前一直对它们感兴趣
每次谋杀诉讼你都旁听
你对此百听不厌
如果我们确实不做别的事
我们就去吧
这不花一分钱
而且是最刺激的消遣
他们让人铺了木板
以使那些困在轮椅上的人可以进去
我现在可以把你一直推到刑事陪审法庭大厅里
我们还是去吧
与刑事陪审法庭相比
戏剧算什么
（走向写字台，查看一本日历）
十三号
是阿蒙的案件
二十二号是哈赖特的案件
阿蒙杀死了工业家的遗孀
你肯定还记得

克拉拉 我当然记得

薇　拉 也是勒施审理哈赖特的案件不是鲁道夫
我们去你同意了吗我们去
中午我们和鲁道夫一起在法院吃自助餐
如果他在那儿

（放下日历，又回到烫衣板前，
以便继续熨衣服，看窗外）
一周两次穿过公园
这太少了
医生说要每天这样
你得想做这件事我的孩子
你得强迫自己做这件事
我把你推到敞开的窗户前
让你吸入新鲜空气这不够
这不够
最重要的是变换地点
我的孩子相信我吧
我是为你好
（外面响起电话铃声
薇拉走出去
克拉拉目送她
薇拉在外面说话，但听不清她在说什么，
她拿着一件带条纹的集中营囚服进来）
是鲁道夫
他问是否一切正常
他已经在路上了
（谈论囚服）
他可能
想让你穿它
也许
（将党卫军军裤悬挂在墙上，
熨囚服）
他会突然产生

让你穿它的念头
他会要求我剪掉你的头发
你会看坏你的眼睛我的孩子
(走向克拉拉，为她打开一盏灯)
来把报纸给我
鲁道夫马上到
他不喜欢
你读报纸
(拿起整沓报纸走出去)
明天早晨你可以再读它们
(克拉拉仔细打量她织补过的
那双袜子，薇拉又进来)
如果他以后不在法院了
而是整天在家
你知道他不喜欢散步
那他就会
整天坐着等待
(走向烫衣板，在灯前
举起囚服看)
我有时想
他太善良了
他做出了一项太轻的判决
他没有充分利用法律规定的量刑范围
在它的确可以被充分利用的时候
然后他又非常严厉这让我搞不懂
(拿着囚服走出去)

克拉拉 (在她身后喊)
我不会穿它

即便他想这样
我今天不穿

薇　拉　(拿着鲁道夫的长筒靴
进来坐下，擦亮它们)
你要看
事态如何发展
我们不能激怒他
你必须克制自己
如果他提出要求
你就干脆穿上囚服
必须穿你知道
(起身从墙上取下党卫军军装，
拿着它们走出去)

克拉拉　我今天不穿
我无法穿
我不想穿

薇　拉　(回来继续擦靴子)
就穿这一个晚上
让他高兴一下
我们每个人
都有自己的愚蠢行为
但他把这件事当真
完全当真
(起身坐到镜前给自己梳头)
起初我自己想
这是一个古怪念头
但后来我认识到
他当真要庆祝

这个生日
我从未对此做出抗拒
你除了顺从
不曾有别的办法
现在三十年过去了
什么都无法再改变
你确实知道鲁道夫是什么人
法院顾问勒施今天不来
我们单独行事
我一方面
为此感到高兴
(转向克拉拉)
但如果法院顾问勒施在场
那也是一种能让你感到愉快的调剂
(开始编一根辫子)
我可以很好地恢复自己从前的模样
(抬头照镜子)
当然我不再是留着辫子的女孩了
但他想要这样
我为什么不该做他想要我做的事呢
说实话我认为
你也参与很棒
尽管你憎恨这儿发生的一切
我佩服你

克拉拉 你现在看起来和四十年前一样
但即便是四十年前
我也不喜欢你
你那时总是折磨我

你不放过任何一个折磨我的机会
你似乎总是在考虑
怎样才能折磨我
总是有新的办法
总是有新的侮辱
你那时经常对我说
我父亲
根本不是我父亲
你欺骗我
你只要有可能
就侮辱我
夜里我睡觉而你没有睡觉时
你拽着我的辫子把我从床上拖下来
你把我关进地下室
你暗中撕破我的衣服
(开始给自己梳头)
你讨好鲁道夫对吗
你利用了这种局面
这令人作呕

薇　拉　你根本不知道
人们的内心活动
你甚至不知道你自己的内心活动
你总是钻牛角尖
并且抹黑一切
鲁道夫和我的关系
光明正大纯洁无瑕
本来应该不停地抽你耳光
但你是我妹妹

我可以走路而你不可以这不能怪我
我以另一种方式受到了惩罚
(在镜前伸出舌头)
一切就这样发生了
你总是看到针对你的阴谋
没有什么不道德的事我的孩子
我的天你是多么自以为了不起
而不是为你并未受到伤害
感到高兴
如果你一直为此感到痛苦那又是什么情形呢
你坐在那儿而且状态良好
别人看你的眼色为你做所有事情
但你不能走路不能逃走
在这方面任何人都没有过错
你认为我们
认为鲁道夫和我有过错
我无法驱除你这种荒谬的想法
如果你就心满意足了
你的日子可以过得多么好
鲁道夫和我
我们比你自己更为你感到难受
这是真话
他是一个心地善良的人
他为你投入了全部精力
而我也确实不分昼夜随时为你效劳
但你看不到这些
你不想看到这些
尽管你十分清楚地知道这些

人会恨帮助他的人
（给自己编第二根辫子）
事实上
我们为你做出了牺牲
我们以前的确可以离开
我们没有离开
以便不把你一个人留下来
我们以前可以卖掉房子
我们为了让你高兴
没有这样做
我们可以把你安置在一家疗养机构
那么我们就能单独在一起
这有时会是多么惬意
我时常希望我多么希望
你能待在一家疗养机构
不打扰我不惹我生气
你以为鲁道夫会高兴
这种局面不可能使他这把年纪
他这种身份的男人
感到高兴
鲁道夫理应有完全不同的后半生
我们为你把它牺牲了
（伸出舌头）
而得到的报答却是你对我们
对我和鲁道夫持续不断的仇恨
你是我们的敌人
你好像不是我们的亲姐妹
父亲常说

那些残废折磨他们的护理者
直到他们一命呜呼
其实你是我们当中最强壮的
你将活过我们所有的人
我敢肯定
你将活过我们所有的人
鲁道夫有心脏病
他还能活多久
你是最健康的
这会使一切
比现在更加怪诞
是你在控制我们
而不是相反
我们是需要帮助的人
而不是你
你对该做什么事发出指令
比如我到还是不到剧院看戏
我去还是不去听音乐会
你就像坐在王位上一样坐在你的轮椅上
发号施令
向来如此
毁灭性轰炸使你坐上了第一把交椅
你的截瘫实际上使我们
使鲁道夫和我瘫痪了
我害怕他脱下长袍
永远不再穿它的
那一天
我害怕

他退休
到时我们三个人全都坐在这儿
坐在这个房间里
而且只能等死
但谁知道死亡的过程有多长
到时你会审判我们
我害怕这件事
鲁道夫当然预感到了他即将面临的情况
但他甚至没有力量把这一点说出来
（环顾四周）
我是多么厌恶所有这些东西
我从未独处过
我长时间地被你监视
如果我外出我又匆忙回家
回到我可怜的妹妹身边
人们不可能知道
不断地被一个像你这样的人
监视和指责
是什么滋味
你认为我心地不善良
而你自己却有一副铁石心肠
（起身走向克拉拉，给她梳头）
我们每个人都是多么矛盾
我们有可能多么卑鄙
我给你梳头可以让自己平静下来
（把梳子交给克拉拉，回到
带镜子的梳妆台前坐下）
你的不幸确实不仅仅是你的不幸

它也是我们的不幸
首先是我们的不幸
如果鲁道夫退休了
也许很多事情会改变
我们去旅行
你会看到鲁道夫将开车带你出去
我们每天和鲁道夫一起出门
去公园去城里
他以后将有时间和你一起待在公园里
（将两根辫子盘在自己头上）
他是一个好人
大家都这么说
认识他的人都知道他品性好
那些无耻的流言蜚语
（大声）
即便传言
是真的
那也是很久以前的事
我不相信鲁道夫犯过罪
他没有犯罪
（转向克拉拉，让她看
盘在头上的辫子）
他喜欢我打扮成这样
恰恰是这样
你还记得吗
我们做姑娘时就打扮成这样到处跑
那是在战争中
在纳粹时期

（转向镜子，照镜子，又弄乱
她的发型，梳散辫子）
鲁道夫要先洗澡
如果鲁道夫当时不再露面
如果他继续隐姓埋名地生活
那会是什么情形
这个可怜的男人秘密活动了十年
此后没人再关心往事
现在他们又开始翻旧账
企图陷害诚实正直的人
（转向克拉拉）
鲁道夫是一个非常好的人
你可以证明这一点
没人对以前发生的事感兴趣
谁会知道所有往事的真相呢
现在他们又重提那些陈芝麻烂谷子
你该看看
孩子们是多么喜欢他
他擅长同孩子们打交道
他们全都喜欢他
做好事的人会受到攻击确实如此
父亲曾说
不做好事才可以得到安宁
父亲曾说
在战争中所有法令都废除了
（倾听）
你没听见什么吗
我想这是鲁道夫

但愿他能有一个正常的过渡期
但愿他不要颓废
国家自动地
让那些最能干的人退休
让那些最优秀的人过早地退休
但国家承受得起
鲁道夫多想还做法官
但这不行官方要以出生日期为依据
打发他回家
他们从未有过更好的法官
但愿国家只有这类法官
时间过得真快呀
鲁道夫当上法院院长
仿佛就在昨天
鲁道夫说
这是国家最棘手的职务
法官职务是责任最重大的
做法官意味着绝对要做榜样
以前他是我们当中最体弱多病的
你还记得吗
他经常感冒
如果他忘乎所以地从窗口往花园里跳
那么他就会跳到一个罐头盒上
他经常一瘸一拐地走路
并且躺在床上
母亲爱他
她最宠爱他
她在我们面前袒护他

（起身走到窗前，
从挂钩上取下军装）
他是唯一一个
照顾过我们的人
没有鲁道夫我们根本活不下来
（拿起一把衣刷刷军装）
鲁道夫证明了
他是什么人
我们了解我们的兄弟
而且爱他
他仍然是他曾经是的
那个孩子
（看窗外）
那个胆怯的那个害羞的孩子
我们必须支持他你明白吗
非常坚定地支持他
（刷军装）
他需要我们
（在军装口袋里寻找什么东西，
最后掏出一枚一等铁十字勋章）
他是我们的英雄
（将铁十字勋章别在军衣上）
我请求你
尽量控制住自己
为了让我高兴
为了让我们高兴
你必须克制自己
答应我吧

也许这是最后一次了
我向来害怕这个日子
他必须以他的方式
庆祝这个日子你明白吗
你必须克制自己
(看窗外，突然)
鲁道夫到了
我已经预备了所有东西真是太好了
我甚至得到了杜鹃花
这是鲁道夫最喜欢的花
(拿着军装走出去)

第二幕

十分钟后
鲁道夫筋疲力尽地坐在椅子上
克拉拉在织补鲁道夫的袜子
薇拉拿着鲁道夫的冬大衣进来

鲁道夫 扣子在这儿在这儿
(在他的上衣口袋里寻找
大衣扣子，最后将它掏出来)
这是扣子
我和勒施一起路过时
他们在学校附近
又故意撞我

薇　拉 是那些犹太男孩

鲁道夫 我要和他们的父亲谈一次话
这肯定是施瓦茨先生指使的
始终在同样的位置
(对克拉拉)
如今犹太男孩们
在厄运曾降临到你头上的地方到处跑
如果你那时不在学校
一切都会不一样
炸弹落在了学校中央
而且离战争结束只有两天

薇　拉 这位施瓦茨先生毫无理由这样做

这是些什么人
他们真是胆大包天
(鲁道夫将大衣扣子
交给薇拉，薇拉缝扣子)
如果你退休了我会感到高兴鲁道夫
今后所有讨厌的事情都将结束
不过那些男孩当时可能压根什么也没想

鲁道夫　恰恰在今天
在今天的日期
与男孩们故意撞我的
方式之间
存在着一种联系

薇　拉　也许这一切只是你的想象
施瓦茨先生对我总是非常和蔼可亲
我总是受到友好的接待

鲁道夫　也许你说得对
也许这一切只是我的想象
我确实有点筋疲力尽
但为什么偏偏是我
他们没有故意撞勒施先生
是在同一个位置
他们一年前也在那儿故意撞我

薇　拉　他们毕竟是孩子鲁道夫
他们不知道自己在做什么
就像现在所有的孩子
他们没有教养不受约束
一切都变了
孩子们现在可以想做什么就做什么

我们上了年纪后根本就无法再忍受孩子
你向来无法忍受孩子
我想象不出你能和孩子们在一起
（缝上扣子，将线咬断）
我们还受过教育
现在所有的孩子都粗野无礼
彻头彻尾的粗野无礼源于美国
孩子们用他们的粗野无礼统治世界
到处都混乱不堪
（鲁道夫起身迅速穿上大衣
薇拉此时帮助他）
如果一切都以混乱的方式进行
这会产生什么后果

鲁道夫 （扣上自己的大衣）
这件大衣我穿了十年
我应该让人给我做一件新的
但我退休前就不做了
十年只穿一件大衣
这在我的同事中绝无仅有
（走到窗前朝外看）
他们突然来了并且故意撞我拽我
于是扣子便脱落了
（又脱掉大衣）
在一切之间都存在着一种联系

薇　拉 你劳累过度了鲁道夫不会有什么事
最近一段时间你对自己太苛刻
你完全忙于履行职责
谁会为此感谢你呢

如果一切都结束了我将感到高兴
作为法院院长你将领取一笔可观的退休金
今后一切都与我们无关了
今后我们只为自己活着

鲁道夫 （将大衣交给薇拉，坐下）
我们当然不该抱怨
一切都可能截然不同
每个人都有自己的不幸
（对克拉拉）
我们的受害者还好吗
你感到痛苦吗
一想起你坐在家里感到痛苦
我整天都非常烦恼
但你想象一下很快我们将离开这儿去埃及
我们三个人全部离开
（对薇拉）
我们把我们的东西装起来离开这儿
去热那亚从那儿乘船去亚历山大[①]
这是我几十年来的夙愿
我已经迫不及待了
（起身走向克拉拉）
你应该始终保持
良好的身体状况我的孩子
我们还算幸运
别人早已腐烂了
（走到窗前看外面）

---

① 埃及北部港口城市。

建造工厂的事被否决了
我达到了目的
如果从这儿只能看到工厂的围墙
那也确实令人无法忍受

薇　拉　你瞧你的影响力有多大
你只要想做什么
就能做成

鲁道夫　工厂在城市的另一端建造
它在那儿不会妨碍我们
看不到树木
而是看到一堵
里面在生产毒药的围墙
那会是一幅令人绝望的景象
(对克拉拉)
我竭力阻止建造工厂
是为了让你高兴
今天十一点已经做出了决定

薇　拉　我们也得庆祝这件事鲁道夫

鲁道夫　我现在当然得罪了一些人

薇　拉　现在他们无法再伤害你
你想做的一切都做到了

鲁道夫　为了一家
仅仅生产毒药的化工厂
竟然要破坏大自然
砍伐树木
砍伐这些美丽的老树
那些唯利是图者简直无孔不入
当今的世界是最野蛮的

一切都受交易的操纵和支配
哪里还有一片美丽的土地
哪里就会被工厂占据
但我说不能在这儿
不能在这儿
不能在我的窗前
这儿的大自然仍然保持着原始状态
我喜欢这片风景

克拉拉 但你确实什么也看不见

鲁道夫 现在是看不见
不过这毫不影响
这片风景是我最喜欢的风景
即便是在冬天
当雾气消散
当树枝被冰雪覆盖
整片风景就像玻璃做的一样洁白
(转身走向克拉拉)
勒施曾问我
我们为什么不把你送进疗养机构
但我对他说
我们从未想过一刻也没想过
让你去疗养机构
我们这意味着薇拉和我和你
我们永远
不会分离
我曾发誓要这样做
我们必须相互容忍我的孩子
如果我将来待在家里一切都会更好

今后我可以为薇拉分担一点工作
我们可以每天去公园
也许可以每周两次进城
你哥哥想看到你高兴
如果我不再担任我的职务
我就自由了
这意味着我们三个人都自由了
（走向薇拉）
现在我时常想
是到了停止工作的时候
我做任何事都已力不从心
但另一方面如果我观察勒施
他结了婚
（坐下）
有两个孩子
有所谓的家庭
他不像我这么健壮
而他却年轻得多
家庭生活很快便会耗尽人的精力
我们相当顺利地渡过了难关
我们不该抱怨
我们那时铺上了屋顶真是一件好事
现在我们是安宁了
婚姻是可怕的
人们盲目地进入婚姻
他们渴求婚姻的不幸
他们迫不及待
几乎还不到十七岁或十八岁

他们就生了一个孩子
而且结婚了
我们三个人我们的日子过得更好
这是一种更高级的生活方式
（薇拉坐下）
这是一种更大的难度
毫无疑问这并非易事
并非不令人绝望父亲曾如此说
那时的情况就是这样
（对克拉拉，她把袜子放到一边，
埋头读一本书）
如果你那时不被毁掉
请原谅我用这个冷酷的词
如果你那时不被毁掉
你就会结婚
你就会离开
你早已离开了
谁知道会去哪儿
你无论如何会结婚
会跑掉
但很可能你也压根没命了
你会毁灭你自己
你的不幸使你免遭毁灭
空投炸弹击中了学校
你仅仅在残废之后
才有机会活下来
（转向薇拉）
我说得不对吗

因此我们才变成了我们现在的样子
这是对野蛮的生存思想的谋反
（看克拉拉）
她假装阅读
那些骗人的书籍中的一本
并且蔑视我们
（对薇拉）
我们每个人都理应是我们现在的样子
（看表）
六点
（薇拉起身走向三角大钢琴）
这是个好主意
弹点什么吧
我很久没听你弹琴了
也许你根本不会弹琴了
已经过去了这么长时间
从前音乐在这儿是多么重要
（薇拉开始弹钢琴，即兴弹奏
莫扎特小夜曲的某些片断
鲁道夫对克拉拉）
我从前一直喜欢
她坐下来弹钢琴
黄昏时弹点什么
就像在以往的时代
我在地下生活期间
躲藏在合拢的窗帘后面
躲藏在地下室
那时我晚上九点大着胆子上来

听她弹钢琴
那时她为我弹钢琴
而你恰恰坐在你现在坐的地方
监视我
你那时像现在一样恨我
我对此已经习惯了
我也像你一样变得冷酷无情
我们全都变得冷酷无情
我不得不隐藏了十年
后来便到了重见天日的时候
谁曾料到
我会以法院院长的身份结束我成功的职业生涯
而且退休之后可以领取非常丰厚的养老金
（看薇拉）
谁曾料到这些薇拉
时代就这样变了
起初我在地洞里隐藏了十年
被你被克拉拉所隐藏
后来我便突然如此飞黄腾达了
我并不感到内疚
我偶尔觉得面临着危险这如今仍是事实
但我并不感到内疚
在这种情况下其他所有人得首先感到内疚
我那时只不过尽了我的责任
而且我严于律己
我从事我的工作我完成的事情
比人们能够要求我做的更多
我严于律己

在今天这个汇报的日子
(环顾四周)
我不必责备自己
我发过誓
要以我的方式庆祝它
(对克拉拉)
你向来非常讨厌这件事
但它对我来说必不可少
它对薇拉来说也必不可少
我们也是十分简单地
自己暗中庆祝这个生日
如果那时没有希姆莱
我们的房子所在的地方
现在就是一家毒气厂
这不奇怪吗薇拉
如今我自己能够阻止
在这儿在我们的窗前
建造毒气厂
四十年前是希姆莱阻止了这件事
如今是我阻止了它
并不存在什么偶然
市议会拒绝了那个方案时
如果我能在市议会面前
说出我的想法就好了
我当然不得不保持沉默
我确实
果断地
行使了我的权力

也许这是最后一次了
法院院长赫勒尔先生获得了成功
他的发言是有分量的
所有的人都听从了我的建议
所有的人都接受了我说的理由
现在另一个城区当然要反对我
如果以后开始在那儿施工
但这个更美更宝贵的城区
将会感谢我
即便在我们已经与世长辞的
几百年之后
那时人们还会谈起这次市议会会议
在此法院院长赫勒尔
以他的权威性发言阻止了
可能在这个城区发生的最糟糕的事

薇　拉　你确实很享受这些
恰恰在今天
你完全如鱼得水

鲁道夫　并不存在的偶然
使这次会议恰恰在今天召开
而且已经做出了决定
人们根本就不知道
他们应该感谢我
我为后世拯救了这个城区的大自然

薇　拉　有一天他们将为你竖立一座纪念碑
雕塑一座真正的立像鲁道夫

鲁道夫　我无法做更多的事了
（朝克拉拉看）

但我整段时间只考虑到我们
我们不能让人破坏
从我们的窗口看到的风景
它不能被这个已经毁掉了地球表面
百分之九十的野蛮的工业社会破坏
在战争中曾经有发战争财的人
和平时期的唯利是图者要恶劣得多
犹太人破坏和毁掉了地球表面
并且有一天会将它无可挽回地彻底毁灭
犹太人用投机买卖糟蹋了整个大自然
民主政体是一个骗局
但如今谁开口说出这类真相
谁简直就无法生存
真是可怕
（看克拉拉）
不过显而易见
例外可以证实规律的存在
我自己的确遇到过
成百上千个正直的犹太人
我谈论的不是这些人
我谈论的是那些铤而走险的犹太人
我谈论的是那个无耻的犹太人
他打着民主政体的幌子
肆无忌惮地开发大自然获利
并且破坏地球表面
（薇拉啪的一声合上钢琴盖）
我们生活在一个可怕的时代
我们欧洲人做错了所有事情

认识到这一点为时已晚
美国主义已对我们进行了毒害
那些到处宣传民主政体的人
实际上是扼杀它的凶手
但我们生活在一个完全是机会主义的世界上
在此人们所说的仅仅是花言巧语
没有一个人说真话
所以我们便身不由己地临近一种可怕状态
(起身走到窗前，看外面)
如今我们在所有领域
都极为堕落
有时我简直不愿再活下去
当外面如此灰暗冰冷
而人却无法同任何人说想说的话
人不断地口齿不清地登台表演
谎话连篇而且毫无廉耻
如果那时我们的计划得以实现
我们可能生活在一个完全不同的时代
情况的确会重新发生变化
但我们是看不到了
青年一代将会反抗并且有一天
不再容忍目前发生的事情

薇　拉　(走向鲁道夫)
你在考虑什么
这确实毫无意义
这个日子当然使你
产生了这些想法
我们的情况毕竟不错

我们毕竟没有个人损失
（吻他的额头）
想想你的职业
你是什么人吧
所有那些卑鄙龌龊的事都不曾伤害你

鲁道夫　德国人有一天将会想起
美国人对他们做过的事

薇　拉　我们要举行一次美好的庆典
谁也不能阻挠我们这样做
谁也不能
（转向克拉拉）

鲁道夫　（同样朝克拉拉转身）
我们将会胜利
敌人将会自取灭亡

薇　拉　（抓起鲁道夫的手，领他回到
窗边的椅子旁，二人坐下）
我为你感到骄傲
你获得了成功
法院院长赫勒尔阻止了
在我们的窗前建造毒气厂

鲁道夫　我当然知道
重大会议在十月七号召开
我孤注一掷
我发誓要对抗一切并且阻止建造工厂
起初反对我的意见占大多数
但后来我感到
我的理由具有很强的说服力
不久多数意见都支持我

甚至是开始时反对我的勒施
最后也投票反对在这个地方建造工厂
我对市长表示感谢
我还在会议期间就穿过整个大厅
对他表示感谢
我甚至使那些社会主义者信服了

薇 拉 你又完全变成了从前的鲁道夫
我始终佩服他
我喜欢他
（紧紧抓住鲁道夫的手腕，对克拉拉）
不是吗
鲁道夫又完全和从前一样了
意志坚强百折不挠冷酷无情
我们走过的道路
是崎岖的
但它被照亮了
每个人内心的善
总有一天会获得胜利
你心地善良鲁道夫
（看一眼克拉拉）
我们知道这一点
从前的情况时常很糟糕
你完全像父亲
如果他能看到
你取得的成就就好了
在他知道
你未来的发展之前
他不得不过早地死去

鲁道夫 我要把许多事情归功于你们俩

薇　拉 你要把它们归功于你的力量鲁道夫
因为你从未屈服
因为你不曾在意
别人的看法
如果你那时听他们的话你就会倒霉
你可能已经消失了
他们可能已经踩死了你
曾经有很长一段时间情况看起来不妙
（鲁道夫伸直双腿，
薇拉给他脱鞋）
想起来真是让人后怕
如果他们发现了你的藏身之处
事态就会按照他们的意愿发展
你曾经将近十年
不敢上街
这是祖国的耻辱
（看一眼他的脚）
你的脚肿了鲁道夫
在冰冷的刑事陪审法庭大厅里站立的日子
很快将会结束
那儿的一切都违反人性
今天是什么案件呢

鲁道夫 是迈斯纳的谋杀案
这是一个铁石心肠的人
从一开始所有事情都很清楚
但法律要求
应有长达半年的时间

同这类畜生进行辩论
终生刑罚有什么用
如果这些人十五年后
又已经不受约束地到处跑

薇　拉　这使人不得不一再害怕
(看一眼克拉拉)
克拉拉给你补了袜子
今天补了五双
她很努力
我试图通过我的计策用羊毛袜子
转移她对她的读物的注意力
她每天要读许多报纸
而且还有书
这得花多少钱
但我们可不是说这件事
她的脑子已经被弄得
完全不正常了
不让她在今天这个日子
接近那些报纸
花费了我多少力气
我干脆从她手里拿走了它们
她几乎还没补完袜子
就已经又埋头读书了

鲁道夫　(对克拉拉)
你今天给哪家报纸写信了
你那些读者来信总是言过其实
因为你写了这么多信
所以不再有人把它们当真

薇　拉　她不可救药地坚持
那种狂热的政治信仰
我们不得不对我们的妹妹感到失望
你想象一下如果我们没有我们的敌人
（脱掉鲁道夫的袜子）
如果你不再任职
那就太好了
我的法院院长先生

鲁道夫　（脱掉自己的上衣，薇拉此时帮助他）
这儿太热了

薇　拉　（给他穿上一双便鞋）
这是为了克拉拉
她整天坐在轮椅上
不活动

鲁道夫　但待在这种供暖过多的房间里
不利于健康
（薇拉起身打开一扇窗户）
我以后会多去野外
并且重新献身于音乐
你可以取出我的小提琴
掸掉它上面的灰尘
你认为我还能拉琴吗

薇　拉　你肯定没有荒废这门技艺鲁道夫
你是一位大师

鲁道夫　我不会拉琴了

薇　拉　谁也不曾把小提琴拉得像你那样出色
你是一名真正的独奏者

鲁道夫　我甚至读不懂乐谱了

薇 拉 你在睡梦中也读得懂

鲁道夫 在睡梦中

我们在睡梦中什么事都能做

我们简直不相信

我们在睡梦中什么事都能做

没有音乐这儿是多么空寂

你不这样认为吗

（也脱掉背心，取下裤背带，

看一眼克拉拉）

我知道有人不喜欢

我以这种方式闲坐

但否则我就受不了

如果不在家在其他什么地方

我才可以让自己放松一下

薇 拉 你整天都要遵守最严格的纪律

鲁道夫 法院院长先生

脸上要戴着威严的面具

你不知道

现在的人是多么无耻

多么狡诈

（深吸一口气）

不我们必须齐心协力

这并非易事

（看天花板）

以后我们让人粉刷房子

或许也换一种方式摆放家具

或许把五斗橱放在这儿

把两把椅子放到那儿

三角大钢琴应该挪到光线更好的地方
而且要有不同的窗帘
这些窗帘还是祖父母留下来的

薇　拉　对这些东西的做工全都非常出色
它们完好无损
现在做的东西
全都毫无价值
人刚习惯用它们
它们就坏了

鲁道夫　我当时说
我非常响亮非常清晰地说
各位可以在这儿在这个城区建造各位的工厂
不过那么各位便仅仅为了一桩眼前的交易
完全破坏了
永远破坏了
这座城市这座作为我们故乡的城市的形象
接下来出现了一次停顿
接下来我告诉他们
这片区域对这座城市来说意味着什么
它对我来说始终意味着什么
如果想说服别人必须谈及自身
我描述了童年时代的几个印象
描述了我们童年时代的种种往事
比如我们如何在公园里同父母一起做游戏
我说
那是多么幸福的父母和多么幸福的孩子
如果各位投票支持建造工厂
各位便会破坏这一切

整座城市将被毁掉
请各位仔细考虑各位要做的事
接下来他们便投票反对建造工厂

薇　拉　这样一种支持
这样一种与你的团结一致
真是太好了鲁道夫
（起身吻他的额头）
他们已经知道你是什么人了
（拿着鞋走出去）

鲁道夫　（对克拉拉）
思考者偶尔负有
干预世界大事的责任
即便他仅仅阻止
一家煤气厂
在不适当的地方建造

薇　拉　（拿着希姆莱的照片进来）
你瞧我让人给帝国党卫军领袖的照片
镶上了新框子
这是我为今天这个日子
为希姆莱的生日准备的礼物
含银量很高
拿去看吧
（鲁道夫接过照片）
幸好珠宝匠不知道
框子里会装进一张什么样的照片
你喜欢它吗

鲁道夫　非常珍贵非常珍贵

薇　拉　我用了很长时间

寻找这样一个框子
（接过照片，又拿着它走出去）

鲁道夫 （对克拉拉）
你们这么体贴周到
随着年龄的不断增长
我们会更加体贴周到
（薇拉进来坐下）
顺便提一下我碰见了弗罗姆医生
（对克拉拉）
他打听你的情况
我说你状态不错
丝毫没有并发症
但他仍然认为
你应该去疗养机构
不过我向他保证
我们决心
永远不把你送进疗养机构
尽管从健康角度考虑
我如此说
那样做大概对你更有好处
他说我们在这儿不可能给你治病
我说对
因为今天毕竟是十月七号
这件事我并未提及
然而我心里想
如果美国人不曾轰炸学校就好了
我说那是在战争结束前两天
全都是无辜的人

这个可怜无助的孩子
我用了毁灭性轰炸这个词
不过他对此毫无反应
我说有九十二个死去的孩子
他回答道什么有九十二个吗
我完全忘记了这件事
我说对
人很容易忘记这个可怕的数字
我对他说如果屋梁不曾砸中
我妹妹克拉拉的脊背就好了
她是我们当中最聪明的
弗罗姆医生说啊的确是屋梁
我说那是离战争结束只有两天的一次毁灭性轰炸
我问他是否想拜访我们
我说并非为了治病
他在我们家不必给任何人治病
我说晚上来聊聊天
我说我的姐妹薇拉和克拉拉
无疑会为见到这样一位男士感到高兴
他拥有如此非凡的学识和能力
受过如此多的教育而且拥有如此非凡的魅力
但他告辞了他显然感到恼怒
因为我用了毁灭性轰炸这个词
当时立刻可以觉察到他是犹太人
医生们是特殊的人种
我从未与他们很好地相处过
如果有人问他们什么事情
他们便做出闪烁其辞的回答

他们不仅仅在人问某些医学方面的问题时如此表现
他们从不直接回答
他们对一切都做出闪烁其辞的回答
他们不敢正视一个人的脸
父亲曾说医生们数百年来
便问心有愧他说得对
父亲曾说
谁相信医生谁便不可救药
与一名医生为伍
无异于与死亡为伍
如果我们任由医生们摆布
我们便会濒临死亡
如果与我们相遇的是一名医生
我们最好立刻避开他
那么我们便会免受可怕的通常是终生的痛苦
并且也会在大多数情况下逃离死亡
父亲曾说医生们是死亡的配件供应厂
没错但愿我们仅仅为了
可以说让他们按照我们的命令
给我们切除盲肠或者锯掉一条腿时才需要他们
因为否则我们无论如何会死去
但在其他情况下
父亲曾如此说
同医生们交往极其危险
那还不如邀请交响乐团的首席小提琴手
这绝不会有坏处
如果我们一年只有一两次这么做
我以最礼貌的方式和他谈完话后

你们知道这位弗罗姆大夫先生
溜走前说了什么吗
他说您不是当过集中营代理指挥官吗
他特别强调了代理这个词
我还没有明白
这一切意味着什么
他已经离开了
人们又开始
翻旧账了
某些事情已经开始进行
不难猜出这是哪些人发起的
好在我们断绝了同所有这些人的来往
我们的确不需要任何人

薇　拉　你不可能出事鲁道夫
你毕竟在地下室在下面
和老鼠们一起待了十年

鲁道夫　（看一眼克拉拉）
我能想象出你妹妹克拉拉的内心活动
但我们不谈这些
事实上我们的确为祖国
做了力所能及的一切
我们一生都为这个国家的人们
呕心沥血
目前最时兴的是瓦解和破坏
但这种状况将会改变
（起身走到窗前，薇拉走向他）
某种完全符合我们的意愿的情形
即将出现

我确实不会看错人
品性好的德国人占大多数
他们不愿与目前发生的事情
有任何关系
品性好的德国人厌恶在这儿在这个国家发生的事情
那是堕落是欺骗是普遍的日渐愚昧
犹太人的思想大行其道
它已经又无孔不入了

薇　拉　你得保护好自己你得注意自己的安全鲁道夫

鲁道夫　我们每个人都是潜在的罪犯
人只需将他唤醒
这种现象曾经一直存在
这种现象将会一直存在
（从裤袋里掏出一块手帕擦去额头上的
汗水，拿着手帕指外面）
在这儿在这个地方
可能有一堵高墙
墙里面会生产毒药
是杀虫剂是毒气
（坐下）

薇　拉　对你来说今天是一个伟大的日子
你阻止了一场巨大灾难的发生

鲁道夫　简直无法想象竟然要在
如此赏心悦目的大自然当中建造工厂
是工业在一锤定音
是工业不是民主政体
民主政体是曾经有过的
最无意义的玩笑

民主政体对掌握民主政体的人来说
是最大的交易
(对克拉拉)
你始终沉默寡言
(薇拉坐下)
而且冷酷无情
她从她的视角观察我们
并且等着有一天突然出击
(跳起来，愤怒地)
你们的仇恨究竟来自哪里
是什么赋予了你们这种权力

薇　拉　(想使他平静下来)
坐下鲁道夫坐下
(鲁道夫坐下)
这只不过是一出戏
这不是认真的
这不可能是认真的
这是一出真正的喜剧
有时我们忘记了这一点
为什么我们恰恰在今天
不该表演这出喜剧呢
我佩服克拉拉
她演的是最难演的角色
我们只不过是发出提示语的人
她以沉默的方式
使喜剧表演继续进行
(站到鲁道夫背后，摸他的脖子)

鲁道夫　现在我的职务

几乎已使我筋疲力尽
我们以前说我们会变老
现在我们已经老了
(薇拉开始给他按摩脖子，
然后往下按摩整个脊背)
有一点是肯定的
谁也不能信任
他们全都是密探
父亲曾说
要任由猜疑支配
要终生保持孤独
每个人都是孤独的
这一切都是为了什么
我有时认为
像我们的堂兄那样在西伯利亚丧生
不曾参与所有这些事可能更好
一切都如此艰难
一切都如此旷日持久
我们必须经历一切但却根本不想这样
我们剩下的日子屈指可数
我们以前怎么有那么多精力
如果我曾尝试同音乐
或者数学打交道就好了
但一个法学家家庭的儿子不能做这些事
(疼得抽搐一下)

薇　拉　是在这儿

鲁道夫　对是这个位置
下午三点起我浑身疼

但按摩很有效
（薇拉解开他的衬衣，继续给他往下按摩）
如果你结婚了嫁了一个男人
你也许会嫁给一名律师不然会是什么人
他可能拥有财产
出身于一个富裕家庭
你可能已经搬到一栋时髦的房子里有了孩子
现在你肯定会孤独
所有的人年老时都孤独
他们起初为了不孤独生孩子
但后来却非常孤独
我的确看到我周围的人是如何变老变孤独的
人们剩下的东西
是孤独和衰老

薇　拉　我以前该和哪个男人结婚
我现在一个也想不起来
也许是你

鲁道夫　如果那时没有我就好了
如果那时是另一种情况就好了
你得到地下室
照料我
而且还要照料克拉拉
你是一个勇敢的姑娘薇拉
你和你母亲是多么不一样
你坚持做了一切
她中途放弃了
一小阵旋风就能把她吹走
（薇拉想完全脱掉他的衬衣，

为此鲁道夫必须解开裤子扣)
你是我们所有人当中
最勇敢最值得信赖的
他们起初打算对我提起诉讼
但却没有找到我
因为你把我藏起来了
后来这件事便十年之久
被遗忘了
后来一切都进展得很快
(薇拉完全脱掉他的衬衣,
把它搭在他的肩膀上)
正如常言所说我对我的职务驾轻就熟了
人的容貌完全受他的职务的影响
人与他的职务融为一体
我那时别无选择
我被迫做了我所做的事
我没有做不负责任的事恰恰相反

薇　拉　你完全不必为此伤脑筋
所有那些翻旧账的人
都毫无资格这样做父亲曾说
谁诚实无欺问心无愧地行事
谁便会最终获得成功

鲁道夫　我并不感到内疚

薇　拉　你当然不必内疚
有一天你可以完全公开地谈论
你现在不得不绝口不提的事
那一天的来临将比你预想的更早

鲁道夫　如果能安排妥当

我们就去海边
当然是去埃及
我始终缺乏的
是传统的文化旅行
我们去波斯波利斯看金字塔
我们每个人都是战争的牺牲品
我把我的全部生命
奉献给了刑法薇拉
你应该在现场调查时
看看那些坏家伙
他们极其冷酷
玩世不恭
面对自己的牺牲品完全无动于衷
为四千马克就杀人
不过所有这些人都一样
在我们的时代没有这种现象
那时根本就没有这类社会分子
他们甚至绝对不会产生
每次审理案件都能看到人类的卑鄙龌龊
现在我已厌烦了这些

薇　拉　还有几个月
然后一切都将结束

鲁道夫　其实我为此感到高兴
如果我仔细考虑
我退休后
有些人还得蹲我判处的
十五年监狱
还要过十五年才释放

那时的情形我是绝对看不到了
父亲曾说
人如何才能做法官
我也问自己人如何才能做法官
这个职务会给人带来厄运

薇　拉　你累了鲁道夫
你洗个澡
然后一切又会显得不一样
我们今天有可口的饭菜
香槟酒已经冰镇了
我为你准备好了一切
就像你一直希望的那样
一切都像你习惯的那样
所有衣服都刷干净而且熨了
靴子擦了
是我擦的
不是奥尔加

鲁道夫　他当时说代理指挥官
集中营代理指挥官
那么年轻就做法官了
我原则上从不与犹太人为敌
我们以前的确一直有犹太朋友

薇　拉　如果你退休了
我就让人给这些圈椅包上罩面
你不认为它们已经很破旧了吗
我们的母亲曾让人装饰过它们
我们根本没有改变这儿的任何东西
一切都像父母把它们留给我们时一样

你总是说出于对逝者的尊敬
我们不改变任何东西
而且我们要换新窗帘
如果你不再任职我们应该
稍微改变一下这儿的所有东西
钱确实不是问题
我们几十年什么也没买过
一直在节省
都是为克拉拉
不是为我们自己
(在他面前跪下，开始按摩他的脚)
除了你我不会为其他人
为其他男人做这件事
你知道大多数人是支持我们的
洛伊波尔德夫人曾对我说她丈夫当时
加入了在前线作战的纳粹党卫军
然后她让我看她的起居室
她说您就进来吧
您瞧我丈夫在这儿会精神焕发
这儿是他的神庙
这儿全都是他当军官时的纪念品
那是一些铁十字勋章和我们那个时代
身居高位的大人物们的手迹
你是我的英雄我的孩子
你不必害怕
有什么好害怕的
(看克拉拉)
如果她能说话

如果她能出门能说话
如果她不依赖我们
如果她不可能为此丢了性命
她就会出卖我们
所以每个人都付出了自己的代价
以免我们这些同谋之间的平衡
被打破
洛伊波尔德夫人家还有一些东西
她打开了五斗橱的几个抽屉
让我看他丈夫的各种物品
有勋章和衣服
还有一些犹太人的首饰
她说她早就知道我们是志同道合者
但她不让我告诉任何人
我在她家看到的东西
她说她丈夫相信了她的誓言
不过她却向我展示了一切
她还有一封元首[1]写的信
但这封信在一个保险柜里
她说她丈夫在中东地区有许多事要做
各种生意进行得不错
她的一个侄女从马背上摔下来
像克拉拉一样截瘫了二十年
他们把她送进了黑林山地区的一家疗养机构
她在那儿状态不错
那儿有最好的医生

① 德国纳粹统治时期对希特勒的称呼。

（电话铃在隔壁房间响）

鲁道夫　这是怎么回事

十月七号不该有电话

薇　拉　等一下

（走出去）

鲁道夫　这会是谁呢

（可以听见薇拉说话，但听不清她在说什么）

我想是勒施

克拉拉　这个人真讨厌

鲁道夫　他救过我的命

克拉拉　救命

如果他不曾救过你的命该有多好

如果他没有救过你的命该有多好

我们的全部不幸产生于

他救过你的命

这是一个什么样的生命

如果他那时不把你从大火中拖出来

我们也可能死去

因此你回来了

并且使我们全都陷入了不幸

鲁道夫　你怎么这样和我说话

真是放肆

克拉拉　他那时应该让你烧焦

鲁道夫　我为你做了

力所能及的一切

这就是对我的感谢吗

克拉拉　做了一切

如果你那时不再回来

事情会多么简单
你突然出现时
我大吃一惊
我感到这是我的不幸
这是我的不幸和我们所有人的不幸
所以我恨这个人
恨你的朋友和志同道合者
我讨厌你们
我恨你们
我一直就恨你们
我恨你的肆无忌惮
你的假仁假义
你的卑鄙无耻

鲁道夫 我不得不容忍
一个残废对我说这些话
她打发时间的办法是
用垃圾书籍
用荒诞不经的观点
用我厌恶的变态文学
把自己的脑袋塞满

克拉拉 我厌恶你
厌恶你和你所做的一切
厌恶你身上的一切
厌恶你曾做过的一切
我也厌恶薇拉

鲁道夫 我们本该让你一个人待着
那么你根本就不存在了
你就倒毙了

克拉拉　这是你的表达方式
这是法官的法院院长的
表达方式

鲁道夫　它对你来说必不可少
我们在我们的时代干脆就用毒气
把你这样的人杀死

克拉拉　你会这么做你这种人会这么做
你经常谈论人渣
你又是什么东西

薇　拉　（进来，克拉拉假装继续阅读）
是勒施
他说很遗憾他不能来
我挂断了电话
他感冒了
他原本想叫医生
但他后来又考虑了一下
他说他完全与我们同在

鲁道夫　他救过我的命
不然一切都会结束
他在最后一刻
把我从大火中拖了出来

薇　拉　你怎么了
你确实十分激动
究竟发生了什么事
（看克拉拉）
你们怎么了

鲁道夫　她坐在她的轮椅上
变成了一头动物

变成了一头卑鄙无耻的动物

薇　拉　鲁道夫

鲁道夫　确实不必把她说的话当真

她发疯了

她变态她发疯了

我们救了她

我们把她留在了这儿

我们真是多此一举

（薇拉按摩鲁道夫的脖子）

如果我那时不回来

你们也许根本就活不下来

薇　拉　你怎么想起了这些

鲁道夫　我日复一日

仅仅为她工作了几十年

还为你

我严格要求自己

如果我那时没有你

（高声怒骂克拉拉）

简直是恬不知耻

恬不知耻

薇　拉　你们究竟怎么了

鲁道夫　她监视我们

只等着有机会

消灭我们

她日思夜想的就是这件事

（对克拉拉）

但你不可能成功

那些像你一样在轮椅上坐了几十年的人

会十分突然地一头栽倒在地上死去
他们还从来没有长寿过
我们不该是现在这样
和薇拉单独在一起我会幸福
幸福幸福幸福
（指着克拉拉）
我们的敌人
坐在那儿等待
（跳起来）
我告诉你克拉拉
我希望你倒毙
希望你不要打扰我们
你折磨了我们二十年
你还要折磨我们更长时间
但现在该结束了
现在该结束了
该结束了现在
（筋疲力尽地坐到椅子上）

薇　拉　唉别理她
总是这样
你们没有改变
（吻鲁道夫的额头）
你的体温确实很低
来站起来
洗澡水已经准备好了
一切都准备好了
我亲爱的鲁道夫
（鲁道夫又起身，她拥抱他并吻他，

然后用指责的语气对克拉拉)

我们属于一个整体

鲁道夫和我

我们不会让你把我们分开

第三幕

隔壁房间

两小时后

一张餐桌，椅子，圈椅，一张长沙发

枪械柜和五斗橱

鲁道夫坐在餐桌旁，已经微醉，他身穿党卫军

突击队大队领袖[①]的整套军装，头戴帽子，

腰间皮带上别着手枪，脚蹬黑色长筒靴

薇拉坐在他对面，梳着辫子发型，身穿一件长锦缎连衣裙

克拉拉位于二人中间，像以前一样坐在轮椅上

三人都在吃饭，喝香槟酒

薇　拉　以后你和我们一起

去听交响曲音乐会鲁道夫

我们当然带上克拉拉

如果她又出门这对她有好处

（给三人斟酒）

我们得偶尔参与这类艺术活动

缺少音乐的生活简直无法想象

父亲曾说人要具备文化修养

长时间没有艺术享受的人会堕落

我确实得察看一下

门窗是否真的全都关严了

① 突击队为党卫军的一支部队，突击队大队领袖是党卫军1933年5月起设立的一个校级军衔，相当于现在的中校。

（起身检查所有门窗）
人永远无法知道可能发生的事
突然会有某个人站在那儿
是一个密探
（对鲁道夫）
你穿军装
显得很精神
真遗憾我总是要等整整一年
直到你又穿它
你最适合穿军装
你不这样认为吗克拉拉
（克拉拉沉默）
你胸前的勋章多漂亮呀
你是真正的德国人鲁道夫
可惜这套军装你不得不暗中穿
可惜这些勋章你不得不暗中戴
（又坐下）
但愿我能和现在这个样子的你
一起走出家门进城
去歌剧院坐到中间的包厢里
啊鲁道夫我们是否还能等到那一天
我相信不久我们又可以完全公开地承认
我们是什么人
正义将会
重返世界
你身为法官身为法院院长
你自己也说我们生活在
一个充斥着不公正的时代

（摘下他的帽子放到桌子上）
这是一种耻辱
但善和正义最终将会胜利
我完全相信父亲所说的话
（举杯）
来鲁道夫让我们为你即将退休干杯
（对克拉拉）
你也为我们的未来举杯呀
（对鲁道夫）
我是多么盼望你第一次
待在家里的那一刻到来
（所有的人都举杯并干杯，
薇拉又立刻斟酒）
遵守誓言
这值得钦佩
不使自己惊慌失措
我们不应顺从他人我们得自由不是吗
我向你保证鲁道夫
无论出现什么情况
我始终都将支持你
我在那些黑暗的年代
已经证明了这一点你知道
我那时严格要求自己
我们大家那时都严格要求自己
有理想而且忠于它
始终珍视它
这是多么美好
（对克拉拉）

这些精美的圆形小牛肉片是我特意为你挑选的
而你现在却不吃它们
(递给她一个托盘，但克拉拉什么也不要，
薇拉又把托盘放到桌子上
对鲁道夫)
正如父亲所说不幸的是
人类始终在违心地走错误的道路
父亲曾说人类仿佛一个病人
他吃人们给他的所有东西
包括每一片致命的毒药
你的身材十年或十二年都保持不变鲁道夫
你的军装就像第一天穿那样非常合身
我为你感到骄傲
你是法院院长先生
和议员先生
你做反对建造工厂的
演说时
我如果在场该有多好
你是一名优秀的演说家鲁道夫
你的演说令人信服
它非常恳切非常清晰非常具有说服力
我的州议会议员先生
(起身为他调整铁十字勋章的位置)
我把它别得太高了
你瞧它现在的位置才合适
(仔细看铁十字勋章，又坐下)
如果我们因为那家工厂
不得不离开这儿就糟了

那些康采恩[1]总能达到目的
你是头一个给他们点颜色看的
你单枪匹马地对抗一个大型康采恩
但愿这能被许多人效仿
不过政治家们和工业家们
狼狈为奸
他们在逐渐毁灭一切
他们在污染空气并且破坏一切
很快即便在山区也不会有
可以呼吸新鲜空气的地方了
或许在格陵兰[2]还可以

鲁道夫　或许在格陵兰还可以
你说得对
工业始终占据着统治地位
我并不反对工业

薇　拉　你当然不反对工业鲁道夫
但在这种情况下
如果我想象
可能在这儿建造工厂
那么我们就得搬走
并且放弃一切
放弃一切我们喜欢的东西
不不
只要我们活着
我们就不再离开这儿
我们在这儿生活

---

① 由多个企业组成的企业集团。
② 丹麦岛屿，大部分位于北极圈。

我们的父母曾经在这儿
我们小时候曾经在这儿
我们在这儿获得了成功
我们想留在这儿

鲁道夫　等待末日来临

薇　拉　哎呀鲁道夫
你怎么总是说这么悲观的话
你完全没有理由这样做
你必须是最幸福的人
等一下
(起身从五斗橱里取出一本较大的相册，
又拿着它坐到桌旁的鲁道夫身边，
为相册腾出地方。对克拉拉)
我们翻看相册
确实不会打扰你
每年
回忆一次
回忆是最珍贵的东西
这本相册真漂亮
一九三九年圣诞节
母亲把它送给了我
(对鲁道夫)
你当时自愿报名了
那是多么美好的时代
(翻看相册)
这是一九三九年圣诞节
(对克拉拉)
你当时穿着瑞士连衣裙克拉拉

你穿这件瑞士连衣裙真好看
它是父亲在瑞士旅行时给你买的
他曾答应我们
和我们一起去瑞士
他曾说我要和你们一起
和我亲爱的孩子们一起去看楚格湖①
后来我们确实无法成行了
（翻看相册）
这是在塞布鲁克②你还记得吗鲁道夫
我们刚摘完覆盆子从森林里出来
（对鲁道夫）
你那时总是非常争强好胜
你摘的覆盆子总是比我多一倍
而克拉拉总是把它们全吃了
这张照片是鲁道夫舅舅拍摄的
你瞧这是坎彭万德峰③
父亲登上了它的最高处
他离不开山脉
父亲是一个喜欢山脉的人
母亲热爱亚得里亚海④
所以他们从来不曾共同度假
因为他始终想去山区
而她却想去海边
（翻看相册）

---

① 瑞士境内湖泊。
② 德国南部巴伐利亚州小镇。
③ 位于德国南部巴伐利亚州，为阿尔卑斯山支脉基姆高山的一部分。
④ 位于意大利和巴尔干半岛之间。

这是鲁道夫舅舅他正在开赴前线
是去波兰
真可怕
(对克拉拉)
你还记得鲁道夫舅舅的遗体
安放在灵床上的情形吗
我们那时感到害怕
我们直到那时还从未见过死人
他入伍后甚至不到半年就死了
(对鲁道夫)
你很像鲁道夫舅舅
你的嘴巴鼻子
像母亲
波兰人肆无忌惮
是伏击
当时阵亡军官的遗体还被运回故乡
我哭了两天
(翻看相册)
我们圣灵降临节在维也纳
啊那是一段美好的时光
那是我们唯一一次和父母一起旅行
唯一一次去较远的地方旅行
(对克拉拉)
我们可以坐大转轮旋转
你很害怕
然后我们和父母一起去萨赫尔饭店
吃了一个萨赫尔圆形大蛋糕
(对克拉拉)

你觉得它不好吃

（翻看相册）

这是你第一张穿军装的照片

我们那时为你感到骄傲

我到处对人说你现在穿军装了

然后你很快便前往俄国

为了完成秘密使命去俄国前线两个月

我们不知道

你当时在什么地方

我们两个月听不到任何消息

你当时早就开始活动了

（翻看相册）

这是集中营

这些树真好看真好看

你住在后面那儿对吗

多么迷人的风景呀

你当时吃了很多酸樱桃

（对克拉拉）

鲁道夫那时还没有肚子

没有一点肚子

穿水兵服的照片

这是在索波特

你在那儿度假

你在那儿遇见了希姆莱

（翻看相册）

这是勒施为你和希姆莱

拍摄的照片

的确

他完全不必自杀
他可以使自己安然无恙
真是一次轻率的举动
你看他为你着想了
他把假护照给了你给了你和勒施

鲁道夫　毫无疑问这件事也有必然性
他其实也是一个善解人意的人
父亲曾说
人无非按照他的天性行事
(在桌下伸直双腿)
和你们一起
在家里度过这一天
真好
没有声音从外面传入屋内
一点也听不见外面的噪音
和你们在一起
沉浸于回忆中
(薇拉起身走向五斗橱，将一台
放在此处的录音机的播放键按下
贝多芬的《第五交响曲》响起
鲁道夫闭上眼睛)
别这么大声小点声我的孩子
(薇拉将音乐声调得轻一些)
谁也不能决定自己的生命进程
人来到世界上并且死去
他对这期间发生的事
不产生丝毫影响
(薇拉回到桌旁坐下，

给三人斟酒）
任何人都不可以自杀
自杀是罪过
谁在自杀中逃避
谁就必然犯罪
（薇拉将一片圆形小牛肉放到克拉拉的盘子里）
只有人才自杀
动物不自杀
另一方面
但完全没有理由自杀
他那时说我亲爱的赫勒尔
我仅仅听到称赞您的话
您非常令人满意地完成了您的工作
后来我们便一起用餐
他说您可以保留您父母的房屋
毒气厂不会在规划的位置建造
我下达了命令
在距离您父母的房屋
一百八十公里远的地方建造它
然后他十分突然地跳起来
告辞了
在我完全意识到发生了什么事之前
帝国党卫军领袖他已经离开了
在这种情况下我不再有食欲
我也不再坐到餐桌旁
没有什么事比最终一个人
坐在上面摆有两副餐具的餐桌旁
更加令人沮丧

我走出去穿过集中营散步
那天晚上空气异常清新万籁俱寂
我的肺部仿佛数日之久
不曾呼吸新鲜空气了
我穿过集中营然后在集中营四周漫步
并且思索着我的生活
我到达了一个转折点一个转折点
它毫无预兆
那天门突然被用力打开
而他就站在那儿当然带着随从
他说他想同我共进午餐
他可是帝国党卫军领袖
他刚从元首的司令部来
勒施那天不在
是行使权力的指挥官你明白吗薇拉
他只有这一次参观集中营
这件事确实令人印象深刻
这件事令人印象深刻
（薇拉起身走向五斗橱，
将音乐声调得更轻）
我们有最严格的纪律
我们是一家模范企业
我们随时可供参观
（薇拉完全关掉音乐，从五斗橱上
拿起两瓶酒，又坐下）
我们为德国人民的幸福
完成了一项任务
他说您正在为德国人民的幸福

完成您的任务
此外他还严密监视我
不可能从他的手掌中逃脱
我别无选择
（薇拉打开一瓶酒，给所有人斟酒）
历史的确不可能被歪曲
它可能长时间地被篡改
许多事实可能被隐瞒被歪曲
但终将有一天历史的真相会大白于天下
当那些篡改者隐瞒者歪曲者
已不复存在
历史终将以自己的本来面目示人
这个过程时常要持续几十年
（直起身子，递过去他的杯子，
薇拉给他斟酒）
必须以魔鬼驱除魔鬼[①]
（喝完他杯中的酒，又把杯子递给薇拉，
薇拉给他斟满酒）
谁没有感到过羞愧呢
（突然起身举起他的杯子
薇拉也起身
鲁道夫看五斗橱上的希姆莱像）
我为这个男人
为这种思想
举杯
（对克拉拉）

① 意为以恶除恶，乃至产生另一种恶果。

至于你
你当然不能站起来
如果能那也是亵渎了这一刻
自然界早已知道
要抛弃谁
（对薇拉）
来薇拉我们为这种思想干杯
我们为这种思想
为这种无与伦比的思想干杯
（喝完他杯中的酒
薇拉喝酒
鲁道夫举着杯子）
我不感到羞愧
丝毫不感到羞愧
（又坐下）
我亲爱的薇拉
（薇拉坐下）
我亲爱的善良的薇拉
我唯一爱的姐妹
我们必须同舟共济
我们必须保持一致一致一致
弹奏点什么吧
你为什么闲坐着
请弹奏一段悦耳的乐曲弹奏吧
（薇拉起身走出去）
如果我那时没有薇拉
（对克拉拉）
你确实明白这一点

你确实明白所有事情
你毕竟不像你表现出的那么坏
你没有坏到看不见
我姐姐薇拉有多好
（可以听见薇拉在隔壁房间
弹奏一首贝多芬的幻想曲）
我亲爱的姐姐薇拉
她始终理解所有事情
她是最好的人
有她我们才能活着
没有她我们俩根本就不存在了
我们就完了完了
一切都是命运的安排
命运的安排
你也不是最坏的人
你要为你的命运感谢美国人我的孩子
你是我们的空投炸弹受害者
这使我们时常想起
美国人对我们做了什么事
几百万德国人死了几百万
慕尼黑德累斯顿莱茵河畔的科隆
全都变成了瓦砾和灰烬
你要为这一切感谢美国人
（朝隔壁房间里看）
美国人毁灭了我们的文化
他们不仅毁灭了我们的城市
而且也毁灭了我们的全部文化
但你不明白这些

你的脑袋装不进这些东西
它们装不进你左派的榆木疙瘩脑袋
不过你当然享有傻瓜的言行自由
否则我们已经把你消灭了
傻瓜的言行自由
一再有一些人
享有傻瓜的言行自由
他们可以想干什么就干什么
他们不被当真
如果把他们当真
就得杀死他们
但我们不会杀死你
你已经在那儿了
你毕竟是我们的妹妹
是与我和薇拉这个好孩子
同父同母的
真正的亲妹妹
你应该为有她在感谢上帝
如果她以后不在了
但她是我们所有人当中最坚强的
她不会放弃
否则我有多少次已经放弃了
薇拉我的孩子薇拉我亲爱的孩子薇拉
那时阻止了这种事情发生
我们俩那时做不到这一点
我们有一个好姐姐
我们在最糟糕的时候始终有一个好姐姐
你应该时常思量这件事

你醒来和上床睡觉时
应该思量这件事
（用右手指着隔壁房间）
我们拥有的一切都要感谢她
我们毕竟还活着
（薇拉停止弹钢琴，进来）
你弹得真好
一切立刻就完全不同了
音乐使一切都变得可以让人忍受
如果是我们自己奏乐
一个有文化修养的民族可以自己为自己奏乐
过来薇拉坐下吧
（打开一瓶酒，给薇拉斟酒）
我对克拉拉说
你救了我们
是你救了我们
你是多么勇敢
你在最糟糕的时候
在我还栖身地下室的时候
始终支持你的男人
我勇敢的姑娘薇拉
（喝酒）
人不该忘记这些
（起身走到枪械柜前打开它，
转向他的姐妹）
薇拉那时使我们有可能活下来
（拿出一支卡宾枪）
我以前始终是战士

我今后也将为了我们的事业
始终当战士
不论不论不论发生什么事
（将卡宾枪对准天花板上的灯）
我的确可以把它击落
我可以把它击中击毁
我该把它击落吗
说吧薇拉说我该把它击毁吗

薇　拉　哎呀鲁道夫

鲁道夫　当然不行
如果我把枝形吊灯击落
那也太荒唐了
（又将卡宾枪对准天花板上的灯）
但我能够射击
我没有荒废这种能力
如果我射击它就会
直接掉到桌子上
直接掉到桌子上
我只需扣动扳机

薇　拉　你没有荒废这种能力

鲁道夫　一名战士不会把射击荒废
不会把射击荒废
不会荒废射击
（放下卡宾枪）
我只需手持它
就重新变成了战士

薇　拉　对是战士

鲁道夫　内在于战士的战士不会死去

（走向枪械柜，将卡宾枪放到里面）
你为我把它藏起来了
把它保存下来了
这件事我要感谢你薇拉
他们全都上交了扔掉了自己的武器
你为我保留了卡宾枪
我真想朝窗外射击
（转向他的姐妹）
但我不能这样做
还不能
还不能我的孩子
（回到桌旁坐下）
我认识几个人
我想开枪把他们击毙

薇　拉　（将一片圆形小牛肉放到他的盘子里）
你得吃点东西
你光喝酒不吃东西
你喝这么多酒却不吃东西

鲁道夫　不习惯了
我不习惯喝酒了
如果我每年只在十月七号
为庆祝希姆莱的生日
喝一次酒
显而易见我会喝醉
但这的确完全无所谓无所谓
（对克拉拉）
克拉拉你现在要说什么
你要对你哥哥说什么

我还是从前的我
什么事都能做
我还是从前的我
（拿起他的杯子喝酒）
是梅特涅牌对吗薇拉是梅特涅牌
我们在集中营喝过这种酒
我当时始终极为重视
储备足够多的梅特涅牌香槟酒
否则我们便根本无法忍受
他那时说我亲爱的赫勒尔
我可以信赖您
信赖您和勒施
他强调的是您
而不是勒施
这个懦夫
实际上那时勒施是懦夫
我从来不是懦夫我不是

薇　拉　你不是懦夫鲁道夫

鲁道夫　他的想象力过于丰富
我像父亲一样热爱秩序
不像母亲那样感情用事

薇　拉　但你像母亲一样
有温柔体贴的一面鲁道夫

鲁道夫　我看透了勒施
他突然不敢再来这儿
打电话说他生病了
我确信他没有生病
勒施总是撒谎

但这最终也导致了他的失败
我始终不信任这个勒施
我不曾有一刻信任他
但他不可能出卖我们
那样的话他自己也完了
大概他正坐在家里
在火炉旁暖和自己的膝盖骨
勒施是胆小鬼
不过这种人恰恰也最肆无忌惮
他曾把成千上万的人送进了毒气室
他对此满不在乎
我那时得强迫自己这样做
薇拉我亲爱的孩子
我确实有点害怕退休
我稍微有一点害怕
我会开始苦思冥想
法院转移了我的注意力
我的注意力长年累月被法院转移了
突然没有什么东西可以转移我的注意力了

薇　拉　退休将对你有好处
到时你可以散步
做你喜欢做的事
退休后就该这样
哎呀你怎么会真的退休鲁道夫
对你来说这不是退休
你向来是一个喜欢行动的人
你不会感到无聊
我们将重新奏乐

你拉小提琴我弹钢琴
是贝多芬莫扎特肖邦的乐曲
我们去听歌剧
你终于有时间去了
生活将比以往更加美好

鲁道夫　但我也许恰恰在那时
便不得安宁了

薇　拉　一切都将被遗忘鲁道夫
一切向来都已被遗忘
（轻轻抚摸他的手）
人一定要享受晚年

鲁道夫　也许

薇　拉　（为了方便翻看相册改变坐姿，
翻看相册）
你瞧这是为自己感到骄傲的
幸福的鲁道夫
是作为榜样的鲁道夫
这是在什么地方呀

鲁道夫　在克拉科夫
在布匹大厅[①]前面在集市商场前面

薇　拉　后面是波兰人吗

鲁道夫　对是波兰人
他们在旁边看而且笑了
拍照片时他们笑了
那天确实也是一个晴朗的日子

薇　拉　（翻看相册）

---

① 克拉科夫的一幢源于中世纪的著名建筑，古代波兰人曾在此进行布匹交易。

这些人看起来醉得很厉害

鲁道夫 我们当时为庆祝巴黎沦陷喝酒了

薇　拉 父亲一直想和母亲一起去那儿

你究竟到过巴黎没有

鲁道夫 我未能如愿

薇　拉 我完全不知道

人们为什么会喜欢巴黎

（翻看相册）

鲁道夫 我那时让一个利茨曼城[①]的裁缝

给我做了一套新军装

薇　拉 这是突击队领袖赫勒尔

鲁道夫 此后不久我已经是

突击队大队领袖了

薇　拉 你在利茨曼城

已经担任你的法官职务了吗

鲁道夫 对当然

我那时的确在此地做法官

那时有许多事要做

我是整个东部前线最年轻的法官

薇　拉 （翻看相册）

这些人的脸

真可怕

完全没洗过

鲁道夫 这是一张抓拍的犹太人的照片

我们从匈牙利接收了他们

薇　拉 他们要进劳改营

---

① 波兰城市罗兹1939—1945年的德语名称。

鲁道夫 有的进有的不进
有劳动能力的人当然只去那儿
其他人不去
如何处理来自匈牙利的犹太人
是一件棘手的事
我们用不着他们
薇　拉 (翻看相册)
这是在布鲁日[①]对吗
鲁道夫 我们当时到阿登山游玩
而且前往布鲁日
和布鲁塞尔
你瞧我们住在那儿
在画着箭头的地方
这是一家饭店
豪华饭店
他们为我们腾出了二楼的所有房间
我们日夜喝香槟酒
地道的香槟酒
比利时人是相当守规矩的人
薇　拉 那是在你举办法官培训讲座期间吗
鲁道夫 对
薇　拉 (翻看相册)
我在那儿
我穿了一身白色衣服
这肯定是一个星期天
我们当时经常穿着白色衣服出去

---

① 比利时城市。

克拉拉当时在什么地方呢
（对克拉拉）
我知道当时你在寄宿学校
你是我们的知识分子
你那时有一头漂亮的头发
那时我正在学习英语
那时我们有一位来自荷兰的家庭教师
他是一个可爱的人
不知道他后来怎么样了

鲁道夫 （翻看相册）
你瞧这全都是乌克兰人
我们对他们采取了断然措施
他们全都是叛徒纯粹是叛徒

薇　拉 他们看起来也很危险

鲁道夫 （指着相册）
这是处决场面
这几个是我亲手枪毙的
因为其他人不在那儿
这是我第一次
亲手枪毙人
（翻看相册）
我们当时在列宁格勒[①]郊区
一幢古老的别墅里
我们一九四二年到此地游览
这张照片是我自己拍摄的
可以看到市中心

① 俄国城市，今称圣彼得堡。

薇　拉　窗边的人是谁

鲁道夫　是一名陪同

是一个来自格拉茨[1]的施蒂利亚女人

她后来被枪毙了

因为她包庇犹太人

薇　拉　（翻看相册）

真是一桌快乐的人

鲁道夫　我们整整一星期

都在扎科帕内[2]滑雪

我们有俄国鱼子酱吃

但我当时感冒了

（薇拉翻看相册）

元首

这是他乘车经过时

我抢拍的照片

用了闪光灯

因此它非常模糊

这是我抢拍的唯一一张元首的照片

他在卡托维兹[3]进行视察

他身旁的人是希姆莱

这无法辨认但确实是他

上西里西亚[4]人很阴险

他们不可信赖诡计多端

（薇拉翻看相册）

---

① 奥地利施蒂利亚州首府。
② 位于波兰南部塔特拉山的冬季运动胜地。
③ 波兰南部城市。
④ 上西里西亚一般指卡托维兹。

那时已经产生了一种危险的氛围
谁也不能相信
即便是自己人也不能相信

薇　拉　（翻看相册）
这是选帝侯大街[①]

鲁道夫　对是我和勒施
在他受伤前不久
如果当时没有我
他就活不下来
他会因为流血过多死去

薇　拉　他也救了你的命

鲁道夫　我们能够很好地
相互配合
（喝完他杯中的酒，薇拉给他斟酒）
但当时即便是勒施也不能相信
（薇拉翻看相册）
这是乌克兰人在拉多姆[②]城前
修建的一些掩体
（薇拉翻看相册）
荷兰马戏团演出
我们在列日观看了它
这是一张拍摄得很成功的照片对吗

薇　拉　（起身，拿着翻开的相册
走向克拉拉，让她看照片）
你看这儿
你坐在后面

---

① 德国柏林的一条著名街道。
② 波兰中部城市。

在开怀大笑的鲁道夫身旁

克拉拉 是

薇　拉 （返回，又坐下翻看相册）

你当时到底多大年纪

你看起来气色真差

鲁道夫 这是在日托米尔[①]

我当时得了支气管炎

薇　拉 （看鲁道夫的脸，然后又看相册）

你那时的神情完全不一样

这好像根本不是你

这似乎是另一个人

鲁道夫 我一点也不知道

是谁拍摄了这张照片

也许是勒施

但他那时绝对不在日托米尔

他那时在但泽[②]

这究竟是谁拍摄的

也许是德亚科

薇　拉 他竟然毒死了他的七个孩子

鲁道夫 他和所有那些孩子一起献出了生命

薇　拉 （翻看相册）

这是父亲唯一一张穿军装的照片

他向来

厌恶拍照

这是母亲她当时在蒂罗尔

穿着黑色的女式民族服装

---

① 乌克兰城市，交通枢纽。

② 波兰北部城市，波兰语名称为格但斯克，位于波罗的海海湾。

她在生父亲的气

鲁道夫　我偶尔想

她是否在不恰当的时候

自杀了

她不再能看到

我们此后看到的一切

（喝酒）

克拉拉一丝不挂

我们的光屁股小孩克拉拉在小溪旁边

薇　拉　你瞧背景处是父亲

他在钓鱼它们到底是什么鱼

鲁道夫　鲤鱼

这种鲤鱼我们男孩也钓过

薇　拉　这孩子真害羞

（对克拉拉）

你不想看照片吗

你是一个真正的光屁股小孩

你后来再也没有这样无拘无束过

（翻看相册）

这是在我们小时候去过的

乌伊伯阿克尔伯爵的庄园

父亲在那儿比在任何地方都感到轻松

可怜的伯爵夫人

她在美国人到来时

开枪自杀了

你记不记得

她曾指责你

把她的侄子推进了池塘

哎呀我的天是你吗鲁道夫
你难道会把女伯爵的侄子
推到池塘里

鲁道夫 他自动跳进了池塘
但他后来却说
是我把他推进去的

薇　拉 因此我们不能再到庄园去了
我们再也没见过伯爵家的人

鲁道夫 伯爵是真正的
纳粹的死敌
伯爵夫人曾告发她兄弟
说他收听敌台
不过他没出什么事
仅仅在毛特豪森[①]待了几个月

薇　拉 （翻看相册）
他们是谁呀

鲁道夫 这是我们的精锐部队
所有的人都丧生了
（喝酒）
他们在利茨曼城附近驱车穿过一片森林
并且引爆了那些波兰傻瓜
埋下的一颗地雷

薇　拉 这些人多么英俊
你能理解吗鲁道夫
如此英俊的人竟然会被杀死
他们的父母真可怜

---

① 奥地利小镇，位于上奥地利州。1938—1945年纳粹德国曾在此设立集中营。

鲁道夫　在战争中
不应顾及感情
在战争中不存在感情

薇　拉　（翻看相册）
你瞧
这是我们的联邦总统
他那时是一个身穿
希特勒青年团[①]制服的
可爱小伙子
后面的人是谁

鲁道夫　我不知道
（更仔细地看相片）
我说不上来

薇　拉　噢你瞧
如果他们能干
这样可爱的小伙子会成为什么人
（翻看相册）

鲁道夫　这是勒施

薇　拉　和一个波兰女人在一起

鲁道夫　对当然
那儿确实没有别的女人

薇　拉　她有一头多么漂亮的黑发

鲁道夫　她来自华沙
后来她立刻被用毒气杀死了
（薇拉翻看相册）

---

① 德国纳粹党的青年组织，成立于1922年，此后规模不断扩大。自1936年起，加入希特勒青年团已成为当时每个德国青年的义务。

这是在奥斯威辛[①]
我们当时拜访了赫斯[②]
希姆莱也应该光临
但他后来没有到
后面是装卸台
火车在这儿驶入
他们从这儿把他们赶过去

薇　拉　真可怕

鲁道夫　在战争中你不可能再有感情
而且你也不再有感情

薇　拉　幸好你以前不在奥斯威辛

鲁道夫　那时应该这样做
(指着照片)
他们在这儿被赶进去
他们在这儿被用毒气杀死
起初只有几千人

薇　拉　在奥斯威辛被用毒气杀死的到底有多少人

鲁道夫　二百五十万
艾希曼曾这样说

薇　拉　二百五十万

鲁道夫　艾希曼曾对格吕克斯这样说

薇　拉　(翻看相册)
我很高兴你以前不在奥斯威辛
我不懂但我为此感到高兴
你们所在的地方

---

① 指第二次世界大战期间位于波兰奥斯威辛镇附近的纳粹德国集中营。
② 鲁道夫·赫斯（1900—1947），1940—1945 年任奥斯威辛集中营指挥官。据其交代，在该集中营内有 250 万人被用毒气杀死，另有 50 万人死于饥饿和疾病。

情况毕竟完全不一样
这是路德维希是路德维希舅舅
那时他参加了学徒期满考试
他很为你感到骄傲
你穿着你的军装在他身旁
这个小伙子真是可惜了
我们当时经常得到质量上乘的肉
还有美味的和兰芹香肠
（翻看相册）
这是学院音乐会
你在第一排

鲁道夫　你在我身旁

薇　拉　勒施当时给了我们一张入场券对吗
没错因为他女儿参加了学院考试
是贝多芬的《第五交响曲》你还记得吗
埃莉·奈伊①坐在那儿
（翻看相册）
这些照片真好
你不这样认为吗
我们每年只看它们一次
而且不让它们受到日晒
施瓦茨河②
赖兴哈尔③
皮丁④

---

① 埃莉·奈伊（1882—1968），德国女钢琴家，擅长演奏贝多芬的钢琴曲。
② 德国西南部河流。
③ 德国南部城市，亦为矿泉疗养地。
④ 德国南部小镇，空气疗养地，毗邻赖兴哈尔。

我们那时的确非常幸福不是吗鲁道夫
啊来我得吻你一下
（靠近鲁道夫，吻他的额头）
谁也不能夺走我们的记忆
不会失去的东西
是记忆
（翻看相册）
父亲也时常这么说
罗森河谷[①]
我再也没有去过那儿
这是玛丽亚·萨尔[②]的教堂
你拿着你给我摘的花
站在那儿
（翻看相册）
噢你当时负伤了
但我为你感到骄傲
所有的人都佩服我
因为你负伤了
我昂首穿过城市
我感到他们全都非常佩服我
因为你负伤了
幸好伤势不重
（翻看相册）
第一次毁灭性轰炸后的柏林
（对鲁道夫）
这张照片是你拍摄的吗

① 多瑙河支流德拉瓦河河谷，位于奥地利克恩滕州。
② 奥地利小镇，位于克恩滕州。

那儿是一个死人吗

鲁道夫 对后面还有一个你瞧

薇 拉 真可怕

(翻看相册)

当时父母让克拉拉离开寄宿学校

把她送到了蒂罗尔

(对克拉拉)

去朗塔勒牧师家

你不为有这些照片感到高兴

你究竟为什么一声不吭

你可别让我们这一晚过得不愉快

(翻看相册)

这是巨人山脉①

下面是你写的于阿尔萨斯②

你以前的笔迹多么漂亮

你现在的笔迹仍然很漂亮

(翻看相册)

凡尔登③

(停顿一下)

可惜我们只能偷偷地

暗中观看所有这些照片

这太可怕了鲁道夫

这确实太可怕了

不过大多数人都和我们思想一致

可怕的是大多数人都隐藏起来了

---

① 位于波兰、捷克及斯洛伐克交界处，为苏台德山脉的最高部分。

② 法国东部的一个地区。

③ 法国东北部城市，著名要塞。

这真是荒唐
大多数人都和我们思想一致而且只能暗中这样
即便他们声称恰恰相反
他们实际上也全都是纳粹党党员
你确实到处都能看到这种现象
但他们却不承认这一点
我认识的人没有一个不和我们思想一致
医生和其他几个人除外
但他们的确无关紧要
鲁道夫可怕的是
我们没有向世界显示我们是什么人
我们没有显示这一点
而不是显示完全公开地显示这一点

鲁道夫　耐心等待吧
我们能够显示这一点的时刻将会到来
一切都表明我们能够重新显示这一点
而且不仅仅是显示

薇　拉　另一方面我们现在毕竟有一位
曾经是纳粹党党员的联邦总统

鲁道夫　你看这确实可以证明
我们如今已经又走了多远
你不必害怕
别害怕薇拉
一切正在按照我们的意愿进行
不需要太长时间
我们毕竟还有一大批
曾经是纳粹党党员的
其他的位高权重的政治家

薇 拉 (啪的一声合上相册)

对这是事实

(对克拉拉)

我们很快又会重新掌权

到时你这种人就没有机会了

那些疯子全都像你一样顽固不化

他们顽固地顽固地与我们的人民为敌

并且对我们的人民犯下罪过

你一晚上一声不吭地坐在那儿

这让我非常恼火

但你无法让我们这一晚过得不开心

这期间鲁道夫是多么克制自己

去年他强迫你穿上

集中营囚服今天没有

去年我得剪掉你的头发

他整段时间都把你称作集中营女囚

今天他没有这样做

扫兴的女人

(又打开相册翻看)

布莱斯高地区的弗莱堡[1]

我们在它被破坏前还看到它了

(翻看相册)

这是维尔茨堡

美国人把我们这些漂亮的城市全都毁掉了

(啪的一声合上相册)

我的天德国从前是多么美

---

① 德国西南部城市。

（鲁道夫用了较长时间试图从皮套里
拔出他的手枪，拿出手枪后
他在薇拉面前来回挥舞着它
薇拉大吃一惊）
哎呀鲁道夫
你怎么能做这种事

鲁道夫 如果我愿意我可以把你们干掉
我可以把所有的人都干掉
我当然变得不熟练了
但像你们这样我可以把你们全部干掉
（起身）

薇　拉 别这样鲁道夫
你喝多了

鲁道夫 如果我有兴致
我就把你们击毙
（薇拉跳起来）
坐着别动
我命令你坐着别动
（薇拉又坐下）
我告诉你们
如果我愿意我就把你们干掉

薇　拉 这太过分了鲁道夫

鲁道夫 什么事情太过分
这由我决定

薇　拉 如果有人听见你的动静
（看窗户）

鲁道夫 如果我有兴致
我的动静谁也听不见

谁也听不见我的动静
（走向克拉拉，将手枪对准她的脖颈
停顿一下）
但我没兴致
而且手枪子弹确实也没上膛
（扣动扳机证明这一点）
手枪里没有弹药

薇　拉　你是在犯罪鲁道夫
别这样

鲁道夫　做还是不做这件事
始终具有决定意义
这并非性格问题
（坐下，把手枪放到桌子上）

薇　拉　你喝醉了鲁道夫
（用责备的语气对二人）
因为你们没吃我准备的好东西
你们什么都没吃
（对克拉拉）
你没有
（对鲁道夫）
你也没有
（对鲁道夫谈论克拉拉）
她多恨我们
你瞧她多恨我们
（鲁道夫拿起杯子，喝完杯中的酒）
别喝了鲁道夫

鲁道夫　你无权禁止我做任何事
你也不行

谁都不行
(拿起手枪狂怒地来回挥舞)
我再给你们一次机会
我再给你们一次机会
一次机会
(捂住自己的胸口,
一头栽倒在桌面上)

薇　拉　(跳起来,激动地喊道)
我的天
(冲向鲁道夫摸他的脉搏)
他的病发作了克拉拉发作了
是心脏克拉拉是心脏
(起身走向窗户和门,从此前中断处
开始重新播放贝多芬的《第五交响曲》,
又回来)
怎么办
我该怎么办
(将鲁道夫从椅子上拖到地板上,试图
从此处将他拖到沙发上,完成了这件事
鲁道夫似乎头脑清醒,但不再能清楚地
说话,他仅仅在呻吟
薇拉在他面前跪下)
鲁道夫
你听见我说话了吗鲁道夫
我亲爱的鲁道夫
我好心的鲁道夫
(开始脱掉他的党卫军军装)
真可怕太可怕了

（对克拉拉）
你为什么坐在那儿盯着我看
太可怕了
（脱掉他的上衣）
竟然是这种结果
一个多么美好的日子
（从他腿上拽下长筒靴，
试图脱掉他的裤子
同时看克拉拉）
这是一次事故
一次事故
（抓起那些军装往外跑，立刻
又返回，以便也拿走希姆莱像。
她出去时想起了放在桌上的手枪，
于是走向桌子拿起手枪往外走，
打算立刻又回来。她试图给她弟弟
穿一件便服。她俯向鲁道夫吻他，
然后对克拉拉）
都怪你
因为你一声不吭
你永远一声不吭
（走向电话机，给医生打电话
舞台变黑
帷幕合拢）
请问弗罗姆大夫先生在家吗

剧 终

外国剧作新选

丛书主编◎宫宝荣

狩猎聚会

Die Jagdgesellschaft

奥地利戏剧家伯恩哈德剧作选·下册·

主编◎谢芳

［奥地利］托马斯·伯恩哈德 著

谢芳 译

中国戏剧出版社
CHINA THEATRE PRESS

上海戏剧学院外国戏剧研究中心/策划

目　录

世界改造者

献给米奈蒂

我病了。
我浑身疼。

伏尔泰[①]

① 伏尔泰（1694—1778），法国启蒙思想家、史学家、文学家。

人　物

世界改造者

女人

大学校长

系主任

教授

市长

在世界改造者的房子里

第一场

早晨五点
秃头的世界改造者戴着助听器
坐在一把高大的椅子上

世界改造者 (从敞开的门里朝外喊)
鸡蛋要嫩
调味汁要甜
调味汁要甜
(他在读一本书，同时将
裸露的双腿尽量伸直)
洋葱要切碎
我的舌头发干
你听见了吗
夜里又有一只小老鼠
跑到我脸上了
得多放几个捕鼠器
别用毒药
(喊叫)
别用毒药
你敢用
(啪的一声合上书，四处张望)
如果我最终
竟然死于穿堂风
那才真是可笑

（发出命令）
关上窗户
关上门
通风的时间够长了
（门窗被从外面关上
对自己）
不同种类的肉
加甜的调味汁
桂皮要磨碎
放少许雪利酒
（朝外喊）
给领子上浆
但别让它们硬得
我动一下
就割我的脖子
（上下左右摸他的脖子）
我完全受伤了
这是一种可怕的状态
我们需要疼惜
但却受到了刑讯
（又翻开书来读）
简直是令人难以置信的胡说八道
（将书扔向尽可能远的地方
瘫倒在椅子上，然后喊叫）
别再把墨鱼
给我端上餐桌
（对自己）
那个地方确实非常滑稽

很滑稽
（喊叫）
把书给我拿来呀
书
你听见了吗
书
（女人进来，拾起书交给他
世界改造者对她轻声地）
我知道
我不公正
我是一个可憎的人
我不可救药
我被感动了
我确实被感动了
（轻抚女人的胸部）
我在某种意义上
不公正
在某种意义上
我知道
我喜怒无常
（女人走出去
世界改造者读书）
那个地方在哪儿
（翻书）
那个地方
那个精彩的地方
它在这儿
（阅读）

不
这的确毫无价值
毫无价值
毫无价值
（扔掉书，把双手放在怀里，
脑袋低垂）
这种寂静
它使我们所有的人都生病
这种使人生病的寂静
（环顾四周）
在每一个细节里
到处
在万物中
都是疾病
我们以为
这是一出喜剧
但它却是一出悲剧
渐渐地一出悲剧
在这些墙壁里面
上演
（把头偏向左侧细听）
这已经有所预示
一切都暗示着这一点
如果我愿意我就能把我的手
塞到许多裂缝里
但我不愿意
如果我愿意
我就能

（朝外喊）
地震是什么时候发生的
什么时候
（对自己）
有一会儿
我们管得住自己
（尽量高地抬起他的头）
然后我们的内心又崩溃了
（朝外喊）
我们应该散一次步
外面所有的花都开了
（对自己）
而我却坐在这儿
关在屋子里
没人关心我
（突然朝外喊）
我要冻死了
（双脚不停地动）
如果你不马上来我就要冻死了
我的项链在首饰盒里
（瘫倒在椅子上）
我今天想戴它
今天是一个伟大的日子
（朝外喊）
项链将给予我
更多的尊严
（喊叫）
什么事这么复杂呀

我得等这么长时间
我冷
我要冻死了
（双脚不停地动
女人端着一个足浴盆进来，将它放在
椅子近旁，她手持一条毛巾
在世界改造者面前跪下
世界改造者慢慢将双脚伸进热水里）
啊
这当然是一个习惯
是一种权限
我们请求每天被好好对待
我们尽量使一切都步入正轨
并且请求得到最好的对待
你手里的毛巾确实干净吗
拿过来给我看
（从女人手中夺走毛巾，闻毛巾）
真是无耻
你以为我闻不出我的气味吗
我不喜欢
把一条毛巾用两遍
（扔掉毛巾）
欺骗我不可能不受到惩罚
拾起来
把它拾起来
（女人拒绝这样做）
我可以等
（女人拾起毛巾）

还有我的书
把书拾起来
（女人也拾起书）
大清早就不加节制地
运用出去这个词汇
是有辱人格的
（女人转身，拿着毛巾和书
走出去
世界改造者瘫倒在椅子上）
一切都可能如此美好
啊
我需要这种
自下而上的温暖
我们热爱我们的生命
但同时又憎恨它
因为我们是如此有抱负
我们才会进步
每年都有更难的考试
每年都更难相互理解
对病人的要求真是太多了
（女人拿着一条新毛巾进来）
没有必要
再次检验毛巾
在我面前用旧的
冒充新的
假装那是新的
而它却是旧的
这是最无耻的行径

我放弃检验

(女人想擦干他的脚)

还不到五分钟

(女人看表)

精确性对你来说

是外来语

你毫无时间观念

(同样看表)

我们要注意

严格遵守时间

如果我们忽视时间

那会产生什么后果

(数秒)

十二

十一

十

九

八

七

六

五

四

三

二

现在

(世界改造者飞快地

将双脚从水中抬起

女人擦干他的右脚)

每个时刻
都是真理的时刻
我的孩子
教你做这项工作
花费了我多少力气
没人知道这样擦干脚
对我来说意味着什么
(从她手中抽回右脚，喊叫起来)
你把我弄疼了
(瘫倒在椅子上)
你的短剧
进展如何
你让祖母死了吗
(停顿一下)
让她死了吗
我知道我不懂规矩
不该使从事艺术创作的人
想起他的作品
如果这部作品还没完成
将戏剧
仅仅称作短剧
是狡猾的
我们所有的人都写作
所有的人都写作
但愿你不介意开玩笑
你让祖母
在颓败的废墟里寻找孙子
并且让她在废墟里丧生了

祖母在寻找孙子的过程中
在废墟里丧生了
而曾被祖母寻找的
孙子
却突然又回家了
不是孙子而是祖母
丧生了你明白吗
(女人擦干他的左脚)
或许你可以写一部
国王戏剧
它没有明确的结局
这时确定无疑的是
国王被刺死了
从后面我的孩子
用的是一把长刀
谁也不可能知道
它是如何到了谋杀者手里
王冠上留下了指纹我的孩子
有一个嗜杀成性的侄子
他混进了苏格兰农民队伍
或者有一个狡猾的妓女
她在南锡[①]附近给国王擦过屁股
(女人想起身离开)
待在这儿
别犯罪
拯救你的灵魂吧

① 法国东北部城市。

请原谅
再等一下
我的左腿
痒得厉害
（女人擦干他的左腿）
漆黑的夜里
两只非常小的眼睛
在一个非常小的孩子面前显现
孩子突然发觉
那双非常小非常可爱的眼睛
是火车头上的灯
这是给你的
一个新的童话素材
你看
我并不缺乏想象力
我缺乏的是多愁善感
没有它便无法产生诗歌
着手工作吧
（向她伸出右腿）
我们可以失去一切
但却不应失去
自我控制
不应无视我们的榜样
不应使内在于我们的哲思
窒息
假如
这样一种哲思
确实曾隐藏在我们心里

这是一个捉迷藏的游戏
期间一些人较早地
另一些人较晚地
把自己跑死了
（女人已起身，给他穿上了袜子）
这是一个成功的场面
如果我们将它
表演了一万次
我们就用一个
我们自己的节日
犒劳自己
当然是极其秘密地
这是一个家庭节日我亲爱的
要独自庆祝
没有亲戚
没有家庭
（女人走出去
世界改造者在她身后轻声说）
而且没有我们
（对自己）
这只爱撒谎的大老鼠
她有二十年
希望
我娶她
现在她对结婚
不抱希望了
但她也不再离开
她觉得这儿是她的家

我也忍受了
她的丑陋
我们欺骗了彼此
(突然朝外喊)
简直令人难以置信
简直可怕
你听见了吗
(女人出现)
过来
到我身边来
我们今天忘了
(示意她靠近自己，对她耳语)
我们没有洗那玩意
(扬起头)
这种事不该发生
(女人想出去
世界改造者训斥她)
如果我们把每天
最应当做的工作
都忘了
这会产生什么后果
(抓住她的胳膊)
共同生活的人
要相互信任
这是瓦解的预兆
如果你愿意
我们可以分手
不过那我就完了

你肯定会有一笔养老金
不过那我就完了
你会有一大笔补偿费
不过那我就完了
（女人挣脱出来走出去
世界改造者在她身后喊）
项链
请把项链拿来
今天我需要项链
高贵的宾客们光临时
我不可能不戴项链
如果我在关键时刻
不戴上它
我要这条项链干什么
这样的荣誉项链只有两条
一条是我的
另一条
是巴黎大主教的
法兰克福市[①]给我戴上它
不是为了让我把它放在抽屉里发霉
（对自己）
我们应当不断地保持戒备
并且不让自己被人欺骗
如果我们听任最亲近的人为所欲为
我们便会在最短的时间内生活潦倒
（女人拿着一条粗大的项链进来）

---

① 此处应指位于德国西部黑森州的城市，全称为美因河畔的法兰克福。

你还记得吗
我为什么从法兰克福市那儿
得到了这条项链
说
尽管你已经说了十万遍
我想听
请
请说吧
（拍手）
我请你说
说
说
是因为
是因为

女　人　（给他戴上项链）
是因为你的论文

世界改造者　当然是因为我的论文
因为哪篇论文因为哪篇论文

女　人　因为你献给法兰克福市的
论文

世界改造者　对对
但论文的标题是什么
它的标题是什么

女　人　论改造世界

世界改造者　（从上到下摸项链）
你说了
你说了我的孩子
因此你便补偿了我

由于这么多无耻行径而遭受的损失
你知道
我原谅你
我始终原谅你
我天生喜欢原谅
我始终原谅所有的人
尤其是你
我是一个多么可怜的人
项链确实只是一种微不足道的补偿
只是一种完全微不足道的补偿
项链当然使我在道德方面
受到了约束
在道德方面我受到了这条项链的约束
令人伤心的是
没人理解我的论文
从来没人理解
我在我的论文里所说的
你是不是应该现在
吃早餐前
给我朗读论文
朗读核心部分
你知道我的意思
请
劳驾
（突然）
你的嗓子还沙哑吗
我不可能知道
你的嗓子是否还沙哑

你说话这么小声这么不清晰
以致我根本不可能断定
你的嗓子是否还沙哑
你听见了吗
朗读关键的地方
朗读核心的地方
市长那时非常喜欢它
大主教那时也非常喜欢它
所有听众那时都非常喜欢它
来吧去呀
（女人走出去）
我们必须利用契机
契机出现时
必须利用它
如果我们有条件这样做
（女人拿着一本大书进来
世界改造者示意她坐角落里的
椅子，她在此处坐下）
翻书的时候
要避免产生噪音
你就直接开始读
你的朗诵应当不做作
不做作
百分之百地不做作
但它也不能过于自然你明白吗
思想不能受到损害
你一再犯这种错误
在应当

小声读的地方
你大声读
然后在应当小声读的地方
你又大声读
无疑谁也无法帮助你
你要以最自然的方式开始
这篇论文一方面确实不是艺术品
因为它涉及哲学
但另一方面它又是最具艺术性的东西
每当我听别人读它
我就感到高兴
每当我自己读它
它就使我绝望
它一方面
应当是音乐
但音乐使哲学暴露出思想弱点
像它这样的论文
应当被朗读
一方面要毫无音乐性
另一方面又要具备高度的音乐性
大主教那时说据他所知
没有比这篇论文更为深刻的哲学了
如果事关对哲学内容的评价
教会的身居要职者们
是不可贿赂的
如果完全涉及宗教哲学
那就更不必说了
（充满激情地）

巴黎大主教那时说
假如世界
我仅仅将其理解为思想界
能够读懂你的论文
它便不会如此悲伤
巴黎大主教是这样说的
说的就是这些话
你当时在场
我带你走进法兰克福的保罗教堂
真是有胆量
你坐在最前排
在市长身旁
这向来是受表彰者的夫人
才享有的特权
我的演讲引起了轰动
直到今天人们还谈起这次演讲
我的有关改造世界的论文
被翻译成了三十八种语言
甚至被翻译成了希伯来语
一个中文译本正在酝酿中
所有那些译者
都曾一再向我求助
但那些人我全都无法帮助
一名译者无法得到帮助
译者必须独自走他的路
他们歪曲了完全歪曲了
我的论文
译者歪曲原作

译文始终仅仅作为畸形丑陋之物进入市场
它是半瓶子醋的译者
制造的垃圾
他使译文如此令人生厌
翻译的东西始终令人作呕
但它给我带来了一大笔钱
（环顾四周）
否则我们就不可能在这儿
过我们这种日子
我们就不可能置身于这种环境
我们就不可能拥有这种财富
我的论文的内容
无论如何
都将一直是我的秘密
（轻声低语）
世界配不上我的论文
也许你今天确实不该
给我朗读我的论文
我很容易身体欠佳
我突然对这件事不感兴趣了
很可能你也情绪恶劣
不得不听见一个使我的论文
变得滑稽可笑的声音
会很可怕
如果你在这种状态中为我朗读
你会使我的论文变得滑稽可笑
我不再有接受能力
我突然产生了非常严重的耳鸣

我已经又耳鸣了
(训斥女人)
你为什么坐在那儿
什么也不干
(喊叫)
无所事事的女人
(女人跳起来，啪的一声合上论文)
鸡蛋要嫩
调味汁要甜
调味汁要甜
(示意她离开)
出去
(女人走出去
世界改造者从上到下摸项链)
今天晚上
我们就是名誉博士了

第二场

一小时后

世界改造者 (用勺子舀一个鸡蛋吃，吃一块面包，然后系上一面大餐巾，面前的托盘上摆满了食物)
我觉得恶心
我什么也吃不下了
这些毫无想象力的早餐使我厌烦

总是同样的东西
现在快把它们拿走
拿走拿走
（女人拿走他面前的托盘）
你为什么站在那儿
你在等什么
总是同样的东西
我每天都得对付
这种单调
我的头脑会在这种单调中窒息
你还在等什么
要我再三告诉你
鸡蛋太嫩了吗
它不是太嫩
就是太老
我瘦成了什么样子
医生说
我不能再瘦了
我得变胖
但这样的食物简直无法下咽
（女人端着托盘走出去）
中午做一个大蛋饺
也许这是补救的办法
或者做煎得嫩的牛排
要英国口味的
（朝外喊）
要英国口味的
（对自己）

一方面我们赋予饭菜
太多的意义
但另一方面
我们又受制于厨师
也许吃面条
但这是一个节日
是名誉博士日
名誉博士日吃面条
我们的胃口
总是被败坏
一切都败坏我们的胃口
它们不是饭菜
就是哲学
或者是社会救济
(朝外喊)
一般情况下
我不反对吃面条
(对自己)
我上一次是在瑞士
把我的胃吃坏了
我不想再去瑞士
我不适合待在瑞士
我总是对瑞士感到失望
(朝外喊)
我不去瑞士
我拒绝了邀请
(对自己)

我在日内瓦湖[1]畔总是感到无聊
蒙特勒[2]是一处冰洞
每三个人中就会有一个在那儿死去
我在瑞士总是觉得自己
好像被引诱到了陷阱里
我讨厌瑞士
(朝外喊)
吃面条
或者吃一只切碎的鸡
但得是一只今天早晨
还咯咯叫的农家鸡
(对自己)
她阴险
愚笨而又阴险
(朝外喊)
先生们光临后我们不必太麻烦
(女人拿着一束玫瑰花进来)
这是什么呀
这有什么用
哪儿来的玫瑰花

女　人　它们是总理送给你的

世界改造者　总理
为什么
我受不了玫瑰花
我受不了玫瑰花的气味
是谁寄出的玫瑰花

---

① 瑞士境内湖泊。
② 瑞士西南部城市，位于日内瓦湖最东端。

女　人　是总理府

世界改造者　让我看看名片

（女人交给他名片
世界改造者看名片，又把它还给她）
我讨厌花
包括总理送的花
（女人将玫瑰花浸入水中）
我将对先生们说
请看总理送的这些玫瑰花
我的先生们
你对此有什么看法
我们不该忘记
这些人只能坚持极短的时间
当他们坐稳了位置
当他们感到最安全
他们也已经
不受重视了
总理一句真话也没说过
历史会消化所有这些人
最作恶多端的人
最令人讨厌的事
都已被历史消化
历史有一个健康的胃
（轻声低语）
也许还是吃面条
加少许
切碎的火腿
你是什么意见

我不能过度劳累
有时我以为自己
喘不上气了
但后来又完全好了

女　人　我们用什么款待先生们

世界改造者　你说了什么吗
你说什么

女　人　我们该用什么款待先生们

世界改造者　我听不清
你得大点声说话
把我的助听器给我
(女人走出去，拿着他的助听器
进来
世界改造者接过助听器)
我在听

女　人　他们来了以后
我们该用什么款待先生们

世界改造者　当然是用最平常的东西
我们不能出丑
唉但愿我可以信任你
我的衣服刷净了吗
我的外套能穿吗
起初我的衣服太窄
现在它们又太宽
我消瘦得可怕
你听着
如果我获得了名誉博士学位
我们就乘车离开

远离这个地方
过来
来
（示意她到身边）
远离这个地方
（吻她的面颊）
你理应做一次旅行
你整整一年都陪伴着
一个放荡的人
一个残忍的人
一个狂暴的人
现在好了
但愿我能知道去哪儿
你对我们去哪儿
有设想吗
如果我们不是已经去过所有地方就好了
（突然大声喊）
但不去瑞士
我无法再看见山脉
而大海使我感到无聊
不去大城市
不去乡村
你有什么心愿吗我亲爱的
心愿心愿
我知道你想去因特拉肯①
不行

① 瑞士小镇，亦为疗养地，位于伯尔尼州。

不去因特拉肯
我们再考虑一下
我们再考虑一下这件事
瑞士对我犯了罪
瑞士对我无法再行走
负有责任
我以前是怎样
跑上
跑下的
同样都用
最快的速度
如今我只能坐在这儿
而且要靠我周围人的好心
靠我身边人的善意生活
我们那时不该去瑞士
你可以想象
我们前往格陵兰
并且在那儿度过几个星期吗
只有海豹的陪伴
单独和海豹在一起
一个人也没有
我们再考虑一下
或者就去埃及
你不是一直都想
看金字塔
看基奥普斯金字塔[①]吗我的孩子

---

① 由埃及第四王朝法老胡夫下令建造的大金字塔，位于吉萨。

这是古代的东西
或者我们去伦敦两天
登上伦敦塔[①]后又回家
这够不够
我以前不得不考虑
去哪儿度假时
我总是近乎绝望
而待在原来的地方
也会使人发疯
我们再考虑一下
名誉博士当然应该
享受一次旅行
你也应该享受它
享受一次美好的旅行
一次非常美好的旅行
(突然)
那些可以走路的人根本不知道
不得不长年坐在一把椅子上
是什么滋味
从这把椅子上站起来
要花费我多少力气
(寻找某样东西，但它不在这里)
我的拐杖在哪儿呢
拐杖在哪儿呢
我还没有试着拄拐杖
我今天还没有试着拄拐杖

---

① 伦敦城东泰晤士河畔要塞，其最古老的部分白塔始建于 1078 年。

（女人急忙跑出去，又拿着
两根拐杖进来）
人会变得不熟练我的孩子
人甚至不会再用拐杖走路了
（女人帮助他从椅子上站起来，
世界改造者用拐杖支撑住自己）
我不相信
我可以这样走路
我不相信
（试图迈步，女人搀扶着他）
你得多使劲搀扶我的左臂
而不是右臂
（试图走三步，但只走了两步）
如果我们屈服
我们就完了
如果我们放弃
我们就必死无疑
我是一个幽灵
你不认为
我是一个幽灵吗
但我不放弃
绝不放弃
（又想回去坐到椅子上，将女人推到一边）
这种笨拙
会让我发疯
（又吃力地坐到椅子上，
将拐杖朝女人扔去）
你向来不顶事

向来都是这样
你帮不了我
你恨我
我知道你恨我
你为什么站在那儿盯着我看
(女人拿着拐杖走出去)
为了能够活下来
我们什么事没做过
包围着我们的是无能
是无能和仇恨
(朝外喊)
为什么所有事情
都一再变得麻烦
进来
过来
我不是这个意思
我不想伤害你
过来
你为什么不来
(女人进来)
我可不是食人者
面条
也许吃面条
我们不必总是吃很贵的东西
我们吃的东西太贵了
在世界上有这么多穷人的时候
不必吃很贵的东西
吃面条

或者麦糁
吃麦糁
或者面条
过来
来呀
(女人走向他)
主教那时说
我是一个天才
法兰克福汇报上那时写着
我具有划时代的意义
划时代的意义你听见了吗
划时代的意义
当然这根本说明不了什么
划时代的意义你听见了吗
也许是我的瘫痪
造就了我的天才
也许
那么我就要为我的论文感谢瑞士
我亲爱的
如果我母亲能够看到
我成为了什么人该有多好
这是一个我们必须穿过去的
肮脏世界我亲爱的
(按压她的手)
现在把镜子给我拿来
(女人离开，取来一面镜子
世界改造者照镜子)
和这样一个男人在一起

你肯定会感到害臊
如果他不是如此有思想
而且如此声名远扬
（把镜子还给她）
我想戴假发
把假发给我拿来
（女人取来一顶假发
女人拿着假发到门口时，
世界改造者说）
瑞士的药物对我头发的脱落
负有责任
我有可能已经打赢了
和康采恩的官司
但你知道这类官司会持续多久
现在还不戴假发
还不戴
它像铅一样黏在我头上
（女人拿着假发走出去
世界改造者在她身后喊）
把它拿过来
把假发拿过来
（女人又拿着假发进来）
把它给我
（女人给他假发）
我失去了我的头发
但却赢回了我的智力
我的天才
过来我亲爱的

我们当然可以去因特拉肯
不行
不去因特拉肯
（观察他手中的头发）
谁知道我戴在脑袋上的
是哪个人的头发
我不知道这一点真是太好了
但没有头发我其貌不扬
只有你喜欢我这样
不是吗
你对此感兴趣
你在床上喜欢我
没有头发
你已经习惯了
和这个秃头一起上床
你玩这个秃头
你先玩秃头
总是先玩秃头
假象是必须保留的
我什么时候答应过和你结婚吗
从来没有
你也看到了这毫无必要
婚姻并非医疗手段
所有的人都和地狱结婚了
你不认为
宾客们光临后
我应该朗读一段我的论文吗
你给我拿来论文

我朗读一段论文
朗读一个可怕的地方
朗读某些百分之百可怕的东西
(突然)
我知道你恨我
起初你爱过我
后来你指望得到好处
后来你心灰意冷了
现在你恨我
你一直像围着一具尸体那样
围着我蹑手蹑脚地走
你也许要等很长时间
在这种情况下肯定会发生罪行
我相信你会这样做
我甚至知道是哪类罪行
你有能力犯下聪明的罪行
但这对你毫无用处
你必须忍受我
你将让人给我做面条
加切成碎末的火腿
加切成碎末的新鲜火腿
它应当在我的舌头上溶化
(女人转身离开
世界改造者在她身后喊)
为蔬菜和加了鸡蛋的生面食
耗尽了精力真是可惜呀
(对自己)

也许去加泰罗尼亚[1]
每次旅行对我来说都是一种折磨
我承受了多少压力
也许去一个有阳光的地方
但我憎恨阳光
或者去一个阴凉的地方
但我憎恨阴影
到时我会觉得单调
到时我会产生这种胃疼
我憎恶那些大城市
在乡村我无聊得要死
如果我在巴黎
我就梦见伦敦
如果我在伦敦
我就想去西西里岛[2]
另外我还有听觉缺陷
更不必说我的视力缺陷了
(看窗外)
白天越来越短暂了
现在我的瞳孔
四点钟起就疼
(朝外喊)
我穿什么衣服呀
你听见了吗我穿什么衣服
我可不能总穿同一套西服
(女人拿着一套黑色西服进来)

---

① 西班牙东北部的一个地区。
② 意大利南部岛屿。

又是这套西服
我并非去参加葬礼
我就没有节日穿的西服吗
不要黑色的
要一套节日穿的西服
一套节日穿的西服完全不必是黑色的
我不想再看见这套西服
(女人拿着西服走出去)
找一件令人愉快的衣服
要节日穿的令人愉快的
(朝外喊)
找一件令人愉快的节日穿的衣服
我以前就有
令人愉快的服装
(对自己)
如果我打算穿节日服装
她就必然拿着这套
葬礼上穿的西服进来
(朝外喊)
找我在特里尔①穿过的
那套西服
在特里尔穿过的
你听见了吗
在特里尔穿过的
(对自己)
仅仅是准备工作

① 德国西部城市，欧洲最古老的城市之一。

便需要使出全身的力气
在这次非同寻常事件的高潮阶段
我的身体会非常虚弱
但我不能自己让自己发疯
抬起头
把头抬起来
（朝外喊）
找我在特里尔穿过的西服
（女人拿着一套有黑色条纹的西服进来）
要我在特里尔穿过的那套

女　人　你在特里尔穿过它

世界改造者　我在特里尔穿过它
我没在特里尔穿过它
没在特里尔穿过它
不是它
我在特里尔没穿过它

女　人　你当然在特里尔穿过它

世界改造者　在特里尔
在特里尔穿过它
也许你说得对
也许我在特里尔穿过它
你能肯定吗

女　人　我能肯定
你在特里尔穿的是它

世界改造者　在特里尔
我们在那儿耽误了火车

女　人　你当时穿着它

世界改造者　可惜我不再记得

我在特里尔穿过它
你认为我穿它
合身吗

女　人 你穿它一定合身

世界改造者 确实合身吗

女　人 你穿它肯定合身
（举起西服）

世界改造者 （将助听器迅速塞到西服里）
我不记得
我在特里尔穿过这套西服
我对特里尔
没有美好的回忆

女　人 你当时感到痛苦

世界改造者 那些人不配听我的报告
到特里尔去不会不受惩罚
到特里尔去会被人取笑
我没有这种场合穿的
别的西服吗
（再次将助听器迅速塞到西服里）

女　人 你为什么不想穿这套西服
你必须穿它
你在特里尔穿过它
那又有什么关系
那又有什么关系
一套这么漂亮的西服
只是因为你在特里尔穿过它
难道它就不够好了

世界改造者 特里尔没有

聪明人

女　人　一套这么漂亮的西服

世界改造者　但愿裁缝们不要这么无耻

裁缝们无耻

而又卑鄙

我领教过裁缝们的卑鄙

女　人　你是穿这套西服

还是不穿

世界改造者　我在特里尔穿过它

你说得对

这是我的特里尔西服

我在特里尔穿过它

他们在那儿取笑过我

但这又有什么关系呢

女　人　(高举着西服)

我们到特里尔去

是八年前的事

世界改造者　时间并非

不留痕迹地流逝

八年是一段漫长的时光

它对许多人来说是致命的

我至少得穿一下上衣

(女人将西服搭在一把椅子上，

帮助他穿上衣

世界改造者迅速穿好上衣)

但这的确毫无意义

如果我不站着

如果我坐着

这就毫无意义
（女人帮助他起身，而他确实可以站立）
把镜子拿来
（女人取来镜子，他照镜子）
不够高雅
我认为它不够高雅

女　人　我认为它很高雅

世界改造者　你认为吗
你认为吗
你这样认为
我不这样认为
（又让女人帮助他坐到椅子上，
几乎还未坐下时说）
喜剧
该结束了
我打算穿这套西服
你猜想先生们会不会知道
我在特里尔穿过这套西服

女　人　我猜想不会

世界改造者　如果我穿这套西服
我可能令人遗憾地
使他们想起
我在特里尔遭受的挫败

女　人　谁也不再知道
你在特里尔穿的是哪套西服

世界改造者　我不愿想起
特里尔
但现在我已经想起它了

（又脱上衣，女人此时帮助他）
只要我们脑袋里有点东西
我们穿什么
其实完全无所谓
（脱掉上衣后）
当然得把它熨平
熨平刷净
（女人拿起上衣和裤子走出去）
谁有所顾忌
谁就会后悔
我们应当毫无顾忌
如果我们曾经有所顾忌
那可能产生什么后果
（女人拿着一双漆皮鞋进来）
请小心翼翼地给我穿鞋
我受伤的脚趾还没好
先生们什么时候光临

女　人　（给他穿右脚的鞋）
十一点

世界改造者　所有重要的表彰仪式
都在十一点举行
如果先知不走向高山
高山便会来到先知面前
名誉博士学位
不在大学里
授予
这种事还从未有过
大学校长和系主任一起

来到家里
市长也来
还从未有过这种事
这是一次极为不寻常的表彰
(低头看女人)
我们做了什么贡献
值得他们到我家来
把名誉博士学位证书
在我的家里递交给我
(从上到下摸项链)
除了荣誉项链
还拥有名誉博士学位
你有什么看法
(女人抬头看他，同时扎紧
他右脚的鞋带)
我做梦也想不到
会发生这种事
尽管它已经酝酿了
很长时间
一切都对此有所预示
但我不曾料到
这一刻
会如此早地来临
(女人给他穿左脚的鞋，扎紧鞋带)
不过在我还年幼时
我曾想
成为磨坊主
磨坊主你明白吗

因为面粉
面粉对我具有吸引力
在森林里有一座磨坊你明白吗
周围是涓涓流淌的溪水
但我向来
头脑顽固
而且执迷不悟
当然是被自己培养得冷酷无情
（喊叫起来，用脚踢）
你差点把我的骨头压碎了
我终生都讨厌业余水平
（女人跳起来，往后退
世界改造者蜷缩起身子）
总是这个地方
（停顿一下）
我将请他们进来
让他们在我对面就座
（指地点）
在那儿在我前面
在窗前
以便我能很好地通观全局
这样我看到的光线效果就非常理想
你请他们在那儿
你看见了吗在那儿就座
理应如此
这之前我欢迎他们
首先欢迎大学校长
然后是市长

或者首先欢迎大学校长
然后是系主任
和副系主任
或者首先欢迎市长
（指方向）
大学校长在那儿就座
系主任在那儿
副系主任在那儿
市长在那儿
这是一次小范围的私密仪式
这是一次国家庆典我亲爱的
（女人想出去
世界改造者示意她回来）
我将做简短的发言
当然是说某些富于哲理性的话来助兴
说一句普通的格言
但我将缩减这些
因此我要讲的话
必然会流于表面
（指方向）
大学校长坐在那儿
市长在那儿
他们就座后
我将试着站起来
走向他们
试着
试着你明白吗
仅仅是试着

然后我又让自己向后倒在椅子上
患病的人没有义务绝对无可指责地行事
然后我就听
别人说的话
然后他们就听
我说的话
过来我的孩子
(女人走近他
世界改造者抓住她的胳膊，
将她拉到身边)
我的女性生活伴侣
我必不可少的祸害
(戴上假发，将它紧扣在头上)
我地狱般的孩子

第三场

一小时后

世界改造者 (朝外喊)
你在什么地方
你不在那儿吗
(对自己)
她很可能
在试穿衣服
(喊叫)
你在什么地方

（对自己）
如果不让她们有事做
她们就试穿衣服
吃甜食
（喊叫）
你在什么地方呀
（对自己）
可能出现这种情况
我需要她时
她不在这儿
（从裤袋里掏出一块大手帕，
擤鼻涕）
或者吃一份煎牛排
一份浇上汤汁的煎牛排
（朝外喊）
你在什么地方呀
难道没人在这儿吗
根本没人在这儿吗
（对自己）
我的天这该怎么办如果
（将手帕塞进裤袋，朝外喊）
你没听见我说话吗
（女人进来）
我整段时间都在喊叫
但你就是不来
什么事这么重要
可能出现这种情况
我昏倒了

失去知觉了
而到时却没人进来
那全都是毫无必要
毫无意义的活动
全都是没有意义的程序
你试穿衣服了
(训斥她)
你必须承认这一点
你什么事都干得出来
这是一个针对我的阴谋
是不是
我警告你
我有证据
有大量证据
(女人走向窗户打开它
鸟儿的啁啾声传进屋内
世界改造者恼怒地)
关上窗户
关上窗户
你知道
我受不了鸟儿的叽叽喳喳
千万别让我听见
鸟儿的叽叽喳喳
听见外面的声音
我的头受不了打扰
要安静安静安静你明白吗
要绝对安静
(女人关上窗户)

如果窗户一直开着
我早就精神失常了
我憎恨大自然
我憎恨新鲜空气
我憎恨从外面进来的东西
我们早就应该搬家
这是一幢可怕的建筑
这是一座墓碑
这是一处造价昂贵的墓穴
我周围全都是祸害
无论我朝哪里看
我看到的仅仅是祸害
我憎恨大自然
我始终憎恨大自然
我更能接受人工的东西
这并不意味着
我是艺术的追随者
我同样憎恶艺术
我的耳朵嗡嗡响
我的胃难受
我的瞳孔疼
你知道
从外面进来的一切
是多么使我目眩
我无法让你明白这些
（将两根食指塞进他的耳朵）
我听见嗡嗡声
嗡嗡声

嗡嗡声
把助听器给我
（女人给他助听器
世界改造者戴上助听器）
复述我说的话
要响亮清晰
像灰雁一样顺从
复述
复述
像灰雁一样顺从

女　人　（复述）
像灰雁一样顺从

世界改造者　（摘下助听器）
我几乎什么也听不见
我现在从九点开始就什么也听不见
几乎什么也听不见
我八点听力就减弱了
八点半我几乎什么也听不见
（交给她助听器）
我不需要它
我戴着助听器也什么都听不见
如果我完全聋了
我该怎么办
我父亲四十五岁
就聋了
而我六十八岁
几乎聋了
问题在于

是耳聋
还是眼瞎
更悲惨
很可能
耳聋要好一些
他们全都问自己
哪种情况更悲惨
我们必须看见
我们周围发生的事
必须看见一切
我们不必听见一切
(从自己头上扯下假发)
快做湿敷
要冷
要非常冷你明白吗
快点
快点
(用右脚赶她走
对自己)
我当时说伏尔泰
但他们不理解
我的意思
我说蒙田[①]
施莱尔马赫[②]

① 米歇尔·德·蒙田(1533—1592),法国思想家、散文家。代表作为《随笔集》(1580—1588)。
② 弗里德里希·丹尼尔·恩斯特·施莱尔马赫(1768—1834),德国基督教新教神学家、哲学家。

一个人笑了
第二个人笑了
然后所有人都笑了
整个大厅里的人都笑了
这时我结束了我的报告
绝不再去特里尔
绝不再去摩泽尔河[①]畔
一个像我这样的人
只会叛变这一次
（女人拿着一块敷布进来）
要轻轻地
轻轻地放上
（女人给他放上敷布）
你外祖母叫什么名字
她父亲叫什么名字
她叔叔是干什么的
我把一切都搞乱了
我知道我为什么
从不研究我的家族
我始终憎恨家族考古学
你的一个舅舅曾经是磨坊主
对吗
我的一个叔叔
蹲过监狱
有一次我对你说了这件事
我无需隐瞒什么

① 莱茵河支流，流经特里尔。

人们喜欢隐瞒和忘记
我不忘记不隐瞒
现在好一些了
头脑清醒至关重要
得消化好
头脑清醒
晚年生活困难重重
(寻找她的手)
把手给我
把手给我
(女人给他另一只手)
不得不表现自己
是讨厌的
但我们需要反响
否则我们就会饿死
在特里尔蒙受的那种耻辱
你当时不感到害臊吗
我知道你感到害臊
害臊得要死
你当时不感到害臊吗
(女人点头)
但现在你为我感到骄傲
(女人点头)
特里尔对我来说是一个教训
你当时很有勇气
你支持了我
你想去因特拉肯吗
我内心的一个声音说

去
另一个声音说不去
一个声音说去
一个声音说去因特拉肯
另一个声音说不不去因特拉肯
我无比憎恨瑞士
我无比憎恨大自然
我们再考虑一下
也许我们能在另一个地点
度过几天幸福的时光
难道就不可以在北方吗
你为什么反对去北方
你始终想去南方
这是一个多愁善感的嗜好
在北方的高山上头脑变得清醒
在南方所有的人都变得软弱和堕落
前往南方
探寻历史
发掘文化
是一个反常的习惯
我始终憎恨所谓的文化旅行
我憎恨博物馆
整个南方
是唯一一座博物馆
罗马是多么令人厌恶我的孩子
西西里岛是一个谬误
雅典是一场噩梦
从圆柱到圆柱

从坟墓到坟墓
从教堂到教堂
从圣母像到圣母像
我始终憎恨这些
但我更恨因特拉肯
你就别想去因特拉肯
（扯下自己的敷布）
它无法再让脑袋凉下来

女　人　你还要一块吗

世界改造者　一块什么

女　人　一块新换的敷布

世界改造者　不
当然不要
（女人拿着敷布走出去）
当我们看穿了
医生们的花招
那就为时已晚
每一种疾病
都是一种不可治愈的疾病
（朝外喊）
你忘了吗
你听见了吗
你忘了吗
把牌拿来
（从上到下摸项链，看他的脚对自己）
我的手发抖
我的脚发抖

（女人拿着一副牌进来，洗牌）
坐到我这边
（女人给自己搬来一把椅子，
坐到世界改造者面前）
其他任何事
都不能使我平静下来
（女人给他三张牌，自己拿三张）
我们玩这种游戏
有二十年了
它使我感到厌恶
但我想和你一起
玩这种游戏
因为和其他任何人一起玩
都不会使我感到如此厌恶
（把牌扔到她怀里）
我输了
我总是输
我不可能赢
（女人再次给他三张牌，
自己拿三张）
有时好像
我会赢
（把牌扔到女人脸上）
但当然是我输
（训斥女人）
我不想玩了
现在不想
（女人从地上拾起牌，

又拿着整副牌走出去
世界改造者对自己)
我们把所有事情
都做得太过分了
我们肆无忌惮
(目送女人)
我们想
毁灭那些
折磨我们的人
但我们不立刻毁灭他们
我们出于这种毁灭意志
采取了旷日持久的措施
这不应该
这不合适
但我们可没有强迫谁
待在我们身边
人们依附于我们
他们依附于我们
因此我们便折磨他们
他们力求
毁灭我们
我们是他们的牺牲品
我们设下一个圈套
并且诱使我们的牺牲品进入
并且将这一过程称作消遣
但谁说不是我们
吃亏了
(女人拿着一件毛线编织物进来,

坐到窗边）
这也许能使我平静下来
有可能
但你坐得离窗户太近了
太近了
（女人起身挪动椅子，使其与窗户
保持一段距离，又坐下）
不是那儿
（指方向）
是那儿
坐到那儿
（女人起身搬椅子，将其在
距离窗户更远的地方放下）
这关系到光线的射入
对你来说这是小事
这对我
极其重要
（停顿一下）
为什么织毛线使人的内心如此平静
没有任何事像织毛线那样使人内心平静
也许我会写一篇
关于织毛线使人内心平静的论文
这的确也使你平静下来了对吗
（女人点头）
这使你平静下来了吗
我问你这是否使你平静下来了

女　人　是这样

世界改造者　经常会出现这种情况

一项工作能使一个人平静下来
但却不能使另一个人平静下来
我喜欢看你织毛线
这使我的内心多么平静呀
（突然）
但我们当然无法长时间地
忍受这种平静
这种平静突然使我们感到痛苦
我们无法再忍受它
（女人起身，拿着毛线编织物走出去
世界改造者在她身后喊）
我可不是这个意思
这仅仅是一个论断
是认识到我们不能
长时间地忍受平静
短时间内极其平静使我们精神失常
长时间的平静使我们癫狂
我们在平静中首先精神失常了
然后我们便癫狂了
你听见了吗
我不想伤害你
这是一个事实
人们会精神失常如果他们
太长时间处于极其平静的状态
人们会癫狂如果他们
更长时间处于极其平静的状态
（对自己）
这毫无意义

每次解释都毫无意义

（朝外喊）

你每天都要这样闹一回

这不可原谅

这很卑鄙

这是一种无耻行径

（对自己）

我现在该怎么办

我该再次恳求她进来

跪着恳求她进来吗

（朝外喊）

你受到伤害了吗

我不想伤害你

（对自己）

我得引诱她进来

（朝外喊）

你在干什么

你在那儿吗

请进来

进来

（女人进来）

到我跟前来

（女人停在窗边，看窗外）

你在这样一个日子

竟然不通情达理

你想想

我今天就是名誉博士了

我终于受到赏识了

从前
我被侮辱被诋毁
被嘲笑了几十年
名誉博士
你知道这意味着什么吗
我的论文在亚洲
引起了最大的轰动
我的思路
是亚洲的
思路
（喊道）
我的论文在中国出版了
你听见了吗
你对我获得声誉
起了你的作用
名誉博士学位的一部分
而且不是最少的那部分
也属于你
经过这么多年
可怕的羞耻
可怕的贬损
这件事使我感动
它不使你感动吗
它应该使你感动
就像它使我感动那样
我们俩都不曾料到这件事
但我以前就知道
有朝一日

我将抵达目的地
但我今后
还要更加努力
你想去旅行
我知道
我无法说去
但我也不愿说不去
我憎恨山脉
在湖畔
是多么无聊
绿色的草地
是多么讨厌
没有比海上度假旅游更可怕的事
无论是在北海
还是在地中海
都可怕
来
我允许你旅行
我想允许你旅行
（女人转向他）
把你的毛线编织物取来
坐到窗边
你想坐的地方
织毛线吧
如果这能使你平静下来
你就出去取你自己的
毛线编织物
你就坐下吧

我们任由天性摆布
我们可以做我们想做的事
天性控制着我们
（女人走出去
世界改造者在她身后喊）
我们始终得承担后果
你听见了吗
绝不能屈服你明白吗
要坚定不移
坚定不移

第四场

三小时后
世界改造者从一个封存果酱用的
玻璃器皿里抓出一些药片吞下
女人推开关闭的双扇门，搬进来
一把宽大的圈椅
世界改造者用助听器
指她应该放圈椅的地方
女人吃力地将圈椅放到此处

世界改造者 （训斥她）
放到那儿
你看见了吗放到那儿
我指给你看了
放到那儿

放到那儿
该把圈椅放到哪儿你难道就没感觉
（女人把圈椅放过去）
我们得按照严密的计划行事
过来
（女人走向他
世界改造者用助听器指门）
如果他们进来
他们当然会先走到我面前
问候一下
你站在
（用助听器指）
那儿
你站在那儿
我和他们握手然后他们站在那儿
然后他们会坐下
得把圈椅从那儿挪走
得把它挪走
（女人走过去搬起圈椅）
放到那儿
你看见了吗放到那儿
（女人放下圈椅）
我认为这样很好
稍微往左一点
往左往左你看见了吗是那儿
（女人往左推圈椅
两名女仆搬进来
第二把圈椅

世界改造者愤怒地）
这些人在这儿干什么
这是什么
（对女人）
真是岂有此理
你知道我受不了人
（喊叫）
别让陌生人进来
这些人是谁呀
（女人往外推两名女仆
世界改造者手持助听器带有威胁性地）
真是岂有此理
难道我没对你说过
我不能看见陌生人
我的整个计划都被破坏了
她们进来破坏了我的计划
（筋疲力尽地瘫倒在椅子上）
简直是受罪
（女人进来）
我说过别让人进来
这些人毁了我的一切
（抓自己的脖子）
我喘不上气了
我想喘气但喘不上气
我整段时间都想喘气但喘不上气
赶快过来呀
你还在等什么
（女人走向他给他捶背

女人给他捶背时，
世界改造者咳嗽）
我的身体状况很糟糕
但我不要医生
不要医生
医生不准进我的屋子
（他平静下来）
我知道这劳神费力
但我们别无选择
（突然）
我的手稿在哪儿呢
把手稿给我拿来
我无法凭记忆讲话
我这会儿什么都忘了
我的智力受损了
完全受损了
（女人走出去）
我们经常一个人待着
身边没有人
什么也没有
真是无助到了极点
如果我们发牢骚
我们便被粗暴无礼地对待
这是一种精神存在
一种可怕的精神存在
（女人拿着一个笔记本进来）
我最开始有一个好想法
后来我又怀疑它

给我
（女人给他笔记本
世界改造者翻阅笔记本）
我到底该不该说点什么呀
我什么也不说
什么也不说
这不行
我得说点什么
他们等着我说点什么
（阅读）
写得不错
（将笔记本还给女人）
时间一到
你就把它给我
你为什么站在那儿
让我心烦意乱
（女人走出去
世界改造者拿起封存果酱用的玻璃器皿，
又一下子吞下几片药并不停地下咽，
然后咳嗽
女人冲进来给他捶背）
这些人没有时间观念
他们会突然在门口出现
好一点了
别打扰我
（推开女人
旁若无人地看）
大学校长当然坐在这把圈椅里

你为什么闲站着
我们还需要大量椅子
(女人走出去)
起初我们动用所有手段
以便达到一个目的
后来我们便厌恶意外发生的事
我从未热爱过我的生命
我始终憎恨它
我憎恨
与此相关的一切
并且将自我憎恨
利用到了极限
(女人用一把圈椅撞开双扇门,
将圈椅推进来)
我宁愿和你一起下地狱
也不愿看见一个陌生人
我受不了那些陌生人
他们做错所有事情
没有一个听使唤
他们什么也听不见
他们什么也看不见
但他们却不断地索要
多得无耻的工钱
(女人旁若无人地推圈椅)
我们付给所有这些人工钱
以便他们瓦解和毁灭我们
以便他们使我们发疯
使我们精神错乱

你听见了吗
我不想再看见这些人当中的任何一个
怎么可能发生这种事
她们突然就进来了
（女人往前推圈椅）
你和她们联合起来了
你站在她们那边
站在我的破坏者
我的毁灭者那边
这是一次针对我的杀人阴谋
但你不会得逞
我的头脑还很清醒
（女人往前推圈椅）
这些小偷和杀人犯
但我别无选择
我任由你们摆布
全都是祸害
（女人往前推圈椅）
我们只不过在共同干淫乱勾当
（女人往前推圈椅）
我们只不过在共同干淫乱勾当
（女人往前推圈椅
世界改造者拽项链）
等待
向来让我发疯
世界是一条
臭气熏人的阴沟
这条阴沟应该被清空

这也确实是我的论文的内容
但假如我们将阴沟完全清空
它便空空荡荡了
（女人走出去）
那么我们除了一头栽进去
便毫无其他办法
（拽项链）
如果我们吃得多
我们就会得胃溃疡
如果我们吃得少
我们就会饿死
（朝外喊）
别忘了擦鞋垫
今天难道没有
需要签字的东西吗
（女人用一个托盘端着文件进来
世界改造者审阅文件）
我们所做的消耗
会要了我们的命
我们本该三十年前
在我们的精力还足够充沛时
就进入沙漠
（在文件上签字）
电灯的发明
是灾难
我们在上面签字的所有文件
只不过一再是我们的死刑判决书
我们终生都用签字

自我伤残
所有的人都来拉我拽我
（女人拿着签了字的文件走出去）
然后我们想出的一切
这种非常寻常的
见解
便消耗掉了
（朝外喊）
假如我们消除一切
假如我们推毁一切
一切又必定重新出现
我们反对一切并且消除一切
而一切又会重新出现
（对自己）
如果我们突然袭击统治者
下一个已经上台了
而且一模一样
一切都妨碍我们
一切都冒犯我们
我们窒息
我们溺亡
我们不得不袖手旁观
一切是如何在腐烂
（女人推进来一把圈椅）
但我们当然什么事也不能做
我们写了一篇论文
它受到了赞扬
而任何东西都不曾改变

我们总想反对什么
这极其愚蠢
如果我们听从内心的声音
屈从于内心
那么我们便会自己笑话自己
报纸给我们照了镜子
因此我们憎恨报纸
（女人往前推圈椅）
因为我们在报纸上一再看到的
仅仅是我们自己
无论我们翻开哪个版面
报纸读者的卑鄙无耻
每天都回报给他了
如果我们思考
我们就强大
如果我们行动
我们就缺乏能力
我们一事无成
我们没有未来
毫无希望
使一切变得可以忍受
我基于充分的理由
不曾组建家庭
我不曾把不忠的不幸
带到世界上
你为什么这样盯着我看
好像我已经精神失常了
（女人旁若无人地推圈椅）

你们的目的始终在于
毁灭我
（突然手持助听器带有威胁性地）
圈椅应该放到那儿
（给她指地点
女人将圈椅推到此处）
我付了一辈子钱
仅仅是为了
被毁灭
对一个有思想的人来说
这是一种毫无尊严的状态
（女人走出去）
但如果我们完全不被打扰
我们就会彻底绝望
（将助听器戴在耳朵上细听）
无论出现什么情况
就让它出现吧
（女人推进来一把圈椅）
放到那儿放在旁边
放到那儿放在旁边放到那儿
（女人将圈椅推到此处，再次出去，
又推进来一把圈椅
世界改造者拿起封存果酱用的玻璃器皿
打开，想取出药片，但此后考虑了一下，
并未取出药片
女人将圈椅推到其他圈椅旁边）
医生说过
是三年或者四年

你对我隐瞒了这件事
我知道这件事
你还得等三年
但很可能不再需要这么长时间
我觉得自己快死了
我觉得身体状况糟透了
这是什么日子
而我却觉得身体状况糟透了
我也可以拒绝
拒绝接受名誉博士学位
但我没有力量那样做
那样的话他们就会说我目中无人
参加这种仪式我已力不从心了
（女人走出去）
人们忌妒我们拥有的一切
人们忌妒我们拥有
使我们走向毁灭的东西
所有事情从一开始
就是为了使我们走向毁灭
而且是多么可悲地走向毁灭
我们不断地加速这个过程
无论我们做什么事
它都会加速这个过程
（女人拖进来一把圈椅）
你知道
我星期二受不了人
你除外
（女人拖着圈椅穿过整个房间）

星期二我不能看见陌生的脸
我星期二不能看见仆人
过来
把你的手给我
没有你我怎么办
（女人走向他
世界改造者抓起她的右手，
搂住她）
我们任由那些坏人摆布
我们得齐心协力
对付一切你明白吗
（突然扬起头）
如果我坐在这儿
我可以很好地通观全局
但从宾客们的角度看
会是什么效果呢
如果他们抬头看我会是什么效果呢
来帮一下我
我想坐到那边的一把椅子上
我想看看
坐在低处是什么感觉
（突然站起来，似乎完全不需要帮助，
但他立刻想起自己的瘫痪，于是让女人
扶着他走向一把圈椅并且坐到里面）
确实没人看见我们吗
没人看见吗

女　人　没人看见

世界改造者　（看他的椅子）

我认为这样很好
这样很好
来帮我起身
我想回去坐我的椅子
（女人帮助他站起来，
他回到他的椅子前坐下）
我这么快就筋疲力尽了
走了几步
我就完全筋疲力尽了
但现在应该把它们全部挪到一起
挪到一起
（指着最后推进来的圈椅）
你为什么把圈椅推这么远
把它推过来
把它推回来
（女人往回推圈椅）
停停
它放在那儿才合适
坐到里面
（女人犹豫）
你应该坐到里面
对坐到圈椅里
（女人坐下
世界改造者突然）
真是一件难看的连衣裙
你必须把它脱掉
我讨厌这件连衣裙
在你所有的连衣裙中

我最讨厌的就是这件
（女人起身）
我不想再看见这件连衣裙
你知道
我是多么讨厌这件连衣裙
你知道
这件连衣裙使我回忆起了什么
竟然穿着这件连衣裙
我不想惹你生气
（女人打算出去
世界改造者在她身后喊）
你想刺痛我
深深地刺痛我时
总是穿它
那时你就穿它
（女人走出去）
我讨厌这件连衣裙
（环顾四周
对自己）
我们
恨得要死
我们无法再看见
所恨的人
这个人终于死了才好
（朝外喊）
我伤害你了吗
你知道
我是多么讨厌这件连衣裙

它让你变丑了
（对自己）
它使本来就难看的她
变得更加难看
这些不美观的服装
这种审美能力的匮乏
这种低级庸俗
（朝外喊）
我不想伤害你
（发觉自己还没换衣服
朝外喊）
你得给我穿衣服
把我的上衣
我的袖口扣子
我的领带拿来
我们没时间了
你没听见吗
你得给我穿上衣服
（女人拿着衣服进来
世界改造者伸直双臂
女人用针别住他的袖口扣子）
我们不能出丑
家里一切都没问题吗
我无法再站起来
在地上走
真是可怕呀
如果不能亲自查看
那简直就是一场灾难

我刻意
不邀请一个人
参加这次仪式
要悄悄地你明白吗
如果我们邀请了这一个
另一个就被得罪了
他们会像走进一栋死人的房子那样
好奇地进来
这儿还没有安放灵柩呢
我仿佛看见我的灵柩安放在这儿时
他们进来了
我仿佛看见他们闲站着
并且不知道
该做什么
我仿佛看见你
（盯着女人的脸）
这个女性生活伴侣了
这栋房子里
今天就有死亡的气味
（从她手中抽回胳膊）
你让我受伤了
（朝他的手上吹气，然后）
我做了什么事
竟然要受到这种非人对待
我为什么陷入了这种境地
（女人也用针别住了第二枚袖口扣子）
我是一个喜欢苦思冥想的人
对吗

（从下方看女人的脸）
我是世界改造者
令人恐惧者
虚无主义者
（看门）
克制
至关重要
（女人给他穿上衣）
从某一刻起
我们便在这儿打扰别人
此后我们便只是打扰别人
这就像我们去登门拜访
但却在恰当的时候
在唯一恰当的时候
无法起身
无法告辞
然后我们整段时间都在想
我们还在这儿
而且我们自己厌恶自己
（闻西装袖子）
是特里尔的气味
你没觉察到这一点吗
（女人刷上衣）
我们绝不想再去
我们受过侮辱的地方
现在系领带
（女人给他系领带）
人们出场时的

无耻
始终使我目瞪口呆
无论谁进来
进来的都是一个无耻之徒
但一切都是一种法律手段
一切
（盯着她的脸）
你有可能勒紧领带
但你不会这样做
你在等
因为你已经等了这么长时间
直到你变得这么难看
但你有你好的一面我的孩子
（女人给他系上领带，
走出去
世界改造者在她身后喊）
你得打开窗户
你听见了吗
打开窗户
我在这儿要窒息了
宾客们光临前
得让新鲜空气进来你听见了吗
（女人拿着一床被子进来，
用它将世界改造者裹住
世界改造者瘫倒在椅子上）
我二十年都在监视
你的举动
（女人走向窗户，将它完全敞开）

第五场

一小时后

世界改造者 （未戴假发）
我终生
都梦想
有一个简朴的房间
有一间茅屋
（女人手持毛线编织物坐在窗边，她拿着它
起身走向世界改造者，将未织完的连接着
毛线针的编织物戴在世界改造者头上）
笨蛋能够完成
他制定的计划
笨蛋
是实行者
对怀疑者来说
一切都会崩塌
（女人从他头上取下未织完的帽子，
回到窗边坐下，继续织毛线）
我们追随一个思想
并且误入了歧途
这错综复杂
非常错综复杂
我那时说伏尔泰
但他们只是张大了嘴巴
如果我说法国

或者爱尔兰
或者巴拉圭[1]
他们也只会张大嘴巴
(对她轻声低语)
我那时始终想令人惊愕
这是事实
我真正爱过的
唯一一个人
是我祖母
当我们在我们曾经梦想的
声名显赫的状态中醒来
我们会感到害怕
简单的人可以跑进厨房
我该去哪儿
我毫无防护
只有人不能长生不死
我们缴获了什么呢
如果我们合计一切
我们剩下的只有胃疼
和应该支付的医生开出的账单
我听说世界上
每天要吃掉
十五亿个鸡蛋
不知是谁如此精确地计算出了这个数字
而且还计算出了几十亿个
没有吃掉的鸡蛋

① 拉丁美洲国家。

那些人的日子倒过得轻松
他们满足于听歌剧
满足于接下来吃一顿晚饭
或者他们登上火车
过了三站就能找到自己的幸福
当我仔细倾听
我可以听见掘墓人在为我挖坟墓
如果我们穿着干净衣服坐得太久
我们很快便觉得自己变脏了
你准备好假发了吗
以便我在宾客们光临时
能立刻戴上它
(女人确认假发在她身旁的
窗台上放着)
我一直想
切开一个脑袋
对它的各个组成部分
进行全面研究
许多事情都来不及做了
我身边没有任何人
相信过我的论文
你也不相信它
你向来只是假装
相信它
但你一刻也不曾相信它
你在我背后
谈起我的时候
就像谈起一个疯子

现在你和我一起获得了声誉
我害怕我的静脉炎
害怕我的一条腿必须截掉
那还真不如
让人割下我的脑袋
我的论文主张的
无非是彻底的消除
只不过没人理解这一点
我想消除他们
而他们却为此表彰我
如果我告诉他们我的论文的真实意图
他们会认为我精神错乱了
牺牲品们帮助他们的谋杀者成为名誉博士
所有的道路都必然
通往反常
并且通往荒谬
我们只有消除世界
才能改造世界
或者你认为他们看懂了我的论文
（拿起封存果酱用的玻璃器皿，吞下几片药）
我们不是疼得缩成一团
就是鼓胀起来
我几乎已经调动了我全部的感觉能力
因为我们终生都在询问
利率有多高
不再有任何事使我们感兴趣
宾客们光临前
你不想给我朗读

你的短剧中的某些片断吗
最好别这样
我们一生都在寻找
如今我们再也找不到
我们曾经寻找的东西
过多的妥协
过多的友善
过多的赞助需求
我曾经过于相信
蒙田
然后过于相信
帕斯卡尔[①]
然后是伏尔泰
然后是叔本华
我们在这些哲学的墙钩上悬吊了这么久
直到它们松动
如果我们终生用力拉它们
我们便会拽下一切
(宾客们到
女人跳起来，将她的毛线编织物放到
窗台上，并且给世界改造者戴上假发，
她跑出去迎接宾客们
世界改造者拽项链和假发
女人进来，她身后是大学校长、系主任、教授，
市长和两名女仆紧随其后，她们在门口
停住脚步

① 布莱兹·帕斯卡尔（1623—1662），法国哲学家、数学家、物理学家。

世界改造者伸出双手）

女　人　（后退）

贵客光临

请来这边

请来这边

世界改造者　（同大学校长握手，然后同系主任

和教授握手，最后同市长握手）

请别客气我的先生们

请别客气

（女人示意两名女仆

斟香槟酒）

大学校长　（环顾四周）

真是一栋高大的房子

确实是一栋高大的房子

它的状况很好

世界改造者　我不得不满足于

一次小范围的庆典

我的病情恶化了

但考虑到所有这些

关怀备至的人

我希望各位

理解我原谅我

我无法再承受烦琐的程序

甚至无法再承受一次学院式的典礼

各位不想就座吗我的先生们

请

女　人　请各位就座吧

（所有的人都坐下）

大学校长 我向您转达
大学评议会的
问候和敬意
（对系主任）
我可以请您拿出学位证书吗
系主任先生
（系主任给大学校长学位证书）

世界改造者 我的状况不允许
拘泥于形式

大学校长 我们曾经希望

系主任 对我们曾经希望

大学校长 我们曾经希望
我们能够荣幸地
使您在大学校园里
接收博士学位证书
（系主任、教授和市长此时点头）
您的论文引起了轰动

系主任 引起了最大的轰动

大学校长 一名东京的同事
告诉我
您的论文在日本
是被热烈讨论的对象
我听说美国也有类似情况
据称在中国已经出版了译作
我们要不胜荣幸地说
我五年前就做过尝试
（环视周围的人）
在我尊敬的同事先生

系主任先生的支持下
我使您
成为了名誉博士
我实现了我的目标

系主任和教授　您为人文科学
做出了不可估量的贡献

教　授　仅仅在德国
就已发表了上百项
有关您的论文的研究
我也了解法国的情况

系主任　我侄女从罗马尼亚写信告诉我
她正在翻译您的论文

大学校长　恰恰是罗马尼亚
易于接受这样的思想财富
希望您的论文
不仅被阅读
而且也确实被探讨

系主任　希望能够按照它的意图采取行动

世界改造者　这确实
值得期待

系主任　大学生们欢欣鼓舞

教　授　国家将感到惊讶

大学校长　大学仅仅关注
科学研究
（世界改造者拽项链和假发）
国家可能
拒绝接受您的思想
对它秘而不宣

世界改造者 我的论文不讨国家喜欢

大学校长 国家可以不理解
您的论文
社会也可以不理解它

世界改造者 只有大学理解它

大学校长 大学为自己以前的学生
感到骄傲
他在他的科学研究中
取得了最高成就

世界改造者 不过我在极短的时间之后
就离开了大学
我恰恰是因为我

系主任 （打断他）
您使大学感到荣幸

教　授 您使大学感到荣幸

大学校长 您使大学感到荣幸

世界改造者 我终生仅仅致力于研究
如何改造世界
这唯一一个思想

大学校长 我们必须使唯一一个思想
成为我们的核心思想
并且将这个思想想出来

系主任 （重复）
想出来

教授和市长 （一起）
想出来

世界改造者 我们不能懈怠
我们无论如何

不能放弃

大学校长 无论如何不能这样

世界改造者 即便我们一再陷入深深的绝望

大学校长 大学为它的档案里记载着
作为自己学生的您的名字感到高兴
我们的大学并非时常
做出如此幸运的抉择

系主任 在为十分特别的学院式庆典
做好了一切准备之后
我们得到消息
说您处于这样一种
糟糕的境况
我们为您的健康状况深感遗憾

世界改造者 我的病情明显恶化了
我还活着
仅仅是由于化学在帮助我
我无法再摆脱病痛

大学校长 我们全都患有疾病

世界改造者 患有不可治愈的疾病
我们对此完全束手无策
（拿起封存果酱用的玻璃器皿，
打开它吞下一些药片）
我靠这个玻璃器皿生活
我的生存有赖于
这个玻璃器皿
（将封存果酱用的玻璃器皿放到一边）

大学校长 不过我们希望
您能早日康复

希望您的智慧还能赐予我们
大量富于创造性的著作
科学界可以引以为荣的
如此杰出的人物为数不多

系主任 在江湖骗术
到处盛行的今天
一位可以信赖的杰出人物
一位探究了最深层领域的
思想权威
弥足珍贵

大学校长 他以他的一个包罗万象的思想
始终无所不在

系主任 您是一位世界思想家

大学校长 在一个哲学反刍者的时代

系主任 您将作为世界改造者载入史册
（他们的杯子里都被添加了香槟酒
女人起身将窗帘拉上一半，又坐下）

世界改造者 我无法再忍受
白天的光线
我能够被光线照射
而又丝毫感觉不到痛苦的日子
已经一去不复返
我耳鸣
我眼冒金星
我胃疼
我的膀胱保持不住水分了
患病的人得忍受所有折磨

大学校长 您也许适合疗养

系主任 如果知道问题出在哪里
就好了

世界改造者 这是整个身体的日渐衰弱
肾脏肝脏
没有一个器官不偶尔停止工作
我夜里会产生痉挛
我完全依赖我周围人的帮助
(所有的人都转向女人)
身体疾病
导致了精神疾病
不能指望那些疗养院
我患有被迫害妄想症
有时我能听见地震
我能在墙壁上看见裂缝
我夜里穿过一些被炸毁的城市
并且同所有人都产生了争执
我醒来时发烧
我上床睡觉时头疼
一块糖时常是
我唯一的一顿饭
然后我又好几个小时
呆视着窗外
始终是同一片风景
四季就这样过去了
它们唤不起我的兴趣
(大学校长摊开学位证书
系主任和教授起身
市长起身

女人起身
大学校长想宣读学位证书的内容
世界改造者用手势表示拒绝)
不必拘泥于形式
您把学位证书给我
您再为我的健康干一杯
(女人示意女仆斟香槟酒)
市里的外科医生已经通知我
他将不得不截掉我的右腿
我的肺翼像铅一样沉重
我的胆囊不再起作用
我多想出门
散一次步
这到底是什么季节呀
和清一色的专家在一起
真是奇怪极了
(伸手抓学位证书)
您就把学位证书给我吧
(大学校长给他学位证书
世界改造者摊开它从头到尾读完
所有的人都一再面面相觑)
我们忘了
拉丁语
我们不喜欢说德语
但我们至少明白它
这是一本漂亮的学位证书
(将它凑近自己的脸)
这是什么气味

完全是东方式的
（示意大学校长到自己身旁）
我只不过偶尔戴假发
我已经二十年
没有头发了
谁服用这么多药物
谁的头发就会脱落
我在隆重的场合
戴假发
如果不在今天这个日子戴
那要在其他什么时候呢
（再次将学位证书凑近自己的脸）
我们作为名誉博士
还是我们以前的老样子
（拽项链）
我已经拥有荣誉项链了
现在我除了荣誉项链
还拥有名誉博士学位
有些人以为他们得把一架梯子
靠在我身上
如果他们想和我说话
我保证对各位
怀有最崇高的敬意
我准备了一篇发言
（示意女人到身旁，对她耳语，
然后女人又后退并坐下）
但我不发言
如果我们说点什么

我们便不被理解
如果我们说出真相
那只不过是谎言
我们也是过于狂热的信仰者
而盲目信仰是一场灾难
我们对艺术一窍不通
我们憎恨大自然
我们的思想被证实是一派胡言
（对市长）
市长先生您能否告诉我
为什么您自己前天将其称作
为永留后世而建造的桥梁
昨天就坍塌了
您瞧您无法解释
如果我们出门
我们得首先清除
夜里堆积在屋前的垃圾
如果我们终生每天早晨做这件事
我们最后便会使自己筋疲力尽
到贵校去
领取我的学位证书
这才确实合适
而且是一桩小事
但各位也亲眼看到了
我不可能这样做
我感谢您专心听我讲话大学校长先生
德高望重的校长阁下
我也感谢您系主任先生

（把手伸向他们和其他二人，
为这些人送行）
我几分钟后就感到疲惫了
患病的人得忍受所有折磨
（递给女人学位证书，她将学位证书
保存起来，送宾客们出门）
请向贵学院转达问候
我向它致以崇高敬意
致以最为谦恭的崇高敬意
（所有的人都走出去
世界改造者注视着他们，直至
他们最终走到屋外，然后）
人使自己丧失了一切

尾声

中午

世界改造者　（未戴假发）
这是什么气味
我要窒息了
（大口喘气）
我就要窒息了
（朝外喊）
我要窒息了我要窒息了
（女人跑进来）
打开窗户

打开窗户

（女人打开窗户）

他们留下了这股气味

你得把窗户完全敞开完全敞开

完全完全敞开

（女人尽量将窗户完全敞开）

我们必须搬走

我们必须离开这儿

我憎恶这栋房子

我憎恶这个地区

我始终憎恶它

我无法再忍受这种环境

离开离开

这是一座多么可怕的城市

这是一些多么迟钝的人

我那时绝不该同意

我们到这儿来

我们必须尽快离开

不然我们就会完蛋我们就会变成白痴

因为我向你让步了

我始终憎恨这些人

我知道自己为什么半年后

就从大学里逃了出去

现在他们来报复来表彰我了

我们不能耽误时间

这是最后一次机会

但我们去哪儿呀

穿堂风要把我吹死了

（对女人）
你为什么站在那儿盯着我看
我觉得冷
从下往上冷
你本该给我织袜子
而不是帽子
（突然）
捕鼠器里今天有几只大老鼠

女　人　一只大老鼠也没有

世界改造者　没有大老鼠
（问）
有小老鼠吗

女　人　只有一只小老鼠

世界改造者　把它拿过来
我想看看它
把它拿过来
（女人走出去
世界改造者猛地点几下头）
这是一种奇特的脖颈疼痛
（看门
女人拿着里面有一只小老鼠的
捕鼠器进来
世界改造者极度兴奋地大声喊）
它还活着
你放了多少个捕鼠器

女　人　我放了十三个捕鼠器
楼下八个
二楼五个

世界改造者　没有大老鼠
只有一只小老鼠
这很奇怪
你放进去的肥肉确实够吗
也许厨师
把它煎得不够好
（用助听器敲捕鼠器）
这是一个多么逗人喜爱的生物
（用助听器敲捕鼠器）
你瞧它很敏感
真是一个非常逗人喜爱的生物
你看它的眼睛
它多么喜欢活着
但它们却使我们感到惊恐和厌恶
（用助听器敲捕鼠器）
它多么惊恐
我们为什么要在一只
如此惊恐的动物面前
惊恐呢
我们从来不知道
应该把它淹死
还是烧死
假如我们烧死它
气味令人恶心
假如我们淹死它
我们便感到恶心
这些房子里到处都是
大老鼠和小老鼠

如果我们不离开
它们有一天会把我们吃掉
（直接对女人）
我们也许去因特拉肯
因为你的肺不好
阿尔卑斯山令人厌恶
我憎恨瑞士
但我也许会满足你的愿望
和你一起去阿尔卑斯山
去瑞士
去因特拉肯
我应该报答你
不过你并非完全一无所获
对吗
说
你并非完全一无所获
无论如何
我名扬四海了
我是一个才智超群的人
我是一位历史创造者
（敲捕鼠器）
它在跳
它吓坏了
它完全吓坏了
（突然）
给我
我想做一件好事
（女人交给他捕鼠器，拿助听器

世界改造者手持捕鼠器，
尽量将其前伸并朝里看）
我原则上不反对
我们去瑞士
我也不反对
去因特拉肯
当然也不存在
费用问题
（将捕鼠器凑近女人的脸）
你看见它了吗
它害怕
偏偏是人
没有人性
它对因特拉肯
一无所知
（他打开捕鼠器，小老鼠逃出来，
女人叫喊着跑到外面
他极其厌恶地转身
停顿一下
大声朝外喊）
我的面条
（感到无聊）
我现在想吃面条

剧 终

抵达目的地

人类生活的苦难奠定了这一切；既然
人们明白了这些，因而便以消遣来打发。[1]

帕斯卡尔

① 原文是法语，中文译者为宫宝荣教授。

人　物

母亲

女儿

一位剧作家

一名女仆

在荷兰

第一部分

城市里
清晨
二楼的一个大房间，旁边是厨房
两扇门，两扇窗户。一张沙发
几件还敞着的或已锁上的行李，
一只未锁的大藤箱
母亲坐在一把圈椅里仔细看账单
女儿在厨房里煮茶

母 亲 （手持长柄单片眼镜，身穿一件
防寒旅行长大衣）
那是我的主意
那是我的愿望
那是我的主意
我们当时究竟为什么要去
我们预定长期戏票
现在造成了恶果
我们本不该等这么长时间
我当时到底为什么要邀请他
真是大错特错
《逃命吧》这个标题不错
我当时说人才
您是一个了不起的人才
但我对此并非深信不疑

成功也只是偶然事件
有什么东西使人成功
没人知道那是什么东西
即便所有的先决条件都存在
也没人知道那是什么东西
这次演出同样可能失败
我当时就想它不会成功
这种钻牛角尖这种毫不退让
我问自己那难道是人吗
后来他们便突然狂热地鼓掌
我当然为他如此受欢迎感到高兴
津津乐道于不幸
从舞台上把人们自己的污物
朝他们脸上扔下去
我起初想这不会成功
我当时想这不会成功
舞台上的污物越来越多
直到整个舞台都充满了污物
整个舞台都充满了污物之后
帷幕合拢
那无非是污物
没错这些年轻人
当然有天赋
而那些老艺术家则是糟蹋戏剧的人
你不认为
仅仅让人们看自己的污物
很粗鄙吗
（朝厨房里喊）

把它煮浓
我想喝浓茶
你听见了吗他要八万
所有的人都妄自尊大
这是一个彻头彻尾妄自尊大的社会
整个社会
都失控了
（将账单放到一边）
我不该让人修缮墓穴
我应该让它保持原状
倒塌的方尖碑确实独一无二
仅仅把倒塌的方尖碑竖起来
再加上一点水泥就要八万
一位剧作家
这到底是什么职业
人们成功后便立刻利用一切
发表思想在纸上损耗一切
总之是一种卑劣行径
他们自以为了不起
他声称自己是无政府主义者
他说剧作家是无政府主义者
他整整一小时都在谈论演员
但他一点也不为我着想
他不考虑我年事已高听力不好
（女儿拿着茶进来）
而且我其实对任何事都不再感兴趣
至少对表演艺术不再感兴趣
至少对戏剧不再感兴趣

（女儿端上茶）
那些石匠
真是厚颜无耻
所有的手工业者都厚颜无耻
现在他们彻底劫掠了
知识分子
这是手工业者的胜利我的孩子
工人们欢欣鼓舞
但我们这边的人还不理解这一点
四五十年来
工人们欢欣鼓舞
他们大权在握
他们讨论他们做出决定
他们把我们干掉了
（女儿想斟茶
母亲阻止她这样做）
还不到时候
就像你对茶一无所知
你对世界历史也一无所知我的孩子
你得让它泡一会儿
我二十年都在劳神费力
教你做这件事
你父亲想要一块方尖碑
他自己给自己挑选了它
这在当时就很可笑
时代彻底变了
一切都变了都颠倒过来了
一切都被头朝下放了

真是技艺高超我的孩子技艺非常高超
现在倒茶
（女儿斟茶）
我没有取消我们预定的长期戏票
现在造成了恶果
这仅仅是一个习惯
我们确实早已不再热爱戏剧
我们只是假装热爱它
我们憎恨它
因为它变成了我们的习惯
但我们也憎恨莎士比亚
如果我们去看戏
我们就憎恨我们自己
戏剧尚未开始
我们便看穿了它
（又查看账单）
我没有立刻付钱
竖起方尖碑
用了两年时间
完成所有事情用了两年多时间
我两年没有付钱
要以其人之道还治其人之身我的孩子
不能太便宜这些人
他们以提起诉讼相威胁
他们第二次以提起诉讼相威胁
后来我才付钱
我当然扣除了百分之二十
即便如此费用还是太昂贵了

如果他们成功地
敲进了一枚钉子
这些人便会对自己的能力感到惊讶
业余水平随处可见
但这在手工业者那里最令人作呕
（喝茶）
如果我们运气好
就不下雨
但另一方面我喜欢在雨天旅行
会下雨的
我知道我为什么不让人在这儿干活
这儿的一切都应当改变
但我不许手工业者来家里
这儿不会再有任何改变
除非有一次灯不亮了
但通常不会有什么改变
这儿的一切都已破败不堪
你走动时我总是想
房子要塌了
你习惯了这种笨重的步态
但另一方面这也是你的天性
我说走动时请别发出这么大声响
不过这改变不了你的步态
我们本该足够早地卖掉铸造厂
到海边去
谁也不可能阻拦我们
但我们错过了恰当的时机
后来便不再有人购买铸造厂

购买这样一家老式铸造厂
曾经有过一次绝佳的机会我的孩子
一千八百万
但我觉得这太少了
如果我们错过了恰当的时机
它便绝不会再出现
我那时想我还可以抬高价钱
后来突然间一切都完了
我曾想卖大约两千五百万
我赌输了
(喝茶)
一些人喝茶
另一些人喝咖啡
可以将他们分为这两种类型
你是喝咖啡的人
他那时不敢
再碰我
他让我感到恶心
我非常坚决
我们从罗马回来后
他就没再碰过我
你当时已经二十二岁了
我曾想我的天
这是一个什么样的孩子
其貌不扬而且有点迟钝
但很可爱
你小时候更像你父亲
我那时可能和其他任何一个男人结婚

但最终却选择了你父亲
铸造厂起了重要作用
我那时不能肯定
我是嫁给了这个男人还是铸造厂
我从未真正地知道
我嫁的是铸造厂还是这个男人
他拥有铸造厂
和海滨别墅
这一点极其吸引我我的孩子
我想找一个男人一个甚至不算丑的
拥有一幢海滨别墅的男人
我一直想要一幢
属于自己的海滨别墅
一方面是因为铸造厂
和海滨别墅以及整个这种状况
给予人的安全感我的孩子
我不能说
我那时别无选择
不不是这样
他突然出现了
并且对我谈起他的铸造厂
他说他孤身一人
他父母已经遇难
俩人是在同一瞬间遇难的
我被打动了
当他告诉我他们即刻身亡

在佛罗伦萨[1]和博洛尼亚[2]之间的路段
这打动了我我的孩子
他说他拥有一幢海滨别墅
另一个故事那时也许不会如此打动我
我们从一个男人口中听到某件打动人心的事
他通过向我们讲述某件打动人心的事
自己也变得打动人心了而且我们和他结婚了
我根本不想要这个男人
除了铸造厂和海滨别墅
我们后来还有了一个孩子
那是你可怜的哥哥
他两岁半就死了
（喝茶）
他的脸就像耄耋之年的老人的脸
我不想要他我觉得他太丑了
你能想象出这些吗
他看起来就像一个年迈的老人
这种情形出现的概率是三百万分之一
他的皮肤上布满了皱纹
他身上的一切都是畸形的
我当时想这是惩罚
现在你受到了惩罚
我不断地考虑
我如何才能扔掉他
有一次我产生了
在炉子里烧死他的念头

---

① 意大利中西部城市。
② 意大利北部城市。

但后来发生了什么事
我又把他裹起来给他唱歌
我使自己变得多愁善感
并因而使自己变得更加卑鄙
我好生劝说自己
暗地里我一直希望
我的孩子死去
我不敢让我的孩子见人
所有的人都想看他
但我不让他见人
我总是说快到时候了
我失算了我的孩子
铸造厂和海滨别墅
还有这个孩子
我失算了
后来我去了海边我以为在那儿情况会好一些
但在那儿情况是最糟糕的
我打算用被子捂住他的脸
把他闷死
但我不敢
我想那我就因为一个根本不是人的人
因为一只难看的小动物
毁了我自己
我恨里夏德
那时你父亲是可以想象出的
最沮丧的人
他总是从城里来
问我们的孩子怎么样

我讨厌他这么问
我想是你弄出了这个孩子你这个下流胚
现在你还问我
这个残废怎么样
我不得不预想
这个残废十五岁或二十岁
或二十五岁时会是什么情形
但事情并没有发展到那一步
我迫不及待地希望他死
希望他已经死去
他还躺在藤制童车里
每当我拉开小帘子
我就感到恶心
但他那时突然死了
他的脸刹那间变美了
老态毕现但却很美
因为我急不可待地想要他死
你知道他为什么叫里夏德吗
你父亲特别痴迷瓦格纳[①]
我对我自己这样说
恰恰在我想让我的孩子见人的时候
他死了
我总是对人们说
我从未见过这么漂亮的孩子
我这么长时间不让他见人
是为了不使他的漂亮受到损害

① 里夏德·瓦格纳（1813—1883），德国作曲家、指挥家。

我想使我漂亮的孩子避开那些肮脏的目光
我说真的恰恰在我想让你们看他的时候
他突然死了
当时下着倾盆大雨
天气完全不正常不是吗
人们不可能知道
棺材里装的是什么
那是某种可怕的东西
那是某种老态龙钟的东西
棺材是白色的
而且有许多鲜花
我让人在墓碑上刻下
我们的里夏德
(喝茶)
我那时突然产生了恐惧
一切都是恐惧
而且我恨你父亲
我躲避他
我锁上了房门
(指门)
我好几个星期好几年
盯着这扇门
并且害怕
他会穿过锁着的门进来
他敲门但我不开门
他不断地使劲敲门
但我不开门
他敲得筋疲力尽后便停下来

于是我服用我的药片
清晨他已离开
铸造厂需要他
我前往卡特韦克[1]
我在那儿坚持了整整一年
看潮落潮起
潮起潮落
（喝茶）
然后我回来了
然后你出生了
我们无法逃脱我的孩子
（喝茶）
我总是对自己说
只把必不可少的东西装进去
只把最必不可少的东西装进去
到时我们又有这么多行李
（女儿起身，又去收拾行李）
我即便浑身疼
也可以帮助你
但你反对我这样做
疼痛总是从脚后跟开始
后来便沿着脊背向上转移
（女儿打开大藤箱）
这只藤箱有很多年头了
这只藤箱
是我唯一的嫁妆

---

① 荷兰南部小镇，濒临北海。

你知道那时藤箱里装的是什么东西吗
我以前告诉过你吗
我没告诉过你吗

女　儿　没告诉过妈妈

母　亲　是一条我外祖父的
粗羊毛毯
此外什么也没有
这就是全部东西
你曾外祖父母一贫如洗
他是小丑小丑我的孩子
他妻子完全聋了百分之百聋了
（喝茶，立刻又将杯子放到一边）
茶不好喝
你煮茶茶就不好喝
煮茶是一门学问
水当然重要
但煮茶是一项技艺
我还是想喝白兰地
白兰地我的孩子
（女儿给她取来白兰地）
她完全聋了你明白吗
而他是一名文盲
一名真正的文盲
他们生了五个孩子
穷人生的孩子最多
两个活了下来
其中一个是我母亲
你外祖母

（女儿给母亲斟白兰地）

她在荷兰某地生下了我

是在一家旅店里

她进入旅店

去盥洗室

并且剪断了脐带

并且又抱着我走出来

到一位女友那儿

她让她住了一星期

后来我母亲又去工作了

只有一个人可以喝酒

只有我可以喝酒

（喝酒）

从一无所有你明白吗

到突然住进这样一栋房子

完全撇开其他的一切不谈

拥有一家铸造厂

拥有一幢海滨别墅

不过这些东西当然并非唾手可得

当时这个嗓音难听的

丑陋男人来了

他对我谈起他的铸造厂

你父亲那时有一个坏习惯

每句话的第一个词

他都要说两遍

这令人难以忍受我的孩子

当他坐在那儿

谈起他的铸造厂时

我厌恶这个人
后来他说
如果我厌烦了铸造厂
我就到海边去
我在那儿在卡特韦克有一幢漂亮的别墅
这当然是我无法想象的
（喝酒）
我那时还从未见过大海
我一直就想看看大海
我一直想谁不曾见过大海
谁就枉来人世走了一遭
我如今仍这样想
当时我把我的东西装进包里
乘车前往卡特韦克前往海边
是有一栋大房子是有潮起潮落
我还从未见过潮起潮落
他曾在我面前模仿它们
他上身完全前倾
用双手为我模仿潮起潮落
我那时认为他是一个疯子
我想这是一个疯子
但后来事实表明
他说的一切都确实存在
铸造厂确实存在
海滨别墅确实存在
潮起潮落也确实存在
银行里的钱确实存在
我对我的女友说

你会这样做吗
尽管你无法忍受这个男人
当他谈起潮起潮落并且对此进行模仿
当他不断地谈起他的铸造厂并且详尽地描述它
当他谈起他祖父以前购买的他的海滨别墅
我说他嘴里散发出
一股非常可怕的气味
我不喜欢他的手指
总之不喜欢他的手
他的脸是丑陋的
但他谈起潮起潮落时更让人讨厌
你会这样做吗
（喝酒）
当时她仅仅说会
而那是怎样说出的一个会字啊
我今天仿佛仍能清楚地听见这个会字
它在我耳边响了二十五年
我无法模仿它
我应该能够模仿它
但我无法模仿这个会字
她说会此外不曾说任何话
她听完我的讲述并且说会
于是我就这样做了
你明白吗
我憎恶这个男人身上的一切
我也憎恶他走路的方式
我憎恶他走路的样子
还有他坐下的样子

还有他起身的样子
还有他说落潮时
交叉双手
张大鼻孔的样子
还有他说涨潮时同样张大鼻孔的样子
（喝酒）
这位女友你明白吗
我曾请求她
留宿带着你的我
她从未见过这个男人但却说会
（女儿将一件灰褐色连衣裙放进藤箱）
你出生时
我已经有了这只藤箱
我去每个地方都随身携带它
那时我去过的地方确实还不多
我还不曾见过大海
但铸造厂引起了我的兴趣
这个男人最爱说结局好一切好
他经常说这句话
即便这样说毫无意义
结局好一切好
（喝酒）
这是他的习惯
他擤鼻涕的声音太大
他一有机会就说
结局好一切好
但另一方面他又像
那些有产者一样懂礼貌

不过也并非很懂礼貌
每当他竭力这样做
他总是显得有点可笑
比如他打开一瓶香槟酒时
就非常滑稽
他做不了这种事
而我总是要求他这样做
你父亲笨手笨脚
他是一个极其笨拙的人
他提起铸造厂时
我被吸引住了
他说出铸造厂这个词
仿佛这对他而言是一种享受
每当你说铸造厂这个词
我就有点想起他
有点
（喝酒）
有点
他习惯
关着窗户睡觉
我受不了这样
我总是打开窗户
但那时他就感冒
在这种情况下我干脆搬了出去
起初我们有一间共同的卧室
但很快便不再共用它
我这样做很愚蠢
我总是责备他

说关着窗户睡觉
不利于健康
我本该说两三次
但我却一再说
一再说
其他许多事情也一再说
那全都是使他心烦的事情
我唠叨他就听着
但他根本不理解我说的话
结局好一切好
他进来吃早餐时
说结局好一切好
他从铸造厂回家时
说结局好一切好
我们正沿着海岸行走我的孩子
而他却突然停住
说结局好一切好
有一天他想养一条狗
我不想阻止他这样做
但这简直是胡闹
他总是对这只动物说结局好一切好
我无法再忍受
我毒死了这只动物
你不记得这件事了
它发生在很久很久以前
但那时你已经出生了
不过你那时太小
你不可能还记得这条狗

我不容许你身边有一条狗有一只动物
我们在公园把你放在我们中间时
他毫无理由地突然说
结局好一切好
他也对你哥哥说
结局好一切好
我给他一些书读
但他不读它们
我要求复述
但我这样做只是在折磨他
他说我去铸造厂
而且总是说结局好一切好
他喜欢袖口扣子
他父亲给他留下了一些硕大的金色袖口扣子
但我受不了袖口扣子
他还总是想在海边穿某种凉鞋
我憎恶它们
因为这时他难看的脚趾露了出来
他不明白他的脚不适合穿凉鞋
他不喜欢文学
我以前确实经常读书
因为我此外无事可做
但他却憎恶文学
和戏剧
只有安徒生是例外
那时他坐到窗边
（指地点）
坐到那儿你看见了吗

读《卖火柴的小女孩》的童话
几百遍地读
我不管他
否则我就做得不对
他坐在那儿阅读时我蔑视他
我极其蔑视他你明白吗
（喝酒，然后）
你得把大衣和连衣裙
分别装进箱子你的确知道这些
重东西放最下面
轻的放上面
如果我不浑身疼
我会帮助你
（试图起身，立刻又坐下）
这是这栋房子的潮湿导致的

女　儿　海边也潮湿

母　亲　对但却有利于健康
在海边有利于健康
海边是潮湿的
但却有利于健康
不过这儿的潮湿
却使人生病
这儿的一切都使人生病
我们得争取
离开这儿
刻不容缓
我有一次问你父亲
他以前为什么走进

他在那儿认识我的酒馆
他说他不知道
这是偶然
当时我向他说明
并不存在什么偶然
我受不了他说
他认识我
是偶然
我说这不是偶然
这是算计
他当然不理解我说的话
我第一次看到铸造厂时
大吃一惊
我搞不明白
我作为铸造厂老板夫人该做些什么
（喝酒）
但我突然对那儿的嘈杂声
对这种嘈杂声中的人
对熔化和嘶嘶作响时
产生的气味感兴趣了你明白吗
他们利用了他
你父亲很愚蠢
他本该以完全不同的方式和这些人打交道
他有一名经理
经理好多年都在欺骗他
暗地里曾拿走几百万
但我结束了这一切
我清除了一些人

我解雇了全部人员的半数
我甘愿冒打官司的风险
但根本没有打官司
我说
你是被欺骗的人
你是笨蛋
你被利用了你上当了
如果人新到一个地方
便会有不受任何影响的判断力
他回家时筋疲力尽
结局好一切好
（喝酒）
我在那些大厅四周
栽种了观赏植物
一切看上去突然就完全不同了
一切都赏心悦目了你明白吗
工会掌控着他
但在这种情况下我就出面
以恰当的方式
处理一切
我说我们是蠢货
而不是他们
我们是被利用的人
而不是他们
曾经爆发过一些抗议活动
但它们自行消失了
我和那些人相互了解
他们提出越来越多的要求

而他则满足这些要求
必须结束这种状况
我说是你来决定该怎样处理
铸造厂的事
而不是他们
这是你的铸造厂
而不是他们的
这是你的生活
我们的生计
而不是他们的
我手腕强硬
我们必须解雇一半人员
以便恢复正常我的孩子
他的病突然发作了
那时你十七岁
我们在卡特韦克
他的病在那儿突然发作了
你还得上一年高级文科中学
这件事还根本没被认真对待时
我就想
他快完了
疾病持续了很长时间我的孩子
起初觉察不到好多年觉察不到
直到它后来最终突然发作
我不是告诉过你
我曾对医生说他快死了
而医生回答道
对他快死了

当时这件事是显而易见的
它甚至没有特别触动我的内心
铸造厂的事务使我非常忙碌
我有几次让他进入我的房间
但毫无结果
即便在那时我也对他感到厌恶
当他走出去
当他毫无结果地走出去
他便在房门旁转身
（指地点）
就在那扇房门旁
穿着那件干净的他非常喜欢的长睡衣
他说结局好一切好
这使我感到厌恶但我说晚安
我知道他不久就要死了
他不知道这一点
他的头脑非常简单我的孩子
他对他面临的事视而不见
他对革命视而不见
他对他的死亡视而不见
但我看到了这两件事
革命和死亡
他的死亡
结局好一切好这听起来极其无助
但却龌龊
我不能被这句话欺骗
我说晚安并且恨他
他总是想穿那些样式相同的

遮住脚踝的长睡衣
领子上带有绿色的玫瑰花镶边
我是多么憎恶那些长睡衣
（喝酒）
但我也不能把这样几件小东西
从他那儿拿走
他一边觉得冷一边上我的床
不过他的身体无法变暖
从星期六到星期天他都在乞求
但那时我不让他进来
（女儿折叠一件黑色连衣裙，
想把它放进藤箱）
这是我的丧服
我把它随身携带了二十年
而我二十年一次也没有
在海边穿过它
让我看看它是否已经破了
（女儿将连衣裙拿到她面前
对着光线举起，母亲仔细看它）
有理由留着它
但第二次穿它
是虚伪的
不过你尽管把它装进去吧
谁知道呢
也许我会突然有兴致穿它
（女儿拿着连衣裙走向藤箱，把它装进去）
每年带的东西都一模一样
好多年没有添置衣服

因为你在我身边
你会做针线活
大多数衣服都过时了
你想带上你的蓝色套装吗

女　儿　想带上妈妈

母　亲　我喜欢看你
身穿蓝色套装
和我一起在卡特韦克沿着海岸漫步
我喜欢看你这样
而且你还穿着母亲的黑鞋

女　儿　是妈妈

母　亲　你应该买新鞋带
旧鞋带已经打结了
你得在卡特韦克买新鞋带

女　儿　我早就非常盼望去卡特韦克了

母　亲　对我也盼望
每年都一样
我整整一年只有一个目标
那就是卡特韦克

女　儿　（让母亲看一件灰色连衣裙）
我还要熨它吗
（高举起连衣裙）

母　亲　不
不要熨
（女儿将连衣裙放进藤箱）
白天走路时我穿我的沙滩连衣裙
下午我有百褶裙穿
你已经把它熨得很平了

没有你我怎么办

我们当然去阿姆斯特丹游玩

这理所应当

也许今年我们的小提琴演奏高手已经在那儿了

这些人为什么经常感冒

不过你可是有你的剧作家

那是我的主意

那是我的愿望

我们会在一瞬间变得软弱

并且做一件蠢事

女　儿　为什么说那是一件蠢事

母　亲　我邀请了这位作家去卡特韦克

当时是你想这样

你想让他和我们一起去卡特韦克

我并不想这样

我怎么可能想这样

不我不喜欢这些年轻人

更不喜欢这些知识分子

这些人有他们的精神追求

我从未喜欢过这些人

他们只会搞乱一切

并且颠覆一切

邀请他同去是一个错误

女　儿　但他只不过待一两天

母　亲　对说是一两天

女　儿　当时他非常高兴

他佩服你妈妈

母　亲　邀请他是一个错误

但那是一种瞬间的感觉
是一种要忠实于你的
奇怪感觉你明白吗

女　儿　演出大获成功妈妈

母　亲　这确实说明不了什么
人们当时的好情绪使演出成功了
但它也可能失败不成功
直到最后一刻没有任何东西
根本没有任何东西是确定的
然后是一片寂静
而人们鼓掌了

女　儿　掌声极其热烈妈妈

母　亲　我觉得这不可理解
他们竟然为这样一部剧作鼓掌
在剧中他们所有人的丑陋之处都被暴露出来
而且是以最粗俗的方式
作者虽然采取了幽默态度
但采取的是一种恶毒的幽默态度
他甚至运用了卑鄙手段
运用了绝对卑鄙的手段
后来他们却突然鼓掌了

女　儿　那是一次真正的成功一次巨大的成功

母　亲　一次成功能说明什么
然后人们走出剧院走到大街上
而一切都已被遗忘
一个晚上的一次成功确实什么也不能说明
要看这部剧作是否可以成为毕生之作

女　儿　什么叫毕生之作妈妈

人们鼓掌了他们喜欢它
他们喜欢那些演员
他们喜欢舞台上的一切

母 亲 那些演员讨人喜欢
那些演员是出色的
但剧本

女 儿 我认为它是一部杰作

母 亲 你对戏剧文学
实际上一窍不通
人们什么也不理解
但却拼命鼓掌
因为他们恰好有兴致鼓掌
不过他们也为最荒唐的事鼓掌
他们也为他们自己的葬礼鼓掌
他们为他们被打的
每一个耳光鼓掌
他们被从舞台前沿处往下打耳光
并且为此鼓掌
没有比戏剧观众的反常
更为严重的反常
我们还与你的作家
见面了
这简直是胡闹
索要亲笔签名
这是多么反常
我们现在从中得到了什么好处
现在我们的习惯被打乱了
谁知道

女　儿　他立刻同意了

母　亲　我当时并没有说

我们要去海边您一起去吧

我可根本不想这样

我说我们要去海边

这时他说

他也很乐意去海边

我说你到过卡特韦克吗

他否认这一点

他说他没到过卡特韦克

这时你说卡特韦克太美了

女　儿　卡特韦克确实美

母　亲　这时我说

她说得对卡特韦克真美

女　儿　我说卡特韦克很美

因为那儿有一栋只属于我们的房子

可以好几个小时沿着海岸独自漫步

母　亲　然后我说

您去过海边没有呢

这时他说当然去过

他说一位剧作家

必须熟悉大海

必须熟悉潮起潮落

剧作家必须首先熟悉大海

如果他熟悉大海

他便同样熟悉他的艺术法则

我认为他说的这一切

非常令人困惑而且狂妄自大

我突然有几次
称他为剧作家
我觉得这很荒唐但我却这样说了
当一位剧作家写作
当他向前推进他的艺术品
他必须熟悉大海
而且必须始终将潮起潮落

女　儿　他说潮起潮落
他一再说潮起潮落

母　亲　他说的话毫无意义
他很兴奋
这可以理解
那些人在吹捧他
但他们同样可能
在这一晚
突然毁灭他
他们决定喝彩
而不是毁灭
但在一所剧院里
这二者始终皆有可能
不是喝彩
就是毁灭
归根结底
不是喝彩
就是毁灭
我认为我们的剧作家
确实全凭运气
我们看到某种我们无法原谅的东西

某种我们憎恨的东西
而后来我们却鼓掌了
我起初没有鼓掌
但后来我还是鼓掌了
我只能这样
但后来当我们走出剧院到了外面
我感到惭愧
我为一种无耻行径鼓掌了
后来我们便看到那张傲慢的脸

女 儿 他不傲慢

母 亲 剧作家
生性傲慢
狂妄自大
他们获得了掌声并且狂妄自大
或者他们会缩着脑袋
从剧院后门出去走到郊外

女 儿 剧中的一切
逐渐导致了灾难

母 亲 对
一切都不断地面临着倾覆的危险
登台表演的是那样一些演员
他们展现出如此完美的演技
即便对艺术品也如此具有献身精神
在此我不能肯定
这是否确实涉及一部艺术品
演员们竟然要这样
极其无耻地献身于观众
最后他们全都筋疲力尽地站在那儿

谁也不再知道刚才表演的是什么
他们被报以热烈的掌声
绝不可能把你父亲
带进剧院
他有他的铸造厂
你喜爱戏剧是受我的影响

女　儿　是妈妈

母　亲　但我没那么热爱戏剧了
(喝完杯中的酒，又给自己斟酒)
我确实对舞台上发生的一切
有点怀疑了
以前我不是这样
现在我问自己
这是否有益
我是否应该取消长期戏票
一切都在重复
我们已经看过
看过和听过
来自舞台前沿的一切
我的天这一切表现的仅仅是
所有的人都疾病缠身并且正在死去
死于非命或者不死于非命
他们必须认输
被刺死或者不被刺死
被毒死或者不被毒死
或者他们干脆就在半睡半醒中度日
并且因此令人毛骨悚然
我们确实也已看厌了

那些戏装难道不是这样吗
(喝酒)

女　儿　不不是这样一再有某种新东西
始终有全新的东西
如果我们有这方面的意愿
如果我们想看到新东西

母　亲　如果我们想看到新东西
谁说
我想看到新东西
也许我不再想要新东西
(喝酒)
因为我已经厌烦了

女　儿　他自愿为我们
把箱子提到楼下

母　亲　他自愿吗

女　儿　他自愿
在海边待几天
肯定对他有好处
我们的别墅很宽敞

母　亲　是很宽敞
把他安顿在哪儿呢

女　儿　我想可以在你隔壁的房间

母　亲　这不行

女　儿　这是最简单的办法

母　亲　不不这不行
他应该在楼上在楼上的阁楼里
或者在楼下睡觉

女　儿　楼上或者楼下这的确无关紧要

母　亲　这无关紧要
对这当然无关紧要
他只会携带一个小手提包
待两天

女　儿　他将教我学习戏剧艺术
他将给我朗读《破罐记》[①]

母　亲　这是克莱斯特的剧作

女　儿　对他答应了我

母　亲　你将听他朗读
你将坐在他面前听他朗读

女　儿　是这样妈妈

母　亲　也许他甚至还会在户外在无垠的大海边
高声给你朗读克莱斯特的喜剧
以便你能听见他朗读的东西
而且继续

女　儿　天气会好起来的妈妈
一切都会更加轻松愉快

母　亲　更加轻松愉快
你用这样的话来形容

女　儿　但他也许对克莱斯特毫无兴趣
他会给我朗读某些他自己写的东西
某些他写的新东西

母　亲　啊我的天你是怎么想象出这些的
你似乎已经清楚地知道
那儿将发生什么事
那时将是什么情况

---

① 德国作家克莱斯特的独幕喜剧，完成于1805年。

（喝酒）

女　儿　我不知道
那儿将是什么情况

母　亲　这一点我可以想象

女　儿　或许他也会睡一个好觉
并且敞开窗户躺在床上
呼吸海边的空气
这对他必不可少
他整整一年都在写剧本
写他所说的喜剧

母　亲　在这种情况下海边的空气肯定对他有好处
我时常问自己为什么一个人会做
某些其实毫无意义的事
他做的是什么事
我也问自己
我做的是什么事
你和其他所有人
做的是什么事
这些事毫无意义绝对毫无意义
他们全都在这固有的毫无意义中
备受折磨而且是多么坚持不懈地
累垮了自己
毁掉了自己
这对我有什么好处当我说
我是一位剧作家
或者当我说
我是铸造厂老板
或者当我说

我是铸造厂老板的遗孀
这对你有什么好处当你说
我是铸造厂女老板的女儿
这一切都是什么呀
我问自己这个问题
或者当一个人声称他是教皇
并且对人类必不可少
这对他有什么好处
我问自己这个问题
这一切原本就毫无意义
而人类社会便是所有毫无意义的事情的总和
我不相信这一切
我从未相信过这一切
但为什么不该在纯属毫无意义的事情当中
也有一些人做剧作家呢
（喝酒）
你认为他诚实吗
我是说他在他所写的东西中
在他想表明的东西中诚实吗
剧作家肯定想表现
某一思想内容
或者不想表现吗

女　儿　他诚实妈妈

母　亲　但他做的事毫无意义
他当然诚实因为所有的人都诚实
即便谎言也是诚实的
我们说我们诚实的时候就已经在撒谎了
我们撒谎的时候就已经说出了真相

也许就是这么回事
每当我这样讲话我便兴致勃勃
但这毫无意义
我们走进剧院看戏并且走出剧院
我们对自己说这毫无意义
我们不进入剧院不看戏
我们说这毫无意义
如果他给你朗读《破罐记》
这同样毫无意义难道不是吗

女　儿　《破罐记》是他最喜爱的剧作

母　亲　《破罐记》当然是他最喜爱的剧作
但你最喜爱的剧作家是你的剧作家我说得对吗

女　儿　不过你也曾喜欢《破罐记》

母　亲　对那是在二十年前
十五年前还喜欢
当时我喜欢莎士比亚的所有剧作
但我也喜欢轻歌剧
以前我们看轻歌剧比较多
看戏剧比较少
那段时光难道不美好吗

女　儿　我不知道

母　亲　说实话
那段时光要美好得多

女　儿　我们变了

母　亲　我们变得不爱看轻歌剧了
但并非从爱看轻歌剧变成了爱看歌剧
而是从爱看轻歌剧直接变成了爱看戏剧
这确实很奇怪

女　儿　从爱看轻歌剧变成了爱看戏剧
比变成了仅仅爱看歌剧
确实更好

母　亲　你这样说好像你对这件事很在行
这些话听起来很有道理
这些话见解独到
非同寻常
但它们却很乏味
它们极其乏味我的孩子
这些话全都是
在你的剧作家的影响下说的
即便当你说
应该消除上层社会
而且是彻底地消除
这些话肯定也不是你的话
它们是你的剧作家说的
你讲过他正在鼓动受压迫的民众
你就这样说吧你就这样说吧我的孩子
你就这样胡说八道吧
（喝酒）
当你说唤醒人类
当你说宣示真理
这听起来非常可笑
这就像你父亲那时说结局好一切好
此刻讲话的是那个剧作家
此刻讲话的是那个无政府主义者
此刻讲话的是那个指路人
但你的剧作家知道走哪条路吗

有没有一个人知道走哪条路
这一切都很乏味这一切都是欺骗
这一切都是自我欺骗
（喝酒）
你接触了文学作品
是最大的不幸我的孩子
如果我们从未进过剧院该有多好
现在我们必须为我们对文化教育的热衷
承担后果了
（拍打自己的额头）
你搞的那一套真是荒唐
真是异想天开
（突然用另一种语气）
你有时还能听到约翰内斯的消息吗
（女儿无声地否认）
这些人也并未取得成就
他们开始时非常出色
前程似锦
活力四射
无论去哪里听到的全是掌声
他们突然不再引起社会舆论的关注
并且变成了庸常之辈
赖蒙德呢
你听到赖蒙德的消息了吗
（女儿折叠一件白天穿的绿色连衣裙，
把它放进藤箱）
没听到
他可是给你写过信

他在巴黎过得怎么样呢

女　儿　他没写过信

母　亲　我确实知道他写过信

赖蒙德给你写过信

女　儿　他没给我写过信

母　亲　所有的人都退缩了

因为你总是做错所有的事

他们都不是对的人

我那时想尽了一切办法

但你在这方面太愚笨

我头脑简单的

向来不谙世事的孩子

我喜欢赖蒙德

他总是在恰当的时候沉默

然后又很健谈

而且他衣着考究总是衣着考究

人和他聊天时

不必感到惭愧

我只是在他说晚饭[①]这个词时一直觉得别扭

这个词本身有些反常

但除了这一点

我也喜欢他的父母

你那时应该竭力争取

但你从未竭力争取过

路德维希去了美国

这是预料中的事

---

① 德语为Nachtmahl，系奥地利和南德方言。

这个捣乱分子这个空想家
你听到他的消息了吗

女　儿　没有没听到

母　亲　纽约是地狱我的孩子
它乍看之下是一座令人愉快的城市
但后来却是地狱
你不是适合移居国外的那类人你不是
我也不是
如果我身体健康
也许我以前就放你走了
但你在这儿在我身边
受到我的保护
对你更有好处
我时常问自己你是否值得保护
我不知道
我保护你
你父亲不信任你
他总是说她会变坏
她将一事无成
她只会胡思乱想
她不能随机应变
她缺乏洞察力
她没有艺术才能没有音乐天赋
而且她也没有生意头脑
我的天这一切说起来是多么容易
我们为人们生了太多气我的孩子
我们视而不见
一个人后来有出息了

而我们曾经认为这不可能
另一个人后来没出息
而我们曾经对他寄予厚望
每个人的发展都不可预料
结局好一切好
你父亲没有远见
铸造厂把他压垮了
有时他夜里跌坐在我的房门旁
幸好它锁上了
他喊道他无法再支撑下去
这时我不回答
我一直等到他安静下来
我一句话也不说什么也不说
然后他又离开了
他在房门旁哀泣
我听着但我不开门
我听见他渐渐倒在地上
他还敲了几次门
后来他便不作声了
我蹑手蹑脚地走近锁眼
并且看见他躺在那儿但我不开门
每个人都必须对付得了自己我的孩子
他们全都想逃避
但谁也无法逃脱
（女儿收拾茶具）
总是同样的动作
总是同样的神情
你没有改变

但你就像我们所有人一样变老了
不过我可以觉察到
你老得有多快
人们逃避并且日渐老去
这仅仅是一个论断
（喝酒）
但愿你的剧作家
能够准时
艺术家身上神秘的东西
独特的东西
是什么呢
演员剧作家
他们确实与众不同
我们和他们谈话完全有别于
我们和像我们一样的人谈话
我们更加专注地听他们讲话
我们更加细致入微地观察他们
当我们看穿了他们我们便感到失望
最终的结果是我们倒了胃口
而且头昏脑涨
我们把特别的东西非同寻常的东西塞进他们的身体
并且又从他们的身体里拽出这些东西
直到它们使我们感到恶心
没错我以前曾想
我会嫁给一位艺术家
不是演员而是真正的艺术家
我对此没有明确的想法
但他应该是一位艺术家

我鄙视商人鄙视商界
但后来却事与愿违
在我已筋疲力尽的时候
那个拥有铸造厂的男人坐到我的桌子旁边
这之前我大哭了一场
我眼里的泪水还没干
我不知道在哪儿可以活下去
如今我仿佛仍能听见结局好一切好这句话
听见铸造厂这个词大海这个词
我既感到厌恶又受到了吸引
我厌恶这个男人
但却被铸造厂这个词所吸引
实际上我那时爱上了
铸造厂这个词
我想我是在同一个疯子打交道但并不是
一个完全陌生的人竟然变成了你父亲
他是一个懒惰的人
我不知道该怎样描述他的性格
但他那时别无选择
我不再放他走
我牢牢抓住他
我紧紧抱住他
他无法逃脱
当我告诉他我怀了孩子
他在公园里对我说结局好一切好
我说你迟钝
你愚蠢你毫无价值
（女儿端着茶具走出去

母亲在她身后喊）
我说你是白痴
我嫁给了一个神经病
后来便有了那个孩子
他非常痴迷里夏德·瓦格纳
他对摇篮里的老人说里夏德
他看到那个孩子时曾呕吐过
我问自己这是谁的过错
我想我要把他压死
（女儿拿着几件大衣进来）
他写给我的信
过于幼稚
他说服我和他一起前往巴塞尔①
他得在那儿办理事情
我厌恶与他会面的那些人
但我并未一走了之恰恰相反
（喝酒）
我们去过那不勒斯②去过佛罗伦萨
我们去过俄国
我感到无聊我的孩子
我很快便习惯了奢华的生活
习惯了穿新衣服住大房间
我适应了卡特韦克的环境
我在海边走来走去
我做梦也想不到
我能得到这么多东西

① 瑞士城市。
② 意大利城市。

（女儿将那些大衣悬挂在钩子上，
以便把它们装进箱子）
奇怪的是他不会跳舞
我教他
他跳几步舞都非常吃力
直到他学会了探戈
你父亲从未进过美术馆
我也没进过
所以我们便去那儿看画展
但这使我感到无聊
高雅艺术使我感到无聊
我学习书写
阅读和书写
因为我认识你父亲时
其实不会这些
起初他在精神方面的所有事情上都比我强
但我突然超过了他
他起初对此毫无觉察
这是我的杀手锏
他越来越频繁地落入我的圈套
我已经会写信了
我修改商务信件
我很快便知道自己该如何穿衣打扮
（直接对女儿）
起初我只有一件连衣裙
现在我的连衣裙多得
几乎让我发疯
人必然会失去节制

以前只有一双鞋
而现在
鞋越来越多
但我们后来很快便无法
从中得到乐趣了
丰衣足食使人厌倦
他的父母已经去世
这有好处
他们的悲惨故事
当然没有打动我
他总是以同样的方式讲述它
并且等着看我表现出被打动的样子
但我从未被打动过
我时常想他们已经不在了是一件好事
否则我们便不可能结婚
里夏德那张可怕的脸
仿佛他刚出生就已经八十岁了
这无法解释
他坚持每个星期六
到墓地去
有一天我对他说
如果他继续探访墓地
我就离开他
我说你总是去墓地这会让你完全发疯
我整整一星期都在听他说
星期六我去父母那儿
他的意思是去墓地
这种事必须结束

但我知道他仍暗中探望他们
里夏德被埋葬后
他再也不去那儿了
一个刚出生的婴儿就像一个老人
每三四百万人中才会出现一例这样的情况
孩子们无论如何都是不幸的
你应该为你没有孩子感到高兴
你以前是一个丑孩子
你长着一双和善的眼睛但非常丑
直到这团丑陋的肉变成一个人
持续了很长时间
你那时的微笑
使我与你和解了
但我知道当时所有的人都吓了一跳
他们对我撒谎
但我看得出来他们吓了一跳
你本来应该是一个儿子
我们将去阿姆斯特丹给我们买头巾不是吗
啊但愿我们已经到了卡特韦克
我确实对我们的剧作家毫不了解
我完全不知道
他是来自乡村还是来自城市
我根本不熟悉这个人但却说
您就和我们一起去海边去卡特韦克吧

女　儿　他是城里人

母　亲　他是阿姆斯特丹人吗

女　儿　不他是鹿特丹人

母　亲　他很可能出身贫寒

女　儿　他父亲曾在一艘渔轮上工作

母　亲　人是如何成为一位剧作家的
这是一个愚蠢的问题
这就像我说
人是如何变老的
那么他肯定也有音乐才能

女　儿　他有音乐才能
他以前拉过小提琴

母　亲　以前拉过小提琴
所有的人以前都拉过小提琴
鹿特丹是不错的基础
我认识几个鹿特丹人
他们都有所建树

女　儿　他很早就离开了鹿特丹

母　亲　他大学里读的是什么专业呢

女　儿　我不知道

母　亲　戏剧
可以学习戏剧
学习戏剧艺术吗我不知道

女　儿　他有一段时间靠奖学金生活
但我不知道是什么奖学金

母　亲　大概是戏剧奖学金
但这又是什么呢
（喝酒）
人大概会去
一位著名作家那儿
请他教人
如何写剧本

这是瞎说
人会去剧院看如何演戏
这是瞎说
谁也不知道一个人是如何成为一位剧作家的
人们说他的剧作上演了他获得了成功
但这种情况是如何出现的
他确实可以谈谈这件事
让我明白它
恰恰是这些剧作
破坏一切贬低一切
直到一切都被摧毁
那个男人出场了他用他说的第一句话
已经自己宣判了自己的死刑
他把他与之攀谈的那个女人
一起拽了过来
一切都如此毫无顾忌
所有的人都出场了并且注定要死去
而他却将他的剧作命名为《逃命吧》
因为显而易见无人能够逃命
指望救援是可笑的
一切都在驶向灾难
他们想方设法逃命
他们全都以这种方式自我毁灭
他们说话并且在走向毁灭
他们闲坐着并且在自我毁灭
他们彼此热爱他们彼此憎恨并且在走向毁灭
毫无出路
你认为生活和这部剧作表现的一样吗

《逃命吧》这具有讽刺意味
（放下她的杯子，起身走向藤箱，朝里看）
这向来是装大衣的箱子
（取出一件大衣折叠，然后把它放进箱子）
在海边悬挂起来之后
所有衣服都很容易又变得平整
（帮助女儿收拾行李）
我曾一直希望去北京
我不知道是为什么
我喜爱中国人
但现在太晚了
现在我不再有兴趣做这件事
几年前我们还可以去北京
现在不行了
我一生都梦想在船上与人相识
梦想在大海上有一次真正的奇遇
我曾想嫁给一名船长
嫁给一个周游世界的人
一个了解世界的人
但这其实不够
如果那时没有铸造厂就好了
你父亲总是使事情变得不可能
我们很快便彼此相像了
用一个漂亮词来说这叫同化
（举起一件冬大衣）
这还是一件十分好看的衣服对吗
卫生球放得太多了
我简直受不了这股气味

女 儿 坐下吧妈妈
我可以一个人做所有事情
(母亲走向椅子坐下
女儿看表)
他来的时候我们就收拾完了

母 亲 我向来憎恶收拾行李
但也憎恶取出行李里的东西
我们确实又得取出
我们装进去的所有东西
(喝酒，喊道)
喝一口吧
给你喝一口来
(女儿走向她，从她的杯子里
喝一口酒)
我什么事情都靠你做我的孩子
而现在
你想离开我
不
你不会离开我
你根本不可能这样做
没有我你根本无法生存
没有我你就会丧命
如果你离开你就会丧命
但你当然完全不受约束
你可以做你想做的事
我总是对你这样说
你不受约束不受约束我的孩子
那就好好继续收拾行李吧

以便你在我们的朋友到来时完成这项工作
他是我们的戏剧天才我们功成名就的作家
他写了《逃命吧》这部剧作
(女儿走向藤箱，将那些大衣装进去)
然后我们就在卡特韦克敞开窗户
听博列洛[①]舞曲你认为这怎么样
你期盼这件事吗

女　儿　期盼妈妈

母　亲　但愿我们能并排坐着
为自己弹奏博列洛舞曲
我们以前总是这样做
或者我给你朗读点什么
或者你给我朗读点什么
这由我们抽签决定
你给我朗读时
我仔细倾听
或者我给你朗读时
你仔细倾听这确实很美
我们在卡特韦克有许多书
难道这一切不会使你高兴吗

女　儿　会的妈妈

母　亲　我不知道这是否会使我高兴
我曾经非常渴望前往卡特韦克
但现在一想到要去那儿
我就突然感到厌恶
我憎恶这次旅行

① 一种三拍子的西班牙舞蹈，舞者以自己的声音和响板伴奏。

憎恶那片荒凉的景色
憎恶那栋可怕的房子
（喝酒）
但这就是习惯
我们只能如此
我们三十年来
都在这一天出发
不过我们现在有二十年是单独去
我们俩单独去

女　儿　二十年的时间已经够长了
而他也确实只待两天

母　亲　谁知道
他产生了兴趣便会待更长时间
或者你会产生兴趣
我犯了一个错误
我当时太鲁莽
我当时应该说年轻人您的剧作是一部杰作
它给我们留下了非常深刻的印象
然后我们应该离开
我们应该让他为我们亲笔签名
而且应该立刻走开
我一时软弱
我说您就和我们一起去卡特韦克吧
获得这种成功后
您现在可以在海边待几天享受一下
你没有反对

女　儿　我没有反对

母　亲　我当时不必邀请他

女　儿　邀请他去卡特韦克
的确是一个好主意
母　亲　这说起来很简单
那不是一个好主意
我们不得不时常做违背我们意愿的事
突然做这种事
我们不知道是为什么
我们将和他一起到集市去
我们将和他一起听好音乐
我们将和他一起在一家好饭店用餐
他多大年纪
女　儿　我不知道
母　亲　三十出头
我猜对了吗
女　儿　对也许是这个年纪
母　亲　他在演出结束时没有鞠躬
作者在演出结束时鞠躬
确实是惯例
何况演出还获得了巨大成功
那么他就必须到场
他就应该面对观众
他应该站到观众面前鞠躬
女　儿　这不符合他的天性
母　亲　不符合他的天性
穿过剧院后门偷偷溜到郊外
这符合他的天性
从剧院后门出去
好像他感到愧疚

很可能我们的剧作家也感到愧疚
竟然是这样一部剧作
如果他感到愧疚那就合乎逻辑
他必然会这样
他别无选择
所以他必须穿过剧院后门悄悄溜走
而且他当然不鞠躬
如果他鞠躬那就不合乎逻辑
确切地说这会成为一种庸俗之举
（喝酒）
他也能赚钱吗
我的意思是干这行有收入吗

女　儿　我相信他有收入

母　亲　他以什么方式居住呢
他住在哪儿

女　儿　住在鹿特丹

母　亲　住在鹿特丹这等于什么也没说
谁知道他以什么方式居住

女　儿　我想他做的一切
都毫无问题

母　亲　你怎么可能知道这一点
这些人很危险
年轻而又危险
他们探听一个人的情况
他们设法接近一个人
然后他们会炸毁某种东西

女　儿　什么东西

母　亲　任何一种东西

与这类人交往总是令人毛骨悚然
人热情地接待他们
而他们则会把人杀死

女　儿　你把一切都戏剧化了妈妈

母　亲　也许
也许我们自己
就是他的戏剧素材
对一位剧作家来说
对一位像他那样将一切从最深处
挖掘出来的剧作家来说
我们是一座宝库
确实是一座宝库

女　儿　也许

母　亲　你说也许
他产生了兴趣
他只见了我们一小会儿
并且产生了兴趣
卡特韦克对他来说是一个多么好的素材
你父亲和其他所有人更是好素材
还有我们的出身和我们的发展变化
他到卡特韦克去并且从我们这儿得到好处
他接受人给予他的东西
你看了他的眼睛没有
它们阴森可怕不是吗

女　儿　你这样认为吗

母　亲　我这样认为
我这样认为
另外他还说

他很乐意成为我们的客人
他逐字说很乐意成为我们的客人
这就意味着
我们得为他支付旅费

女　儿　对这是那句话的意思

母　亲　为一个几乎不认识的人
支付到卡特韦克的全部旅费
这不是不寻常吗

女　儿　但他确实出名了
他是一个名人

母　亲　也许他是一个名人可能是这样
但我确实无法为他支付到卡特韦克的全部旅费

女　儿　我们当然为他支付旅费妈妈

母　亲　我没这个打算
但另一方面
我又会给人留下什么印象
如果我不为他支付旅费
如果我不为他支付一切费用
而我却邀请了他去卡特韦克
我当时说您就和我们一起去卡特韦克吧
我并没有说您到卡特韦克来拜访我们吧
所以我很可能得为他支付到卡特韦克的旅费

女　儿　他将为我们提供许多帮助
你知道带着行李去卡特韦克
向来是多么艰难

母　亲　但愿他强壮而又机敏

女　儿　他机敏

母　亲　但他不强壮

女　儿　他强壮他也机敏

母　亲　剧作家不必强壮

女　儿　噢他确实强壮妈妈

母　亲　你怎么知道这一点

女　儿　他强壮

母　亲　这些人狂妄自大
但他们并不强壮
一种有力的表达方式
确实还无法说明他是强壮的
谁知道呢也许他懒惰
作家们是懒惰的人
也许剧作家们更懒惰
也许他不仅对我们有危害
而且也可以为我们解闷
这倒没什么坏处
但如果我们观看了他的剧作的演出
我们就得害怕这个人
而现在我们已经邀请他了

女　儿　是你邀请了他

母　亲　是我邀请了他
我当时说
您和我们一起去卡特韦克吧
他立刻接受了邀请
这使我感到惊讶
我没想到他会接受邀请

女　儿　他立刻答应了

母　亲　尽管他根本不知道卡特韦克在哪儿

女　儿　他不知道卡特韦克在哪儿但却接受了邀请

我觉得他这样做很好

母 亲 这种人是危险的

他们片刻也不犹豫

便立即决定做某件事

这些人让我害怕

我们得更多地了解他的情况

了解他父母等方面的情况

他有兄弟姐妹吗

女 儿 可能有

母 亲 我们请一个人来我们家

而我们却对他毫不了解

我们仅仅观看了他的剧作的演出

它有一个奇怪的标题《逃命吧》

他是一个喜欢嘲讽的人

但他还很年轻

但这就是危险的地方

我当时问他您会再写一部新的剧作吗

而他没有回答我的问题

做出回答确实非常容易

至少可以说会或者不会

但他没说什么也没说

他讨厌这个问题

（仔细看账单）

竖起方尖碑

砌砖等等

八万

（又把账单放到一边）

我整整一年都在盼望

我们离开这儿的那一刻到来
不过如果我们抵达目的地
一切都会转向反面
（直接对女儿）
来给我斟酒吧
我需要它
不然我就受不了
（女儿走向她，给她斟酒）
你竟然受得了
滴酒不沾
你是我纯洁的孩子
我是你不纯洁的母亲
可怕的母亲对吗
（女儿回到藤箱旁）
这个母亲紧紧搂住她的孩子
并且不再放她走
直到她窒息而死
我说得不对吗

女　儿　你只是在折磨你自己

母　亲　自我折磨
是我最喜欢做的事
我折磨你的时候
我几十年之久使你畸变的时候
也使我自己畸变了
我在爱中畸变你明白吗
我们在爱中在真正的母爱中
彼此紧密相连我的孩子
（喝酒）

母亲不愿交出她的孩子
她把她拴在身边
并且不再放开她
如果她挣脱而去
她便会受到死亡的惩罚
紧随着挣脱而去的是死亡的惩罚
你确实明白我的意思
你由我支配
我为我自己生下了你
你不是里夏德
那个已经逃脱的男孩
你是我的
完全是我一个人的
你可别不相信
你属于我属于我一个人仅仅属于我一个人
你的每一寸肌肤每一根毛发都属于我
(女儿走出去，抱着一大摞裙子进来，
将它们在窗边放下)
我憎恶卫生球的气味
(环顾房间)
整整一年这间屋子里都是这股气味
因为我们没让新鲜空气进来
但我们到海边后一切都是敞开的
无论白天黑夜一切都是敞开的
海边的空气会涌进所有房间
每当我们准备出发
我就注定无所事事
这时我什么也做不了

这时我依靠你的帮助
有一天铸造厂的收入花光了该怎么办
那我们就全年搬到卡特韦克居住
放弃这儿的一切
我们用卖掉这栋房子得到的钱
在卡特韦克生活
我确实活不了多长时间了
我们肯定能为你找到解决办法
但你别想逃脱
你已经多次试图这样做
但你没有成功
我永远不会放你走
我为我自己仅仅为我自己
生下了你
只要我活着你就属于我
你拥有一切自由你知道这一点
但你直到我死都要对我承担义务
你有钱买一切东西
我还从来没有不满足你的愿望
无论如何我满足了你合理的愿望
但我不让你离开
现在你已完全习惯了我
我们能很好地相互配合
啊我亲爱的孩子
你不该使我伤心
（示意她到身旁）
过来
过来呀

我想让你过来
（女儿走向她
母亲抓起女儿的手）
尽管你的日子曾经不好过
但这也许就是唯一可能的出路
跪到那儿
请像以前一样
跪到那儿
你以前是一个小姑娘
那时我强迫你在我面前跪下
现在我请求你
（女儿跪下
母亲吻她的额头）
我们自己要对一切负责
我们别无选择
我们要承担后果
我一直喜欢你这样
跪在我面前
我这方面是这种国王般的姿态
你一秒钟一秒钟地等
直到我允许你站起来
我的小姑娘
我的来自卡特韦克的小姑娘
别这样了站起来
够了站起来
（女儿起身）
我受不了你跪在我面前
但我只能如此

我想看你这样做
（女儿开始收拾行李）
你从未做过
我不允许你做的事
没有我的命令你从未做过任何事对吗
你无需回答
他一直说你是他的创造物
但你是我的创造物
你源自我的身体
他们把你从我的身体里拽了出来
我本该还去铸造厂
但我没兴趣去
如果你父亲那时活了下来
情况也会很糟糕
那样的话我们俩就不必参与
如果他不死后来会如何呢
可能是灾难性的发展
铸造厂会使他头昏脑涨
因为他不愿阅读文学作品
不愿听音乐
他的头脑总是困倦的
你能想象他还活着吗
而我们得忍受他
他确实越来越像一头动物
那时他好几个小时躺在长沙发上
看着天花板
他说我完全失去了自我控制
我内心的一切都是分裂的

然后他说结局好一切好
这能给他安慰
（指着长沙发）
他躺在那儿让我给他朗读
《卖火柴的小女孩》的童话
我拒绝这样做
如果我那时知道他只能再活两天就好了
但我不知道这一点
我知道他即将死去
但不知道就在两天后
临终前他并不盼望见到你
他也不问我们的孩子在哪儿
我说你去卡特韦克了
但他显然对此毫不关心
尽管他多次喊里夏德的名字
（轻声低语）
喊我们的老人的名字
清晨他想出去
但他根本无法再走路
我说很遗憾
这不行今天不行
然而当我看见他躺在那儿
嘴巴张开骨瘦如柴
他给人的印象就像以前在酒馆里
就像那个第一次对我谈起他的铸造厂的男人
我坐在那儿观察他并且恨他
我想很快我将不必再看这张脸
再看这副麻木迟钝的神情

(从手指上摘下一枚戒指)

过来

你应该拥有它

你知道它是我最贵重的东西

快来呀

你总是犹豫

你不必犹豫

也许我们的剧作家会喜欢它

过来

(女儿走向她

母亲给女儿戴上戒指)

它是你父亲在阿姆斯特丹给我买的

我路过一家珠宝店时看到了它

他毫不犹豫

(抓起女儿的手)

这枚戒指多漂亮呀

我曾打算

在卡特韦克把它给你

为什么不现在就给呢

我们将在卡特韦克度过一个美好的夏天

我们以前总是在那儿度过了美好的夏天

阴雨连绵的夏天在卡特韦克也是美好的

我们在一起

只有我们没有闯入者

确实是一件好事

任何人都不应使我们分离你明白吗

(女儿回到藤箱旁)

我们描述一个人的时候

我们想我们对他做了如其所是的描述
那么我们便对他做了完全错误的描述
他并不像我们所描述的那样
我们讲述一个故事
而那是一个完全不同的故事
我们走向一个人
而那是一个完全不同的人
我们曾经相信的事情会使我们受到惊吓
我原则上不反对其他人
如果他们不打扰我们
你在哪儿可以过更好的日子
你忘不了你错过的那些机会
他们全都一直错过了所有机会
我想我们应该感到满足
我们在卡特韦克交往的确实都是自己人
也许小提琴演奏高手在那儿
还有他的魔术师朋友
观看这俩人的表演确实非常有趣
但我们不能让他们和我们走得太近
人们彼此结为莫逆之交并且彼此毁灭
那些艺术家是最危险的
但剧作家是艺术家吗
你可以观察他
事实将表明他不适合你

女　儿　也许适合你

母　亲　（吃惊，突然大笑）
适合我

女　儿　对适合你

也许他适合你

母　亲　你怎么产生了这个念头

这简直是荒唐简直是轻浮

女　儿　他立刻接受了你的邀请

我并未邀请他

我没想到他会一起去

母　亲　你当时未经我的同意

不敢邀请他对吗

我说您和我们一起去卡特韦克吧

女　儿　我散步的时候

他可以给你朗读点什么

你可以专心听他朗读

母　亲　你去散步

而他却给我朗读点什么

你相信我会感兴趣吗

女　儿　你确实喜欢这样

你找到了你长时间寻找的东西

消遣

而且它还由一位相貌非常英俊的

戏剧艺术家提供

母　亲　你认为他相貌英俊吗

也许你说得对

女　儿　一位剧作家

对我没那么重要

母　亲　你这样说显然有言外之意

女　儿　如果他能使你得到消遣

我会感到高兴大多数时候

我们在卡特韦克确实感到无聊

母 亲 真的吗

这是你的看法吗

我在卡特韦克从未感到无聊

我在这儿感到无聊

据说这儿有许多消遣的可能性

不如果我对自己感到满意

女 儿 (喊道)

对你自己感到满意

母 亲 你无法想象这一点

你无法做到这一点

你需要被打一顿

女 儿 也许你说对了

母 亲 我此刻是说对了

但我不需要那样做

我独处时能得到最好的消遣

其他人只会打扰我

我不喜欢闯入者来

因为那我就在我的消遣中被打扰了

女 儿 在你的自我消遣中被打扰了

你三四十年没做过别的事

母 亲 即便以前和你父亲在一起我也是一个人

我完全依靠仅仅依靠我自己

我可以这么讲他对我来说等于不存在

我无法和他谈话

他做的所有事情都很无聊

他认识的所有人都很无聊

我好多年试图同他们交往

后来便不再这样做

但我不像他那样让铸造厂毁了自己
我对此毫无兴趣
我总是独处时能得到最好的消遣
人们不理解这一点
因为他们为了消遣总是得和几个人在一起
我就是几个人我就是这样
我在卡特韦克就是许多人我的孩子
（女儿折叠一件女式衬衣，把它放进藤箱）
你在卡特韦克根本不需要我
显而易见我需要你
我始终需要你
但这是另一回事

女　儿　这是怎么回事

母　亲　我不可救药地习惯了有你对是不可救药地

女　儿　我服侍你
我在这儿是为了你

母　亲　没错我的孩子你慢慢学会了
从眼神中或从一个微小的手部动作中
觉察出我的每个愿望
你在这方面学会了很多东西
为此你的所有愿望都被满足了

女　儿　（突然大笑）
所有愿望

母　亲　我熟悉你的笑
它无法再触动我的内心

女　儿　对当然

母　亲　你的笑总是一模一样
但却总是有细微的差别

女　儿　对

母　亲　我可以想象
如果他写一部这种笑
在里面占据主导地位的剧作
他会把他的剧作命名为《笑》
这令人难以置信
人们一再听到的仅仅是这种笑
不过《逃命吧》也是一个好标题
我喜欢这样的嘲讽

女　儿　你一直是老样子

母　亲　所有的人都一直是老样子
他们竭力
改变自己
去做另一个人
这是白费力气
他们戴上另一个人的面具
但它却在他们脸上消融了
你从未尝试做另一个人
这不适合你
你越来越像你自己
这是一个日渐冷酷无情的过程我说得对吗
你的天性便是日渐冷酷无情
这一点在你还年幼时就表现出来了
我曾想她将始终是她自己
但会越来越冷酷无情越来越心怀愤懑
你从不想走出你自己
你始终只想进入你自己
现在你完全被囚禁在你自己当中

你甚至不打算逃走
我说得对吗
我在卡特韦克要马上去找女裁缝
那些裙子应该改一下
衣物必须缝补
在乡村她们还改衣服补衣服
单凭这一点我就得去卡特韦克
(女儿走进厨房喝了一杯水)
你也能给我拿一杯水来吗
(女儿端着一杯水进来
母亲喝水，然后)
起初我们想全面改造卡特韦克的房子
现在我很高兴
卡特韦克的房子保持着原貌
尽管一切都已完全破损
一切都处于无人打理的状态
(把杯子交给女儿)
但从不知道
是否会漏雨
是否所有的屋顶都会坍塌
也很刺激
我也许喜爱这样一栋房子
他会不会喜欢卡特韦克呢
我想他写的东西使我知道
他会喜欢卡特韦克
但如果他喜欢卡特韦克
(女儿拿着杯子走进厨房)
你只见过他两次

一次是单独见
还有一次是在昨天演出结束后
（朝外喊）
你单独和他谈话时是什么情形
（女儿回来，走向藤箱）
你感到他是一个
坦诚的人吗
艺术家绝不会给人这种印象

女　儿　那只是一次十分短暂的会面

母　亲　他不友好吗

女　儿　不没有不友好

母　亲　当时是什么情形
你确实可以说当时是什么情形
即便那是一次短暂的会面
当时是什么情形
他问了什么吗
或者他只谈自己的事

女　儿　我不知道

母　亲　这些人始终只谈自己的事
我以前有一次在卡特韦克被吓得要死
突然有一个男人站在我的房间里
我想这是一个陌生人
但他是你父亲
在卡特韦克住有时令人恐惧
你在卡特韦克感到害怕吗

女　儿　我不害怕

母　亲　这就是区别
我感到害怕

你不感到害怕
本该恰恰相反
你以前想过这件事吗

女　儿　想过什么事

母　亲　你本该在卡特韦克感到害怕
而不是我

女　儿　我不该感到害怕

母　亲　不你应该感到害怕
而不是我
这难以理解

女　儿　什么事难以理解

母　亲　你在卡特韦克不感到害怕
我感到害怕

女　儿　我在卡特韦克从不感到害怕
因为我们在卡特韦克时你在我身边

母　亲　因为我在你身边
于是你有一段时间兴高采烈
我们从卡特韦克回来后
你的气色很好
你的面色已经非常灰暗了
这不可能是年龄问题
而是此地的整个环境导致的
我看上去确实也不健康
（门铃响）

女　儿　他来了

母　亲　（看完表后）
几乎准时几乎
（女儿走出去

母亲对自己)
我们将安排他住在阁楼里
住在上面最上面
当然是最上面
(女儿和作家一起进来)
我们几乎已经
收拾好了行李
马上准备就绪
请您坐到那儿
(指给他一把椅子，他坐下
女儿将一件背心装进藤箱)
您的气色也不太好
这儿的所有人都面色灰暗
是到了我们去卡特韦克的时候
这就像三十年前一样
就像四十年前一样
那时我丈夫还活着
我们没有改变每年的出发时间
(对女儿)
不是吗我的孩子
(对作家)
她记不太清楚了
这也的确无关紧要
重要的是我们去卡特韦克时一路平安
我们四十年前就乘坐同一趟火车
您喜欢乘火车吗

作　家　非常喜欢

母　亲　我酷爱乘火车旅行

当然得是头等车厢
而且当然得是靠窗的座位
但由于有穿堂风
要背朝行驶方向
在世界上任何地方乘火车
都不会比在这儿在荷兰更加令人愉快
您不这样认为吗

作　家　对乘火车穿过荷兰
令人愉快

母　亲　我女儿和我
我们在卡特韦克
有非常确定的节奏
多年来您是第一个
打乱这种节奏的人
我们从前总是单独在卡特韦克
您去过卡特韦克吗

作　家　可惜没去过

母　亲　那么您马上就会看到卡特韦克是什么样子
这个习惯在我们家已保持了很长时间
奇怪的是这期间
它几十年不曾改变
而全世界却发生了巨变
您的剧作使我女儿受到了鼓舞
您不觉得获得空前的成功
很危险吗
这不危及您的写作吗
观众的反应难道不使您感到吃惊
我想剧作家希望获得成功

但如果后来演出真的成功了
而且掌声雷动
他肯定会感到吃惊不是吗

作　家　是这样

母　亲　我可以想象
获得这样一种
人们所说的决定性成功
很危险
因为观众是如此难以捉摸
因为评论界实际上总是如此难以捉摸
一位剧作家
肯定不喜欢交际
但却突然被报以热烈的掌声
这也是一种毫无顾忌的行为
您无疑整晚都在庆祝

作　家　不我没有庆祝
我逃走了
我起初想我会庆祝
因为演员们在庆祝
所有的人都在庆祝
但后来我逃走了
我半夜还在城里四处乱跑
我根本不明白
发生了什么事

母　亲　您没预料到成功吗

作　家　我曾期待过

母　亲　您曾期待过什么

作　家　期待演出能顺利进行

母　亲　演出确实非常精彩
您不可能想要更多的东西了
现在人们可以说这是一位成功的剧作家
或许将来人们也可以说这是一位著名剧作家
您别让自己被太多的掌声干扰
但您就尽管为此感到高兴吧
您在卡特韦克有足够多的时间
思考今后的路该怎么走
您在那儿坐到露台上
首先回想一下所有事情
然后它们才能被重新搞清楚
人确实会被这么多掌声完全冲昏头脑不是吗
一切都被报以掌声
而且被毁掉
然后人需要很长时间使一切又恢复正常

女　儿　我在剧院里一直站到最后
并且鼓掌

母　亲　我一再说我们还是走吧
已经够了
我说这一切都太夸张了
一切都太夸张了
但我的话对她不起作用

女　儿　人们根本不想走出剧院
他们站在大厅里交谈
我相信他们全都感到震惊

母　亲　对这是一件好事
（女儿锁藤箱，
作家此时帮助她）

我女儿很容易
被戏剧文学感动
她曾一直希望
登上歌剧舞台
她也上了好多年歌唱课
但后来却达不到目标
（女儿和作家用力按压藤箱盖，
锁上箱子）
人得考虑到
事情无法成功
是啊这就是现实我的先生
（对女儿）
如果一切都准备好了
你可以叫女仆来
（对作家，他正拿起他的手提包）
戏剧是能使人坚持下去的
许多途径之一不是吗
（女儿走出去
母亲看窗外时对作家）
每当我们去卡特韦克
天气就会变坏

第二部分

海边
同一天晚上
带露台的底层大房间
母亲和女儿仍身穿旅行服，
她们正从那些行李里取出衣物

作　家　（坐在一把硬木椅上）
我以前可能走这条路
但我却走了另一条路
他们说这是死胡同
你会毁灭
我在大学里攻读建筑学夫人
这是我父亲预先规定的
我画的全都是奇异的图纸
全都是幻想中的大教堂
看起来我似乎服从了
但我却走了另一条路
我表面上走的是他们预先为我规定的路
但我无论如何却走了
我应当走的另一条路
即便我那时不可能知道
作家是做什么的
即便我那时完全不知道
戏剧文学是什么

母 亲 由此可见您以前敢走
截然相反的方向
作 家 我敢这么做
而且我也有截然相反的思想
我在每件事上都有截然相反的思想
我对截然相反的东西感兴趣
母 亲 您向您母亲吐露过真实想法
作 家 不我当然也不在我母亲面前这么做
我不能向任何人吐露真实想法
我必须独自行走
极其坚定极其秘密地独自行走
母 亲 走进您的奇遇
作 家 走进黑暗
我适应了黑暗
母 亲 这时您在黑暗中
悠然自得
作 家 是这样
如果您愿意采用如此怪诞的说法
他们那时说我应该刷净我的上衣
但我不刷净它
母 亲 您始终这样想
而且曾欺骗您身边的人
他们对您是一番好意
作 家 他们是一番好意
但我也确实始终是一番好意
只不过是不同的好意
母 亲 在何种意义上不同
作 家 我的一番好意不像他们的那样好

母　亲　这使您变得强大
　　　　您曾在截然相反的方向上耗尽了精力
　　　　为了达到目的
　　　　您曾伤害所有的人
　　　　您曾破坏所有的东西
　　　　您什么也不顾忌
　　　　为了能够吸入更多的空气
　　　　您曾毁掉您周围的所有东西我说得对吗
作　家　那时我感到与我自己同舟共济
　　　　而不是与别人同舟共济
　　　　我从别人那儿逃了出来
母　亲　您逃脱了这对您的亲人没好处
　　　　您父母是什么样的人
作　家　一切都曾妨碍我一切都曾激怒我
母　亲　一切都曾激怒您
作　家　他们给我穿上一件外套并且说
　　　　好了这就是你终生穿的外套
　　　　而我又脱掉这件外套
母　亲　他们又给您穿上这件外套
作　家　对
母　亲　您又脱掉这件外套
作　家　他们给我穿上它
　　　　而我又脱掉它
　　　　他们就这样不断地给我穿上它
　　　　我又脱掉它
母　亲　直到他们筋疲力尽
作　家　对
母　亲　后来您可以自由发展了

作　家　我离开了我跑掉了

母　亲　您去了什么地方

作　家　我想看看巴黎并且去了巴黎

但在巴黎生活也不是很容易

母　亲　为什么不容易

作　家　我不会法语

不明白人们在说什么

母　亲　您学习语言快吗

作　家　我在六周或八周内

学会了法语

因为我只能听法语

而且我只想

说法语

但当我可以说法语

我说得当然一点也不完美

我发现

巴黎并不适合我

它使我感到压抑

在它完全压垮我之前我离开了巴黎

母　亲　您去了哪儿

作　家　我去了英国

因为我学过英语

这使我能够避免一些麻烦

母　亲　您靠什么生活

作　家　我在港口工作

港口到处都一样

母　亲　因为您来自鹿特丹

来自鹿特丹的人在英国

比在法国感觉更好
这一点一再得到了证实
您从鹿特丹去巴黎而且失败了

作　家　但对我的写作来说这种经历必不可少
一位在巴黎失败过的作家
具备优势

母　亲　这很有意思

作　家　我们做出
改变社会的尝试
但这当然无法成功

母　亲　（问）
无法成功吗

作　家　对我们确实看到了
所有那些尝试的结果
又回到了起点
所有想出的东西
都一再被抛回起点
当然这已经是一种进步

母　亲　您想改变社会吗

作　家　社会不可改变

母　亲　您瞧

作　家　但我们一再做出尝试

母　亲　是吗

作　家　重要的是尝试

母　亲　非常有意思
您仍在写作尽管您知道
您无法以此改变社会

作　家　对

作家从不曾
改变过社会

母　亲　这已得到证实

作　家　这已得到证实
我们只有作家们
失败的证明
所有作家都失败了
始终只有失败的作家

母　亲　莎士比亚呢

作　家　莎士比亚也不例外
我说的是所有作家
如果他们有些价值
他们全都以他们的失败
为出发点
只有那些迟钝的作家那些劣等作家
甚至都不会产生这种想法
失败的想法
是根本的想法

母　亲　（对女儿）
你不认为
这一切完全不符合逻辑吗
一切都悬而未决一切都会失败
因为一切都必然失败

作　家　我们必须意识到
我们的失败
无论我们愿不愿意承认这一点

母　亲　这个问题我没有多想
只要它足够有趣就行

您说作家通过研究他的状况
从自身学到东西
作　家　他的方法是研究他自己
母　亲　我邀请您来卡特韦克
我女儿认为这很自然
我还是不明白这件事
我们毕竟完全不了解您
作　家　所以这是一次冒险
母　亲　我竟然做出了这种事
对一个
我只见过一次的人
而且时间极其短暂
女　儿　你见过他两次
母　亲　见过两次
但每次时间都极其短暂
这样的邀请对我来说
具有革命性
我当时大概想
一定要帮助这个疲惫的人
我们去卡特韦克
他应该一起去
这是我当时的想法
女　儿　（对作家）
我认为您不可能想要更出色的演员了
我完全无法想象
会有另外一些演员
可以使您的剧作产生这么好的效果
作　家　如果我们幸运

便能找到最出色的演员
但我们并非始终如此幸运
在这种情况下帷幕尚未拉开
一切都已不可救药

母 亲 您很幸运我的先生
那位老国王把道学先生这个词
说得多么精彩
他把它说得多么精彩

女 儿 还有女仆行的屈膝礼
她此外根本没做过任何事
但这个屈膝礼行得真是妙极了

母 亲 那些可怕的一言不发的角色
那些始终保持沉默的人物
他们在现实中也确实存在
一个人讲话另一个人保持沉默
后者可能有很多话要说
但他却不被允许这样做
他必须始终处于这种过分紧张的状态
我们使沉默者承受了一切

作 家 一切

母 亲 您也给您的人物
您的所有人物
穿上可怕的外套
而他们无法像您那样
脱掉他们的外套
您曾脱掉您的外套
您把您的所有人物
都塞到可怕的外套里

作 家 我把我的人物塞进去的
确实是一些外套
一些可怕的外套
但他们全都自愿地迅速穿上这些外套
他们毕竟是演员

母 亲 您这样认为吗

作 家 演员希望自己
有一件可怕的外套
作家强加给他的外套
越可怕
就越好
最可怕的外套
适合最伟大的演员

母 亲 您似乎想使这些人
全部发疯
您似乎乐意使他们
陷入精神错乱

作 家 啊不
不是这样
在最后一刻所有这些人物
都从他们的外套里溜了出来
他们在窒息之前
就撕开了自己的外套
还没有演员
在作家给他穿的外套里
窒息过
那不是致命的外套
并非致命的外套夫人

母　亲　您来这儿真是太好了
我想您可以和我们一起喝杯茶
（坐到桌旁）
您坐吧
您不必拘束
（眺望大海）
剧作家要模仿
潮起潮落
这一点您确实说得妙极了
（一名女仆进来斟茶）
我女儿和我
我们当然生活在一个完全不同的世界里
我们的程序是完全不同的程序
可以说它很单调
但它仅仅表面上如此
（对女儿）
快过来坐到我们这儿
在寒冷的海岸边
喝杯热茶
（看外面）
我们一到这儿就下雨
下几天雨
我习惯了下雨
后来我根本就不再喜欢
出太阳了
（女儿坐过来）
您看起来很年轻
看起来有点疲惫但确实非常年轻

这使我感到意外
(女仆走出去)
以前我只对经典剧作感兴趣
后来我突然责备自己
养成了这种习惯
但另一方面

女　儿　我们的作家有一天
会成为经典作家

母　亲　噢天哪这孩子
(对作家)
您瞧您现在脸红了
确实要走很长的路才能到那一步
但另一方面
人或者一开始就是经典作家
或者不是
这股从外面进来的新鲜空气
这就是卡特韦克
您将看到这对您有好处
您无论如何将有所收获
您将带着一个好想法
离开卡特韦克
我对这一点很有把握

女　儿　也许对他来说这儿太平静了
这儿什么事也不发生
好几天没什么事
好几个星期没什么事

母　亲　也许这恰恰是最重要的
如果一个地方表面上平静

像在这儿在卡特韦克那样平静
那么我们毫无疑问会产生
极富戏剧性的内心活动
(对作家)
我说得对吗
我这个说法肯定对
(作家看外面)
平静比其他的一切更能使人发疯
(对作家)
我想您在寻找幸福
(喝茶)
您的幸福在什么地方呢
我丈夫曾好几个小时站在外面那儿
他靠在电线杆上
朝远处看
我问他你看见了什么
因为他靠着电线杆站在那儿时我恨他
所以我总是问他你究竟在看什么
我一再问你究竟在看什么
我想折磨他
他想安静
我不想这样
因此我便折磨他
我总是从后面问他
我就像现在一样坐在这儿盯着他的脊背问
你此刻在看什么
我说你在那儿看什么说呀你在那儿看什么
你确实什么也看不见

他纹丝不动
我说你什么也看不见但却目不转睛地朝远处看
你此刻在外面那儿看什么
我知道他不会回答我的问题
他转身从我身旁走过
一声不吭
他不回答
每个人在那儿朝远处看时看见的都是不同的东西
每个人看见的都是他想看见的东西
（对作家）
包括您我们对您毫不了解
但我们也不问

作　家　您尽管问吧

母　亲　我们问一些人
这使他们感到厌烦
而另一些人我们甚至不会问

作　家　几年前我可能
不让别人问我
现在这对我来说无所谓

母　亲　几年前
（女儿打开藤箱，
取出第一件大衣）

作　家　那时我回避问题

母　亲　那时您逃避问题

作　家　如果人一事无成

母　亲　但每个人

作　家　没错但有些人
是不能问的

或者至少不到某一刻不能问

母 亲 直到他们功成名就了

然后他们才敢回答问题

您确实功成名就了

这在所有的报纸上都可以看到

天知道明天报纸上

会对您剧作的首演写些什么

您不必害怕

作 家 谁知道呢

母 亲 我感到

您成功了

这种状况会持续一段时间

作 家 然后它会

戛然而止

母 亲 有可能

您现在无疑成功了

您应该利用这次成功

作 家 但我的天性

母 亲 您说什么

作 家 我无法像您说的那样利用它

母 亲 啊要这样利用您和我们一起在卡特韦克

您让自己稍微放松一下

您和我们一起享用美食

您沿着海岸漫步

作 家 这件事我应该做

（转向女儿）

您会陪我吗

女 儿 非常乐意

作　家　这说起来很简单
回答起来也很简单
沿着海岸漫步然后又返回

母　亲　没有比这更美妙的事了
如果我的精力更充沛该有多好

女　儿　妈妈

母　亲　即便我愿意我也无法这样做

作　家　无拘无束
不考虑未来

母　亲　您不断地考虑未来
不是什么好事
或者您回想过去的经历
这同样糟糕
您应该考虑现在
(沉思地)
每当我们第一天晚上坐在这儿
我们就感到失望
这儿又冷又不舒适
您不也这样认为吗
我们让自己相信这儿很美
我们让自己相信所有事情
比如这儿的空气更好
比如我们将产生不同的想法
比如

女　儿　妈妈整整一年只有一个目标
那便是到卡特韦克去
后来她就冷得发抖我没见过她不是这样

作　家　但我们到达某个地方时

总会感到失望难道不是这样吗

母　亲　在我的记忆中这栋房子要大得多

而且这儿的人更友好

他们以前总是急忙向我们走来

今天的情形完全不一样

对失望是一个恰当的词

作　家　您得休息一下夫人

明天这儿看起来将截然不同

母　亲　那时您已经睡了一个好觉

您已经进行了一次晨跑

（转向女儿）

也许和你一起

必须利用这些日子

我们一直以为它们漫长得没有尽头

但它们还是非常短暂

作　家　（环顾四周）

这是一栋漂亮的房子一幢设计得成功的建筑物

母　亲　攻读建筑学

也可能确实对您有点用处

作　家　毫无疑问

在一定程度上戏剧艺术

是某种相似的东西

母　亲　也许您今天会成为一位著名建筑师

作　家　不我无法想象这件事

一开始就无法想象

我以前不想成为建筑师

我害怕那些房主

建筑师得同国家打许多交道

这令人沮丧
这会使一位英才逐渐精神失常

母　亲　您只需要一张纸和书写用具
此外不需要任何东西
您自己为自己构建剧作
其他人无法妨碍您

作　家　对这是唯一可能的途径

女　儿　(从藤箱里拽出一件大衣)
您就这样仅仅为自己进行艺术创作

作　家　(喊道)
艺术艺术
仅仅为自己
难道还有比自己一个人独处
更可怕的事吗

母　亲　但您确实说过
最好的陪伴是自己陪伴自己
最好的谈话是自己和自己谈话
最好的动力是自己

作　家　我是说过这些话
但实际上

母　亲　归根结底所有的人都孤独
他们可以按照他们的意愿相互组合
而他们依然孤独

作　家　不过作家尤其孤独

母　亲　他想这样

作　家　对他想这样
他诅咒孤独但却想这样

女　儿　我一直希望

认识一位作家

母　亲　是认识一位剧作家

当然是认识一位著名剧作家

成功具有吸引力

作　家　（看外面）

或者是画家

但一切都已被画过

一切都已被写过

一切都已有了

我们以我们的方式

重复已有的东西

我们给事实穿上我们的外套

并且带着它走到大街上

这样我们便展示了某种新东西

他们说瞧这件奇特的外套

瞧这条罕见的裤子

但我们与其他人并无差异

与所有人一直以来的状况并无差异

母　亲　我们来这儿之前我总是想

这栋房子根本没那么冷

但后来它还是那么冷

（用一床被子裹住自己）

您不想裹一床被子吗

我曾问我丈夫

你不想给自己裹一床被子吗

他拒绝这样做因为我问了他

然后他就病了

三个星期不能活动

他无法动弹
浑身疼
他憎恶卡特韦克
我们又回到城里时他便有了活力
（女仆拿着作家的手提包进来
母亲对作家）
您的手提包
（对女仆）
手提包刚才在哪儿

女　仆　在车库里

母　亲　在车库里
这真奇怪
手提包怎么会到车库里呢
（女仆走出去）
偏偏是您的手提包
（作家想拿起他的手提包离开）
不您别走
您还是待在这儿
您现在不能让我们单独留下来
我们腾空箱子后
您仍然有时间腾空您的包
（对女儿）
要我帮你吗我的孩子

女　儿　不不妈妈

母　亲　不不妈妈
真是我的好孩子

作　家　这就像在传统小说里
人们总是携带许多行李旅行

母 亲 对这就像在传统小说里
就像在托尔斯泰笔下在陀思妥耶夫斯基笔下
啊我是多么喜爱这些作家
您想象一下
我在这儿在卡特韦克
坐在露台上
一天一夜不停歇地
读《战争与和平》
从前我们只带着三只箱子旅行
现在我们有五只箱子
还有许多手提包
我们的行李更多了而不是更少了
我们的衣服更多了而不是更少了

作 家 这完全违背世界的发展趋势

母 亲 说得好
(对女儿)
他说得真是一语破的
但事情很简单
这是因为天气的变幻无常您知道吗
这里时而寒冷多雨
时而酷热难耐
而且我们不应忘记
我们返回时已经几近冬天
我们必须对每种情况都有所准备
您就不同了
您带着一只手提包
旅游两三天

作 家 是两三天

女　儿　或者三四天

母　亲　我们将会看到

我们可以相处多长时间

（直接对作家）

如果您感到愉快

这的确很有可能

如果这种愉快

能够感染我们

作　家　嗯

女　儿　也许我们可以一起去阿姆斯特丹

（直接对作家）

也许您下周

还在这儿

母　亲　剧作家们不会长期内心平静

而且也没有那么多时间

一个主题思想很难被表现出来

作　家　是这样

母　亲　您毕竟不是复制艺术家

创造性活动既不使人有时间

也不使人内心平静

他们全都因此走向毁灭

我曾想如果我们来这儿

我会穿我的夏装

而现在我却穿着冬大衣

并且根本不想再脱掉它

我们已经穿上冬大衣真是太好了

在衣着方面

人不能按照日历行事

据说我们即将进入冰河期
您对这个论点有什么看法

作 家 我不知道

母 亲 这方面有许多迹象
科学界也这样说
从前的夏天截然不同
那时我从未在夏天穿过冬大衣
海湾洋流几乎已经不起作用
(对女儿)
过来我的孩子
过来
(女儿走向母亲，她抓起她的手来吻)
您知道吗我在我丈夫临终前
对他做出了承诺
我将始终保护我女儿
我的孩子无需害怕
(松开女儿的手)
您说说
您母亲在世时是一个快乐的人吗
您不必回答
(女儿先回到藤箱旁，后将已经打开的
两扇露台门完全敞开)
我可以想象
您母亲是一个快乐的人
您的剧作非常幽默
《逃命吧》这是一个多么好的想法
这是一个多么出色的标题
它使人想起莎士比亚

您写一部剧作需要多长时间
也许这样问很冒失
作家们最恨别人向他们打听有关写作的事
不我不想对您刨根问底
我们现在的确已经知道了许多事不是吗
人能靠写作生活吗
这是一个愚蠢的问题对吗
这就像问一位歌唱家您为什么唱歌
我女儿不曾获得职业生涯的成功
真是一件好事
您想象一下她如今是一名女高音歌手
她未能如愿
她曾想在歌唱生涯中获得成功
但那是二十年前的事了
后来声带出了问题
这是我运气好
不然我现在可能孤身一人
所以我就有我的孩子
保护我而我也保护她
您知道吗我把我的孩子拴在了我身边
而她也把我拴在了她身边
我们永远都在
拉扯那些锁链
我们是我丈夫的作品
（突然）
您知道铸造厂是什么样子吗
您当然不知道
我那时也不知道

许多年前
我碰到了一个男人
他说他拥有一家铸造厂
我觉得这很奇怪
他说除了铸造厂
他还拥有一幢海滨别墅
啊您知道吗正如常言所说
人们会遭遇十分离奇的偶然事件
而整个一生都改变了
您告诉我您为何立刻同意了

作　家　同意了什么

母　亲　和我们一起前往卡特韦克

作　家　是同意了
我立刻同意了
也许我不知道原因

母　亲　您别这么说
有太多可能的理由
使您同意了
如果您让自己思考一下
任何事都不是无缘无故做的

作　家　对也许

母　亲　也许您无非像我们一样
对城市感到厌倦
并且想去海边
这可以理解
吸引您的是无忧无虑
新鲜空气
一场冒险的可能性

作　家　是这样

母　亲　如果我们思考得太多

我们便会举步不前

但如果我们任由偶然事件摆布

作　家　自发地做出瞬间反应

母　亲　如果我们不问原因何在

（朝上看）

您在楼上会有许多好想法

（作家想起身

母亲阻止他）

您就待在这儿

直到您的房间收拾好

我们在这儿日子一直过得很简单

我们在城里日子也过得很简单

我们从未改变过什么

无论是在卡特韦克还是在城里

因为我们不赶那些时髦

请您相信我

我们为您的到来感到高兴

（对女儿）

难道不是这样吗我的孩子

女　儿　没错我还有妈妈

都非常高兴

母　亲　我们俩都非常高兴

（直接对女儿）

你应该只取出最重要的东西

那些鞋女仆们会取出

（对作家）

但不能让这些人动所有东西
动精细料子的衣服
所以我们也宁愿自己收拾行李
而且自己腾空箱子
我不让任何人接触我的内衣
（对女儿）
如果你不乐意
你不必取出所有东西
（对作家）
所有东西都很昂贵而且做工很差
我的所有物品都用了几十年
我们带来这么多衣服
但却总是穿同一件衣服
不过另一方面我们来这儿
不可能只带一件衣服
三年前这儿突然
举办了一场舞会
我们当时去了到场的有军官有船长
那是一场所谓的海上舞会
您究竟有没有在某个时候参加过一场舞会

作　家　没有从来没有

母　亲　我料想是这样
但您却在您的剧作中
十分出色地描写了一场舞会
这很奇怪由此可见
为了能够十分出色地描写一场舞会
人不必参加过舞会
人不必熟悉人描写的东西

作　家　我也确实从未坐过监狱

母　亲　而您对舞会的描写

几乎使我屏住了呼吸

您具备良好的移情能力

您形成了自己的风格我的先生

但我对此一窍不通

总之我对文学一窍不通

不过我想到这些从未苦恼过

作为替代我学会了

加法和减法

而它们在生活中才绝对不可或缺

您说从某一刻起

可以问某些人

作　家　我没有这样说我是说

如果迫不得已他们那时会讲话

母　亲　因为他们足够安全了

作　家　也许

母　亲　但我们只能在提问中生活

我们只能在提问中生存

尽管我们知道

我们得不到答案

我们得不到我们可以接受的

答案是这样吗

作　家　可能是这样

母　亲　临终前我们认识到

我们一生都在提出问题

但却一个答案也不曾得到

作　家　没错这令人沮丧夫人

母　亲　但我们却一再抱有幻想
我们不相信一切都是如此毫无希望
一切都是如此恶劣
我们一再认为并非一切都是如此恶劣
而实际上一切都是恶劣的
您想想所有人死去的原因就在于
一切都是如此恶劣
人的天性是如此恶劣

作　家　我在我的剧作中谈到了这一点
人们因为一切都是如此恶劣而死去

母　亲　（对女儿）
你听见了吗
这是我的想法
也许您的剧作之所以如此吸引我
是因为您在剧中说出了我的想法
这部剧作中的一切都可能是我写的
主题思想也可能是我表现的
您的每个人物都像我一样说话
但另一方面所有人物
又都像您一样说话
您的每个人物都像您一样思考并像您一样说话
确切地说
所有人都从一个人口中说话
而一个人又始终像所有人一样说话
因此整部剧作便获得了某种普遍意义

作　家　您说得很对

母　亲　我们想这个人是典型的
但我们就是这个人

我们也是这个人
不过这几乎是唯灵论的说法
我相信您会与我女儿
相处得很好
她的思想也和您的一样
但她没有机会
公开表达自己的思想
也许您将给她这个机会
她这样说是因为她这样想
而您发表她的思想
（母亲和作家笑）
我们在隔壁房间有一架旧钢琴
它在那儿放了三年
您会弹钢琴吗

作　家　我不会弹钢琴

母　亲　几乎所有的人都会弹钢琴
这在我们那个时代是理所当然的事
还不到四五岁
我们就得学习弹钢琴
（对女儿）
你不想弹钢琴吗
或者你给我们弹奏点什么
也许这能使你休息一下
你不必今天就取出所有东西
（女儿悬挂一件大衣）
随便弹奏一首练习曲随便弹奏点什么
（对作家）
您肯定喜欢音乐

作　家　啊的确喜欢

母　亲　但这不太能使人振作起来

作　家　我非常喜欢听音乐

母　亲　是古典音乐吗

作　家　是

母　亲　莫扎特的乐曲她弹奏得很出色

（女儿走出去）

从外面听效果非常迷人

我喜欢在这儿往后靠着听

（可以听见女儿弹奏乐曲）

我想我使您厌烦了

我提出了一些问题

一些荒唐的问题

很难回答

这类问题

我们有一天决定

购买一架旧钢琴

我们在跳蚤市场看到了它

您想象一下

这是一件完全走调的乐器

但钢琴调音师说

它是一件制作得极其成功的乐器

她当然只是业余水平

但我们所有人都是业余水平

去年

在我们动身的前一晚

她就弹奏了这首乐曲

我不知道它是什么乐曲

您喜欢它吗

作　家　喜欢

母　亲　您这样说似乎您根本不相信
您喜欢它

作　家　哪里我非常喜欢它

母　亲　世界是冷漠的
它的手段残酷无情
也许这称得上是
这样一次偏离的理由

作　家　什么样的偏离

母　亲　我指的是她坐到钢琴旁时
（闭上眼睛往后靠）
我们允许自己
如此多愁善感
在某种程度上
这甚至是一种变态
但这恰恰是
我们所处时代的特征
我们躲到一栋偏僻的房子里
听一种乏味的音乐
当然这是莫扎特的乐曲但它很乏味
我们在跳蚤市场购买一架旧钢琴
并且让人把它擦亮
我们携带旧衣服旅行
进入一栋必定令人厌恶的老房子
我们带着我们的全部行李
和一位年轻剧作家
我的先生这一切是多么虚假

多么虚假
(钢琴弹奏停止，女儿进来
母亲直起身子看房间的天花板
对作家)
如果您过一会儿到了楼上
您可以眺望远处的大海
而且完全不受干扰
(对女儿)
你很长时间没有练习了
整整一年没人弹过钢琴
它已经又走调了
这儿特别潮湿
那是一首变奏曲对吗我的孩子

女　儿　是贝多芬的变奏曲

母　亲　是贝多芬
其实我不喜欢贝多芬
我喜欢莫扎特但不喜欢贝多芬
不过一首贝多芬的变奏曲
适合这个地方

作　家　(对女儿)
您会和我一起沿着海岸散一次步吗
(其他二人看女儿)

母　亲　这在清晨特别美
在六点前

女　儿　我总是喜欢和妈妈一起
沿着海岸散步

母　亲　你会不会和我们的剧作家一起
沿着海岸散步呢

女　儿　那当然不成问题
（对作家）
如果您一大早就能起床

母　亲　（对作家）
六点出发

作　家　我起床很早
我四点起床
您不会相信这件事
但我四点起床
我祖父在世时三点就起床了

母　亲　但他不是剧作家

作　家　他是哲学家夫人

母　亲　祖父是哲学家
孙子是剧作家
这确实非常奇怪不是吗
（此时女儿正在腾空藤箱）
外孙身上的一切
都像外祖父
您以前知道这些吗
您可以在这儿好几个小时
沿着海岸独自漫步您碰不到一个人
您知道吗这儿冬天最美
那时天寒地冻而您则感到自己
完全任由大自然的力量摆布
（起身给自己取来一瓶法国白兰地）
我根本没有抵抗力
您不想也喝一口吗
（拿两只杯子，给自己和作家斟酒）

我昨天想我受不了再喝酒了
但后来我却喝了整整一瓶
今天早晨
现在我又来了兴致
（她举杯喝酒，作家也喝酒
对女儿）
祝你健康我的孩子
（对作家）
祝您健康
（起身走到露台前
作家跟着她）
我曾问您
您是否和我们一起来卡特韦克
这甚至没有使您感到惊讶
这使我比您更感到惊讶
您还能听见它吗
您还能听见它吗

作　家　听见什么

母　亲　掌声喝彩声
我还能听见它我还能听见它
您听不见它听不见掌声
喝彩声了
您就承认吧您为此感到高兴
尽管您说
喝彩声毁了您的一切
您不该这样说
我听见大海的声音它就是鼓掌的声音
大海澎湃的声音就是为您的剧作响起的掌声

您已抵达目的地我的先生
(她抓起他的手)
您难道没听见这热烈的掌声
(她更紧地抓住他的手,
领他回到桌旁)
您是最幸福的人
您务必理解这一点
您必须承认这一点
(她坐下,作家站住)
您必须对付得了这件事
您必须经得起这件事
您必须经得起您的成功
而且对付得了它
《逃命吧》
(对女儿)
真是棒极了对吗
这完全符合我的看法
《逃命吧》
但无人能够逃脱
还从未有人逃脱过
在上百万上十亿的所有这些人当中
没有一个逃脱过
没有一个
而您却将您的剧作命名为《逃命吧》
您是一个胆大妄为的人
您必须知道这一点
您必须让人告诉您这一点
您必须知道这一点

您眼下在这儿而且意识到了这件事
您必须意识到这件事
您就对自己说我意识到了这件事
您就强迫自己这样做您必须强迫自己这样做
（喝酒）
我不理解您
您站在那儿一声不吭
噢您坐下呀
您突然不说话了
不过如今所有的年轻人都是这样
站在那儿不说话
您还是坐下吧
（作家坐下）
您和我一起喝酒
您就把我当成自己的榜样
榜样榜样您听见了吗榜样
（喝酒，给作家斟酒）
如今的年轻人是些什么人
他们二十岁就考虑退休了
考虑他们如何能够安排好自己的一生
这是一代暮气沉沉的年轻人
他们出生后直到他们死去都感到无聊
他们在他们出生的那一刻
已经死去
他们思想僵化一言不发
我说得对吗
年轻人思想僵化
他们尚未到场便失去了一切

这确实也是您的剧作揭示的主题对不对
这也是您在《逃命吧》这部剧作中表现的
我看见这些年轻人简直不敢相信我的眼睛
他们不觉醒不摧毁
阻挡他们的一切
而全部的历史都在阻挡这代年轻人
全部的历史向来都曾阻挡年轻人
而年轻人向来都有力量
不惜一切以最强的毁灭意志
清除这全部的腐朽堕落的历史
每代年轻人都采取自己的手段一刀两断
但这代年轻人
还从未有过如此软弱无力的一代年轻人
您在您的剧作中确实也谈到了这一点
您在《逃命吧》这部剧作中谈到了这一点
您以您特有的愤世嫉俗谈到了这一点
我也同样愤世嫉俗
这代年轻人什么都没得到尽管他们得到了一切
对恰恰是因为他们得到了一切
他们便让一切都拖延下去他们让一切都拖延下去
他们并未争取获得他们被扣留的东西
我们那时确实完全不一样
我们摧毁了阻挡我们的历史
我们摧毁了它并且从这废墟中
为我们创造出崭新的历史
年轻人向来都曾摧毁陈旧的历史
并且从中为自己创造出崭新的历史
但这代年轻人软弱无力

他们让陈旧的历史压垮了自己
他们一声不吭地站在那儿他们无所事事并且陷入沉思
但他们不采取行动
您自己就是最好的例子
您陷入沉思而且不采取行动
您目睹贫困不幸但您不消除它
您是这腐朽堕落的观察者
但您不去消灭它
（喝酒）
您要恰当地理解我的话年轻人有权力毁灭历史
毁灭它是为了从被毁灭的东西中
为自己创建崭新的历史
他们有责任这样做
但他们不能长久地等待直到为时已晚
而现在似乎为时已晚
您自己在您的剧作中说
也许为时已晚
但您只是说说而已
您只是说说而已您在观察
人们对您所说的话如何反应
但您不采取行动您在旁观但您不采取行动
这就是剧作家的不幸

作　家　不过毕竟出现了一些事情

母　亲　那些事情太少了我的先生
旁观和等待
他们全都这样做
所有的人都在旁观和等待
他们在观察腐朽堕落并且正一同腐烂

作　家　但有一天

母　亲　不是有一天
而是立刻现在
（喝酒）
噢如果我年轻三十岁该有多好
如果我就年轻二十岁该有多好
我在说什么呀这并不是借口
不过已经出现了一些事情
以致您在您的剧作中说时机早已成熟
但几个年轻人打破几个老家伙的头
这并不够这很可笑
一切都应擦掉一切都应一夜之间擦掉
千万别犹豫我丈夫如果活着会这样说
您想象一下有一天
（指地点）
他站在那儿站在露台上
考虑他如何能炸毁王宫
他看上去根本不像在考虑这种事
总之我不相信他会有这种想法
那是一个明亮的夏夜
我已经害怕要收拾行李了
我们得返回城里
当时他在露台上站了很久
他突然转身进来
我完全出于本能地问他
你这么长时间究竟在露台上干什么
你究竟在露台上思考什么事
这时他说我在想

我该如何着手炸毁王宫
我放声大笑
我认为他疯了
但渐渐地我就想也许他说这些不是开玩笑
如今我确信他那时说这些不是开玩笑
(喝酒)
也许他还可能成为一名无政府主义者
(高声大笑，作家一起笑)
我丈夫有活跃的想象力
铸造厂使他变得麻木不仁
我不让铸造厂把我变得麻木不仁
铸造厂对我是一种激励
但家族铸造厂使他变得麻木不仁
我以前时常想
我可能接近了一名无政府主义者
他过于频繁地对我说结局好一切好
他为什么一再说这句话
他脑子里必定浮现过某些可怕的事
脑子里意识里
难道您有时就不打算
炸毁一切
这肯定是作家最迫切的想法
我说得对吗
要首先在自己的头脑里进行一场小的革命
然后是一场较大的革命
然后是一场更大的革命
然后把革命从自己的头脑里
投入世界就像把一个孩子投入世界

并且使一切爆炸
一位剧作家
的确只应考虑
我如何才能炸毁全世界
我如何才能结束所有的喧嚣
我说得不对吗
（对女儿）
如果我说这种话我的孩子就特别高兴
但如果我不这样说
剧作家们不这样说
或者他们这样说但却不付诸行动
或许炸毁世界
也根本不是剧作家的任务
或许这全都是荒唐的想法
或许旅行使我有点激动不安
一想到我们还得取出所有这些东西
我简直就要发疯
谁知道呢我们取出了所有东西后
又会马上乘车返回城里
因为我们受不了这个地方
（喊道）
卡特韦克其实一想到我们
眼下在这儿我就觉得冷
但这是我的主意
我们每年夏天都在这个日子来这儿
（她似乎感到冷）
这儿很冷
但毕竟不可能在盛夏生火

那也太荒唐了

（对作家）

但您千万别养成

下雨时躺在床上的习惯

这极其有害

您醒来后一定要出门

您要振作精神跑出去

我父亲曾说谁在床上躺着

谁很快就会永远在床上躺着

我这样说对吗

如果我们清晨在床上躺着

因为我们好像瘫痪了

那么我们便会厌世

我对我程式化的生活感到害怕

（女儿推藤箱，想让它更靠近窗户，

但没有成功）

啊您还是帮一下我女儿

这可怜的人自己做不了这件事

（作家跳起来帮助女儿）

这只箱子的历史非同寻常

其实它是我们的中心

它是一名小丑的箱子

这从它的外观上根本看不出来

我外祖父是小丑你明白吗

他出生在马斯特里赫特[①]

他带着这只箱子在整个欧洲四处游历

---

① 荷兰南部工业城市，林堡省省会。

并且表演他的小丑节目
如果您对此感兴趣
我会让您看这方面的照片
我有一些他表演他的小丑节目时
别人给他拍摄的照片
他的表演当时引起了轰动
但他嗜酒如命
他四十二岁
死于凯尔克拉德[①]的一家酒馆
也就是说
距离他出生的地方不远
我经常对我女儿说
我以前多么容易走另一条路
我走的是不同的路
(喝酒)
我告诉您了吗
我是在一家酒馆认识我丈夫的
是在阿珀尔多伦[②]附近
他是一个被击垮的孩子
那时铸造厂这个词最吸引我
我被铸造厂这个词勾住了
(女儿和作家从藤箱里
抬起一件沉重的冬大衣)
简直是怪癖
我们在盛夏到卡特韦克来
但却把这件沉重的毛料冬大衣装进箱子

① 荷兰南部小镇，毗邻德国。
② 荷兰中东部城镇，为荷兰皇室避暑地。

这是一个习惯
是我丈夫她父亲的习惯
他在寒冷的夏夜
去露台时
穿这件大衣
它是另一个时代的遗物
是一件古怪的东西
您就把它举高举高举高
(作家和女儿将大衣高高举起)
它已经相当透光了
但并不是因为人非常频繁地穿它
不是这个原因
而是因为我们一再把它从箱子里取出来又装进去
这使织物受到了磨损
(女儿将大衣悬挂到窗边)
然后我们便把它悬挂在那儿的钩子上
而且不知道用它做什么
(女儿继续腾空箱子)

作　家　这是一件漂亮的大衣
毫无疑问是英国货

母　亲　当然是英国货
我丈夫只穿英国大衣
这在那时还是最奢侈的东西
他当然还穿英国鞋
和质地最精良的英国短袜
当我那时看到这么多奢华的男士服装
我完全目瞪口呆
您过来您坐下

（作家走到桌旁坐下）
您不必感到惊讶
这儿的一切向来都荒唐可笑
您瞧比如我在这儿
总是用一枚发夹
来合拢我的大衣
我大约已有三十年
在这个地方用这枚发夹
我从来没有想到
给我缝上这枚扣子
或者您瞧那边窗帘上的那个窟窿
（指着它）
二十五年前就有了这个窟窿
这件事我记得非常清楚
因为它是我丈夫
用雨伞戳的
他从海滨回来
他的雨伞被窗帘绊住了
这简直是一个滑稽故事对吗
我的先生我们的创造性在于
我们在窗帘上戳出窟窿
但却不缝补它们
我们把大衣装进箱子又取出
但却从来不穿
其他上百件东西也同样处置
比如长袜短袜女式衬衣背心等等
这一切无疑以某种方式
与我外祖父的藤箱相联系

以一种十分神秘的方式您不这样认为吗

（有人敲门

女仆进来

母亲对作家）

您的房间收拾好了

（作家起身）

您大概累了

您的剧作首演了您想想

而且您获得了成功

你获得了无与伦比的成功

这可是您亲眼看到的

（把手伸给他，作家吻她的手）

噢您别吻我的手

这简直可笑

您在哪儿见过这种礼仪

是在奥地利吗

我的天

然后您还得踏上旅途

还得对付您面临的其他所有事情

（作家拿起他的手提包，想离开）

您不要吃惊

如果您在您的房间里

看到的尽是稀奇古怪的东西

那些旧衣服那些枪

还有那么多散放在各处的帽子

那全都是我丈夫非常喜欢的东西

（作家再次迅速向母亲鞠躬，然后

向女儿鞠躬，他走出去，女仆跟着他

母亲喝完酒后停顿一下）
问题并不在于
邀请他来是否明智
他已经来了
（突然激动不安地）
现在我需要新鲜空气
（她走到露台门前
女儿搬着作家坐过的椅子
走向她
母亲坐到椅子上，然后说）
我怕他不会
只待几天

幕 落

戏剧人

我在孩提时代
就具有某种戏剧才能
我是天生的戏剧人您知道吗
我很早就是戏剧人
设置陷阱的人

人　物

布鲁斯康——戏剧人
布鲁斯康夫人——女戏剧人
费鲁乔——布鲁斯康夫妇的儿子
萨拉——布鲁斯康夫妇的女儿
旅店老板
旅店老板娘
埃尔娜——旅店老板夫妇的女儿

乌茨巴赫[1]的黑鹿旅店
舞厅

① 作者虚构出的奥地利偏远小镇。

第一场

下午三点

戏剧人布鲁斯康和旅店老板进来

布鲁斯康 （头戴一项宽檐帽，身穿一件
长及脚踝的大衣，
拿着一根手杖）
竟然在这儿
在这种污浊的环境里
我好像预感到了这些
（喊道）
国家演员
我的上帝
我就连撒尿
也不会来这类旅店
而我要在这儿
演出我的《历史的车轮》
（向右走几步）
黑鹿旅店
现在只好这样
仿佛时间已经停滞了
（向左走几步，然后
直接对旅店老板）
您好像不知道
我们今天要到这儿来

（环顾四周）
令人绝望
（环顾四周）
完全没文化
令人绝望
（想坐下，但舞台上没有椅子
直接对旅店老板）
乌茨巴赫
乌茨巴赫就像布茨巴赫[①]
国家演员布鲁斯康
在乌茨巴赫
我的喜剧将在这个乌茨巴赫镇上演
（环顾四周）
黑鹿旅店
现在只好这样
这种闷热
雷雨前的闷热
如此敏感的灵魂
寓于如此敏感的身体
（突然发怒）
您这儿难道就没有椅子吗
（旅店老板搬来一把椅子
布鲁斯康坐下）

旅店老板 您说要蛋卷片汤

布鲁斯康 当然
这儿能喝的

---

① 德国中部小镇。

唯一的东西
就是蛋卷片汤
但别太油腻
汤里总是有大片油花
即便在蛋卷片汤里
小地方也留下了它的痕迹
（伸直双腿）
在加斯波尔茨霍芬[①]
我们获得了巨大成功
演出非常出色
各方面的情况都很理想
（环顾四周）
我女儿萨拉对您说了吗
我得要
第二个枕头
而且里面得是马鬃
给我弄来这样一个枕头
想必不会给您制造麻烦

旅店老板 马鬃枕头
已经放在床上了

布鲁斯康 已经放在床上了吗
您说
已经放在床上了
（环顾四周）
理论
并不符合实际

---

① 奥地利小镇，位于上奥地利州。

您刚才说有多少居民

旅店老板 二百八十个

布鲁斯康 二百八十个

竟然有这种

弹丸之地

在加斯波尔茨霍芬

我们有八百三十位观众

而且座无虚席

真是掌声雷动

如果我早知道

这个

这个

旅店老板 乌茨巴赫镇

布鲁斯康 这个乌茨巴赫镇

只有二百八十个居民就好了

全都是既听不见

也看不见的

老年人

（直接对旅店老板）

《历史的车轮》

是一部人类喜剧

（尽量伸直双臂）

恺撒[1]拿破仑丘吉尔

将会出场

但这并不意味着

女性

---

① 尤利乌斯·恺撒（公元前101年—公元前44年），古罗马政治家、军事家、作家。

吃亏了
在整个巡回演出的过程中
我其实仅仅靠蛋卷片汤
维持生存
在加斯波尔茨霍芬
这道汤的味道非常独特
几乎没有油花
（环顾四周）
梅特涅[1]在我的喜剧中
当然起着
决定性作用
我的喜剧实际上
是一部悲剧
您将会看到这一点
（旅店老板开始把一些桌子往墙边推）

布鲁斯康 事情的性质
总是截然相反我的先生
我们到外地巡回演出
但却仅仅掉进了一个陷阱
可以说掉进了一个戏剧陷阱
（突然呵斥旅店老板）
您已经
为应急灯的事
去找消防队队长了吗
我说过
我的喜剧

---

① 克莱门斯·文策尔·内波穆克·洛塔尔·梅特涅（1773—1859），1821—1848 年任奥地利首相。对“神圣同盟”复辟时期的欧洲事务有重大影响，主张镇压革命和自由运动。

结束时
必须完全黑暗
应急灯也必须熄灭
我的喜剧结束时
要完全黑暗
绝对黑暗
如果不是绝对黑暗
我的《历史的车轮》就毁了
如果应急灯不熄灭
我的喜剧
就会恰恰转向反面
在加斯波尔茨霍芬
他们熄灭了应急灯
在弗兰肯马克特[①]同样如此
即便在作为最愚昧的地方之一的
声名狼藉的茵河区的里德[②]也不例外
您告诉消防队队长
我是布鲁斯康
国家演员布鲁斯康
他在柏林演过浮士德[③]
在苏黎世演过梅菲斯特[④]
这些消防队队员固执己见
统计表明
他们每年酿成的灾祸

① 奥地利小镇，位于上奥地利州。
② 奥地利小镇，位于上奥地利州。
③ 德国作家约翰·沃尔夫冈·歌德（1749—1832）的诗剧《浮士德》（1773—1831）的主人公。
④ 《浮士德》中的魔鬼。

比其他所有人都要多
如果一幢建筑物刚刚起火
消防队就会把它完全毁掉
这种闷热
（将大衣纽扣解开一半）
但如果我脱掉大衣
我就会感冒
我经常咳嗽
脖子疼
而且汗流浃背
（旅店老板想打开一扇窗户）

布鲁斯康　（高举起手杖呵斥他）
你敢打开窗户
那我就会坐着吹穿堂风
（蜷缩起身子）
这股讨厌的臭味
猪饲料也能带来收益吗
（旅店老板又关上窗户）

布鲁斯康　或者这只是旅店老板们的变态
到处都是这股猪臭味
猪饲料加工厂一家挨着一家
这儿确实只有
猪饲料加工厂
和教会
（呻吟）
还有纳粹
（往后靠，闭上眼睛）
如果不允许我们

关掉应急灯
我们就不演出
（挺直身子）
这个地方受到了上帝的惩罚
而我却接受过高等教育
并且获得过
系着金色绶带的十字勋章
（抓自己的头）
阿加特警告过我
（起身，环顾四周）
灾难有一天必定降临
如果我们能清晰地思考
我们就得自杀
（站到舞台中央，
尽量高举手杖，
盯着大厅天花板）
乌茨巴赫
（垂下手臂，向右走五步，然后
向左走十步测量舞台面积，
站住）
加斯波尔茨霍芬的舞台
也不比这儿的更大
在茵河区的里德
舞台宽了两米
但这只是一个缺点
（直接对旅店老板）
受到损害的
其实不是我

而是我夫人
她对猪臭味过敏
因为她的肺有毛病
即便在最好的空气中
她也会呼吸困难
她毕竟
得对罗马民众
做一次半小时的讲话
这期间她得忍受一切
(轻声咳嗽)
每说一个词在这儿都会扬起灰尘
而我的喜剧的台词
却惊人得多
(朝大厅里喊)
阁下我感到遗憾
(直接对旅店老板)
它或多或少
是一部喜剧杰作
也可以说
是一部世纪之作
(朝大厅里喊)
卡拉布列恩
这真是太可笑了
(直接对旅店老板)
它无疑是一部晚年作品
您读过相关评论吗
它们就像报纸上的一切
全都是胡说八道

那些粗制滥造的门外汉
（俯身用右手
检查舞台地板）
但没有一次严厉的批评
他们说不到点子上
但没有一次严厉的批评
（又起身）
我夫人不断地
受到头疼的折磨
我有肾病史
（又俯身，再次检查
舞台地板）
但愿我们不要跌进去
在加斯波尔茨霍芬
他们有新地板
这些木头的确全都腐烂了
不再在这儿跳舞了吗
（又吃力地站起来）
不再在这个舞台上跳舞了吗
看起来不像
最近一段时间
在这个舞台上跳过舞
这儿确实只剩下老年人了
他们不跳舞
这儿有几十年
不曾演过戏了
（对旅店老板）
请务必把这儿的这些桌子

往舞台上搬一张
我们的舞台布景
几乎等于零
它是最简单的
一张屏风出现三次
这就是全部东西
还有一扇带装饰的大门
（旅店老板把一张桌子搬到舞台上）

布鲁斯康 您已经看到了
我们旅行时只带一只箱子
和一个放衣物的箩筐
这就是全部东西
放到那儿
您把桌子放到那儿
光线的情况
至关重要
（旅店老板把桌子放到布鲁斯康身旁
布鲁斯康用手杖示意他
把桌子放到自己面前
旅店老板听从布鲁斯康的指令）

布鲁斯康 我们的想象甚至是我们的思想
必须时常被整理就绪
最终没有任何事情令人满意
您把桌子放到那儿
（指桌子应放的位置
旅店老板将桌子放到此处）

布鲁斯康 对
桌子在这儿才对

至少此刻对
此刻对
(往后靠)
想象力
魔力
(又坐直，此时旅店老板再次
把大厅里的桌子往墙边推)

布鲁斯康 (直接对旅店老板)
您去过圣拉德贡德①吗
这个地方在哪儿

旅店老板 离这儿十公里远

布鲁斯康 十公里
确实
我想是这样
您是说十公里吗

旅店老板 是十公里

布鲁斯康 一九四四年
我在那儿被一名肉铺伙计
打翻在地
他混淆了我和一个据说
来自马蒂希霍芬②的制蜡烛的人
因此我现在还有
这种肩膀疼的后遗症
它使我即便没有这次意外事件
也已相当艰难的生存变得无趣
这桩罪行发生在四十年前

---

① 奥地利小镇，位于上奥地利州。
② 奥地利小镇，位于上奥地利州。

我那时还是大学生
我攻读戏剧史
我不像您以为的那样
在一所大学里学习
我可是自学了所有东西
我不知道我为什么
去了那个地区
并且在圣拉德贡德被打翻在地
这也可能使我丢了性命
(看地板)
我那时穿着
特别长的裤子
头戴一顶亚麻布帽子
我把它称作给我带来好处的帽子
因为我很快发现
在这顶帽子下思考
有好处
如果我想清晰地思考
我就戴上这顶帽子
这顶我从我外祖父那儿
继承的
帽子
您想象一下
没有这顶我外祖父的亚麻布帽子
我在大城市也不可能思考
至少思考时会缺乏
已成为我的原则的必要的清晰
在创作我的喜剧的全部过程中

无论如何我都戴着这顶亚麻布帽子
我时常想
如果我取下帽子
我的喜剧就毁了
在我撰写我的喜剧
也就是说撰写我们的《历史的车轮》
整整九年的时间里
我都没有摘掉它
我告诉您
不关掉应急灯
就不演出
这些消防队队长
是什么人
简直可笑
在这儿在
在
在

旅店老板 在乌茨巴赫

布鲁斯康 在乌茨巴赫
恰恰在这个弹丸之地
竟然有一名消防队队长
请原谅
我把无疑会受到您尊崇的贵地
称为弹丸之地
难道会有一名
不允许应急灯
关掉五分钟的
消防队队长吗

我的喜剧结束时
确实
只有五分钟看不到应急灯
这甚至在茵河区的里德
也无需讨论
灯光会变弱
最后非常弱
最后完全熄灭
当然也包括应急灯
我的喜剧的高潮
是绝对的黑暗
这是它不转向它的反面的
先决条件
(坐在他的椅子上朝桌子移动，紧靠桌子)
丘吉尔临终前
在夜里醒来
他只说了厄尔巴岛[①]这个词
然后便是一片漆黑
顺便提一下我儿子费鲁乔
扮演的丘吉尔非常出色
他叫费鲁乔您知道吗
因为我是布索尼[②]的崇拜者
(起身跺地板)
在有斯大林的那个场面
丘吉尔用脚跺地板
如果地板承受不住

---

① 意大利地中海岛屿。
② 费鲁乔·本韦努托·布索尼（1866—1924），意大利作曲家、钢琴家、指挥家。

那就糟了
观众必然会
哄堂大笑
这会使我的喜剧彻底失败
(再次用脚跺地板)
在加斯波尔茨霍芬
我儿子用脚跺地板时用力过猛
以致他使自己直到膝盖的腿部
都受伤了
但演出没有中断
出现了一次短暂的停顿
我扮演的斯大林
干脆说了一段
我们原本删掉的台词
然后我扶起我儿子
也就是说我扶起丘吉尔
把他背了出去
我与其说背不如说把他拖了出去
这引起了一阵热烈的掌声
(一直走到左侧墙壁前，转身)
莎士比亚
伏尔泰
还有我
(向舞台中央走三步，
朝大厅里看)
我正在
把我的喜剧
翻译成意大利语

这并非易事我的先生
然后我也许还马上把它翻译成
当然是我非常喜欢的
法语
《历史的车轮》就像适合法国一样
适合意大利
它主要是为法国人写的
我们在这儿只是检验它
改进它
完善我们自己
我担心我的《历史的车轮》
在意大利会获得
比在法国更大的成功
（走向右侧墙壁，
将双手平放在上面）
我在勒阿弗尔[①]已经产生了
创作我的剧本的念头
我是在那儿认识我夫人的
可以说那是一次海岸边的相识
一次大西洋海岸边的相识
（猛地举起他的手杖，
朝大厅里喊）
贝尔特兰德
您犯下了罪过
（让手杖下垂）
这儿的湿气

① 法国西北部港口城市。

吞没了一切
这儿的一切
都不利于
人声的乐器
（走向一扇窗户，用袖子
擦去窗台上的灰尘）
另外我十四岁就为这部喜剧
拟定了一份提纲
可以说这是我终生关注的题材
（再次擦去窗台上的灰尘）
这是一种世界戏剧
它体现了无私的思考您明白吗
（登上舞台，站到中央，
朝大厅里看）
我在孩提时代
就具有某种戏剧才能
我是天生的戏剧人您知道吗
我很早就是戏剧人
设置陷阱的人
（俯身检查舞台地板
又站起来）
我逃离了家庭
我曾被父亲抽耳光痛打
勾曲手指敲头
我们彼此极为蔑视
（又俯身检查舞台地板）
在某种程度上
我曾卑鄙无耻

我从最底层奋斗上来了
（又站起来，朝大厅里喊）
毒药在勒尔拉赫[①]
在勒尔拉赫贮存着
灭绝人类的毒药
（直接对旅店老板）
这是我的《历史的车轮》中的
勒尔拉赫效果我的先生
（坐到椅子上）
那些消防队队长
是所谓掌握权力的人
我在加斯波尔茨霍芬
不曾遇到一点麻烦
（直接对旅店老板）
您告诉消防队队长
只有五分钟
当然是关键性的五分钟
您告诉他
如果我的剧本结束时
没有五分钟的绝对黑暗
我的剧本就毁了
这确实可能
是这儿唯一的例外
（用手帕擦去自己
额头上的汗水）
我毫无兴趣参与

① 德国南部城市。

同消防队队长的
讨论
只要他答应
五分钟可以绝对黑暗
五分钟可以没有应急灯
简直可笑
（往后靠）
荒谬的法律
使一个人在直到最偏远角落的全世界
都失去了乐趣
这个令人厌恶的弹丸之地
这儿甚至不会着火
这儿从未着过火您自己也这么说
坚持让应急灯亮五分钟
真是太可笑了
在这种湿气中
在这个一切全都腐烂的地方
根本就不可能发生火灾
您把这些告诉消防队队长
这个男人到底叫什么名字

旅店老板 阿特文格尔

布鲁斯康 阿特文格尔
阿特文格尔消防队队员先生
阿特文格尔消防队队长先生
这个消防队队长阿特文格尔
到底从事什么职业

旅店老板 他是捆扎匠

布鲁斯康 捆扎匠捆扎匠

他捆扎什么

旅店老板 他是箍桶匠

布鲁斯康 箍桶匠

竟然还有这种职业

箍桶匠

箍桶匠兼消防队队长

您去他那儿

您告诉他我是谁

您告诉他

他全家当然

可以免费入场

旅店老板 捆扎匠没有家了

布鲁斯康 没有家了

那么您就告诉他

他会得到我的一本剧作

有我的签名

有布鲁斯康的签名

他从未写过这类签名

他一直拒绝

写这类签名

如果人们认识到我不仅是演员

而且也是剧作家也是伟大的布鲁斯康

我写的这样一个签名

终究有一天会值一大笔钱

您告诉他

他可以和我们一起用餐

可以和我们同桌用餐

您把这些告诉他

他的家人
究竟是怎么死的

旅店老板 死于雷击我的先生
他们去哈克[①]游玩
并且站到一棵山毛榉树下面
除了捆扎匠
全都死了

布鲁斯康 竟然一直有这种说法
你应该寻找山毛榉树[②]
（往后靠，闭上眼睛）
旅店老板先生
您去找消防队队长之前
请务必在厨房
给我们预定蛋卷片汤
预定四份蛋卷片汤
如果这在这个时间
可能的话
但我已经看到了
您夫人的确在厨房
下午三点半
预定蛋卷片汤
这当然非同寻常
我儿子我女儿和我
我们在这儿在舞台上
在这张桌子旁边
喝蛋卷片汤

---

① 奥地利小镇，位于下奥地利州。
② 德语谚语，意为遇到雷雨天气时应该选择安全地方躲避。

您给我夫人把蛋卷片汤
端到房间里
这可怜的女人还处于震惊状态
她坐车来这儿时说
乌茨巴赫
这肯定是一个迷人的地方
而当她看到乌茨巴赫
她就昏了过去
她当然是一个女戏剧人
另一方面她演出前不露面
也有好处
因为否则她就记不住台词
她经常忘记台词
我们好多年演同样的戏
但她却仍然忘记台词
而且总是在那些关键的地方
这简直让人发疯我的先生
您的确不知道
记住这样一部剧作的台词
是多么困难
更不必说然后还得
将这些台词变成艺术品
毫无疑问这些台词是艺术品
女人们在舞台上
最会制造麻烦
她们什么也不理解
她们不会尽最大努力
她们不会进入地狱进入戏剧地狱

她们做任何事都三心二意
三心二意您明白吗
但这种三心二意
会置戏剧于死地
不过如果没有女演员
一部像我的喜剧那样的喜剧
简直无法想象
我们需要她们
如果我们的喜剧想要兴旺
我们在我们的喜剧中就需要女人
这是真理
尽管它如此苦涩
但愿您能知道我花费了多少力气
教我夫人戏剧表演最简单的基本原理
每次不言而喻的表演都要折磨我好多年
一方面我们需要女演员
但另一方面她们对戏剧来说又是致命的
如果谈到女演员
我们不该夸大我们的魅力
以免我们的虚假
彻底暴露出来
单是欧登塞[①]这个词
她就要说八千遍
直到我能够接受它
（十分轻地说）
欧登塞

---

① 丹麦第三大城市。

十分轻地说欧登塞这个词
的确非常简单
我夫人需要好几年的时间
把它说得可以让人接受
另一方面我们又不该
对女演员们进行极端折磨
否则她们便会突然袭击我们
她们能忍受许多事情
但并非所有事情我的先生
如果我们发大海这个词的音
我们就得知道
大海是什么
这理所当然
或者如果我们发老鼠药这个词的音
我们就得知道它通常是什么
这理所当然
但在女人们那儿就不一样
为了理解最简单的东西
她们得接受几十年的训练
如果是自己的夫人
可以说我们最终永远娶了她们
那就更加困难
同女人们一起演戏
是一场灾难
如果我们雇用了一名女演员
可以说我们便雇用了一台戏剧制动器
的确向来也是女演员们
杀死了戏剧

尽管我们从不坦率地说出这一点
因为我们在这方面对女性过于彬彬有礼
一名悲剧女演员
向来荒唐可笑
如果我们考虑到一部悲剧
无非是一场精神错乱
如果我们说真话
戏剧艺术本身便荒唐可笑
但如果我们诚实
我们便无法从事戏剧艺术工作
如果我们诚实
我们既不能写一部剧作
也不能演出一部剧作
如果我们诚实
除了自杀
我们不再能做任何事
但因为我们不自杀
因为我们至少直到今天直到现在
不想自杀
也就是说因为我们直到今天直到现在没有自杀
我们便一再进行戏剧艺术实验
我们为戏剧写作
我们表演戏剧
尽管这一切都极为荒谬
而且极为虚假
一名根本不知道
做国王是什么感觉的男演员
如何能够扮演一位国王

一名根本不知道
做马厩女佣是什么感觉的女演员
如何能够扮演一名马厩女佣
如果一名男国家演员扮演一位国王
这只会令人感到乏味
如果一名女国家演员
扮演一名马厩女佣
这就更加令人感到乏味
但所有的演员都一再扮演
他们不可能是的人
而且表演纯属乏味的东西
因此舞台上的一切都是乏味的我的先生
由于演员是最愚笨的人
所以这的确乏味
当他们扮演比如叔本华和康德
或者一名男国家演员扮演弗里德里希大帝[①]
或者伏尔泰竟然被一名男演员扮演
这一切都是乏味的
我当然始终
意识到上述事实
演员所表演的东西
始终都被错误地表演
也就是说那是骗人的我的先生
恰恰正因如此那才是戏剧
表演出来的东西是骗人的东西
而我们热爱表演出来的骗人的东西

① 弗里德里希大帝（1712—1786），亦即普鲁士国王弗里德里希二世（1740—1786年在位）。他曾实行开明君主专制，多次对奥地利发动战争。

所以我写了我的喜剧
这是在骗人
所以我们表演它
这是在骗人
所以它被接受了
这是在骗人
剧作者在骗人
演员在骗人
观众也在骗人
而这一切加起来便是一种无与伦比的荒谬
更不必说
这是一种
已经有几千年历史的反常
戏剧艺术是一种人类所迷恋的
有几千年历史的反常
人类之所以如痴如醉地迷恋它
是因为他们如痴如醉地迷恋自己的谎言
在这个人类社会的其他任何地方
都不会有比舞台上
更大更令人神往的谎言
（将他的左手食指塞进嘴里，
然后又将它伸向空中
过了一会儿）
手指在这个大厅里没有变干
这种湿气
是戏剧的毒药
我说的台词在加斯波尔茨霍芬有分量
在这里一切都会瓦解

一切都会缩减
在这里最不同凡响的东西
也会变成半瓶子醋
奥地利
堕落了
是恰当的词
衰败了
是恰当的表述
(直接对旅店老板)
因为我有一个
奥地利曾祖母
您得知道
我有一个来自伊尔西格尔的曾祖母
但您没听说过这个地方
(沉思地，似乎
在地板上画什么)
我有蒂罗尔[①]人的特点
我的天性中
也有某种反常的东西
奥地利
怪诞
贫困
是恰当的词
神志不正常
是恰当的表述
莫扎特舒伯特

① 奥地利西南部的一个州，邻近意大利。

令人厌恶的骄傲自大
您就相信我吧
这个民族身上
已经没有一丁点可爱的东西
我们所到之处无不充斥着
嫉妒
卑鄙的思想
排外
对艺术的憎恶
他们在其他任何地方
都不会以如此的愚钝来对待艺术
（喊道）
艺术艺术艺术
在这里他们根本就不知道
什么是艺术
真正的艺术家
受到贬斥
他们全都追随
骗人的毫无价值的艺术家
向江湖骗术
鞠躬致敬
（直接对旅店老板）
在乌茨巴赫做旅店老板
这是什么样的生活
您是在这儿长大的
还是入赘到
这个乌茨巴赫镇的

旅店老板 我是入赘的布鲁斯康先生

布鲁斯康 入赘的

从哪儿入赘的

旅店老板 我是从加斯波尔茨霍芬入赘到这儿的

布鲁斯康 是从加斯波尔茨霍芬入赘到这儿的

说实话

加斯波尔茨霍芬使我着迷

那儿的人

那儿的情况

和乌茨巴赫这儿完全不一样

那儿没有猪臭味

那儿没有贮仓污染

您以前为什么没留在

加斯波尔茨霍芬呢

您真是不幸

（停顿一下）

因为一个女人

来到了这个乌茨巴赫镇

（停顿一下）

您在加斯波尔茨霍芬

大概会发展得更好

谁知道呢

您当时别无选择

女人会把男人

从最美的地区

引诱到最丑陋的洞窟

这儿的一切都令人装病怠工

一切都令人反胃

一切都是畸形的

孩子们全都有软骨病的嗓音
这令人沮丧
令人神经紧张
具有毁灭性
您究竟是什么时候来这儿的

旅店老板 一九四六年

布鲁斯康 一九四六年
真是命中注定
命中注定

旅店老板 我父亲死后
我在加斯波尔茨霍芬
无法继续生存

布鲁斯康 无法生存
很早就失去了父亲
（问）
您母亲还在世吗
（旅店老板摇头）

布鲁斯康 她死于什么病呢

旅店老板 死于餐饮业

布鲁斯康 死于餐饮业

旅店老板 她是完全无辜的
我们租赁了一家
午后点心店

布鲁斯康 （喊道）
这就是租赁者的命运
租赁者的命运
最悲惨
更何况是餐饮业租赁者

一名餐饮业租赁者
无论如何
都是不幸的

旅店老板 我们一共是八个兄弟
和三个姐妹
在一间又湿又冷的地下室
我们睡在三张床上

布鲁斯康 那时您只能
入赘到餐饮业
(站起来走几步，直接对旅店老板，
同时把他的手杖放到自己身旁)
也许对您来说
乌茨巴赫是救命稻草

旅店老板 是这样

布鲁斯康 这个恐怖的乌茨巴赫镇
竟然是您的救命稻草
我在这儿的第二天
就会死于天主教的低气压
(环顾四周)
建筑物的这种可怜无助
墙壁的这种丑陋
天花板的这种可怕
门窗的这种令人厌恶
这种绝对的庸俗不堪
使您能够继续生存
(又坐下)
我们时常问自己
是我们还是世界

发疯了
（沉思地）
在乌茨巴赫做旅店老板
如果这不是发疯
那么这就是彻头彻尾的发疯
（朝大厅里喊）
这是所有时代
最彻头彻尾的发疯
谁生存
谁就接受了生存
谁生活
谁就接受了生活
我们所扮演的角色
根本不可能可笑到
我们不去不扮演它的地步
（看窗户）
我们带着一些窗帘
它们绝对可以遮住所有窗户
这是我们
在罗森海姆[①]的克莱珀[②]工厂
让人制作的
价格是八万
但没有这些特制窗帘
我们的喜剧根本就不可能演出
我们的道具箱里还有特制钩子
我们可以把这些特制钩子

---

① 德国南部城市。
② 约翰·克莱珀（1868—1949）为该工厂的创办者。

钉进所有的墙壁
无论什么样的墙壁
我们都可以把它们钉进去
我们的照明设备
是雷克林豪森[①]的一家专业工厂生产的
我们的优点在于
我们出行时只开一辆车
而乘坐这辆车并非令人感到最不舒适
(看地板)
我本想和阿加特一起
和我夫人阿加特一起
在这儿散步
也就是说让脚活动一两个小时
但根本不可能在这儿散步
到处都是上坡路
无论朝哪里看都是丑陋的东西
所以我们就这样想
干脆只给自己预定蛋卷片汤
并且待在旅店里
但您的餐室关着门
而且花园里的猪臭味令人无法忍受
好像您不知道
我们今天会到
但您清楚地知道这件事
由于我们坚持不懈地敲门
才有人给我们开门

---

① 德国西部城市。

这真是独一无二得反常
在天气如此闷热的时候
还能闻见被宰杀的牲畜的臭味
但另一方面在一家
同时还是肉铺的旅店下榻
也有好处
（直接对旅店老板）
我不相信
在这种情况下
这儿可以通风
如果打开窗户
我们就完了
您的猪什么时候喂呢

旅店老板 五点半

布鲁斯康 像通常一样是五点半
这不成问题
在马蒂希霍芬八点半喂猪
因为要办丧事
我们被如此告知
猪叫声破坏了一切
猪叫声毁掉了整场演出
我们起初想中断演出
不过后来我们决定
继续演出
我们的演出在到达高潮时
由于猪叫声而被毁了
说实话我觉得这无关紧要
我在马蒂希霍芬未必有一种使命感

我认为那儿的人来看我们的戏
只是为了让自己凉快一下
因为那天像今天这儿一样闷热
在马蒂希霍芬演出的是一个缩略版
爱因斯坦出现的场面
还有我的剧作中
关于原子弹的全部台词都被删掉了
这当然十分重要
在马蒂希霍芬没有这个场面也行
另外我在那儿还删掉了
拿破仑取笑萨克森[1]国王的场面
不过这给我夫人造成了极大的困难
女人们不像我们那样灵活
她们是一些迟钝的人
这当然是我的戏剧中一个很大的漏洞
但掌声却热烈得惊人
我们在马蒂希霍芬得到的定金
是一个圆形奶酪面包
但我夫人不吃奶酪
我自己也不喜欢奶酪
我的孩子们完全反对吃奶酪
所以我们就随身携带
这个巨大的圆形奶酪面包
也许我们会找到一位买主
这个圆形奶酪面包重四十三千克
它沉重地压着我们的后轮轴

---

① 同普鲁士一样，为历史上德国境内的一个邦国。

顺便提一下开车的是萨拉
因为费鲁乔的一只手骨折了
在茨维克莱特[①]
我儿子想上厕所时
从二楼摔了下去
他不幸一脚踩空
完全可能最终丧命
但我的孩子们非常敏捷
这儿的厕所
确实也在屋外
我不可能要求我夫人
到屋外上厕所
我请您给我们
在房间里放两个夜壶
是肝泥丸子汤
还是蛋卷片汤
这始终是一个问题
直到我最后决定
要蛋卷片汤
如果我们下午喝肝泥丸子汤
我们晚上就不能演戏
腹部消耗了能量
使头脑变得空洞
您夫人给我们开门时
是如此奇怪地沉默不语
她几乎没有表示欢迎

① 奥地利小镇。

我知道这儿是最不友好的地区
但一句简短的友好问候
始终会使来宾心情愉快
我们越往多瑙河下游走
人们就越不友好
天气闷热人们不友好
甚至可以说他们对人抱有敌意
在加尔斯帕赫[①]
我们被一小汪井水所吸引
想在一个可以说是绿树成荫的
旅店花园里吃一份酸肠
但来到我们餐桌旁的
女侍者
却在和我们说话时
剪她的指甲
当这样一片指甲
蹦到我夫人脸上
我们便匆匆离开了饭馆
人在这儿从一个地点前往另一个地点时
会遇到一些奇事我的先生
这期间人其实是在目睹
奥地利餐饮业的所有丑陋之处
说实话加斯波尔茨霍芬
如此吸引我的地方
并不是观众
也不是我们在那儿进行了

① 奥地利小镇，亦为疗养地，位于上奥地利州。

极其精彩的演出
而仅仅是为我们铺了一张白色桌布
这个事实
那儿通常的确只把食物
端到肮脏的黏糊糊的破塑料布上
在这个地区旅行
一点也不能增进食欲
多数时候我也是闭上眼睛
喝我的蛋卷片汤
而且确实几乎总能获得享受
啊请您不要折磨我
您问问
是否可能现在就把一道蛋卷片汤
给我们端到这儿
可以说这是我们赖以生存的汤
（旅店老板走出去）

布鲁斯康 箍桶匠兼消防队队长
大权在握的
是一些多么滑稽的人
最可笑的人
会使最卓越的东西失败
（环顾四周）
令人厌恶
阿加特看见这些可能有什么反应
只有肮脏和恶臭
（扫视墙壁）
这些丑陋的复制品
必须把它们全部取下来

我不会在这些复制品下面表演
这个大厅是真正的扼杀精神的凶手
大厅租金
简直可笑
布鲁斯康绝不会
为这种猪圈支付租金
(转身看舞台背景)
恺撒可以从后面上场
但拿破仑不能从左前方上场
这在这儿不行
但我不能删掉
恺撒和拿破仑出现的场面
没有希特勒
也许可以
不
在这儿不行
没有希特勒在这儿不行
(向右看)
然后萨拉走出来说
路德维希你怎么会想到做这件事
接着是费鲁乔回答别侮辱我
我可没朝他开枪
我们可以删掉这些
总之删掉
涉及爱情的所有东西
删掉爱情
但也并非全部删掉
其实所有的东西都同样重要

在我的《历史的车轮》中所有的东西都同样重要
他们在加斯波尔茨霍芬没有卖力表演
因为我当时说
加斯波尔茨霍芬人是多么愚蠢
人类变愚蠢了
我不该说这些话
当时他们立刻就演得非常差
从来没有这么差
如果我把我对乌茨巴赫的看法
说出来
他们在乌茨巴赫还会演得更差
不过他们可是看到了
乌茨巴赫的情况
另一方面我毫不同情
可怜的阿加特
女人们会做戏
男人们是一台戏
女人们会做戏
难就难在这儿
孩子们其实毫无天赋
这是关键问题
他们什么也没接受
我什么都说了
他们什么也没听见
我什么都教了
他们什么也没看见
父亲可以说他想说的话
这无济于事

母亲把父亲完成的一切
都破坏了
（看舞台地板）
低能的儿子
或多或少
愚笨的女儿
（看窗户）
一直感觉自己受歧视的
让人发疯的妻子
她是无产阶级的产物
无产阶级的产物
我当时的确不想
进行巡回演出
我始终反对这次巡回演出
但因为她说乡村的空气好
并且不断地以此折磨我
我就让步了
那些患肺病的人很难相处
几乎令人无法忍受
可以说他们是世界的统治者
是卑鄙行径的狂热信仰者
她曾反复说
我们巡回演出的时候
能呼吸乡村的好空气
而这期间只能闻到臭味
而她的健康状况
还从未像现在这么差
医生也曾说

您带上您夫人去巡回演出吧
所有的医生都是白痴
我们只有在他们的魔爪中时
才克制自己
但他们全都是白痴
我让步了去巡回演出了
这是我讨厌的性格弱点
《历史的车轮》
或多或少
被糟蹋了
如果按照我的想法
在科隆[①]或者波鸿[②]
在莱茵河[③]或者鲁尔河[④]沿岸演出这部剧作
一切都会更好
这样我就把它给毁了
所有的事总是要说服别人
乌茨巴赫就像布茨巴赫
几乎腐烂的床上用品
破损的塑料窗帘
面朝猪圈
但愿我没有看见
这些遍布在墙上的
被打死的大蚊子的血迹
在此地他们将它们称为盖尔森[⑤]

① 德国西部城市。
② 德国西部城市。
③ 欧洲西部河流，德国境内最长河流，为德国最重要的南北交通枢纽。
④ 莱茵河右侧支流，位于德国境内。
⑤ 奥地利德语 Gelsen 的音译，意为蚊子。

她确实寒热病发作了
我说阿加特
千万别在这儿
在这个
在这个乌茨巴赫镇
生病
我吻了她的额头
我说要对付得了一切
（旅店老板又进来，
布鲁斯康此时挺直身子）
可能提供
蛋卷片汤吗

旅店老板 我夫人已经在做了
尽管灌香肠的时候需要她

布鲁斯康 灌香肠的时候

旅店老板 今天是血肠节

布鲁斯康 血肠节
血肠节
这是什么节日

旅店老板 这一天灌血肠

布鲁斯康 血肠节
偏偏今天
是这儿的血肠节

旅店老板 做一份蛋卷片汤
确实不用太长时间

布鲁斯康 对

旅店老板 然后埃尔娜
会来扫地

布鲁斯康 埃尔娜会来
埃尔娜
埃尔娜是谁

旅店老板 我女儿

布鲁斯康 好的

旅店老板 （搬进来几把椅子，
把它们放到大厅尽头）
在血肠节这天
我们所有的人都必须合作

布鲁斯康 是必须合作
所以这是一个
对我们不利的日子

旅店老板 这个日子对所有的人都不利
我们在血肠节这天
通常没有时间

布鲁斯康 通常
在血肠节这天
没有时间

旅店老板 不过这没关系

布鲁斯康 这没
没关系
这儿的人每周都过
血肠节吗

旅店老板 每周二是血肠节
（拉开一面窗帘，立刻把它扯下来
扔到地板上）

布鲁斯康 这些窗帘全都破了
（看天花板）

天花板上到处都是裂缝

旅店老板 它四十多年

没被粉刷过

布鲁斯康 是没被粉刷过

（看那些复制品）

这些图画这些风景

它们无非是玻璃后面的

丑陋污渍

这些图画必须取下来

有这些丑陋的图画我不可能演出

（看某件复制品）

这不是一幅希特勒像吗

旅店老板 对这当然是一幅希特勒像

布鲁斯康 （问）

它一直就悬挂在这儿

旅店老板 对它当然一直悬挂在这儿

布鲁斯康 （问）

悬挂了几十年

旅店老板 对当然悬挂了几十年

布鲁斯康 得仔细看才能辨认出

这是希特勒

这幅画像弄得很脏

旅店老板 直到现在

没人对它反感

布鲁斯康 没人反感

如果您和城里来的人说话

您或多或少是在说标准德语

您肯定尽量这样做

这一方面非常值得称赞
但另一方面
希特勒在我的剧作中也会出现
他同拿破仑见面
和罗斯福一起在上萨尔茨山[①]上喝酒
如果我今晚不删掉这个场面
希特勒像也可以留在墙上
这倒挺不错
希特勒和拿破仑进来后
歌德突然开始咳嗽
他被克尔凯郭尔[②]从客厅里背了出去
克尔凯郭尔
是写了《非此即彼》的
伟大的丹麦人
您当然不知道这些
（筋疲力尽地坐下）
我们所到的每一个地方
都是迟钝的地方
我们所遇见的每一个人
都是迟钝的人
（直接对旅店老板，轻声地）
这是一个彻头彻尾迟钝的国家
在此居住的
是彻头彻尾迟钝的人
无论我们同谁交谈

---

① 德国南部山脉，希特勒“山庄”所在地。该“山庄”1945年4月被炸毁。
② 索伦·阿拜·克尔凯郭尔（1813—1855），丹麦哲学家，存在主义先驱。下文提及的《非此即彼》（1842）为其主要著作之一。

结果都表明

这是一个笨蛋

无论我们听谁讲话

结果都表明

这是一个文盲

他们说

他们信奉社会主义

但实际上仅仅信奉纳粹主义

他们说

他们信奉天主教

但实际上仅仅信奉纳粹主义

他们说他们是人

但却仅仅是白痴

(环顾四周)

奥地利

Austria①

L'Autriche②

我感到

我们仿佛正在一个粪坑里

仿佛正在欧洲的疖子里

进行巡回演出

(示意旅店老板过来

对他轻声地)

这里的一切都散发着臭味

真是一次可怕的重逢

我的先生

---

① 奥地利的英语译名。

② 奥地利的法语译名。

（又大声）
每一个角落
都令人作呕
曾经是森林的地方
如今是碎石坑
曾经是草场的地方
如今是水泥厂
曾经有人的地方
如今有纳粹
此外阿尔卑斯山前沿地区这种带电的氛围
也始终挥之不去
在其中即便是一个敏感的人
也不得不一再害怕
患中风
这次巡回演出便是一个证明
这个国家
就连印刷它的宣传品的纸
都不值
（筋疲力尽地）
乌茨巴赫
这是一场针对我
针对一切
有价值东西的
阴谋
（喊道）
这是一个艺术陷阱我的先生
一个艺术陷阱
（直接对旅店老板）

您说
这儿的人每周都过血肠节
旅店老板 每周二是血肠节
布鲁斯康 每周二
旅店老板 （爬上窗台，以便取下
窗户上的一大片蜘蛛网）
是每周二
布鲁斯康 这儿的人每天都过香肠节吗
旅店老板 我们每两天过香肠节
布鲁斯康 但周二
一直是血肠节
旅店老板 对
（从窗台上跳下来，把蜘蛛网
甩到地板上）
布鲁斯康 每周二是血肠节
我本该知道这件事
但愿酸肠除外的
所有香肠
都不会让我憎恨
（想起身，但立刻又坐下）
然后我的四肢
突然就无法动弹了
这个该死的茨维克莱特镇
我儿子那时
可能会摔死
他的右臂上了石膏
我起初想
这是一次可怕的厄运

但我后来发现
我儿子扮演的
恰恰是那些右臂残疾的人
希特勒右臂残疾
您知道
还有尼禄①
恺撒
丘吉尔也右臂残疾
那些所谓的大统治者
全都右臂残疾
他在这种手臂上了石膏的情况下
扮演所谓的大统治者
反而比他以前
扮演得更加出色
这些角色是我为我儿子
这个毫无天赋的人
量身打造的
我女儿扮演的角色同样如此
更不必说我夫人
扮演的角色了
他们百分之百毫无天赋我的先生
如果我们创作一部喜剧
即便它是所谓的世界喜剧
我们也得完全做好思想准备
它将由一些半瓶子醋
由一些毫无天赋的人来演出

① 尼禄（公元37—68年），古罗马皇帝（公元54—68年在位），以残暴著称。

这就是我们的命运
剧作家意识到下述事实
就对了
即仅仅是一些毫无天赋的人
把他的喜剧搬上舞台
不论多么伟大多么著名的演员
他们都是毫无天赋的人
所有登上舞台的人
都是毫无天赋的人
他们越显得出色
他们越著名
他们的毫无天赋就越令人厌恶
一名有天赋的演员
就像脸上的屁眼一样罕见
这是皮兰德娄[1]发现的
但也可能是我自己发现的
皮兰德娄发现了这一点
但我自己持续不断地发现了这一点
我多数时候不知道
这是我发现的
还是皮兰德娄发现的
我不知道
您恰恰在血肠节这天
为我腾出时间
我必须将其视为一种特别的敬重
这期间肉铺肯定需要您

① 路易吉·皮兰德娄（1867—1936），意大利小说家、剧作家。

我相信是在灌血肠的时候
（萨拉和右手上了石膏的费鲁乔
抬着装面具的大木箱进来）

布鲁斯康 把面具箱放到那儿
放到那儿
（二人将面具箱抬到
布鲁斯康想要放的地方）

布鲁斯康 我说了放到那儿
（用手杖指）
放到那儿
不是那儿
（面具箱被抬起来重新放）

布鲁斯康 放到那儿
把箱子放到那儿
把面具箱放到那儿
放到那儿
放到我说的地方
（旅店老板走上舞台，
帮助抬面具箱）

布鲁斯康 我已经说了
放到那儿
（他们放下箱子）

布鲁斯康 （摸面具箱）
箱子的确十分潮湿
这会损伤面具
这种闷热的
这种潮湿闷热的天气
当然会损伤面具

（费鲁乔想打开箱盖上的锁，但无法
用上了石膏的手做这件事）

布鲁斯康 啊旅店老板先生
您就打开箱锁吧
我儿子是一个残废
他没有能力
打开箱锁
现在这个笨蛋
还是一个残废
（旅店老板打开面具箱箱锁）

布鲁斯康 （对萨拉）
你没看见
我浑身是汗吗
你没看见吗我的孩子
（萨拉用一大块布擦去
她父亲额头上的汗水
旅店老板将面具箱完全敞开）

布鲁斯康 你们为什么让我在这儿
坐了这么长时间呢
让我独自坐在这儿
坐在这个会使我得不治之症的
可怕的大厅里
所有的人都不在身边
我坐在这儿
坐在这把硬邦邦的椅子上
只有旅店老板作陪
（对旅店老板）
您瞧

这就是您从孩子们那儿得到的
您生了他们
喂养了他们几十年
他们就让您一个人待着
（对费鲁乔）
这次可笑的手臂骨折
并不是
极其无能的理由
（对旅店老板）
我自己
至少还有意大利气质
有对艺术的狂热
（朝敞开的面具箱里看）
有一种创造性我的先生
但这些孩子们
已经没有意大利特征了
我外祖父
您得知道
命中注定要移居国外
他从贝加莫[①]出发越过阿尔卑斯山
前往基尔[②]
前往波罗的海沿岸
他命中注定要在汉堡[③]至哥本哈根的路段
做铁道枕木工我的先生
伟大的布鲁斯康

---

① 意大利的一个省。
② 德国北部波罗的海沿岸港口城市。
③ 德国北部港口城市，位于易北河畔。

从不隐瞒他的出身
（对萨拉）
把它们给我脱掉
（伸腿）
你应该给我脱鞋
我浑身疼
浑身疼
我是唯一一个痛苦的人
（萨拉脱掉他的鞋，他尽可能
伸直双腿，并且活动着脚趾）

布鲁斯康 就像在加斯波尔茨霍芬那样做
（朝面具箱底部看）
就像在加斯波尔茨霍芬那样我的孩子
从上到下
从下到上
就像在加斯波尔茨霍芬那样我的孩子
（萨拉为她父亲按摩脚掌）
这样就好
（费鲁乔突然从箱子里取出恺撒面具，
用它遮住旅店老板的脸）

布鲁斯康 （愤怒地）
你到底在那儿干什么
把面具马上放回箱子
马上放回箱子
（用脚踢萨拉的脸）
马上放回去把面具放进箱子
你是怎么想的
简直令人难以置信

竟然用恺撒面具遮住这种人的脸
他是一个卑劣的人
一个旅店老板
一个艺术的敌人
一个憎恨戏剧的人
真是厚颜无耻
胆大妄为
(费鲁乔将恺撒面具放回箱子)

布鲁斯康 关上箱子
关上它
重新关上箱子
(费鲁乔合上箱盖)

布鲁斯康 (对旅店老板)
您究竟为什么闲站在这儿
您究竟为什么盯着我看
您究竟在想什么
您是谁
哎哟
(伸腿
旅店老板想离开)

布鲁斯康 别走别走
您留下来
这儿的一切都使我烦躁不安
全都是因为
在这个
在这个
(萨拉又按摩他的脚掌)

布鲁斯康 在这个

旅店老板 乌茨巴赫镇

布鲁斯康 在这个就像布茨巴赫的

乌茨巴赫镇

（对旅店老板）

请原谅

这不是我的行为方式

这从来不是我的行为方式

但这种闷热

（对萨拉）

但愿你最终

能给我脱掉我的大衣

（起身，萨拉帮助他脱大衣）

布鲁斯康 我们全都是

我们的激情的牺牲品

不论我们做什么

我们都是我们的激情的牺牲品

（萨拉拿起大衣交给费鲁乔，

他把大衣转交给旅店老板，

后者把大衣搭在胳膊上）

布鲁斯康 我们患有不治之症

但却佯装

我们能够长生不死

我们已经走到了尽头

但却登上舞台

仿佛这会一直持续下去

（跌坐到椅子上）

萨拉我的孩子

恰恰在我们

置身地狱的时候
你一定要支持我
过来
（将她拽到身旁，吻她的额头）
你像以前一样愚笨
但我爱你
超过所有的人
（突然好奇地）
你母亲呢
她背诵她的段落了吗
（萨拉点头）

布鲁斯康　你母亲
是一个毫无天赋的人
但正因如此
我才娶了她
你知道是在哪儿吗

萨　拉　是在大西洋沿岸

布鲁斯康　对
是在大西洋沿岸
是在勒阿弗尔
所有这些沿海城市
始终都对我
具有非常重要的意义
比如勒阿弗尔奥斯坦德
基尔我的孩子
但还有巴勒莫[①]

---

① 意大利西西里自治区首府，第勒尼安海沿岸港口城市。

（对费鲁乔）
你今天演恺撒
声音要压低一点你明白吗
声音要压低一点
希特勒要比往常快活一点
别像在加斯波尔茨霍芬那样忧郁
希特勒并不忧郁
我笔下的丘吉尔应该多一点肉欲
你明白吗
应该多一点肉欲
（对萨拉）
你说背诵了
你母亲背诵了她的段落
而你监听她了
（萨拉点头）

布鲁斯康 很可能
这次又不好
她从未好过
从未理解过
我什么都对她说了
她什么也不理解
但她生了一个漂亮的孩子
那就是你
（将萨拉拽到身旁，又吻她的额头
对费鲁乔）
我们的小市民
其实你并不适合演戏
我时常对自已说

我不明白这个世界
这就是我们的儿子
他领会不了诗意
他对幻想
一无所知
对精神一无所知
对创造性一无所知
（示意他到身旁）
过来
我可不是这个意思
（费鲁乔走向父亲）
你是我最大的失望
你知道这一点
但你从未让我失望过
你是我最有用的人
（旅店老板离开）

布鲁斯康 （在他身后喊）
蛋卷片汤
可以端上来了我的先生
我想请您提供一道热汤
端上桌子的汤通常是温的
（环顾四周）
这就是报应
由于我们听了
你们母亲的建议
为了她的肺叶
进行巡回演出
这儿简直恐怖不是吗

这个地方名为乌茨巴赫
乌茨巴赫就像布茨巴赫
(紧紧搂住萨拉)
世界是残酷无情的我的孩子
它谁也不宽恕
它不宽恕任何人
任何事
一切都会被它毁掉
谁以为自己
能够逃脱
谁就会被立刻赶上
每个人的目的地
都是不幸
和死亡
你们看看这个可怕的大厅
我真是少不了它
而这个卑劣的
浑身发臭的旅店老板
竟然还要我交大厅租金
消防队队长
不同意
关掉应急灯
我说了
如果应急灯不熄灭
我就不演出
我说了要绝对黑暗
我可不会在这个恐怖的乌茨巴赫镇
让人毁掉我的喜剧

这些人就连别人来他们这个地方
都不配
更不必说
有一个剧团在这儿出现
何况还是伟大的布鲁斯康
(直接对萨拉)
你修假发了吗

萨　拉 修了

布鲁斯康 (对费鲁乔)
你呢
你补鞋了吗

费鲁乔 补了

布鲁斯康 我们不应懈怠
我指的是
在我们的旅途中不应懈怠
我们今天当然
演出整部喜剧
我今天不删掉任何东西
恰恰在这儿不删掉任何东西
(对萨拉)
你母亲还咳嗽吗

萨　拉 她还咳嗽
她背台词时也咳嗽了

布鲁斯康 我料到她会因为咳嗽
毁掉台词
她没服用止咳丸吗

萨　拉 服用了

布鲁斯康 那她为什么咳嗽

一段这么美的台词
一个这么精彩的段落
完全被她的咳嗽毁了
但我们不应
向粗俗妥协
她毁灭一切卓越的东西
即便只是以咳嗽的方式
这就是无产者的天性
你们的母亲是女无产者
但我爱她
这是真话
我不断地生她的气
但我爱她
她开始说那段话时是轻声地吗
就像我要求的那样
（*萨拉点头*）

布鲁斯康 这是什么意思
她没有
她没有像我规定的那样
轻声地开始说吗
她可别像在加斯波尔茨霍芬那样
给我说那段话
这真是让人生气
我知道
你们俩是同伙
你站在我这边
但你听任你母亲
出现艺术上的失误

显示她艺术上的无能
从她说的每句话中
都能觉察到
她父亲是一个泥瓦工工头
做泥瓦工工头并不丢脸
但时至今日
仍能从她说的每句话中觉察到
这个身为她父亲的泥瓦工工头的存在
这就是一种无耻行径
不过事实上
我们始终都能觉察到
所有演员的父亲
从事的职业
无论是哪个演员
这令人沮丧我的孩子
可惜从你们俩身上觉察不到
你们的父亲是布鲁斯康
他是伟大的国家演员
是曾经有过的全部国家演员中
最伟大的
(伸直双腿，萨拉为他
按摩脚掌
费鲁乔站到布鲁斯康身后，
在父亲肩部做按摩动作)

布鲁斯康 你们俩
是天生的按摩艺术家
你们本该成为按摩师
那样的话你们会很有出息

（将双腿伸得更直）
你们会按摩
但不会演戏
人们根本就不知道
一次出色的按摩
是怎么回事
当然是我教会了你们按摩
你们的母亲同样没有按摩能力
要缓慢要十分轻柔
（闭上眼睛）
登台表演前做一次好的按摩
比任何事都更有必要
它激发想象力
唤醒所有的善神
使艺术使最崇高的艺术
成为可能
（旅店老板和老板娘
进来送蛋卷片汤）

布鲁斯康 多么诱人的香味
（对萨拉）
帮我站起来
（萨拉帮助他起身
旅店老板和老板娘将一些盘子
放到桌子上倒蛋卷片汤）

布鲁斯康 它确实热吗

旅店老板 汤相当热

布鲁斯康 是蛋卷片汤孩子们
现在帮你们衰弱的父亲

走到桌子旁边
（费鲁乔和萨拉在两边
搀扶着父亲走向桌子
埃尔娜手持一把
用树枝扎成的扫帚进来）

布鲁斯康　没人知道
蛋卷片汤起源于哪里
它很可能起源于波希米亚
（萨拉给布鲁斯康推过来一把椅子）

布鲁斯康　（坐下）
蛋卷片汤
起源于哪里
这也的确无关紧要
（阿加特·布鲁斯康身穿一件
大衣式的厚晨服上）

萨　拉　（对布鲁斯康）
母亲来了

布鲁斯康　你说什么

萨　拉　母亲来了
母亲来了

布鲁斯康　她在哪儿

萨　拉　在那儿

布鲁斯康　在那儿在那儿
（喝一勺汤）
我看不见她

萨　拉　母亲在那儿
在那儿

布鲁斯康　（抬头看）

噢你来了

（喝一勺汤）

鲜美的汤

非常鲜美的蛋卷片汤

你们就坐下吧

坐下吧

（母亲除外的所有人都坐下）

布鲁斯康 （训斥母亲）

你坐下呀

你为什么站在那儿

你到底在等什么

（阿加特在布鲁斯康对面坐下）

布鲁斯康 （片刻之后）

你用咳嗽毁了那段话

这是事实吗

萨拉向我报告

你用咳嗽毁了那段话

你肯定不会真想这么做

如果你今晚这么做那就太好了

恰恰在今晚

我打算或多或少

举行一次盛大演出

（用勺子舀汤）

或多或少

你别听错了

在这个迷人的地方

（旅店老板和老板娘走出去）

举行一次盛大演出

孩子们曾想去池塘边
他们按照一块路牌的指示走
上面写着通往池塘
但他们却走到了一个垃圾场
（停顿一下）
乌茨巴赫
乌茨巴赫就像布茨巴赫
（训斥布鲁斯康夫人）
喝呀
已经很长时间喝不到
这么美味的汤了
这么美味的蛋卷片汤
（埃尔娜开始用力扫地，
扬起很大的灰尘
所有的人都开始咳嗽）

第二场

一小时后
费鲁乔站在一架梯子上
安装帷幕

布鲁斯康 (坐在一把椅子上，对跪在他面前的萨拉)
要轻轻地我的孩子
你知道
我不喜欢
你大声说这段台词
如今只是在声嘶力竭地演喜剧
无论我们去哪里
我们到处只能听见声嘶力竭地说话
不仅在外省即便在那些大剧院
也只是在声嘶力竭地表演
这个段落要十分轻地说你听见了吗
你自己以为
别人听不见你的声音
但别人肯定能听见你的声音
你要如此轻地说以致你以为
别人听不见你的声音
而且你要说得十分清晰
(示范)
如果我们不拥有美
而且在精神上完全病态

而且直至灵魂深处都是贫穷的
你看要这样
你要如此轻地说以致你以为
别人根本听不见你的声音
但你搞错了
完美的说话者即便在他说得如此轻
以致他自己以为别人听不见他的声音时
也能被人听见

萨　拉　如果我们不拥有美
而且在精神上完全病态
而且直至

布鲁斯康　别说完
再来一遍
一方面要无拘无束
另一方面要有最强的艺术理解力
你知道
这是什么意思
开始

萨　拉　如果我们不拥有

布鲁斯康　唉不对
你难道不明白吗
要轻轻地
一方面要无拘无束
另一方面要有最强的艺术理解力

萨　拉　如果我们不拥有美
而且在精神上

布鲁斯康　（用手势打断）
这儿缺乏的

是你说这句话时
应有的肃穆感
你缺乏肃穆感
你还得十分肃穆地说这句话
要这样
如果我们不拥有美
而且在精神上
要轻轻地小声地轻轻地
要肃穆地我的孩子
开始

萨　拉　如果我们不拥有美

布鲁斯康　（打断）
简直不像话
好像你从未学过什么东西
这样你的表演就和如今流行的
半瓶子醋的表演
毫无区别
人们根本就不会说话了
甚至在我们的国家剧院
也没人会说话了
在德国最著名的剧院
如今所说的台词
令人起鸡皮疙瘩
或许对你的要求也太高了
我有时想
你完全像你母亲
（萨拉站起来）

布鲁斯康　演出结束后你来我这儿

即便是凌晨两点
我们也要排练这个地方
我不会宽恕
我一直以为
我是一名出色的老师
但这是一个错误的想法
我并不期待费鲁乔将来飞黄腾达
但期待你这样我的孩子
过来
把手给我
（萨拉把手给他）

布鲁斯康 你父亲是什么人
你父亲是什么人

萨　拉 是布鲁斯康先生

布鲁斯康 （推开她）
无耻的姑娘
你竟敢这么做
你还会为这类放肆的言行
付出沉重的代价
过来
我说了到这儿来
（萨拉走向他）

布鲁斯康 我不能容忍
顶嘴和不听话
（抓起她的手用力按压，
以致她感到疼痛）
现在说
你父亲是什么人

说呀你父亲是什么人

费鲁乔 （注视着这个场面）

你就告诉他他是什么人

布鲁斯康 （对费鲁乔）

你闭嘴

废物

毫无天赋的人

你叫费鲁乔

因为我是布索尼的崇拜者

但你不会使布索尼这个天才

感到荣幸

（更加用力地按压萨拉的手）

说

你父亲是什么人

萨　拉 （不情愿地）

是所有时代

最伟大的演员

布鲁斯康 （推开她，她打了一个踉跄）

终于说了

这就是我想听的

毕竟今天还没有人

对我说这些话

你们全都在事关重大时

逃避

过来

你应该过来

你父亲命令你

过来

（萨拉走向他）

布鲁斯康　（抓起她的手）

因为你们自己

想不到

对我说

我是谁

所以得逼迫你们这样做

我别无选择我的孩子

我们过的是绝望的日子

可怕的日子

而且我们还有一个

患病的愚笨的母亲

她逃避到了忧郁症里

并且用咳嗽毁掉她的台词

如果消防队队长

坚持遵守法规

不允许我的喜剧演出中

出现绝对的黑暗

那就是一场灾难

在任何一个地方这都是最简单的事

这儿的一切都极为复杂

我们在这儿在乌茨巴赫

仿佛掉进了陷阱

（对费鲁乔）

你补好窟窿了吗

费鲁乔　补好了

布鲁斯康　必须是丝绒

我们大家还在它的重压下呻吟

在这儿本来可以用亚麻布
亚麻布甚至更好
亚麻布更容易拉开
也更容易合拢
不必须是丝绒
这是你们母亲的
无产者的妄自尊大
她一直就病态地
热衷于挥霍
如果按照我的想法办事
戏装只需要三分之一的费用
这不行她什么东西都想要丝绸的
我说人造丝绸
她说丝绸
我说亚麻布
她说丝绒
无产者渴求奢华
这就是
这就是
我们濒临破产的原因
如果无产者炫耀
那么他们便会彻底地炫耀
我们这样的人满足于简单的膳食
他们要大张旗鼓地点好几道菜
我们点一只价格便宜的鸡
他们让人给自己端来山珍海味
我们旅行时坐二等车厢
他们旅行时坐头等车厢

如果我们确实去某个地方
我们顶多
去梅兰[①]或者山区
他们要前往塞舌尔[②]
不过你们的母亲
她当然逃不出我的掌心
她可能让你们从小
就裹在丝绒和丝绸衣服里
棉布也可以
你们穿着棉布衣服长大
要感谢我
如果按照你们母亲的主张
按照一个泥瓦工工头女儿的主张
她在你们最小的时候
就把你们惯得丢了性命
自从无产者统治世界
世界便每况愈下
他们承诺它会蒸蒸日上
但实际上它却每况愈下
这方面不需要任何证据
只需要清醒的头脑
也可以说只需要敏锐的目光
如今所谓的社会主义
把账单递交给了我们
钱箱空空如也
欧洲破产了

① 奥地利小城，位于蒂罗尔州南部。
② 西非国家，地处西印度洋，由 115 个大小岛屿组成。

直到被毁掉的东西
重新建立起来
要持续几百年的时间
最使我感到痛苦的
是下述事实
即无产者同样
毁灭了戏剧
这是真相
但我为什么要和你们谈话
你们从未理解过
我说的事
(对费鲁乔)
我们六点检验灯光
绿光来自上方
要慢慢打在丘吉尔脸上
别像在加斯波尔茨霍芬那样
丝毫没有灯光
照着丘吉尔的脸
(对萨拉)
你扮演的丘吉尔夫人
穿红鞋
你以为我看不见
你在加斯波尔茨霍芬穿的是黑鞋
我的喜剧中的丘吉尔夫人
穿红鞋而不是黑鞋
她穿红鞋
而不是黑鞋
这至关重要

我不能容忍卑劣行径
丘吉尔夫人穿红鞋
梅特涅的情妇穿黑鞋
虽然你不明白为什么要这样
但我知道为什么要这样
这就够了
你能不能给我
弄点喝的东西来
我在这儿快渴死了
而你们的母亲却在楼上
（看大厅天花板）
舒舒服服地坐着
她假装感冒的时候
我在这儿要渴死了
也许这儿有罗马人①矿泉水
（又看大厅天花板）
她一再假装得了
她根本没有的病
这简直是一种卑劣行径
我不需要医生
就可以断定
她完全健康
那是歇斯底里
佯装咳嗽
装腔作势地哮喘
你们的母亲

① 一种矿泉水牌子。

有大量的病症储备
（突然对萨拉）
你怎么还站在那儿
我说了要罗马人矿泉水
或者要阿波利纳里斯[①]
不过在这儿
在乌茨巴赫
肯定没有这种矿泉水
（萨拉走出去）

布鲁斯康　（对费鲁乔）
你们的母亲
把她的所有天赋
都用于装病
而不是用于表演艺术
我知道
她憎恨我的喜剧
她憎恨我身上的一切
至少是一切精神的东西
你们有我而且不必在婚姻中窒息
真是值得庆幸
你们是艺术家
或者至少看起来
是艺术家
只有极少数人知道这意味着什么
你们是舞台艺术家
但愿这种表达方式不那么讨厌

① 一种矿泉水牌子。

我以前经常采用它
但它让我反感
（费鲁乔安装完帷幕，
从梯子上跳下来）

布鲁斯康 灵巧
你向来如此
我不知道这像谁
你母亲动作僵硬
而我行动笨拙
你向来灵巧
不过
我还从未
骨折过
你母亲相反
她向来容易骨折
（旅店老板和老板娘
将衣物筐抬进来放下）

布鲁斯康 啊请务必把箩筐
放到那儿
（用手杖指，旅店老板和老板娘
按照布鲁斯康说的话做）

布鲁斯康 放到那儿
对放到那儿
不放到那儿
放到那儿
这就对了
放到那个地方
放到那儿

(旅店老板和老板娘放下衣物筐)

布鲁斯康 这种闷热

一方面是这种闷热

另一方面是这种

要在这儿

冻死的感觉

(对旅店老板)

您已经找过消防队队长了吗

旅店老板 没找过还没有

布鲁斯康 是吗您为什么没找他呢

如果我对您说

最关键的是应急灯

我的喜剧演出时不能有应急灯

您可以理解吗

要绝对黑暗我的先生

请您把这一点告诉消防队队长

告诉您的箍桶匠

请您正确地理解我说的话

这并非威胁

如果应急灯不关掉

我们就不演出

(喊道)

坚持开应急灯

这的确可笑

绝对可笑

您现在就去

您就说是我派您去的

而且这确实

事关重大
（对手持一杯水
走进来的萨拉）
不是吗萨拉
（对费鲁乔）
不是吗我的儿子
（对旅店老板）
如果应急灯不熄灭
我们就不演出
您现在快去
我们浪费了太多时间
（对旅店老板娘）
晚餐是什么呢
我们当然要热的晚餐
要演员吃的丰盛晚餐
您向我们推荐哪些美味佳肴

旅店老板娘 牛肉和小圆面包夹辣根[①]
漏面[②]和碎肉拌沙拉

布鲁斯康 漏面和碎肉拌沙拉
牛肉和小圆面包夹辣根
辣根
您是说辣根[③]吗
但我现在也可以
不做出决定
您女儿一只眼睛不好

---

① 德语原文为 Kren，指一种根部味辛辣、可做调味料的植物。
② 德语原文为 Wasserspatzen，指一种类似中国北方“漏鱼”的面食。
③ 德语原文为 Meerrettich，与 Kren 同义。

是真的吗

旅店老板娘 她得了青光眼

布鲁斯康 这孩子得了青光眼

那就得做手术

旅店老板娘 医生说

得给她做手术

布鲁斯康 青光眼得做手术

但您女儿在厨房帮您干活时

很能干对吗

旅店老板娘 对对

布鲁斯康 真是一个漂亮的孩子

可惜她得了青光眼

（对费鲁乔）

合拢帷幕

（旅店老板和老板娘走出去

费鲁乔合拢帷幕）

布鲁斯康 拉开它

（费鲁乔拉开帷幕）

布鲁斯康 （对萨拉）

你站到帷幕后面

我想看看帷幕拉开时

你站在帷幕后面的

效果

在加斯波尔茨霍芬

我们甚至没有检查过帷幕

（萨拉手持水杯

站到帷幕后面

费鲁乔拉开帷幕）

布鲁斯康　对
这样也可以
别像在马蒂希霍芬那么猛
要慢慢地
但别太慢
（对费鲁乔）
合拢它
再把它拉开
（费鲁乔合拢并重新拉开帷幕
这期间萨拉保持着站立姿势，挖鼻孔）

布鲁斯康　这样很好
合拢它
（费鲁乔合拢帷幕）

布鲁斯康　拉开它
（费鲁乔拉开帷幕）

布鲁斯康　（沉思地）
帷幕拉开的时候
如果丘吉尔夫人在挖鼻孔
会怎么样
不
不能开玩笑
因为你挖鼻孔了我的孩子
这只是一个想法
这当然是一个可笑的想法
当然这是一个可笑的想法
我们会产生一切可能的想法
但它们绝大多数都是可笑的
（对费鲁乔）

合拢帷幕

（费鲁乔合拢帷幕）

布鲁斯康 再拉开它

比以前稍快一些

但别太快

（费鲁乔拉开帷幕

萨拉朝布鲁斯康吐舌头）

布鲁斯康 （对萨拉）

你以为

我看不见

你朝我吐舌头

这产生了使父亲生气的

低劣效果

我根本不理会这件事

（对费鲁乔）

那就重新

合拢帷幕吧

以使我不必再看见

这个丑陋的孩子

（筋疲力尽地倒在椅子上

费鲁乔合拢帷幕）

布鲁斯康 （片刻之后恼怒地喊）

罗马人矿泉水

（萨拉手持水杯走向布鲁斯康）

布鲁斯康 （喝一口水，发觉

萨拉拿来的是普通水，

将水吐出）

是普通水

是乌茨巴赫这儿的
自来水
这儿的一切都受到了污染
这儿的一切都是阴沟
（将端着水的萨拉推开，
杯子掉落到地上）
我说了要罗马人矿泉水
要矿泉水
要密封的矿泉水
而你竟敢给你父亲拿来
十分普通的而且是变了味的
乌茨巴赫的水
真是无耻
（萨拉将玻璃碎片一一捡起）

布鲁斯康 那么至少得喝啤酒
啊不
那样的话我就毁了我的喜剧
如果我喝一口啤酒
我就一句话也无法说
（对费鲁乔）
费鲁乔
你好好听着
你去镇里
给我买三四瓶矿泉水
我想
在食品百货店
他们有矿泉水存货
如果没有

你就开车去加斯波尔茨霍芬
给我买几瓶罗马人矿泉水
在加斯波尔茨霍芬他们有罗马人矿泉水
现在就去
这期间我将和萨拉一起
再简单排练一下拿破仑和梅特涅
在桑给巴尔岛[1]相遇的场面
(呵斥费鲁乔)
快去
(费鲁乔离开)

布鲁斯康 (将萨拉拽到身边)
我的孩子
单独和你在一起真好
那些可怕的人
全都走开了
(从上衣口袋里掏出一块手帕
萨拉擦去他额头上的汗水)
我担心我的心脏
我的孩子
我整段时间都在担心它
你母亲声称
她有心脏病
但我才真的有心脏病
(抚摸萨拉的手)
我们到达鲁昂[2]后
你也会得到你想要的

---

① 东非沿海岛屿，隶属坦桑尼亚。
② 法国西北部港口城市，位于塞纳河畔。

女式舞会礼服
鲁昂
将是一个顶点
不要告诉别人
我是一个经典作家
迄今为止仅仅是
我们俩知道的秘密
很快将举世皆知
我的天
歌德算什么我的孩子
你知道吗
单是梅特涅那场戏
我就写了八个月
阿加特从未明白过
我为什么或多或少有八个月
把自己关在自己的房间里
这期间将她拒之门外我的孩子
单是梅特涅那场戏我就写了八个月
崇高艺术的创作
是一个可怕的过程我的孩子
（费鲁乔手持两瓶
罗马人矿泉水进来）

布鲁斯康 （推开萨拉）
你要干什么
（费鲁乔打开一瓶水，把水倒进杯子）

布鲁斯康 你从哪儿
弄来了这些瓶装水

费鲁乔 从旅店老板娘那儿

布鲁斯康 从旅店老板娘那儿
胡说

费鲁乔 是从旅店老板娘那儿

布鲁斯康 （训斥萨拉）
简直是无耻
你给我拿来普通水
而这儿甚至有罗马人矿泉水
（从费鲁乔手中接过
满满一杯水，喝完它）
真是一种享受
（让费鲁乔给他倒第二杯水）
我相信雷雨
即将来临
罗马人矿泉水
其实
我厌恶矿泉水
它很好喝
但我厌恶矿泉水
我为了崇高艺术
不再嗜酒如命
这就是事实
三十年来我不曾喝过一口葡萄酒
几乎不曾喝过一杯啤酒
这与其说是疯狂
不如说是荒唐
这是毫无意义的放弃
是崇高艺术
还是酒瘾

我选择了崇高艺术
（对萨拉）
你得忏悔这件事我的孩子
竟然给我拿来
乌茨巴赫阴沟里的温吞水
而这儿却可以弄到
罗马人矿泉水
（让费鲁乔给他倒第三杯水）
我也可以说
这是香槟酒
（对萨拉）
你和你母亲
穿一条裤子
我不喜欢
可能致命的
玩笑
去练习你的独白吧
你是我的喜剧中
最薄弱的环节
快点离开
（用手杖赶她出去
对费鲁乔）
能有一次单独和你在一起
真好
那些使我们绝望
使我们大发雷霆的人
全都滚开了
我女儿

越来越像
她母亲
这一点我看得十分清楚
她和她越来越像
我时常害怕
她会变得和她的生母一样
确实费鲁乔
我们的日子不好过
你站到那儿
(用手杖指费鲁乔应该站的地方
费鲁乔站到此处)

布鲁斯康 对是那儿
拿破仑进来时
你鞠躬的幅度太大
这一直让我觉得别扭
毕竟你是萨克森国王
别忘了这一点
那就请鞠躬吧
(费鲁乔鞠躬)

布鲁斯康 对
是鞠躬
但不要低三下四
或多或少要有国王气派
(上身完全前倾，以便
更好地观察费鲁乔
费鲁乔鞠躬)

布鲁斯康 很好
十分出色

我们今天幕间
播放威尔第的乐曲
不是莫扎特的乐曲
并非莫扎特的乐曲
你试过机子了吗
（费鲁乔取来一台录音机，
把它放到桌子上）

布鲁斯康 是威尔第
不是莫扎特
莫扎特在这儿在乌茨巴赫
会很乏味
（费鲁乔播放一段乐曲）

布鲁斯康 （专注地倾听）
够了
（费鲁乔关掉录音机）

布鲁斯康 我厌恶这种音乐
总之如果不是歌剧
我厌恶剧院里的
音乐
但人们得在幕间
有音乐听
否则不行
再播放一遍
（费鲁乔播放一段乐曲）

布鲁斯康 糟糕的音乐
现在只好是威尔第
即便是莫扎特我也无法再忍受
关掉

（费鲁乔关掉音乐）

布鲁斯康 人们根本就不知道
他们在听什么
不过得有音乐
无论是什么音乐
人们的麻木迟钝
已经发展到这种地步
以致他们甚至一分钟
没有音乐也不行
我以前对音乐感兴趣
现在对音乐不感兴趣了
我更感兴趣的
是沉默
当然还包括词语艺术
包括词语
和词语间的沉默
这就是事实
（吃力地起身，让费鲁乔
搀扶着他走到舞台前沿旁
举起手杖）
这些鹿角
这些图画
全都得取下来
墙上必须空无一物
墙上必须空无一物
我始终只在墙上空无一物时表演
乡下的这种低级趣味
真是空前绝后

我在加斯波尔茨霍芬没有支付大厅租金
在这儿我要支付大厅租金
这个讨厌的旅店老板
这个讨厌的旅店老板娘
旅店老板
有相当令人恶心的口臭
(向右走几步)
简直是一场噩梦
(站到前面，对着大厅说)
勒尔拉赫即将陷落
(向左走几步，对着大厅说)
您谈论的是鲁尔区①的煤
总统先生
(又走向舞台中央)
被糟蹋了
每一件精神产品
在乡下
都被糟蹋了
我甚至不想
埋在乡下
但它却吸引着人们前来
这个虚伪的社会
(又坐到椅子上)
我在孩提时代
就具有某种戏剧表演才能
(费鲁乔开始从墙上取下鹿角，

① 德国西部的煤矿区和重工业区，以流经此处的鲁尔河命名。1923—1924年曾被法国军队占领。

这期间也不时取下一幅画)

布鲁斯康 确切地说我十七岁
开始钻研古典文学
那时我渴望精神
渴望创造
(举起水杯,费鲁乔给他
往里倒水,喝完杯中的水)
把这些鹿角
还有这些庸俗不堪的
风景画和人像全部取下来
那儿的最后一幅画像除外
你看见了吗
是这幅

费鲁乔 这幅不取下来吗

布鲁斯康 这幅不取下来
它画的是希特勒
你难道没看出来
这是希特勒

费鲁乔 你认为
它画的是希特勒

布鲁斯康 你不这样认为吗

费鲁乔 我不知道

布鲁斯康 它画的是希特勒
这儿的所有男性肖像
画的都是希特勒
这儿的所有男人都是希特勒
我想
我们应该让这幅画像

可以说作为演示品悬挂
你明白我的意思吗
这儿的所有人都是希特勒
（费鲁乔摇头）

布鲁斯康 可以说我那时
十七岁已初步进入
精神世界
更早的时候
已进入戏剧的精神世界
人不能当胆小鬼
不能当胆小鬼
（朝大厅里看，大声喊）
复仇您亲王
（对自己）
听起来非常差
真是蹩脚
真是蹩脚
听起来非常差
差得令人沮丧
（大声喊）
您与罗昂家族之间的
灾难性关系
（似乎在费鲁乔面前感到羞愧，对自己）
我不该这样做
我出丑了
听起来差得令人难以置信
我们在年事已高时
突然又变成了

半瓶子醋
（对着大厅说）
陛下
这太残忍了
但民众当然
始终极为愚蠢
（对自己）
我筋疲力尽
我在加斯波尔茨霍芬
每句话都说得非常轻松
在这儿我很难做到这一点
在这儿每个词都像花岗岩一样
把一切都压下去了
我不可能思考
（突然对费鲁乔）
你确实把我的亚麻布帽子
也装进箱子了吗
我找不到它

费鲁乔 （又登上梯子，以便绷紧帷幕）
它在你的上衣口袋里

布鲁斯康 它在我的上衣口袋里
（把手伸进他的上衣口袋）
真的在这儿
（戴上亚麻布帽子
对费鲁乔）
就艺术而言
我们从未
需要过女人

恰恰相反
她们始终妨碍
我们的发展
如果没有她们
我们如今会走多远
我整段时间只是在欺骗自己
认为这样一次巡回演出有点意义
它仅仅令人意志消沉
（对自己）
令人极度沮丧
（对费鲁乔）
女人们没有艺术理解力
女人们完全缺乏
一切深思熟虑
也就是说
缺乏哲学头脑
她们在这方面做出过努力
但却白费力气
不值一提
人们说
如今女性在前进
没错她们在进入灾难
我想
女性的公开宣誓即将来临
感情世界
也无非是谎言
（突然）
你能想象

我们和你母亲
谈论叔本华
或者蒙田吗
这前所未有
这些毫无才智的人
如果她们什么也不理解
那么她们便开始嘲笑
亚麻布帽子
贴在我头上
好像我把它黏牢了
它不起作用
没有作用
完全没有作用
但愿事情能有这么简单
她采取抗拒态度
她喝薄荷茶
让人把甘菊涂抹到她脚上
她竟敢在梅特涅那场戏中
反驳我
在加斯波尔茨霍芬
她拒绝给我擦鞋
(对费鲁乔喊)
过来
(费鲁乔从梯子上跳下来，
站到布鲁斯康面前)

布鲁斯康 一个受过教育的人
才是一个人
这当然是我的见解

而不是一般的见解
你为什么不读
我给你读的东西
你为什么不思考
应该思考的事
向我发誓
从今天起你会读
我嘱咐你读的书
你会思考
我对你说的话
发誓
我不跟你开玩笑
我不跟你开玩笑而且是为你好
这个可怕的地方
是适合发誓的地方
你发誓呀
发誓
读叔本华的书
斯宾诺莎[①]的书
(突然恼怒地)
唉走开
一切都是白费力气
我在奥斯纳布吕克[②]就让你发过誓
而这无济于事
(费鲁乔又想登上梯子)

---

① 巴鲁赫·斯宾诺莎(1632—1677),荷兰哲学家,西方近代唯物论、无神论和唯理论的主要代表之一。
② 德国西北部城市。

布鲁斯康 (训斥他)

上梯子行

到窗户跟前行

还能开车

(喊道)

你这个只会做手工活的白痴

快点走开

继续干活吧

(费鲁乔登上梯子)

布鲁斯康 (对自己)

我想要一个天才

我得到的却是一个好人

没有什么人比这些好人

更危险

(费鲁乔拉帷幕)

布鲁斯康 (对自己)

拉帷幕的人

蠢事的牵线者

(费鲁乔跳下梯子,又从墙上

取下鹿角和图画)

布鲁斯康 (对自己)

这个人

几乎没有

我的遗传

支付大厅租金

我可没发疯

二百八十个居民

这就连开支

都抵消不了
但以前已经有过更糟糕的情况
在梅兰来看戏的
甚至不到三个人
只来了一个残废
他让衣帽间的女服务员
用轮椅把他推到第一排
这是我们唯一一次
不曾演出
大厅租金
在加斯波尔茨霍芬
我们本来可以再加演一场
受制于乌茨巴赫
真是荒唐可笑
如果我亲自
（对费鲁乔喊）
如果我因为应急灯的事
可以说亲自
去拜访消防队队长
你认为这怎么样
同官方可不能开玩笑
一桩微不足道的小事
会越闹越大
成为国家纠纷
我年龄太大
身体也太虚弱
无法与国家作对
一名消防队队长

能够毁掉我
这些狗东西威风得很
你是怎么想的
我该去吗
(费鲁乔耸肩)

布鲁斯康 你祖父曾说
别向国家挑衅
(旅店老板在门框里出现)

布鲁斯康 (对自己)
这个恶心的人
(对旅店老板)
现在怎么样
应急灯的事怎么样
消防队队长怎么说
(旅店老板走到舞台旁)

布鲁斯康 消防队队长
他怎么说

旅店老板 他不在家

布鲁斯康 真的吗
他假装不在家
您很可能
和消防队队长
狼狈为奸
不在家
在这个地方
他究竟能在哪儿
在这个地方
他究竟能去哪儿

旅店老板　他开车去加尔斯帕赫了

布鲁斯康　您为什么

不立刻说这件事

您为什么不立刻说

他开车去加尔斯帕赫了

他什么时候回来

旅店老板　六点

布鲁斯康　如果他六点回来

您就六点去找他

您告诉他

我坚持要

演最后一场戏时

熄灭应急灯

（*对着大厅喊*）

您瞧被毁灭的人类在这儿

（*对旅店老板*）

这是一片漆黑前

那句关键性的话

丘吉尔夫人离开了她丈夫温斯顿

斯大林取消了他的签字

然后应该完全黑暗

您明白吗

还有一件事

您女儿只是扬起了灰尘

但却没搞卫生

那些窗台上

是多年的污垢

如果您给我提来一桶热水

我们会自己清洗一切
我们并非过于娇气
但在布满灰尘的地方
是不可能说话的
（用手杖示意他离开）
您现在离开吧
我们正在做戏剧艺术方面的工作
（旅店老板走出去）

布鲁斯康 （对费鲁乔）
我们低估了
这些人的愚蠢
我们以为他们会理解
因为我们理解
我们搞错了
他们什么也不理解
在乌茨巴赫的收入
甚至不够我们吃饭
我们在遇到最大困难的地方
钱赚得最少
在一切都能轻松完成的地方
我们却得到了大把钞票
向来如此
但我们毕竟
是为我们自己表演
以使我们得到完善
而不是为这帮乡下无赖
（沉思地）
在加斯波尔茨霍芬

没有大厅租金
在加尔斯帕赫
没有大厅租金
在茵河区的里德
没有大厅租金
仅仅在这儿在这个
在这个乌茨巴赫镇才有
（费鲁乔已将所有图画
和鹿角从墙上取下来，
并且站在这堆东西前面）

布鲁斯康 把这些破烂
拿出去
把它们拿出去
（费鲁乔抓起尽可能多的东西，
拿着它们走出去）

布鲁斯康 举办一场小提琴音乐会
可能会更好
人在胳膊底下
夹一把小提琴
此外什么也不需要
音乐家们
交了好运
演戏是麻烦的
与此相关的一切
都令人生厌
只需要一把小提琴该有多好
此外什么也不需要
做这件事时

我们甚至不需要女人
只需要我们的听觉
和某种手指的灵巧
(费鲁乔进来，又拿起一堆
鹿角和图画往外搬)

布鲁斯康 (对自己)
但简单的事情
从来引不起我的兴趣
我始终由于反抗
由于努力的机制而生存
(看地板)
只需要一把小提琴
(费鲁乔拿进来一桶热水
和一块抹布，逐渐擦净
所有的窗台)

布鲁斯康 这本来是
女人干的活
绝对是女人干的活
但她们逃避这些
(看天花板)
她躺在床上
沉溺于无所事事
耽于幻想
她把双脚泡在甘菊水里
在窗边闲坐着
(对费鲁乔)
你母亲她今天咳嗽
明天脖子疼

后天又咳嗽还有别的病
（看地板）
这是疾病崇拜
（用命令的语气对费鲁乔）
过来过来
（费鲁乔立刻拿着水桶和抹布
走向布鲁斯康）

布鲁斯康 （抬起自己的腿）
你得把这儿打扫干净
这儿这儿这儿
（费鲁乔擦洗布鲁斯康脚下的地板）

第三场

一小时后

尼禄、恺撒、丘吉尔、希特勒、爱因斯坦

和斯塔尔夫人[①]的戏装悬挂在一些立式衣架上

布鲁斯康坐在大厅背景处的一把椅子上

费鲁乔在舞台上放了一张巴洛克式屏风

布鲁斯康 重要的是

激怒

我们并非

为了讨人喜欢

而存在

剧院并非

讨人喜欢的机构

(用手杖指屏风)

梅特涅上场时

丘吉尔夫人还可以

泰然自若地戴着帽子

她坐下以后

帽子才从她头上掉落

这个场面萨拉演得还算好

但她立刻又戴上了它

梅特涅感到尴尬

① 斯塔尔夫人（1766—1817），法国女作家。

因为他当然在想尼古拉沙皇①
梅特涅在这种情况下帮助她
你这时一直有点慢
一方面太慢
另一方面又太草率
当他在想尼古拉沙皇
而且同时又要为他其实不感兴趣的
丘吉尔夫人效劳
他确实不该突然俯身你明白吗
毕竟他已经是位高权重的梅特涅了
他当然还有一点科布伦茨②人的特征
帽针③在屏风前面
大概在那儿
（用手杖指）

费鲁乔　（移动屏风
问）
是在这儿吗

布鲁斯康　大概在那儿
（来回挥舞手杖）
那儿
那儿
我们干任何事
当然都不能听凭感觉
我们挖空心思想出了一切

---

① 从时间上看应为俄国沙皇尼古拉一世（1796—1855）。他在位期间（1825—1855）对内迫害、镇压进步力量，对外实行侵略扩张，并且扮演欧洲宪兵的角色。
② 德国西部城市，梅特涅的出生地。
③ 德语原文为Hutnadel，指将女式帽子固定在头发上的作为装饰品的长针。

但却一再处于起步阶段
在那儿

费鲁乔 （问）
是在这儿吗

布鲁斯康 对是在那儿
（费鲁乔放下屏风）
他假装
不知道
帽针在什么地方
所有人都能看见
帽针在什么地方
但他却看不见它
他欺骗丘吉尔夫人
佯装看不见它
当然梅特涅已经在考虑
爱因斯坦的上场
我知道
恰恰在这一刻
让爱因斯坦上场
我也可能因此毁了这部喜剧
在加斯波尔茨霍芬
我特意删掉了爱因斯坦
但却用居里夫人孤注一掷
（用手杖指舞台上的一个位置）
梅特涅不知道
帽针在什么地方
他在一定程度上害怕爱因斯坦
沙皇已经告诉了他

某个叫多尔吉耶夫的人出的这个馊主意
但他巧妙地闭口不谈这件事
在丘吉尔夫人
俯身的那一刻
我提着灯返回
绿光照在梅特涅身上
而我已经开始
把自己变成拿破仑了
放到那儿

费鲁乔 （问）
放到哪儿

布鲁斯康 放到那儿
把屏风放到那儿
（费鲁乔将屏风挪到
布鲁斯康想要放的地方）

布鲁斯康 我们本该
用粉笔做记号
但我们没有粉笔了
在这些偏僻的小地方
甚至没有粉笔
也就是说在你们俩都趴在地上的时候
我提着灯返回
（费鲁乔往右移动屏风）

布鲁斯康 那儿太远
这对我们没好处
这会使丘吉尔夫人的神情
显得过于死气沉沉
（用手杖指）

屏风必须再放回原处
（费鲁乔听从布鲁斯康的命令）

布鲁斯康 停停停
（费鲁乔取来榔头和钉子，
将屏风钉牢在地板上）

布鲁斯康 这样就好
这样梅特涅表演时就自由多了
（邻近的猪圈里突然响起
越来越大的猪叫声）

布鲁斯康 （用手帕捂住鼻子，
同时试图堵住耳朵
片刻之后）
梅特涅的讲话方式
并不急促
更确切地说它是庄重的
他考虑到这个事实
即丘吉尔夫人知道
沙皇已经给拿破仑发了那封电报
他的精神状态当然好极了
（片刻之后）
我起初想让你母亲
扮演居里夫人
但这不行
不过萨拉也不是理想人选
在某种程度上
一切都是妥协
尽管我们
以最高的完美为目标

但一切都是妥协
你得知道那是阴谋
那仅仅是阴谋
那是落入陷阱的人类
劳驾
请把最明显地
表现出
拿破仑性格的那句话
朗读一下
我认为这绝对有必要费鲁乔
（费鲁乔走到舞台前沿旁）

布鲁斯康 对你来说这是小事一桩
我听到那句话的时候
心情会轻松一些
（猪叫声）
现在开始
一切终究都是妥协

费鲁乔 （问）
是站着说吗

布鲁斯康 不是坐着说
当然是坐着说
（费鲁乔给自己搬来一把椅子，坐到上面）

布鲁斯康 是曾经存在的事物
是曾经持续存在的事物
从这个地方开始
请说

费鲁乔 没有这些文件
我们就不谈判

布鲁斯康 （训斥费鲁乔）
不是这句话
我是说从曾经存在的事物
曾经持续存在的事物开始

费鲁乔 曾经持续存在的事物

布鲁斯康 颠倒过来费鲁乔颠倒过来
（猪叫声）

费鲁乔 曾经存在的事物曾经持续存在的事物

布鲁斯康 白痴
我是说从那个地方开始

费鲁乔 从那个地方开始

布鲁斯康 从那个地方开始

费鲁乔 好吧从那个地方开始

布鲁斯康 当然要扬起头

费鲁乔 当然要扬起头

布鲁斯康 天哪我的喜剧里可没有这句话
这是我刚才
对你说的
那是在秋季费鲁乔
别忘了这一点
那是在收获季节
（猪叫声停止）
但另一方面不应对此有所觉察
至少在这个事件发生的马德里
觉察不到这些
公园即将对外开放你明白吗
背景音乐是雷蒂罗公园变奏曲
（把他的手帕放进上衣口袋）

你一方面得知道这一点
另一方面又得完全无视它
你明白
我的意思吗
在英国一切还没有
受到灾难的影响
不过问题在于
你的经验可以说
来自德国
（又从上衣口袋里掏出手帕）
回忆一下叔本华的《附录和补遗》[1] 吧
这时我想要的是
（擤鼻子）
尼采效果
当丘吉尔夫人恰恰在
梅特涅上场的那一刻
掉落她的帽子
（重新把手帕放进衣袋）
一切都清楚了吗
现在开始

费鲁乔 是曾经存在的事物
是曾经持续存在的事物

布鲁斯康 你得更加意味深长地说这些
就像你在说
罗马教皇四点钟来喝茶
你明白吗

---

① 《附录和补遗》（1851）为叔本华的一部著作。

就像罗马教皇
突然通知来访
开始

费鲁乔 是曾经存在的事物

布鲁斯康 (示范)
是曾经存在的事物
是曾经持续存在的事物

费鲁乔 是曾经存在的事物
是曾经持续存在的事物

布鲁斯康 不对不对
你说这些的时候
帽针已经掉落
我说的不是帽针
是帽子
帽子已经掉落
梅特涅已经坐下了
他已经坐下了
这时他说
是曾经存在的事物
是曾经持续存在的事物

费鲁乔 是曾经存在的事物
是曾经持续存在的事物

布鲁斯康 你本该读了斯宾诺莎的书再来说这些
这类阅读完全缺乏
不得不确认这一点
每次都令我感到不快
如果你读过斯宾诺莎的书
你就可以避免

让你和我生这么多气
那么我现在也无需
与你产生这种拙劣的争执
开始曾经存在的事物

费鲁乔　是曾经存在的事物

布鲁斯康　不对不对
我们不练了
不会有什么结果
不如说一切都变得更差了
或许一切也已练得太多了
但另一方面我们不能任由
吊儿郎当的习气蔓延
昨晚我和你母亲
又仔细排练了一遍
问候的场面
同样没有长进
这种闷热的天气
不适合演戏
(可以听见隐隐的雷声，然后)
你听已经打雷了
这至少会使温度下降
会有一场雷雨
(起身走向费鲁乔)
问候的场面
紧接着斯宾诺莎的思想出现
这是一个叔本华式花招
我也可以说这是一个布鲁斯康花招
我有时以为

我就是叔本华
布鲁斯康就是叔本华
叔本华就是布鲁斯康
我认为这是轮回思想
是精神上的同性恋
（站在舞台旁）
帽针当然首先脱落
然后帽子才掉落
当然首先是帽针的脱落
然后才是帽子的掉落
我请你再完整地
说一遍

费鲁乔　（已经站起来，又重新坐下）
是曾经存在的事物
是曾经持续存在的事物

布鲁斯康　（挥手）
这些我全都不喜欢
我们就删掉这两个句子
怎么样
那么你就干脆说
您听着梅特涅
危险消除了
这样更好
这是重要的修正费鲁乔
开始

费鲁乔　曾经存在的事物

布鲁斯康　（举起手杖挥舞）
天哪

我说了删掉这些

费鲁乔 删掉这些

布鲁斯康 删掉曾经存在的事物

费鲁乔 您听着梅特涅

危险消除了

布鲁斯康 (如释重负地)

非常出色

我们删掉曾经存在的事物等等

你立刻说您听着

再说一遍开始

费鲁乔 您听着梅特涅

布鲁斯康 (挥手)

这样就好

(示意费鲁乔给他让位子，

坐到椅子上)

我的想法是

写一部

囊括了曾经写过的

所有喜剧的

喜剧

这无疑是一个荒谬的想法

不过布鲁斯康绝对能实现它

(自言自语)

音响效果极其差

我正在这儿

蓄意谋杀

我写的东西

但我的喜剧在最糟糕的情况下

也会结出硕果
（对费鲁乔）
人们必须听见
所说的话
但不必听得太多
人们必须看见
所展示的东西
但不必看得太多
如同所有伟大的戏剧文学
我的喜剧
从词语中产生
（把手伸向自己的背部，此时雷声响起）
这一晚过后
我就无法再活动了
我离开加斯波尔茨霍芬时是多么健康
我在乌茨巴赫仿佛即将死去
乌茨巴赫就像布茨巴赫
如果我们是差生
我们便会成为大师
这是你祖父我父亲说的
当然是母系的
词语在我的《历史的车轮》中至关重要
（雷声响起）
评论家们转而关注
麻木不仁的观看
他们已听不见任何声音

（费鲁乔搬进来一张法兰西第一帝国[1]时代
风格的屏风，将其展开）

布鲁斯康　我们付出了最大努力
但这一点却不被理解
我们抛弃的东西越多
我们的脑力劳动就越艰苦
评论界就越不理解
我们终生都在登台表演
然而无人理解我们
（装扮成居里夫人的布鲁斯康夫人
和装扮成丘吉尔夫人的萨拉上场，
二人坐到自己带来的椅子上
费鲁乔坐到她们身旁）

布鲁斯康　（根本没有抬头看）
终生被囚禁于戏剧的牢狱
毫无可能获得赦免
但我从未放弃
戏剧便是监狱
成千上万名囚徒
全都没有
获得赦免的希望
他们必将被全部判处死刑
（雷声响起
突然看所有人的脸）
我曾想
但愿我能去斟酒沽卖

---

① 法兰西第一帝国（1804—1814）由拿破仑创立，亦称拿破仑帝国。

作为旅店老板卷起白色的袖子
将啤酒倒入杯中零售
过幸福的生活
我确实曾打算成为旅店老板
(俯身检查舞台地板)
但我却成为了一名演员
我自觉自愿一生一世
走进了监狱
(雷声响起
似乎在疼痛中站起来)
国家演员
巡回演出剧团
我的天
(环顾大厅)
在某种程度上
我一直就憎恨
带有包厢的剧院
憎恨包厢剧院里那些人
(转向他的家人，喊道)
你们为什么坐在这儿
我不需要你们
现在不需要
我想一个人待着
走开
(所有的人都起身离去)

布鲁斯康 一帮毫无天赋的坏蛋
(雷声响起
沉思地望着地板)

不可能交大厅租金
在茵河区的里德为晚餐
支付了一百九十八个先令
(检查舞台地板，俯身
用双手按压地板
雷声响起)
一切都已腐朽不堪
但愿我们不会在这儿掉进去
我本该
因为我在这儿登台表演
索要赔偿费
(又站起来
雷声响起)
我曾想
如果我们去巡回演出
这在某种程度上
可以说
是一个戏剧革新的过程
(俯向地板，吹掉灰尘
又站起来)
我始终演出
截然相反的戏剧
(从椅子下方朝大厅里看)
我们确实
一辈子都为
出生的毫无意义效劳
灾难性的世界结构
(雷声响起)

充斥着错误的生存
（环顾四周）
声音杂乱
愚蠢
（坐到椅子上环顾四周）
我的喜剧
也许它根本没那么好
这是使人产生怀疑的世界
（旅店老板从背景处进来，
布鲁斯康对此毫无觉察）

布鲁斯康 （沉思地）
也许我虚度了几十年的光阴
我今天早晨想我的听力突然下降
是因为服用了可的松片
我正在表演喜剧时
丧失了听力
但剧本的演出不曾中断
（旅店老板慢慢走向布鲁斯康）
在加斯波尔茨霍芬
没有交大厅租金膳宿免费
而且医生还治疗了我的耳朵
往里面滴了中国药水
（从法兰西第一帝国时代
风格的屏风下方朝外看）
即使完全聋了
我也能把我的喜剧
演到底
（雷声响起）

失明
会很糟糕
失聪没那么糟糕
我的耳朵里滴入了中药
（旅店老板已站到窗前）

布鲁斯康　（冥想地）
尼禄梅特涅希特勒
这是历史格局
连接部分是丘吉尔
旅店老板娘把她自己织的长袜
送给了我们
在加斯波尔茨霍芬
我们遇见了一些友好的
非常友好的人
这是碰巧
（旅店老板咳嗽一声）

布鲁斯康　（仿佛被惊醒，坐直，对旅店老板）
是您也可以说
是蹑手蹑脚走近的旅店老板
（雷声响起
旅店老板朝布鲁斯康走几步）

布鲁斯康　我确实突然
有点虚脱
在我这样的年纪
这并非不正常
我记了一小段台词还想了别的事
说吧

旅店老板　消防队队长让我告诉您

应急灯可以熄灭

布鲁斯康　可以熄灭

当然可以熄灭

如果他们在这儿在乌茨巴赫

坚持执行一项

还没有一个地方执行过的禁令

总之坚持执行最可笑的一项禁令

那也太荒谬了

(雷声响起)

我当然认为

应急灯会熄灭

(旅店老板拿起桌上的

空矿泉水瓶)

布鲁斯康　我只喝矿泉水

一个注重精神的人

只能如此

(旅店老板想出去)

布鲁斯康　(拦住他)

我在每个地方都打听

墓地是否潮湿

这儿的墓地干燥吗

旅店老板　这儿的墓地极其潮湿

布鲁斯康　其实为什么要在

一片干燥的墓地里呢

一片潮湿得渗出水来的墓地

才或多或少堪称完美

(旅店老板摇着头走出去)

这有利于分解

（环顾四周）
来这个乌茨巴赫镇
并非我的主意
我说了
（雷声响起）
不能少于四百个居民
阿加特太贪财
我的确预感到了这些
（布鲁斯康夫人、萨拉和扮演梅特涅的
费鲁乔进来，身穿戏装，但未戴面具，
他们又坐到椅子上）

布鲁斯康 （没有注意他们，
看地板
雷声响起）
我也许会
删掉第三幕
删掉丘吉尔那场
删掉第十七场
第十九场
在乌茨巴赫不必演出
整部喜剧
它被糟蹋了
但这是自我保护本能
我的耳朵里滴入了中药
他不想要酬金
（雷声响起）
他得到了一本有签名的
喜剧

乡下还是有一些正派人
我们在加斯波尔茨霍芬获得了圆满成功
(雷声响起)
在阿尔卑斯山前沿地区人们还有人性
在阿尔卑斯山地区他们全都道德败坏
旅游业把他们毁了
(看表)
七点
紧张终于消除了
有关应急灯的禁令不再存在
(转身注视他的家人)
演员
主要演员
(站起来走到舞台中央)
我考虑了你们的事
但毫无进展
你们没有艺术理解力
这是我的责任
我的妄自尊大
我的罪过
(示意费鲁乔过来
费鲁乔走到父亲面前)

布鲁斯康 就像在加斯波尔茨霍芬那样
删掉第十九场
第十七场
删掉丘吉尔那场
删掉整个第三幕
你安装窗帘的时间

到了
（费鲁乔走开，将特制窗帘
安装在所有的窗户上）

布鲁斯康 （对整段时间都在咳嗽的布鲁斯康夫人）
你唯一的魅力
就是喉咙痒了想咳嗽
（雷声响起，开始下雨）

第四场

傍晚
帷幕后面
扮演居里夫人的布鲁斯康夫人
扮演丘吉尔夫人的萨拉
扮演梅特涅的费鲁乔
穿戏装戴面具坐在椅子上

布鲁斯康 (作为拿破仑的扮演者在帷幕旁
从一个缝隙里朝观众席张望
十分轻地)
大厅里坐满了人
(雷声响起，倾盆大雨越下越大)
那是一些奇怪地矮小的人
他们奇怪地矮小
而且肥胖
(看他的演员们)
在某种程度上
我并不与这些
偏僻的小地方为敌
有志者
事竟成
(看他的鞋，示意萨拉到他身旁)
过来过来
(萨拉走向布鲁斯康)

布鲁斯康　你没给我擦鞋
把它们擦亮
快点
（雷声响起
萨拉给他擦鞋时，布鲁斯康
从帷幕缝隙里朝外张望
布鲁斯康夫人站起来，尽量向上
伸直双臂，然后尽可能低地向前俯身，
以致她触碰到了地板；她连声轻咳了几次，
又坐下
费鲁乔摇头）

布鲁斯康　（对自己）
不能当胆小鬼
（看大厅天花板）
千万不能当胆小鬼
（雷声响起
缩回他的右脚
对萨拉）
你确实把我弄疼了
要擦亮
不要压碎
（对自己）
令人绝望
（雷声响起）
我自己并非不喜欢
这些令人绝望的地区
我甚至时常对自己说
（看他的演员们）

越令人绝望
就越可爱
无论朝哪里看
都毫无希望
(萨拉不再擦布鲁斯康的鞋，
坐到她的椅子上)

布鲁斯康 (从帷幕缝隙里朝外张望，然后)
仅仅是因为我们相信自己
我们才可以忍受
我们才经受住了
(雷声响起)
我们无法改变的事
因为我们相信我们的艺术
(走到他的演员们面前)
如果我们没有这种信念
即便它仅仅涉及表演艺术
我们早就躺在墓地里了
(雷声响起)
除了我们的艺术
我们对任何事都不感兴趣
不再感兴趣
(走向帷幕
从缝隙里朝外张望
看演员们)
热衷于干蠢事的人
在某种程度上不知廉耻
当然是为达目的不择手段
(雷声响起)

在某种程度上毫无用处
不可教诲
（从帷幕缝隙里朝外张望，
然后又看他的演员们）
这样我们就能逃离
那些国家剧院的
堕落
（对自己）
绝不再走进国家剧院
我是多么憎恨包厢这个词
（雷声响起
从帷幕缝隙里朝外张望）
仅仅是这儿的最远处
就可以站大约两百个人
在加斯波尔茨霍芬
有八百三十位观众
但乌茨巴赫只有
几乎不到三百个居民
我的喜剧演出时
即便是最后面的人
也能听清一切
我的喜剧是崇高艺术
而不是故弄玄虚
在某种程度上我确实是
真相的狂热信仰者
（走向演员们，站到
整段时间都在咳嗽的
布鲁斯康夫人面前）

居里夫人
是一个波兰女人
别忘了这一点
我不见得
(雷声响起)
不喜欢波兰民众
轰动效果的策划者
假仁假义
天主教的
无聊的假仁假义
不过我一直
喜爱居里夫人
你扮演的她
使我无法喜爱
但我不会让你
把居里夫人从我心里赶走
她是一位历史人物
一位十分卓越的历史人物
(直接对布鲁斯康夫人)
你的化妆太马虎
恰恰是居里夫人
可以把眼睛周围描得很黑
(示意萨拉给他
拿来化妆盒)
还不快点把化妆盒
给我拿来
(雷声响起
萨拉取来化妆盒

布鲁斯康在夫人脸上
涂抹黑色化妆品）
眼睛周围要更黑
我知道你害怕黑色
每次都要重新
在你脸上涂抹黑色
这令人讨厌
（布鲁斯康夫人咳嗽）
臆想出的
自疑患病的
咳嗽
（长时间地给她的脸化妆，
以致它几乎完全呈黑色
雷声响起）
核时代我亲爱的
整个核时代
得在这张脸上
（雷声骇人地响起）
世界末日
或多或少
得在你的脸上
（最终将她的脸全部涂黑）
我时常说
居里夫人得有一张
完全黑的脸
我不明白你为什么
不听从我的命令
（布鲁斯康夫人咳嗽）

你在床上躺得太多了
我们刚来的时候
你就躲到了床上
而我却必须
做全部的工作
不幸的人
妻子
你的头发
过于松了
（让萨拉给他一把梳子）
我反复对你说
头发要梳紧
你把它弄乱了
要以波兰方式
梳得非常紧
波兰女人头发梳得非常紧
所有的波兰女人头发都梳得紧
（梳她的头发，直到它十分光滑）
居里夫人是丑陋的
（雷声响起）
我知道
你想在舞台上
扮相俊美
不过那你就不能演
居里夫人
我在我的剧作里
没有写女式手提包
我的剧作里没有一些奉承者出现

它毕竟不是一部表现妓女的剧作
它是一部经典剧作
（扯平她的戏装，拉直她的袖子，
后退一步）
但愿我能给你
注入生命
可惜你一直像我认识你时
那么僵硬
（雷声响起）
我曾想
我能使你松弛下来
给你注入生命
真是大错特错
（又后退一步）
不过居里夫人
也是一个僵硬的人
她是一个古怪的波兰女人
她浑身上下都是僵硬的
总之她恰恰和你一样缺乏灵感
这就是事实
正如历史所证明的
她极其乏味
在某种程度上毫无魅力
而且她是地道的波兰人
她只不过裂解了原子
你只会用你的咳嗽
使我们感到厌烦
（走向帷幕，从缝隙里朝外张望

雷声响起)

市长先生已经到了

奇怪的是有一群学生

(转向他的演员们)

有一群学生

(从帷幕缝隙里朝外张望)

是半价

但他们至少感兴趣

他们毕竟感兴趣

在加斯波尔茨霍芬

他们让人印刷了一百张海报

这儿的手写海报甚至还不到三十张

笔迹笨拙

文字令人毛骨悚然

(对他的演员们)

我对旅店老板说

我的名字是布鲁斯康

不是海报上写的

布斯康

而且《历史的车轮》的

第一个字母要用柔和的D

不是用坚硬的D写

(从帷幕缝隙里朝外张望)

但如果我声称

(雷声响起)

在加斯波尔茨霍芬

我的喜剧被理解了

那是在说假话

当时人们的掌声
经久不息
仍然有这股刺鼻的
猪圈的臭味
那是一些奇怪地畸形的人
那是非常有趣的畸形
(对他的演员们)
有一个瘫痪男人
坐在一把轮椅上
真奇怪
(从帷幕缝隙里朝外张望
雷声响起)
我对市长说
我们不能
使历史的车轮倒转
我对市长说
我的剧作是历史训诫
(雷声响起)
它在某种程度上
具有革命性
我是文字游戏行家
而且不讨厌
廉价玩笑
(对他的演员们)
大厅里坐满了人
大概也有
来自周边地区的观众
看起来很像

人们渴望接受教育
民众追求文化修养
(走向演员们
在费鲁乔面前停住)
你更像
梅特涅的漫画
这是拙劣的化妆
这是极其拙劣的身体姿势
我可以说
你看起来像梅特涅
你确实像
梅特涅
(示意手持化妆盒的萨拉过来
萨拉走向他)

布鲁斯康 (给费鲁乔化妆)
你的脸不能如此萎靡不振
这与梅特涅的精神状态相矛盾
梅特涅是最伟大的人
没有第二个人像他那样
(雷声响起)
被低估和仇视
姿势要优雅
优雅
不会损害精神
这貌似荒谬
恰恰相反
优雅提升了精神
提升了它

精神确实
就是优雅
（扯平费鲁乔的戏装）
我想晚餐要简单
天气闷热时
要吃容易消化的食物
（雷声响起）
在这儿在在在

费鲁乔 在乌茨巴赫

布鲁斯康 在这儿在乌茨巴赫
将莫扎特的乐曲
作为幕间音乐播放
是精神错乱
威尔第也可以
也可以是威尔第
这是意大利风格[①]
意大利风格
（系紧费鲁乔的鞋带，
又起身）
我在这儿仿佛即将死去
（走向帷幕，从缝隙里朝外张望
雷声响起）
屠夫们与戏剧艺术
有非常美妙的关系
（转向演员们）
因为我在加斯波尔茨霍芬

---

① 原文为意大利语 Italianità。

吃了一只鸭子
所以我今天想享用
一块美味的烤牛肺
那些最出色的演员
必须每天吃肉
素食主义
与表演艺术
互不相容
（直接对布鲁斯康夫人）
只有你以为
能靠蔬菜
和那些难吃的沙拉
长时间地
活下来
你看起来是什么样子
真是戏剧的耻辱
女性的耻辱
（布鲁斯康夫人沉默地
用右手挡开他）

布鲁斯康 泥瓦工工头的女儿
我的女无产者
我最喜欢的女无产者
（布鲁斯康夫人突然
情不自禁地放声大笑）

布鲁斯康 （十分愤怒地
斥责她）
你竟敢这样
（对萨拉）

萨拉我的孩子
我们的母亲是一个疯子
（雷声炸响
从帷幕缝隙里朝外张望）
大厅里坐满了人
（看表）
差十分七点半
大约有一百个人
不过我也确实
终生饱受
必须当演员的折磨
如果我们不自我虐待
我们便一事无成
也许
（雷声响起）
我就像我的剧作那样
（转向他的演员们）
妄自尊大
或者并非如此
但如果人们
理解我的喜剧
我就不再有兴趣
演出它
（雷声响起）
我们的优点在于
我们不谴责任何人
只谴责我们自己
我们终生都有自我谴责的需求

（转向他的演员们）
莎士比亚
歌德
布鲁斯康
这就是事实
（似乎冷得发抖）
我害怕冻死
（从帷幕缝隙里朝外张望）
我们始终憎恨舒适
（雷声隆隆）
我们劝诫
而他们并不理解
（示意萨拉过来
萨拉走向布鲁斯康
二人从帷幕缝隙里朝外张望）

布鲁斯康 那极其富于哲理性
我的孩子
（骇人的持续不断的隆隆雷声
布鲁斯康夫人和费鲁乔惊恐地
跳起来，布鲁斯康和萨拉看他们
布鲁斯康盯着已经漏雨的大厅天花板
此时大厅里有人高喊）

声　音 牧师的院子着火了
牧师的院子着火了
着火了
牧师的院子着火了
（观众全部逃走
布鲁斯康和萨拉从帷幕缝隙里

朝外张望，直到大厅里空无一人）

布鲁斯康 （片刻之后）

大厅空了

大厅空了

完全空了

（雨下到所有人身上）

萨　拉 （拥抱她的父亲，吻他的额头，

非常温柔地）

我亲爱的父亲

（给他搬来一把椅子，他瘫坐到椅子上）

布鲁斯康 （此时隆隆的雷声和雨声

越来越大，大到极限

片刻之后）

我好像预感到了这些

幕 落